佐田公子
Sata Kimiko

『古今和歌集』論

和歌と歌群の生成をめぐって

笠間書院

『古今和歌集』論——和歌と歌群の生成をめぐって◉目次

第二部　『古今集』「雑歌」の生成

第二章　雑歌下の生成

『古今和歌集』論

――和歌と歌群の生成をめぐって

はじめに

九世紀前半の漢詩文隆盛の後、国風文化の樹立を目指す時代の機運によって、『古今和歌集』（以後『古今集』と表記する）は十世紀初頭に生み出された。この『古今集』の成立は、その後の日本文学に多大な影響を与える意義深いものであった。

本書は、『古今集』が生成される過程において、和歌が撰歌され、歌群が生成されて独自の文学作品として立ち上がっていく様相を考察した論文を収載したものである。次に、稿者がこのような視点に立って論ずる理由を述べたい。

『古今集』の「仮名序」「真名序」から推すと、『古今集』を編纂するときの過程は概ね次のような二段階であったと考えられる。

まず、撰者の紀友則（完成当時は死去）、紀貫之、凡河内躬恒、壬生忠岑に詔（前詔）して各々の家集や「万葉集に入らぬ古き歌（「仮名序」による）」を献上させ、これを「続万葉集」（「真名序」による）とした。

次に、さらに詔（後詔）が出て、集めた歌を部立し、二十巻の『古今集』とした。

この第二段階目の部立構成の作業の原形は、貫之の「古歌奉りし時の目録の、その長歌」（巻第十九「雑躰」一〇〇二）を見ることによって、大方知ることができる。それによれば春夏秋冬・賀・恋・離別・哀傷などの部立の構想が当初からあったということが分かる。そして、最終的に『古今集』は、「春歌上」「春歌下」「夏歌」

「秋歌上」「秋歌下」「冬歌」「賀歌」「離別歌」「羇旅歌」「物名」「恋歌一」「恋歌二」「恋歌三」「恋歌四」「恋歌五」「哀傷歌」「雑歌上」「雑歌下」「雑躰」「大歌所御歌・神遊び歌・東歌」の二十巻として構成されたのであった。

これらの部立には、部立名が示すようにそれぞれ主要なテーマがある。各部立には、そのテーマに基づいた歌が収集された。また、その収集された歌の中でも、さらに少しずつ異なったテーマの歌が自ずから集められてきた。そこで、それらのテーマを一纏まりとすることが考案された。この一纏まりの歌の群を、現代の研究では通常「歌群」と呼んでいる。例えば、「春歌」の中に桜を詠んだ歌が集められると、「咲く桜」の歌ならば「咲く桜」の歌群、「散る桜」の歌ならば「散る桜」の歌群とに分け、さらに厳密に撰歌し、配列を決めて収載するという作業が行われたと考えられる。

こうした編纂作業の背景には、当時の文学的動向はもとより、勅撰集の基盤である律令精神や宗教・習俗・文化など多岐に亘る動向が関わっていた。また、歌の収載基準には和歌のレトリックや新たな歌語の生成に対する配慮も撰者達によってなされた。このような『古今集』の歌や歌群が成立する背景にある生成の要因や様相及び『古今集』におけるその意義を探り、さらに部立内の構想について考えることは、『古今集』を理解する上で基本的かつ重要な課題である。

これまでの『古今集』の研究では、伝本研究、表現論、修辞論、歌語研究、歌人研究、享受史研究、構造論や配列論などが活発になされてきた。このような研究において歌や歌群の成り立ちについて部分的に触れた論や注釈書はあるが、その部立内での歌や歌群の生成の要因や様相を中心に据えた論は必ずしも多いわけではなかった。そこで、このような視点に立って稿者が検討を進めていくと、最初の勅撰集として『古今集』が生成されていく過程における具体的な要因や様相及び意義の一端が窺え、『古今集』の文学性を考察することができたので、ここに纏めておくこととした。

第一部では「春歌」「秋歌」「恋歌」の中からこれまであまり論じられることのなかった和歌や歌群及び既に検討されているものの生成の要因としてはさらなる言及が必要だと思われる和歌や歌群に焦点を当て、その様相と収載の意義について考察した。

第一章では、『古今集』春歌下56番歌の素性法師の「見渡せば」という表現を取り扱い、『古今集』成立以前の漢詩文の与えた影響や『万葉集』との関連、平安京の隆盛などの多様な要因によって和歌が収載されていく様相を考察した。

第二章では、春歌下の落花の歌群に焦点を当て、『古今集』の歌が仏典や当時の宗教文化的な環境にも影響を受け、また、貫之の美意識によって撰歌され、配列された様相を検討した。

第三章では、春歌下の山吹の歌群に焦点を当て、漢詩には詠まれなかった山吹が、逆に詠まれていなかったが故に積極的に『古今集』において歌群として構築された様相を考察した。

第四章では、秋歌下の落葉歌群について、『古今集』の歌が撰歌されたり、歌群が構築されたりする場合、仏典と漢詩文の影響が細部にも行き亘っていた例を考察した。

第五章では、紅葉を幣に見立てる歌に焦点を当て、『古今集』において詠われた対象が特定の見立てとして固定化されていく様相を検討し、何故そのような固定化が行われたのか、また、その固定化された見立てが、『古今集』の中で他の部立の歌とどのような関係をもって配列されているかということについて考察した。

第六章では、藤原興風の鏡の歌を取り上げ、和歌が漢詩文と出会ったときに、漢詩では詠むことのできなかった詠者の心情を表出することが出来るようになった様相を考察し、撰者が和歌の文学性を認識して収載した例を検討した。

第二部では、『古今集』の巻第十七「雑歌上」、巻第十八「雑歌下」の「雑歌」の生成の要因とその様相や意義について考察した。

本書において「雑歌」についての論考が多いことには次のような理由がある。

先に挙げた『古今集』の各部立のうち、巻第一「春歌上」から巻第十八「雑歌下」までは、三十一音（五・七・五・七・七）の和歌を集めたものである。巻第十九の「雑躰」には長歌・旋頭歌・俳諧歌を、巻第二十には大歌所御歌・神遊びの歌・東歌を集めている。したがって、巻第十七の「雑歌上」、巻第十八の「雑歌下」は、三十一音の和歌を収載した巻の最後の部立に位置することとなる。

「春歌」から「哀傷」までの各部立には、それぞれの主要なテーマがある。しかし、「雑歌」には、それらのテーマに合わなかった歌が集められてくる。従って、これまで「雑歌」は雑纂の部として扱われることが多かった。しかし、そうした「雑歌」を部立としてどのように構築していくかということが、撰者に与えられた大きな課題だったと考えられる。

すなわち、「雑歌」の生成を考察することは、『古今集』が独自の文学として立ち上がっていく様相を検討していく稿者の立場において不可欠な問題だと言える。このように究明しておくべき点が多い「雑歌」であるが、部分的には検討がなされていても、（注）未だ詳しい「雑歌」の生成の要因と様相について纏めて論じたものはなかった。そこで本書では、第二部において稿者がこれまで「雑歌」について検討してきた論考を整理し、撰者達が『古今集』を具体的に構築していく様相を考察しておくこととした。

注

「雑歌」の構造や配列については、久曾神昇『古今和歌集成立論研究編』（風間書房　昭和35年12月）・松田武夫『古今集の構造に関する研究』（風間書房　昭和40年9月）があり、左記に挙げる諸注釈書でも歌群について触れているものがある。しかし、それらは、歌群の区分を主に扱ったもので、その生成要因や様相について詳細に論じているわけではない。

なお、「雑歌」について触れた論は、各節ごとにその都度記したが、次にその主要論文を挙げておく。但し、これらの論はそれぞれ有意義ではあるが、「雑歌」の一部を取り扱ったり、概略的に「雑歌」を捉えているものが多く、生成要因や様相を中心に据えて詳細に考察しているというわけではない。

菊地靖彦「『古今和歌集』雑歌論」（『講座平安文学論究2』昭和60年3月所収）

新井栄蔵「古今和歌集部立巧―「千うた、はたまき」の構造―」（「国語国文」四九巻七号　昭和55年7月）

北川原平造「古今和歌集の〈雑歌〉の性格」（「上田女子短期大学紀要」一五号　平成4年3月）

梶原久美子「古今集雑歌の構造に関する一考察―月の歌群をめぐって」（「国文」五七号　昭和57年7月）

本井淳「『古今集』雑歌上・海辺の歌群攷―宴歌としての視座から―」（「日本文学論究」五三号　平成6年3月）

小嶋菜温子「源氏物語と和歌―古今集・雑下の構造から―」（「物語研究」三号　昭和56年10月）

鈴木宏子「三代集と源氏物語―引歌を中心として―」（小嶋菜温子・加藤睦編『源氏物語を学ぶ人のために』世界思想社　平成19年10月　後、『王朝和歌の想像力　古今集と源氏物語』笠間書院　平成24年10月所収）

泉紀子「小野篁流謫の歌「わたの原八十島かけて」考」（「羽衣国文」平成元年3月）

松田喜好「『古今和歌集』巻十八と『平中物語』第一段との関係」（『伊勢物語攷』笠間書院　平成元年9月所収）

武井和人「『古今集』雑下・九七三〜九七五番歌小攷―《勅撰集》の全き理解のために」（「芸文東海」七号　昭和61年6月）

参考文献

本論で引用した主要作品や注釈書・研究書は、左記によった。

『万葉集』＝『新編国歌大観』（古典ライブラリー）・伊藤博校注（角川文庫　昭和63年10月）五版も参照した。

『古今和歌集』及びその他の勅撰集・私家集＝『新編国歌大観』（古典ライブラリー）但し、『貫之集』『躬恒集』『忠岑集』『伊勢集』など、「私家集大成　中古Ⅰ」（明治書院　昭和48年11月）も参照した。

『平安朝歌合大成』＝萩谷朴（同朋舎　昭和32年1月〜昭和33年1月）

『伊勢物語』『大和物語』『源氏物語』など＝新編日本古典文学全集（小学館）

『詩経』『論語』『楚辞』『礼記』などは、新釈漢文大系（明治書院）による。

『淮南子』＝池田知久訳注（講談社学術文庫　平成24年7月）

『文選』＝内田泉之助・網祐次校注　新釈漢文大系（明治書院　昭和39年12月）

『玉台新詠』＝内田泉之助校注　新釈漢文大系（明治書院　昭和38年〜39年）

『藝文類聚』＝（中文出版社　昭和49年2月）訓読は、『藝文類聚　訓読付索引』（大東文化大学研究所編）による。

『白氏文集』＝平岡武夫・今井清編『白氏文集歌詩索引』（同朋舎　平成元年10月）訓読は、『白楽天全詩集』（佐久節校注・日本図書センター「続国訳漢文大成」復刻愛蔵版　昭和53年11月）を参考にした。

全唐詩＝中華書局

『懐風藻』『文華秀麗集』＝小島憲之校注　日本古典文学大系（岩波書店　昭和39年6月）

『遍照発揮性霊集』＝渡邊照宏・宮坂宥勝校注　日本古典文学大系（岩波書店　昭和40年6月）

『凌雲集』＝本間洋一編『凌雲集索引』（和泉書院　平成3年12月）、小島憲之『国風暗黒時代の文学』中（中）（塙

書房　昭和54年1月）

『経国集』＝群書類従八輯　群書類従完成会、小島憲之『国風暗黒時代の文学』中下Ⅰ・中下Ⅱ・下Ⅰ・下Ⅱ（塙書房　昭和60年5月～平成7年9月）

『田氏家集』＝中村璋八・島田伸一郎『田氏家集全釈』（汲古書院　平成5年4月）

『菅家文章』『菅家後集』＝川口久雄校注　日本古典文学大系（岩波書店　昭和41年6月）

『紀長谷雄漢詩文集』＝三木雅博編（和泉書院索引叢書　平成4年2月）

『千載佳句』＝金子彦二郎『平安時代文学と白氏文集　句題和歌　千載佳句研究編』増補版（藝林舎　昭和52年5月）復刻版

仏典は、『大正新脩大蔵経』による。

なお、漢詩文の訓読の句読点は、各注釈書に則った。稿者が訓読したものには適宜句読点を入れた。一部、新漢字に直した。

本論で主に使用した『古今集』の主要注釈書は次のとおりである。時に『　』内の略称で示した箇所もある。

古今余材抄＝契沖　元禄五年（活）『契沖全集八巻』（岩波書店　昭和48年3月）『余材抄』

古今和歌集教端抄＝北村季吟　元禄十一年（影）『初雁文庫本古今和歌集教端抄』（新典社　昭和54年8月）『教端抄』

古今和歌集打聞（聴）＝賀茂真淵　明和元年（活）『賀茂真淵全集第九巻』（群書類聚完成会　昭和53年9月）『打聞（打聴）』

古今和歌集遠鏡＝本居宣長　寛政五～六年（活）『本居宣長全集第三巻』（筑摩書房　昭和41年1月）『遠鏡』

古今和歌集正義＝香川景樹　天保三年（活）（勉誠社　昭和53年12月）『正義』
古今和歌集評釈＝金子元臣（明治書院　明治41年　昭和2年3月改訂版）金子『評釈』
古今和歌集評釈＝窪田空穂　昭和10～12年　新訂版（東京堂出版　昭和35年6月）・『窪田空穂全集』第二十・二
　十一巻（角川書店　昭和40年）空穂『評釈』
古今和歌集（日本古典文学大系）＝佐伯梅友校注（岩波書店　昭和33年3月）『旧大系』
新釈古今和歌集＝松田武夫　風間書房　上巻（昭和43年3月）・下巻（昭和50年11月）松田『新釈』
古今和歌集（古典文学全集）＝小沢正夫校注（小学館　昭和46年4月）小沢『全集』
古今和歌集全評釈＝竹岡正夫（右文書院　昭和51年11月）竹岡『全評釈』
古今和歌集（新潮日本古典集成）＝奥村恒哉校注（新潮社　昭和53年7月）『集成』
古今和歌集（講談社学術文庫）＝久曾神昇校注（講談社　昭和54年9月）
古今和歌集（角川文庫）＝窪田章一郎校注（角川書店　昭和62年4月）十八版
古今和歌集（新日本古典文学大系）＝小島憲之・新井栄蔵校注（岩波書店　平成元年2月）『新大系』
古今和歌集（新編日本古典文学全集）小沢正夫・松田成穂校注（小学館　平成6年11月）『新編』
古今和歌集全評釈＝片桐洋一（講談社　平成11年2月）片桐『全評釈』
古今和歌集評釈＝小町谷照彦　学燈社「国文学」昭和58年1月～平成19年3月連載
古今和歌集（角川ソフィア文庫）＝高田祐彦訳注（角川書店　平成21年6月）
古今和歌集（ちくま学芸文庫）＝小町谷照彦訳注（筑摩書房　平成22年3月）

本文校訂

久曾神昇『古今和歌集成立論資料編』上・中・下（風間書房　昭和35年）

西下経一・滝沢貞夫『古今集校本』（笠間書院　昭和52年9月）

本論で多く登場する構造論で書籍になっているものは、次の二書で、『　』内の略称を使用していることもある。

久曾神昇『古今和歌集成立論研究編』（風間書房　昭和35年12月）久曾神『研究編』

松田武夫『古今集の構造に関する研究』（風間書房　昭和40年9月）松田『構造論』

その他主要参考文献

梅原猛「美学におけるナショナリズム」（「展望」八五号　筑摩書房　昭和40年10月　梅原猛著作集3『美と宗教の発見』集英社　昭和57年4月）

大岡信『紀貫之』（筑摩書房　昭和46年9月）

『日本文学研究資料叢書　古今和歌集』（有精堂　昭和51年1月）

『シンポジウム日本文学②　古今集』（学生社　昭和51年2月）

小島憲之『古今集以前』（塙書房　昭和51年2月）

小沢正夫『古今集の世界』（塙書房　昭和51年5月）

『一冊の講座　古今和歌集』（有精堂　昭和62年3月）

渡辺秀夫『平安朝文学と漢文世界』（勉誠社　平成3年3月）

小町谷照彦『古今和歌集と歌ことば表現』（岩波書店　平成6年10月）
笹川博司『深山の思想　平安文学論考』（和泉書院　平成10年4月）・『隠遁の憧憬』（和泉書院　平成16年1月）
中野方子『平安前期歌語の和漢比較文学的研究―付貫之集歌語・類型表現事典』（笠間書院　平成17年1月）
岩井宏子『古今的表現の成立と展開』（和泉書院　平成20年8月）
田中喜美春『古今集改編論』（風間書房　平成22年4月）

漢語の意味については、諸橋轍次著『大漢和辞典』縮写版（大修館書店　昭和51年7月）を使用した。仏教語については、中村元・福永光司・田村芳朗・今野達編『岩波仏教辞典』（岩波書店　平成元年12月）を主に参照した。『万葉集』の語彙検索は、正宗敦夫篇『萬葉集総索引　単語篇』（平凡社　昭和49年5月）を用い、宮島達夫『万葉集巻別対照分類語彙表』（笠間書院　平成27年1月）も参照した。『万葉集』を含めたその他の和歌語彙検索は、古典ライブラリー「和歌ライブラリー」を用いた。

第一部　『古今集』春・秋・恋の和歌と歌群の生成

第一章　素性法師「見渡せば」考

一　はじめに

この章では、『古今集』56番歌素性法師の「見渡せば」の表現を取り扱い、『古今集』成立以前の漢詩文が与えた影響や『万葉集』との関連、平安京の隆盛などの多様な要因によって和歌が収載されていく様相を考察することにする。

『古今集』春歌上には、素性法師の、

花ざかりに京を見やりてよめる
みわたせば柳桜をこきまぜて宮こぞ春の錦なりける　（56）

がある。この歌の前には、同じく素性法師の、

山のさくらを見てよめる

見てのみや人にかたらむさくら花てごとにをりていへづとにせむ（55）

があり、56番歌の次には紀友則の、

さくらの花のもとにて年のおいぬることをなげきてよめる

いろもかもおなじむかしにさくらめど年ふる人ぞあらたまりける（57）

がある。すなわち素性法師の56番歌は、山桜の歌の次に、また、桜下嘆老の歌の前に置かれて、春爛漫の平安京を詠んだ歌であると言える。

この56番歌については、従来より柳桜をこきまぜた春の錦に論争の焦点があり[1]、初句「見渡せば」については、諸注釈書において眺望の範囲や場所への言及がある程度で[2]、さして問題にされることはなかったようである。

「見渡せば」は、『万葉集』に十三例（そのうち八例が初句）あるが、『古今集』では、この素性の歌一首のみである。また、同時代の歌人達にその用例を探ってみても、『躬恒集』と『土佐日記』に一首ずつあるのみである[3]。

和歌史に「見渡せば」の用例が急増するのは拾遺集時代である。近藤みゆき氏[4]は、そこに平安中期の河原院文化圏での表現の伝播や、わが国の眺望詩が重層的に関わっていたことを詳細に検討された。また、石川常彦氏[5]は、初句及び第三句の「見渡せば」の『新古今集』への変遷を分析されており、藤田加代氏[6]は、中世初期の和歌が獲得した詩的空間としての「見渡せば」の機能に注目されている。そして、これら各氏の論からは、定家の「見渡せば花も紅葉もなかりけり浦の苫屋の秋の夕暮」や、後鳥羽院の「見渡せば山もと霞む水無瀬川夕は秋と何思ひけむ」などの美の系譜に繋がっていく過程が理解される。

また、神谷かをる氏は、八代集及び『源氏物語』の「見渡せば」を検討され、(7)「見渡せば」が大和絵と関連深い歌ことばではなかったかとして、『古今集』中の屏風歌にも遠近法を指摘し、素性の当該歌も屏風歌的遠近法の可能性を含めた歌の射程距離内に入れられた。確かに当該歌や『古今集』以後の例を見ると、「見渡せば」に絵画的要素が含まれていることは事実である。

しかし、当該歌の場合には、その要素の前にもう一度立ち返って押さえて置くべき事柄があると思われる。すなわち、素性法師の「見渡せば」という表現が、『古今集』以前の文学とどのような関わりを持ち、どのように位置付けられるのかということで、これについては、従来あまり検討されてはいないと言える。そこで、本章では、この問題を考察し、さらに「見渡せば」を初句に用いた素性法師の意識や素性歌の特質を探ることによって、当該歌が『古今集』に収載された意義を述べておくこととする。

二　『万葉集』の「見渡せば」

素性法師の「見渡せば」を考える前に、平安初期の漢風賛美時代以前、すなわち『万葉集』の「見渡せば」歌がどのようなものであったかを見ておくこととする。素性法師が用いた大和言葉「見渡せば」の原型を抑えておくためである。そこで万葉の「見渡せば」の用例十三例を見て、その特質を確認しておこう。

石川氏(8)が言われるごとく、「見渡せば」は五音であるため、自ずから初句または三句に詠み込まれることになる。そして、そのいずれの場合でも、どこからどこまでを見渡したのか、見渡した地点や見渡す場所や見渡した対象が提示されている。但し、見渡した対象物が結句にまで及び、純粋な叙景歌となっている歌は案外少なく、次の四首である。

住吉の得名津に立ちて見わたせば武庫の泊りゆ出づる船人　（巻三　二八三　高市黒人）
難波潟潮干に立ちて見わたせば淡路の島に鶴渡る見ゆ　（巻七　一一六〇　作者未詳）
見わたせば春日の野辺に霞立ち咲きにほへるは桜花かも　（巻十　一八七二　花を詠む　人麻呂歌集）
見わたせば向ひの野辺のなでしこの散らまく惜しも雨な降りそね　（巻十　一九七〇　花を詠む　作者未詳）

右のうち最後の一九七〇番歌は、下句が景物への感慨になっているので、叙景のみに終始しているわけではないが、一応、一首中一貫して対象物そのものと向き合っている歌である。
また、『万葉集』の「見渡せば」歌のうち六例が恋情を表出していると言える。例えば、

妹に恋ひ吾《あが》の松原見わたせば潮干の潟に鶴鳴き渡る　（巻六　一〇三〇　聖武天皇）

は、「吾の松原」に「待つ」を掛けた相聞歌的な叙景歌であり、旅人が大宰府から上京するときの三野連石守の、

我が背子を安我《あが》松原よ見わたせば海人娘子ども玉藻刈る見ゆ　（巻十七　三八九〇）

もその類歌であろう。さらに、

見わたせば明石の浦に燭す火の穂にぞ出でぬる妹に恋ふらく　（巻三　三二六　門部王）
見わたせば春日の野辺に立つ霞見まくの欲しき君が姿か　（巻十　一九一三　作者未詳）
見わたせば近き渡りをた廻《もとほ》り今か来ますと恋ひつつぞ居る　（巻十一　二三七九　作者未詳）
見わたせば向つ峯の上の花にほひ照りて立てるは愛しき誰が妻　（巻二十　四三九七　大伴家持）

などがある。右の歌のうち家持の四三九七番歌以外は、見渡した対象物が見えない相手への恋情を修辞的に表現する素材となっている。これは、内田賢徳氏(9)が、「かつては見えていた―幻視された情景、つまりいまここに不在のそれを想像のうちに現出させることへと作用する」と言われたことに繋がる。

このような「見渡せば」歌において、見渡す方向は海辺・山辺・野辺が多く、対象は鶴（二例）、桜花・撫子・時鳥（各一例）のような動植物もあるが、女性（四例）、舟人・漁火・玉（各一例　但し、漁火・玉の背景には女性を暗示する歌が多い）のような相聞歌の対象が表出されている歌もあると言える。すなわち、『万葉集』の「見渡せば」歌では、奈良朝以前の高市黒人や人麻呂歌集のような叙景歌がある一方、相聞歌もあり、その傾向が、家持圏にまで引き継がれていたと言うことができる。

さて、古代において「見る」ことは「単なる感覚的行為ではなく、タマの活動ないしタマとタマとの交流の行為、生命・霊魂に関わる行為で、霊力ある物を『見る』ことが生命を強化する（タマフリ）ものであった」と土橋寛氏(10)は述べている。また、中西進氏(11)は、「『見る』がまず本来的な知覚であり、聖なる呪能さえ持ち、よって事と次第によっては『見る』ことで対者のタマを手に入れることすらあったと考えられる」とされ、「花見」

をはじめ草木や鳥獣を見る行為は、タマフリ的呪能を持っていたと言われている。

したがって、こうした「見る」行為の古代的呪性は、視野空間の端から端までを「見渡す」という行為にも、その空間に入る対象物と見る当事者との霊的交渉という意味が当然あったと考えられる。先に見た万葉の「見渡せば」歌のそれぞれが、「見る」視座や対象物が明確に規定されていることはそのことを意味しよう。また、「見る」対象が漁火・鶴・桜花であっても、それが相聞歌的修辞に転換されていく様相からも、対象との生命・霊魂の交渉を意味する「見る」行為がその基盤にあったと考えられよう。

また、「見渡す」行為は、海辺・山辺・野辺などを望める視野の開けた地点から行われるが、こうした所から詠われた歌としては、国見歌・望国歌が存在する。これらは予祝的性格を持つ呪歌で、そこに登場する花・鳥・雲などの景物は、霊的な呪物であった。このような国見歌は、初期万葉に最も顕著であるが、それが人麻呂の吉野従駕讃歌に繋がり、笠金村・山部赤人・車持千年らの従駕歌へと発展し、万葉後期に至っては、家持の「二上山賦（三九八五〜三九八七）」「遊覧布勢水海賦（三九九一〜三九九四）」にその残像が見えると言われている。[12]そのような中で、先に挙げた聖武天皇御製一〇三〇番歌「妹に恋ひ吾の松原見わたせば潮干の潟に鶴鳴き渡る」は、予祝的儀礼行事としての正式な国見歌ではないまでも、明らかに国見的視点をもった歌であったと思われる。また、土橋氏が指摘された[13]ごとく、黒人二八三番歌「住吉の得名津に立ちて見わたせば武庫の泊りゆ出づる舟人」も「立ちて見」わたす行為から国見的叙景歌と考えられる。

以上、万葉の「見渡せば」歌の傾向を概観してみたが、『万葉集』最後の歌の天平宝字三年（七五九）から一四〇余年後の『古今集』（延喜五年〈九〇五〉総覧説による）に、唯一存在する素性法師の「見渡せば」歌は、万葉の系譜に繋がる表現として意識的に素性法師が詠じたものだったのだろうか。そこで、次に漢詩との関連から素性の「見渡せば」を考察してみよう。

三　『古今集』以前の眺望詩の世界

先にも挙げた近藤氏の論[14]では、天徳期前後の眺望詩と「見渡せば」歌の関連が詳述されているが、ここでは、『古今集』前夜の歌人達が読んだと思われる漢詩文から、眺望的視点に立った表現を検討し、素性の「見渡せば」歌との関連を探ってみよう。

漢詩文において「見渡す」に当たる語としては、「望」「眺」「眺望」が考えられよう。「望」は、『大漢和辞典』によれば、「まちのぞむ、したふ、ねがふ、あふぐ、みる」、「眺」は、同書において「みる、ながめる、見渡す、察する、びっくりして目に落ち着きのないこと」などの意がある。「眺望」は、同じく前書に「遠くながめる、又ながめ」とある。

これらの言葉を詠み込んだ漢詩には、

秦皇御宇宙　　秦皇は宇宙を御し、
漢帝恢武功（中略）　　漢帝は武功を恢《おほ》いにす。
鋭意三山上　　意を三山の上に鋭くし、
託慕九霄中　　慕を九霄の中に託す。
既表祈年観　　既に祈年観を表し、
復立望仙宮　　復た望仙宮を立つ。

（『文選』沈休文「遊沈道士館」）

とあるように、「始皇帝や漢の武帝は世において栄華を極めたが、心は満たされず、始皇帝は三山（蓬莱・方丈・瀛州の神山）に向けて祈年観を建て表彰した。武帝は仙人の居る九天のうちに思慕の情を寄せて、望仙宮を建てたりして不老不死でありたいと欲した。」という仙境を望む詩が見られる。

一方、自然を眺望する詩も多く、小尾郊一氏が『中国文学に現れた自然と自然観』[15]において、魏・南朝・北朝詩の自然美の表現の発達について論じていることも参考になる。その小尾氏も例として挙げられた『文選』の天子の遊覧を詠んだ詩のうち、春のものを挙げると、

玉璽戒誠信　　玉璽もて誠信を戒め、
黄屋示崇高（中略）　　黄屋もて崇高を示す。
張組眺倒景　　組を張りて倒景を眺め、
列筵矚帰潮　　筵を列ねて帰潮を矚《み》る。
遠巌映蘭薄　　遠巌は蘭薄に映じ、
白日麗江皐　　白日は江皐に麗し。
原隰荑緑柳　　原隰には緑柳荑し、
墟囿散紅桃　　墟囿には紅桃散ず。
（『文選』謝霊運「従遊京口北固、応詔」）

は緑柳と紅桃の色彩が豊かに表現されている。また、

（前略）虞風載帝狩　　虞風には帝狩を載せ、

春方動辰駕　春方に辰駕し動かし、
望幸傾五州（後略）　幸を望みて五州を傾く。

（『文選』顔延年「車駕幸京口、三月三日、侍遊曲阿後湖作」）

は、上巳の節句の折の勇壮な天子の遊覧に供奉した時の詩である。
次に、臣下が春景色を眺望する詩としては、

戚戚苦無悰　戚戚として悰《たのしみ》無きに苦しみ、
携手共行楽　手を携へて共に行楽す。
尋雲陟累榭　雲を尋ねて累榭に陟り、
随山望菌閣（中略）　山に随ひて菌閣を望む。
魚戯新荷動　魚は戯れて新荷動き、
鳥散餘花落　鳥は散じて餘花落つ。
不対芳春酒　芳春の酒に対せずして、
還望青山郭　青山の郭を還り望む。

（『文選』謝玄暉「游東田」）

などにも春の自然描写がなされている。
このような春の詩は、唐詩においても同様で、わが国でもよく知られている杜甫「春望」詩をはじめ「全唐詩」には多数見られる。なかでも渡来以来瞬く間に享受された『白氏文集』には、

望海楼明照曙霞　望海楼明かにして曙霞照し、
護江隄白踏晴沙　護江隄白くして晴沙を踏む。
濤聲夜入伍員廟　濤聲は夜伍員廟に入り、
柳色春藏蘇小家　柳色は春蘇小が家を蔵す。
紅袖織綾誇柿帯　紅袖は綾を織りて柿帯を誇り、
青旗沽酒趁梨花　青旗酒を沽りて梨花を趁ふ。
誰開湖寺西南路　誰か湖寺西南の路を開く、
草緑裙腰一道斜　草緑にして裙腰一道斜なり。　（1364　抗州春望）

のように、白い堤に柳の緑、綾錦を織る紅袖の少女、酒屋の青旗などの豊かな色彩感が表現されている。
　さて、こうした春望詩の中で、都の春を眺望した詩（都の苑や王城の一部を眺望した詩ではなく、都全体の春を眺望した詩）に注目してみよう。もっともこれについては、素性56番歌の「都ぞ春の錦なりける」の先行表現として、諸注釈書が次のような漢詩文を挙げている。(16)

松花交枝錦都ノ陰不レ尽雲水双テレ色玉宮光ノ永新ナリ　（『漢書』〈毘沙門堂古今集注〉）
人家穿レ錦松花ノ都《ミヤコ》　（『文選』〈同右〉）
花柳色深シ都錦與　（『白氏文集』〈同右〉）
秦城ノ楼閣ハ鶯花ノ裏　漢王ノ山川錦繍ノ中　（『千載佳句』所収　杜甫清明二首　竹岡『全評釈』）

洛陽ノ三月ハ春錦ノ如シ　（劉後村　小沢『全集』）

これらの漢詩文は眺望的視点から詠まれており、「都の春の錦」は漢詩世界においては常套的な表現であったと言える。但し、本稿で扱う素性の56番歌では素性が敢えて「見渡せば」と初句で表現し、都の春を眺望する視点を明示しているのであるから、「錦」はさておき、「眺」「望」「眺望」などを詠み込み、尚且つ春を映じた他の詩も挙げてみる必要がある。『全梁詩』には、

登高眺京洛　高登京洛を眺む。
街巷何紛紛　街巷何ぞ紛紛たる。
迴首望長安（中略）首を廻らし長安を望む。
春風揺雑樹。（以下略）春風雑樹を揺らす。
（沈約「登高望春詩」）

上林看草色　上林草色を看、
河橋望日暉　河橋に日暉を望む。
洛陽城閉晩　洛陽城晩に閉ぢ、
金鞍横路帰　金鞍は路を横ぎり帰す。
（蕭子暉「応教使客春遊詩」）

という詩があり、長安や洛陽の春景色が詠われている。また、唐詩では、

（前略）雲裏帝城雙鳳闕　雲裏の帝城鳳闕を雙べ、

雨中春樹萬人家。（以下略）雨中の春樹萬人の家。

（王維「奉和聖製従蓬萊向興慶　閣道中留春雨中春望之作応制」）

危亭絶頂四無鄰　　危亭絶頂四に隣無し、

見尽三千世界春（中略）見尽す三千世界の春。

迴看官路三條線　　廻らし看る官路三條の線、

却望都城一片塵（以下略）却りて望む都城一片の塵。

（『白氏文集』3361「春日題乾元寺上方最高峯亭」）

のような詩句の例が散見できる。

さて、このような中国詩に対し、本朝漢詩集ではどうであったのだろうか。まず、『懐風藻』を見ると、眺望的視点に立った描写は多数散見できるが、実際に「眺」「眺望」を詠み込んだ詩はなく、僅かに「望」を読み込んだ次の詩句、

山水随臨賞　　山水臨みに随ひて賞で、

巖谿逐望新　　巖谿望を逐ひて新し。

（99「従三位中納言丹墀真人廣成。遊吉野山」）

があるのみである。これに対し、平安初期勅撰漢詩集では、次の［表1］ように「望」「眺」「眺望」がかなり詠み込まれている。（詩題も数の中に含めた。）

［表1］

	望	眺	眺望
凌雲集	12	1	2
文華秀麗集	14	1	0
経国集	30	0	0

そして、これらの中にも「春望」が、

春園遙望佳人在　春園遙かに望めば佳人在り、
乱雑繁花相映輝　乱雑なる繁花相映輝ふ。　（『凌雲集』3　御製「神泉苑花宴賦落花篇」）

古椽松蘿院　古椽松蘿の院、
春窓楊柳家　春窓楊柳の家。
水郷漁浦近　水郷漁浦近く、
山館鳳庭遐　山館鳳庭遐し。　（『文華秀麗集』5　仲雄王「奉和春日江亭閑望一首」）

仲月春気満江郷　仲月の春気江郷に満つ、
新年物色変河陽　新年物色河陽を変ふ。
（中略）
望春江兮騁目　春江を望みて目を騁せ、
観清流之洋洋　清流の洋洋たるを観る。　（『経国集』1　太上天皇「春江賦」）

のように多く詠まれており、さらに『田氏家集』のような個人詩集にも、

不是山家是釋家　是山家ならずして是釋家、
危峯望遠眼光斜　危峯にして遠きを望めば、眼光斜めなり。
今朝無限風輪動　今朝は限り無し風輪動《とよ》むこと、
吹綻三千世界花　吹き綻ぶ　三千世界の花。

（「春日　雄山寺遠望」）

と詠まれている。

次に、わが国の漢詩集で、都の春を詠じた詩（この場合も都全体を指すものに限る）を探すと、『懐風藻』には、春浅き平城京を、

帝里浮春色　帝里春色浮び、
上林開景華　上林景華開く。
芳梅含雪散　芳梅雪を含みて散り、
嫩柳帯風斜（以下略）　嫩柳風を帯びて斜く。

（75　正六位上但馬守百済公和麻呂「五言。初春於左僕射長王宅讌。一首。」）

と捉えた詩があるほか、藤原宇合の詩序、

夫王畿千里之間。誰得勝地。帝京三春之内。幾知行楽。（中略）映浦紅桃。半落軽旆。低岸翠柳。初拂長絲。
夫れ王畿千里の間、誰か勝地を得む。帝京三春の内、幾《いくたり》か行楽を知らむ。（中略）浦に映ゆる紅桃、半ば軽旆を落し、岸に低るる翠柳、初めて長絲を拂る。（88「五言。暮春曲宴南池。一首。并序」）

がある。しかし、都が平安京に移った後の初期勅撰漢詩集においては、春の詩は多いものの帝都を詠み込んだ詩は少なく、『凌雲集』や『経国集』の次の嵯峨御製の詩句、

京邑如今花柳寛　　京邑如今花柳寛けし。　（『凌雲集』24「贈綿寄空法師」）

密雨泛春空　　密雨春空に泛かび、
京洛囂塵歛　　京洛囂塵歛まる。　（『経国集』102「和菅清公春雨之作。一首。」）

などがある程度である。しかも、『懐風藻』をも含めた都を詠んだ詩には、特に「望」「眺」「眺望」が詠み込まれてはいない。先の表で見たように、平安勅撰漢詩集全体では「望」「眺」「眺望」が増加しているのに、都全体を眺望する姿勢を明確に語句として詠みこんだ詩はないのである。これは、勅撰漢詩集時代においては、天皇の遊興の場であった神泉苑や河陽のような離宮での眺望的表現はされていても、平安京がまだ全体像として眺望できるほど整っていなかったからではないかと思われる。

これに対し、素性が活躍した時代は遷都から約一世紀経ち、朱雀大路をはじめ区画整理のために植えられた柳と、貴族の邸宅などに盛んに移植された山桜が見事に成長した時期でもあった。高橋和夫氏[17]が指摘されるように、この素性の歌は九〇〇年頃でなければ詠めなかった歌であったと言える。

そして、そのような平安の都を素性は、漢詩の「春の都」「都の錦」から影響を受けて「都ぞ春の錦なりける」と詠出したくらいなのであるから、都の春を眺望する姿勢を「眺」「望」「眺望」なる語で明確に詠じた漢詩の存在を意識していたのではないかと思われる。

漢詩の「眺」「望」「眺望」に当たる大和言葉は正に「見渡せば」である。この時、素性は万葉の国見歌や「見渡せば」歌を一方で想起していたかもしれない。『古今集』時代は、もとより初期万葉のような国見歌は詠じられることはなかった。が、漢詩の春の都を称える眺望詩を知っていた素性法師は、「見渡せば」こそ平安王城を讃美するに相応しい大和言葉だと認識して初句に用いたと思われる。「見渡せば」が、『古今集』では素性歌のみであることを考え合わせても、初句に「見渡せば」を用い、春の都を錦と見立てて高らかに歌いあげた意義は大きいと言えよう。

四　素性法師の歌の特質と「見渡せば」

さて、次に素性が「見渡せば」という表現を試みたもう一つの要因を、春歌上における素性の歌の特質から見ておこう。［表2］は、『古今集』中の「見ゆ」「見る」の用例数を部立別にしたものである。(18) 割合は四捨五入した（以下の表も同様）。

［表2］

部立	部立歌数	見ゆ	見る	計	部立内全歌数に占める割合（%）	見ゆ・見るの総数二〇二首に対する割合（%）
四季	342	19	66	85	24・9	42・1
賀	22	0	2	2	9・0	1
離別	41	3	5 (1)	8 (9)	19・5 (22・0)	4・0 (4・2)
羇旅	16	0	1	1	6・3	0・5
物名	47	5	5	10	21・1	5・0
恋	360	16	36 (11)	52 (63)	14.4 (17.5)	25・7 (29・4)
哀傷	34	1	5	6	17.6	3・0
雑歌	138	4	18	22	15.9	10・9
雑体	68	2	11	13	19・1	6・5
大歌所	32	0	3	3	9.4	1・5
計	1100	50	152 (164)	202 (214)		

※（　）内は掛詞の裏の意味で用いられている用例数。合計・割合についても（　）内に示しておいた。

この［表2］から分かるように、「見ゆ」「見る」の用例数は四季歌が一番多く、四季歌三四三首中八五例、二四・九％に達しており、(19)「見ゆ」「見る」の総数二〇二首に対する割合も四二・一％となっている。

また、次の［表3］は四季歌における「見ゆ」「見る」の頻出度を示したものである。

［表3］

部立	歌数	見ゆ	見る	計	部立内の全歌数に占める割（％）	四季歌における見ゆ・見るの総数88に占める割合
春上	68	4	17	21	30・9	23・9
春下	66	2	17	19	28.8	21・6
夏	34	1	1	2	5.9	2・3
秋上	80	7	11	18	22・5	20・5
秋下	65	2	16	18	27.7	20・5
冬	29	3	7	10	34・5	11・4
合計	342	19	69	88		

右の表からは、四季の部立のうち「見ゆ」「見る」の使用度が最も高いのは冬歌であることが分かる。しかし、春歌上下の「見ゆ」「見る」の用例数が四季歌全体で用いられている「見ゆ」「見る」の総数に占める割合を見ると、四五・五％（春上二三・九％＋春下二一・六％）で冬歌を上回る。また、秋歌も「見ゆ」「見る」が多いが、

秋歌上下の場合も春歌と同様に割合を出すと四一％（秋上二〇・五％＋秋下二〇・五％）になるので、秋歌よりも幾分春歌の方に「見ゆ」「見る」が多いと言える。

次に、素性は撰者時代に重なる歌人であるので、春歌における「見ゆ」「見る」の使用度を撰者達と比較してみよう。（［表4］の（　）内は「見す」の例。）

［表4］

歌人名	春上 見ゆ	春上 見る	春上 合計	春上入歌数	各春上入歌数に対する割合（％）	春下 見ゆ	春下 見る	春下 合計	春下入歌数	各春下入歌数に対する割合（％）
貫之	1	0	1	11	9·1	0	6	6	22	27·3
躬恒	2	1	3	4	75	0	2	2	7	28·6
友則	0	0（1）	0（1）	4（1）	0（25）	0	0	0	1	0
忠岑	0	0	0	1	0	0	0	0	0	0
素性	0	5	5	5	100	0	0	0	7	0
合計	3	7	10	25	40	0	8	8	37	21·6

［表4］で分かるように、春歌上下で、撰者及び素性が用いた「見ゆ」「見る」の合計は十八例で、[20] 春歌上下全体で使用されている「見ゆ」「見る」四〇例の約半数に当たることが分かる。また、春上では、素性が、春

下では貫之が、それぞれ最も「見ゆ」「見る」を多用しており（割合では躬恒のほうが貫之より使用頻度は少し高い）、なかでも素性の場合は、春歌上に入集された五首すべてが「見る」を用いた歌となっている。[21] 但し、春歌下の素性歌七首には「見ゆ」「見る」が全く使われていない。そこで、『古今集』において初春から仲春の頃に「見ゆ」「見る」という視覚表現を最もストレートに和歌に詠みこんだのが素性であったということになる。

また、［表5］は、撰者及び素性の春歌上をも含めた四季歌における「見ゆ」「見る」の用例数の合計と、その他の部立で使用している「見ゆ」「見る」のうち、花に用いられたもの〈紅葉に用いられたものは（　）で示した〉と、その他のものに用いられたものを示した表である。さらに、表中の①は、各歌人が使用した「見ゆ」「見る」の総数（友則の場合は、38番歌の「見す」も入れた）に対する花に使用した割合を示し、②は各歌人の総歌数に対する「見る」「見ゆ」を用いて花を詠んだ歌の割合を示したものである。[22]

［表5］

歌人名	総入歌数	四季部の花の「見ゆ」「見る」	他部立の花「見ゆ」「見る」	他部立の花以外の「見ゆ」「見る」	合計	①	②
貫之	105	8 (1) [1]	2 (1)	8	21	47,6	9,5
躬恒	62	7 (2)	1	4	14	57・1	12・9
友則	46	2	2	8	12	33,3	8・7
忠岑	37	0	2	8	10	20	5・4
素性	37	5 (1)	2	2	10	70	18・9

この［表5］からは、撰者達と比べても素性が「見ゆ」「見る」を多く用い、殊に花に対しては好んで用いている傾向があったことが判明する。

こうした春の景物を見据える立場をはっきりさせて和歌を詠んだ素性の傾向と、「見渡せば」を初句に据えて都の春の景物を眺望する視点を打ち出したこととは無関係ではなかろう。彼が花を見る視点を日頃から和歌に詠みこもうとしていたからこそ、都の花盛りを大和言葉の「見渡せば」という表現で捉えることを想起したとも考えられよう。『古今集』唯一の「見渡せば」歌が、素性の歌だったことにも納得がいくのである。

ところで、『古今集』において見られ始めた顕著な特色として、詠者が対象を直接的に捉える表現が衰微し、変わって対象を自己の内面の中に取り入れ、それを再構築していく表現が増えたことがあげられる。視覚表現においては、『万葉集』では、「見ゆ」「見る」「見れども飽かぬ」が主流で、「眺む」「眺め」はなかったが（「長雨」の意味のみで3例〈巻十　二二六二、巻一六　三七九一、巻一九　四二一七〉、「ながむ」は無し）、『古今集』において、「ながめ（ながむ）」が現れたことが指摘されている。[23] 例を挙げれば、

花の色はうつりにけりないたづらにわが身世にふるながめせしまに　（113春下　小町）
おきもせずねもせで夜をあかしては春の物とてながめくらしつ　（616恋三　業平）

のように外界の景を見るよりも、自己の内面に向かって「もの思ふ」という思惟的「ながめ」が、六歌仙時代頃から現れ始め、『古今集』においては八首数えられる（右の小町・業平の歌も含む。また、「ながむ（ながめくらす）」も含む。）。その内訳は、在原業平が三首（恋一に一首・恋三に二首）、小野小町が春下に一首、藤原敏行が

恋四に一首、酒井人真が恋五に一首、貞登が恋五に一首、紀貫之が物名に一首、忠岑が秋上に一首のように「恋」に用例が多い。

一方、「ながめ（ながむ）」よりは数量的には遥かに多い「見ゆ」「見る」の表現も、

よそにのみあはれとぞ見し梅の花あかぬいろかは折りてなりけり　（37春上　素性）
春霞なにかくすらむ桜花ちるまをだにも見るべきものを　（79春下　貫之）

のように、梅の花を「あはれ」として「見る」という観念で捉えたり、桜を「散る間だけでも見たい」という観念によって捉えた思惟的な「見る」で表出されることが多くなったと言える。

こうした傾向の中で、素性法師の56番歌は、眼前に広がる春爛漫の都の光景を、漢詩から獲得した「柳桜をこきまぜた都の春の錦」という斬新な表現によって捉えようとした観念的詠嘆になりえていると言える。このように都の人工的な自然を漢詩文の洗礼を受けた言葉で置き換えながら、一方で『万葉集』以来の大和言葉「見渡せば」を見出してくるところが、これまた斬新な試みであったと考えられるのである。

五　結び

以上のように見て来ると、まず、素性法師の歌の「見渡せば」は、下句が漢詩文に影響を受けているだけでなく、初句「見渡せば」自体も、春の都を眺望する漢詩の存在を意識して詠まれた可能性が高いと言えよう。

そもそも帝都の春を詠むという源泉は、中国古代においても春の予祝的望国の儀礼に伴うものであり、それ

がわが国に齎され、記紀・万葉の国見的叙述や国見歌に反映されていった。素性法師が『万葉集』の国見歌や「見渡せば」の詠法をどのくらい意識していたかは分からない。が、素性法師には、中国詩の帝都の春を詠んだ詩に触れる機会は多かったであろう。さらに、素性法師が「見渡せば」を想起した背景には、「見る」視点を明確に和歌に詠み込もうとする彼自身の表現傾向があったことも看過できない。

平安京は、彼の曽祖父桓武天皇が築いた都である。素性の父遍昭は、政治的に体制側から外れたため出家によって生きる術を獲得した人であった。そして素性も父の恩恵によって法師という立場で歌人として活躍できる場を得た者であった。(24) たとえ彼の境遇が政界から離れていたとしても、平安京が曽祖父の築いた都だという誇りは、彼の存在を支えていたことであろう。遷都から一世紀余りを経た花盛りの都を遥かに見渡して、帝都繁栄の象徴である柳と桜の生命力をもって称え、しかも「都ぞ春の錦」と豪語してその隆盛の極みを歌い、平安王城の安泰を祈念したのである。撰者達が当該歌を収載した理由ももちろんそこにあった。まさに漢詩から換骨奪胎した勅撰和歌集に相応しい歌として扱ったのである。

注

(1) 古注・新注以来、ほとんどの注釈書はこれについて触れている。蔵中スミ氏『歌人素性の研究―平安初期和歌文学の世界―』(桜楓社　昭和55年10月)に詳細な論証がある。それによれば、素性の歌は漢詩においても対句となっている柳と桜を捉え、「紅の桜」の錦という漢詩表現と緑の柳を混ぜ合わせた点が斬新だったということになる。

(2) 『打聞』には「高き所より見たるさま也(中略)見わたすははるかにこゝかしこを目をやりて見わたす也」とあり、『正義』には、「今は山より都の方を見なして錦といへるか面白くめつらしき也(中略)見わたせは、然あまた所に目をくはるにあらす只一目に見おろしたるさま也」と『打聞』を否定する。眺望した地点としては、東山から（『毘沙門堂古今集注』）とする説と「当時植えてあった洛中の朱雀大路の柳の中に、家々の桜の咲き交ったのを見渡した（金子元臣『評釈』）というように都大路に立っての眺望とする説がある。稿者は、『万葉集』の例や漢詩の例から、小高い所からの眺望と解したい。場所を特定する根拠はないが、東山あたりか。

（3）「あさぎりのはるるまにまにみわたせばやまのにしきはおりはてにけり」（『私家集大成　中古Ⅰ　西本願寺蔵「三十六人集」躬恒集　一四　〈大井河行幸和歌〉』）・『土佐日記』承平五年正月九日「見渡せば松の末ごとに住む鶴は千代のどちとぞ思ふべらなる」

（4）近藤みゆき「〈見渡せば〉と〈眺望〉詩―拾遺集時代の漢詩文受容に関する一問題として―」（『和漢比較文学叢書十一巻『古今集と漢文学』汲古書院　平成4年9月所収、後、『古代後期和歌文学の研究』風間書房　平成17年2月所収）

（5）石川常彦「〈見渡せば〉考―第三句〈見渡せば〉の新古今への変遷―」（「武庫川国文」四号　昭和47年3月）、「続〈見渡せば〉考―初句〈見渡せば〉の新古今への変遷―」（「武庫川女子大学紀要」一九集　昭和47年10月）

（6）藤田加代「〈見渡せば〉によって構成される詩的空間」（「表現研究」三一巻　昭和55年3月）

（7）神谷かをる「古今集・源氏物語の遠近法―「見渡せば」をめぐって―」（『日本文学と美術』平成12年3月）

（8）注5石川常彦前掲論文

（9）内田賢徳『萬葉の知』（塙書房　平成4年7月）

（10）土橋寛『古代歌謡と儀礼の研究』（岩波書店　昭和40年12月）

（11）中西進『万葉集の和漢比較文学的研究上下』（南雲堂桜楓社　昭和38年1月、後、『中西進著作集』巻一・巻二講談社　平成7年3月・平成7年5月）

（12）・（13）注10土橋寛前掲論文

（14）注4近藤みゆき前掲論文

（15）小尾郊一『中国文学に現れた自然と自然観』（岩波書店　昭和37年11月）

（16）ここでは都に焦点を当てているので、「都の春の錦」を挙げ、「花の錦」を基調にした「春の錦」を詠じた詩は省く。なお、返り点の有るものと無いものが混じっているのは、注釈書そのものを引用したからである。

（17）高橋和夫『平安京文学』（赤尾昭文堂　昭和49年10月）

（18）西下経一・滝沢貞夫編『古今集総索引』（明治書院　昭和33年9月）を使用し、確認したものである。また、『古今集』の中には、「見捨て（31春上　伊勢）」及び「見せ（見す）」が二首（38春上　友則、91春下　良岑宗貞）があるが、少数なので一応表からは省いた。

（19）注17で示した「見捨て」「見せ」も入れると実質的には、二五・七％になる。

（20）表中（　）の数字は、友則の38番歌「見せ（見す）」を入れた場合の数値を示す。

（21）片桐洋一が『古今和歌集全評釈』（講談社　平成10年2月）で指摘されるように、春下77番歌「いざ桜我もちりなむひとさかりありなば人にうきめ見えなむ」が素性の作だとすると六首となる。

（22）「春たてば花とや見らむ白雪のかかれる枝にうぐひすぞなく（春上6　素性）」の「花とやみらむ」は雪を花に見立てた表現で、実際は雪について言ったものであるが、一応、「花」と「見る」が結び付いた表現として扱った。仮にこの6番歌を外すと、①が四四、四％と貫之の五〇％より低くなるが、②は一〇・一％である。また、貫之には「ひと目見し君もやくると桜花けふはまち見てちらばちらなむ（春下78）」があり、「ひと目見し」の「見し」は花に用いたものではないので［1］として示した。なお、合計数には入れておいた。

（23）北山正迪「『ながむ』覚書」（「国語国文」第38巻10号　昭和44年10月）、平沢竜介『古今歌風の成立』（笠間書院　平成11年1月）

（24）蔵中スミ前掲論文（注1）、三木雅博「素性」（『一冊の講座　古今和歌集』有精堂　昭和62年3月所収）

第二章　貫之の落花の歌について

――「散華」との関わりの可能性――

一　はじめに

この章では、『古今集』の歌が当時の仏教文化的環境に影響を受けて撰歌され、配列された様相を検討してみることにしよう。

『古今集』と仏典との関わりは、具体的な歌ことばや和歌表現のレベルで、活発に論じられるている。(1)これは、釈教歌以前の和歌表現と仏典の関連をどこまで確認できるかという困難な作業でもあるが、そうした観点から和歌を捉えなおせた時、その和歌にはいままでには見えなかった新たな価値が齎されることになる。そして、このように仏典との関わりが論述されて行くことの意義は、『古今集』歌が生まれて来る時代的背景が、一方でいかに仏教思想を色濃くもっていたかを、具体的に再認識させる作業なのでもある。本章では、古今集時代の歌人達が、そうした仏教的環境の中に生きていた背景を考え、また、彼らが具体的な宗教儀(2)礼の中に身を投じる機会もありえたことをも考慮し、詞書における場の提示を再認識して、『古今集』中の貫之歌三首が「散華」との関わりで解釈できるのではないかという私見を提示しておきたい。また、合わせて春歌下115〜118番歌の貫之の落花の歌群についても言及しておくこととする。

二　山高み見つつわが来し

周知のように「散華」とは、諸仏を供養するために華を散布することで、法会の時に散布する華そのものや、華を散じながら唱える梵唄をも言う。花には樒葉・菊花・蓮弁などの生花を用いることもあるが、多くは紙製の蓮華の花びらを散らした。また、「散華」は様々な仏典の中に散見し、焼香や諸天樂とともに荘厳なる仏の世界を歓喜や讃嘆のうちに現出するものでもある。古今集時代に生きた歌人が、こうした散華そのものの概念や、それを具現させた宗教行事に触れる機会が多かったことは容易に想像される。

ところで、『古今集』歌を散華との関連で積極的に解釈しようとされたのは、次の中野方子氏の論考(3)である。氏は、

うりむゐんのみこの舎利会に山にのぼりてかへりけるに、さくらの花のもとにてよめる
山かぜにさくらふきまきみだれなむ花のまぎれにたちとまるべく　（394離別　遍昭）

の歌を取り上げられ、経典はもとより、「天華（散華）」は法会の詩や願文における一種の成句となっていたと

され、さらに、

この歌に詠まれた花吹雪のさまは、まさに儀式における「散華」から、経典の中に乱れ舞う天空の花を幻視している状態であって、一面の散華の中に荘厳されて立つ親王は、菩薩や釈迦のイメージと重なりあう。それゆえに遍昭の歌は、去りゆく親王を止める挨拶でありながら、法会や経典の場面への連想を包摂した、際立って美しい印象を与えるものとなっている。

という卓見を述べられた。

この遍昭歌は、常康親王を叡山に迎え、舎利会の後に親王が雲林院に帰ろうとした時に詠まれたもので、氏の論は、この歌が法師の歌であること及び詞書に法会が明示されていることの意味をもう一度問い直し、花が散り乱れる様に「散華」を見出したものであった。

さて、常康親王が住んだ雲林院の桜もよく詠まれた（春歌下75・77番歌）が、叡山の桜も見事であったことは、この394番歌の前の歌、

山にのぼりてかへりまうできて、人人わかれけるついでによめる
幽仙法師
別をば山のさくらにまかせてむとめむとめじは花のまにまに　（393）

及び、394番歌と同じ時に詠まれた幽仙法師の歌、

ことならば君とまるべくにほはなむかへすは花のうきにやはあらぬ　（395）

からも分かる。とすると、常康親王が下山する時の394・395番歌の比叡の桜は、雲林院の桜をも意識して詠まれたものとも考えられる。また、「焼香」は「散華」とともに仏を称える儀礼として仏典の中に多出することも考え合わせると、395番歌の「にほふ」は、視覚的に咲き盛るという意と同時に、「焼香」の臭覚をもイメージさせ、394番歌の「散華」とともに、下山する親王を称えたものと思われる。(4)

ところで、『古今集』春下には、貫之の、

ひえにのぼりてかへりまうできてよめる
山たかみみつつわがこしさくら花風は心にまかすべらなり　(87)

がある。散る桜の歌群（69～89番歌）の最後から三番目の歌である（最後の89番歌は「亭子院歌合」の歌なので、延喜五年を『古今集』の奏覧とすると、87番歌は最後から二番目の歌となる）。比叡から下山してその桜を詠んだというのだから、貫之は桜が散る季節に叡山から下山するという同様の場面設定で詠まれた先の遍昭や幽仙の歌を意識してはいなかっただろうか。貫之が叡山に登ったのは、法会のためかどうかは分からない。諸注釈書は、風を恨み、一斉に散る桜に耽美的傾向を見ているのみで、そこに散華のイメージを見出してはいない。しかし、詞書に注目し、他ならぬ比叡の桜であることをも、もっと考慮するべきであろう。また、この高い比叡の峰に舞い散る桜花の幻視の姿は、次の『経国集』巻十「梵門」に見える詩句の「天花」の着想に近似している。

絶頂華厳寺、　　絶頂華厳寺

雲深渓路遙　雲深くして渓路遙けし。
道心登静境　道心静境に登る、
真性隔塵囂　真性塵囂を隔つ。
閲臈禅庭栢　臈を閲す禅庭の栢、
観空法界蕉　空を観ず法界の蕉。
天花流邃澗　天花邃澗に流る、
香気度煙霄（以下略）　香気煙霄に度る。
（35太上天皇「和惟逸人春秋日臥疾華厳寺精舎之作一首」）

鐘聲入谷沈　鐘聲谷に入りて沈む。
徳水洗塵意　徳水塵意を洗ふ、
天花落俗襟　天花俗襟に落つ。
如来不生滅　如来は生滅せず、
定照薫修心　定めて薫修の心を照らさむ。
（75滋貞主「和澄上人題長宮寺二月十五日寂滅会。一首。韻不改。」）

右の詩の「天花」は、寺院の立つ清浄な深山幽谷に舞い落ちて仏を称える「散華」を意味する。よって、こうした詩に見られる仏・菩薩が来迎する時の天の瑞祥としての散華を幻視する詠法が、少なからず貫之の当該歌の発想に影響を与えていたのではないかとも考えられる。さらに、当然のことながら、これらの詩では、題詞において「寺院」という場で詠まれたことが明記されていることを前提にして解釈すべきなのだから、『古今集』歌においても詞書の「比叡」を視野に入れて捉えるべきである。

三　志賀の山越え

さて、貫之の『古今集』歌には、もう二首「散華」のイメージを加えて解釈できるのではないかと思われる歌がある。「春歌下」の115・117番歌である。

しがの山ごえに女のおほくあへりけるによみてつかはしける
つらゆき
あづさゆみはるの山辺をこえくれば道もさりあへず花ぞちりける　(115)
山でらにまうでたりけるによめる
やどりして春の山辺にねたる夜は夢の内にも花ぞちりける　(117)

右の二首に「寛平御時后宮歌合」の歌、
春ののにわかなつまむとこしものをちりかふ花にみちはまどひぬ　(116)
吹く風と谷の水としなかりせばみ山がくれの花を見ましや　(118)
を加えて「散る花」の歌群の最後に配列された貫之歌四首は、集中でも特異な歌群として様々に論じられてきた(5)。が、115・117番歌を散華との関わりで解釈すると、また違った意味が付加されてくる。

まず、115番歌は、従来より物語的な背景を醸し出す屏風歌的な歌として捉えられており、(6)志賀の山越えで、出会った女性達を花に喩えている挨拶の歌と考えられている。しかし、なぜここで貫之は咲く花ではなく、散る花に拘ったのだろうか。無論、落花の折に女性と出会ったことが貫之の実体験であった可能性は否定できない。また、仮に屏風歌なら、志賀の山越えの屏風に花が散る絵柄が描かれていたのかもしれないし、貫之がそうした屏風歌的な仮想の世界を美的に詠いあげたのかもしれない。(7)しかし、たとえ落花と具体的に結び付いたとしても、貫之が「女を花に喩える」という漢詩の常套的表現のみで一首を終わらせたのかという疑問も残る。

志賀の山越えは、そのルート自体には諸説があるが、『袖中抄』に「只是山越に志賀寺に詣で、近江へも越ゆる道也」とあるように、志賀寺参詣への道でもあった。志賀寺（志賀山寺）は、天智天皇が大津宮守護のために創建した崇福寺で、『万葉集』の題詞（巻二・115）・『大和物語』一一二段・『平中物語』一五段・『宇津保物語』（藤原の君・菊の宴・国譲の中）・『枕草子』（寺は）にも見える。(8)田尻嘉信氏が、崇福寺付近の寺としては桓武天皇が延暦五（七八六）年に創建した梵釈寺や奈良朝の南滋賀町廃寺址もあった例をあげて説かれるように、志賀の山越えは、単に近江への山越えというだけではなく、参詣の道であったことは確かである。もっとも、貫之の『古今集』離別部の、

しがの山ごえにて、いしゐのもとにてものいひける人のわかれけるをりによめる

むすぶてのしづくににごる山の井のあかでも人にわかれぬるかな　(404)

における「志賀の山越え」については「山の井のあか」を「閼伽（＝浄水）」と捉えて、(9)「志賀の山越え」を参

詣の途次と結び付けて解釈する説もある。とすれば、この一一五番歌における「志賀の山越え」においても、寺院参詣の意味を考慮して解釈してみる必要もある。

115番歌で、貫之が女性達を散る花に見立てて表現したのには、何か別の根拠があったのではないかと考えた時、次の『維摩詰所説経観衆生品第七』の一節は、有力な手がかりとなると思われる。

時維摩詰室有一天女。見諸大人。聞所説法。便現其身。即以天華散諸菩薩大弟子上。華至諸菩薩即皆堕落。至大弟子便著不堕。一切弟子神力。去華不能令去。爾時天問舎利弗。何故去華。答曰。此華不如法。是以去之。天曰。勿謂此華為不如法。所以者何。是華無所分別。仁者自生分別想耳。若於佛法出家。有所分別為不如法。若無所分別。是則如法。観諸菩薩。華不著事。已断一切分別想故。譬如人畏時非人得其便。如是弟子畏生死故。色聲香味触得其便。已離畏者。一切五欲無能為也。結習未盡華著身耳。結習盡者。華不著也。[10]

(時に維摩詰の室に一天女有り。諸の大人を見、所説の法を聞き、便ち其の身を現じ、即ち天華を以て諸の菩薩大弟子の上に散ず。華諸の菩薩に至りて、即ち皆堕落す。大弟子に至りては便ち著いて堕ず。一切の弟子の神力も華を去れども去らしむること能はず。爾の時天、舎利弗に問ふ。何が故に華を去る。答へて曰く、此の華不如法なり、是れを以て之を去らしむ。天曰く、此の華を謂つて不如法と為すこと勿れ。所以は何んとなれば、是の華は分別する所なし。仁者自ら分別の想を生ずるのみ。若し佛法に於て出家して、分別する所あらば不如法と為す。若し分別する所なくんば、是れ則ち如法なり。諸菩薩を観るに、華の著かざることは、已に一切分別の想を断ずるが故なり。譬へば人の畏るゝ時は、非人其の便を得るが如し。是くの如く弟子生死を畏るゝが故に、色聲香味触其の便を得、已に畏を離るゝ者は、一切の五欲も能く為すことなけん。結習未だ盡きざれば、華、身に著くのみ、結習盡くる者は、華著かざるなり。)

この経文は、「天女が諸菩薩に華を撒き散らすと、諸菩薩の衣に掛かった華びらは落ちたが、仏弟子達の衣に掛かった華は、衣に蜜着してどうしても落ちない」という譬えを用いて、執着の心を解き放つ必要性を説いているものである。また、仏弟子が沙門の法として身に香華を着けることは許されないと言って華びらを取ろうとすることに対して、天女は、「華びらを法に適う適わないと分別するのは、あなた自身がそれに捕らわれているのであって、華自身には分別がない」と指摘して、悟りとは煩悩を去り、執着をなくすことであると説いている。

さて、『維摩経』のこの一節を典拠にしている作品が『白氏文集』に見られる。(11)

紗籠燈下道場前
白日持斎夜坐禅
無復更思身外事
未能全盡世間縁
明朝又擬親杯酒
今夕先聞理管絃
方丈若能来問疾
不妨兼有散華天

紗籠燈下道場の前、
白日持斎して夜坐禅す。
復た更に身外の事を思ふ無きも、
未だ全く世間の縁を盡す能はず。
明朝又杯酒に親まんと擬し、
今夕先づ管絃を理むるを聞く。
方丈若し能く来つて疾を問はば、
兼ねて散華の天有るを妨げず。

(『白氏文集』3283「斎戒満夜戯招夢得」)

「病気平癒のために寺院にて精進潔斎をしたが、身は未だ俗縁を断ち切ったというわけにはいかない。明朝は潔斎の期限が満つるので、酒に親しもうと思う。現に今夜は管絃の音が聞こえて来た。夢得よ。君が僕を見舞ってくれるなら、天女が撒き散らした花に、誘惑されて、仏弟子が迷ったように、悟りが妨げられてもかまわない。」

この白詩の「今夕先聞理管絃」の「管絃」には、白居易が斎戒の折に触れた仏典中の天楽を指すとともに俗世の酒宴での管絃の意が込められていると思われる。また、「不妨兼有散華天」には、斎戒によって悟りの境地に達した時の荘厳な散華の世界を垣間見そうになりながらも、天女の散華の誘惑に負けて俗界に執着してしまう自身をも言っていると考えられる。

このような『維摩経』の逸話を基にした作品は、白楽天の親友夢得（劉禹錫）「送慧則法師帰上都因呈廣宣上人并。師精浄名経。」の詩序の一節、

変凡夫者莫如佛土。　悟無染者莫如散花。

（凡夫変らざれば佛土の如くにはなし。悟りに染まらざれば散花の如くにはなし。）（『全唐詩』巻三五九　劉禹錫）

にも見える。右の詩序は、凡夫を変えるものは仏土であり、悟りを開かせる逸話として最も有効なのは、天女の撒く散華の逸話であるというもので、この文言も『維摩経』の経文を基にしていると考えられる。『維摩経』は平安知識人が比較的触れる機会のあった経文である(12)。また、莫逆の仲である白楽天・夢得のこのような詩は、平安人にも読まれていた可能性は高い。

次に、わが国の漢詩においてこの『維摩経』の一節を意識して詠まれているのではないかと思われる詩を探ってみると、先の『経国集』「梵門」の詩「和澄上人題長宮寺二月十五日寂滅会一首」における「天花落俗襟」という表現が、まず挙げられる。これはまさに天から撒かれた散華が俗界から解脱できない身に降り注ぐこと

を意味していると考えられる。
次に、空海の「入山興」には、

君不見々々々。京城御苑桃梨紅。灼灼芬芬顔色同。一開雨一散風。飄上飄下落園中。春女群来一手折。春鶯翔集啄飛空。（以下略）
（『遍照發揮性霊集』6・『経国集』63　梵門）

君見ずや、君見ずや、京城の御苑の桃梨の紅なるを。灼灼芬芬として顔色同じ。一たび雨に開け、一たび風に散ず。上に飄し下に飄して園の中に落つ。春の女群がり来つて一つ手に折る。春の鶯翔り集つて啄むで空に飛ぶ。(13)

という一節がある。この詩は、無常の世を悟って高野山の大自然の中に浸り、仏弟子たらんとすることを促している詩である。散る花の中に女の群を立たしめ、花を折る光景を詠っているところなどには、貫之の115番歌の背景に近いものがある。さらに、この詩の後半部には、「如夢如泡電影賓」(14)とあり、『維摩経』十喩に匹敵する文言が引かれている。

したがって、空海の脳裏には、散る花が無常を象徴し、悟りを惑わす対象となるという『維摩経』の一節が掠めていたのではないかと考えられる。

こうした『維摩経』の「散華」の逸話が和歌の世界にも投影されている例としては、『古今集』巻十「物名」の巻末歌、

はをはじめ、るをはてにて、ながめをかけて時のうたよめと人のいひければよ

みける　　　　　　　　　　　　　　　　　　　　　　　　　　　　　　　　　　僧正聖宝

花のなかめにあくやとてわけゆけば心ぞともにちりぬべらなる　　　　　　　　（468）

が挙げられる。因みに「心が散る」とは仏典に散見する「散心」を言う(15)。「散心」とは、雑念を離れて散動せず一つのものに集中する定心に対し、散動する通常の心のことである(16)。したがって、この歌は「春の花を充分堪能していつまでも花の中を歩き続けたが、いっこうに飽きることはなく、花に執着し続けている私の心は乱れ、花とともに散ってしまいそうだ」という意になる。「散心」は、「散」を含む漢語表現自体が「花が散る」こととともに詠まれやすいのだが、悟りの妨げになる「散心」の原因と「散る花」が結び付けば、当然『維摩詰所説経観衆生品』の「散華」の逸話を基にしていると考えられる。ましてこの歌が僧の歌であるならば、なおさらそのように解すべきである。『維摩経』では十喩のみならずこの「散華」の一節も、一般人に悟りの境地を説き易い逸話として法会や講話の折に用いられた可能性は高い。したがって、この聖宝の歌は、享受者にもこの逸話が周知のこととされていることを前提にして詠まれたものと考えられる。

また、石井公成氏は、『古今集』春歌上、素性法師の「寛平御時后宮歌合」の歌、

ちると見てあるべきものを梅の花うたてにほひの袖にとまれる　　　　　　　（47）

について、『維摩経詰所説観衆生品』のこの「散華」の逸話を引かれ、「おや、これでは自分は『維摩経』の声門たちと同じことになるではないか。厭だなあ。早く匂いが落ちてほしい。自分はそんなに梅の花に執着があったのか」と訳されている(17)。まさに仏弟子達の衣に掛かった花びらが、衣に密着して落ちない＝匂いが取れ

ないという点に着目された卓見であると言えよう。

さらに、この『維摩経』の逸話を以って、先述した常康親王が舎利会を終えて下山する時に詠んだ遍昭の394番歌に立ち返ってみると、下山する親王の衣の上に散り乱れる桜は、親王の悟りの是非を判断する天女の散華であるという意を含めて解することもできよう。また、桜の美しさに惹かれて立ち止まる親王は、天女の撒いた散華の魅惑に惑う親王を意味し、そしてそれは、親王の立ち止まる姿にさらに魅了される遍昭の迷いをも含めていることにもなろう。

さて、『維摩経』の「散華」の逸話を典拠にしたこのような先行例があることを踏まえるならば、貫之の115番歌もこの経文との関連で読み解けるのではなかろうか。すると、下句「道もさりあへず（道もよけきれないほど）花ぞ散りける」とは、単に出会った美しい女性達を散る花に喩えただけではなかったことが見えてこよう。通釈は、

参詣して仏に帰依し、ゆったりと春の山辺を越えて来ましたのに（この歌が貫之の往路なら「これから参詣して仏に帰依しようとしているのに」）清浄な心を定心に保つことが出来ないくらいにあなたがた美しい女性達は、花のようでありますし、折から散る花は、私を悟りの境地から誘惑し、それを判断する、まるで天女の撒く散華のようですよ。

ということになろう。この「道もさりあへず」の「道」とは、言うまでもなく仏への道をも暗示しており、『維摩経』の先の「散華」の一節を意識したからこそ、次の116番歌に「散りかふ花に道はまどひぬ」と表現された歌を配列したのではないかと考えられてくる。そして、このように解して初めて女性達を散る花に喩えた理由も明らかになり、「しがの山ごえに女のおほくあへりける」という詞書と「道もさりあへず花ぞ散りける」という歌句が重層的に意味を持つことになって、当該歌の真意が紐解かれて来るのである。仏典には、善男・善

女子が共に悟りを得ることの意義が繰り返し記されている。この歌を、山寺参詣の途次に遭遇した女性達を折から散る花に喩え、しかもその花びらを天女の撒く散華に喩えた歌と捉えることによって、貫之が贈った挨拶の歌の意味がより明瞭になるのである。

四　夢の内にも花ぞちりける

さて、貫之の117番歌[18]も散華との関わりで解釈することができる一首と思われる。

この歌の詞書の「山寺」については、『打聞』[19]が、「端に山寺と書きて、歌には寺をいはず、花多き山寺にやどりたるけしき見えたり、後の歌ならば猶山寺をも詠み入るる故にこと多くてこまかにいやしくなれるなり」と述べているように、この歌は詞書の「山寺」に負うところ大であると言える。また、続けて『打聞』は、「山里のいと多く花ちるを見て寝たる夜の夢にも散花をみたる也」と述べているが、これが仏教上の「散華」を意味して使っているのかどうかははっきりしない。もし、法会または経典の散華の意味で用いていたとしたら、真淵がその指摘の嚆矢となる。

しかし、従来の注釈書にはこの山寺を「志賀崇福寺のことか」とする説[20]はあるものの、歌の解釈にまで山寺を反映させようとするものはほとんどなく、僅かに田中宗博氏の論[21]のみである。氏は、当時の習俗の〈夢信仰〉と結び付けて、「貫之は心願の筋があって山寺に参詣したのに、仏からのメッセージを受けることなく、ただ落花の美景を夢に見たのだというように、自身が信仰より美に生きる人間である〈氏は〈耽美的自己宣言〉と言われる〉ことを表明し、当時一般的だった〈夢信仰〉に敢えて異を立ててみるという趣向だった」と解されている。

確かに、目崎徳衛氏が[22]「貫之は人並みに比叡山・石山寺・竹生島・長谷寺などに参詣しているけれども、おそらく彼くらい神秘的なものに冷淡だった人間は珍しい」と指摘されるように、『土佐日記』の蟻通しの神の記述や海の神に鏡を献じる場面などから見ても、貫之の合理主義的側面は窺われる。しかし、一方で『貫之集』の哀傷歌や雑歌などには無常観に裏打ちされた様々な表現がなされているばかりではなく、彼が手がけた『古今集』そのものに仏教思想が色濃く投影されている。彼は耽美主義的に美をあくまでも探究し続けた。が、それゆえに宗教的にも合理的であったと割り切ってしまっていいのかという疑問が残ってこよう。少なくとも貫之の身辺には、時代の宗教的環境が厳然としてあったことは確かなのである。

したがって、この117番歌の場合も、夢信仰に異を唱えていると見るよりは、仏教法会や散華との関連で捉えるほうが、むしろ自然ではなかろうか。この場合は必ずしも『維摩経』の「散華」の逸話によらなくてもよい。荘厳な宗教儀礼に圧倒されて、また一方、参詣の際に唱えた経典中の散華の世界に酔いしれて、その夜、宿坊で、実景として見た落花と法会や経典中の散華が重なり合った夢を見たというのである。そして、この「夢の内にも」という表現[23]には、うつつにおいても花は散り、夢においても花が散るという意味が込められているのだから、夢ともうつつとも定めがたい見仏体験にも匹敵する「散華」の世界もが暗示されていると思われる。以上のように単なる落花ではなく、「山寺」という詞書に配慮して「散華」と結び付けた時、初めてこの歌の真の意味での夢幻的な世界が浮き彫りにされて来るのである[24]。

五　一一五〜一一八番歌について

さて、115〜118番の貫之歌四首については、従来から様々な論が展開されてきた。掲載が重複するが、便宜上次に配列順に記しておこう。

しがの山ごえに女のおほくあへりけるによみてつかはしける

つらゆき

あづさゆみはるの山辺をこえくれば道もさりあへず花ぞちりける（115）

寛平御時后宮歌合の歌

春ののにわかなつまむとこしものをちりかふ花にみちはまどひぬ（116）

山でらにまうでたりけるによめる

やどりして春の山辺にねたる夜は夢の内にも花ぞちりける（117）

寛平御時后宮歌合の歌

吹く風と谷の水としなかりせばみ山がくれの花を見ましや（118）

この四首に対する諸説をあらかた列挙してみると凡そ次のようになる。まず、四首中の「花」には女性の意味も込められているという説、(25)また、この四首が赤人の四首（『万葉集』巻八 一四二四〜一四三一）の連作を参考にしたものであるという説、(26)さらに、116番歌では、初春の景物である「若菜」と晩春の景物である「散る花」との時間差をどのように解決するかという問題、この一首が「春の野にすみれ摘みにと来し我ぞ野をなつかしみ一夜寝にける（『万葉集』巻八一四二四 赤人）」と「さくら花ちりかひ曇れ老らくの来むといふなる道まがふがに（『古今集』賀 349 業平）」を基にした歌であるという説、(27)そして赤人のこの一首をもって第二首目（116）と第三首目（117）とが繋げられているという見解、(28)四首の配列に起承転結の完成された構成を読み取ろうとする説など様々な視点から論じられている。[29]そして、これらの諸説は概ね四首に、幻視の世界を追求して行こうとする貫之の耽美的歌風を読み取っているといえる。

しかし、前述したように115・117番歌が仏教的「散華」の世界をも意味するならば、この四首の底流にある思想が単なる耽美的夢幻的なものへの追求ではなかったことになる。確かに上句からは、春の野山の落花を歌った優美な世界が表出されてはいる。しかし、115～117番歌の下句「道もさりあへず花ぞちりける（115）」「ちりかふ花にみちはまどひぬ（116）」「夢の内にも花ぞちりける（117）」にもっと注目してみる必要があろう。すなわち、悟りの境地を判別する散華によって奇しくも心が惑わされ（115）、さらに若菜摘みという当面の目的も落花によって惑わされる（116）というように、[30]「道を惑わす散る花」に迷う人間存在の根源的な危うさを象徴的に提示し、その迷いを一掃すべく、山寺宿坊での夢の中に「散華」を幻視するという構成になっている（117）と言えるのである。これは、一方で宗教的な荘厳な世界を希求しながらも、現象に拘泥し、執着を解き放つことのできない人間の迷いと、それゆえに希求して止まない「散華」の世界を夢幻的な境地にまで昇華させ、表出させたものと読み取ることができる。

また、貫之が、落花の歌群の最後に置いた118番歌は、従来言われて来たように、

渓上人家凡幾家　　渓上の人家凡そ幾家、

落花半落東流水　　落花は半ば落ち、東に水流る。

（王維「寒食城東即事」）

というような漢詩に散見する「落花流水」という桃源郷的世界を醸し出すモチーフを基に詠んだものであり、[31]117番歌の夢幻的世界に続く歌としても相応しいものでもある。また、加藤幸一氏が言われるごとく、「み山隠

れ」の花が散った一首を置いて、この世のすべての花が散ったことを言い、落花歌群の締め括りとしたことも確かである。

が、115〜117番歌の底流に「散華」のモチーフがあったとすれば、一方で「散華」にもなり得、また一方で人の心を迷わす落花が、深山幽谷においても人知れず散り、そしてそれが風や流水という自然現象によって人間界に齎され、それを発見した人の心がさらに救済されるという美の世界が表出されているということになる。[32]したがって、「散華」を希求しつつ迷い、迷いつつ「散華」を希求する人心に訴えかける「落花」と共に、風や流水という自然現象が118番歌によって、一挙に肯定されていることになる。まさに自然と人心の融合を標榜させた118番歌をもって、貫之は落花歌群を閉じたと言えるのである。貫之は「散華」のモチーフを基調に、詠じた場の異なる四首を一連とし、独自の配列を施し、落花歌群(104〜118)を締めくくったということができる。[33]

以上、「散華」との関わりから貫之の三首を読み解き、合わせて115〜118番歌に言及してみた。古今集歌が生み出された頃の仏教文化やその思想的背景、具体的には宗教儀礼や仏教経典が、和歌表現や歌の配列にまで反映されていると考えられる一例である。

注

(1) 塚田晃信「古今集と仏教―釈教歌を考える(一)―」(『東洋』十六巻五号　昭和50年5月)・同「古今集と仏教―釈教歌を考える(二)―」(『東洋』十六巻十一号　昭和54年11月)・新井栄蔵「〈おろかなる涙〉をめぐって―古今和歌集考―」(『仏教文学研究』十三号　平成元年3月)・中野方子「暮れぬ間の今日―『古今集』哀傷部における仏典受容―」(『国文』平成11年8月)・同「古今集歌人と仏教語―法会の歌―」(『和歌文学研究』八十号　平成12年

6月）・同「『古今集』の僧の歌―後代勅撰集からの逆照射―」（「立正大学国語国文」平成12年3月）・同「小町の歌と仏典―『古今集』を中心に―」（「仏教文学」第二六号　平成14年3月）以上、中野の論文は、『平安前期歌語の和漢比較文学的研究　付貫之集歌語・類型表現事典』（笠間書院　平成17年1月）に所収、石井公成「仏教と夢―電子データ活用法のデモンストレーションを兼ねて―」（仏教文学会平成十四年度十一月東京支部例会講演）、その後「見仏から恋歌へ―『古今和歌集』の仏教的背景―」（「駒沢大学佛教文学研究」第六号　平成15年3月）・近藤みゆき「小野小町「夢の歌」論」（『〈新しい作品論〉へ、〈新しい教材論〉へ［古典編］2』平成15年1月右文書院）

（2）高木豊『平安時代法華仏教史研究』（昭和48年　平楽寺書店）・速水侑『平安貴族社会と仏教』（昭和50年12月吉川弘文館）佐藤道子「法華八講―成立のことなど―」（「文学」五七巻二号　平成元年2月）および注1の諸論文など。

（3）注1中野方子「古今集歌人と仏教語―法会の歌―」

（4）『時代別国語大辞典　上代編』（昭和42年　三省堂）では、万葉において「にほふ」は、本来色彩に関する語であったろうが、「香」「薫」のような香りに関する文字も使われており、これらは『類聚名義抄』でもニホフ・カホルなどと訓まれていて、芳香についてのニホフもあったと考えなければならないのではないかと、説く。

（5）後掲注25～27

（6）片桐洋一「紀貫之論序説」（「大阪松蔭女子学院大学「文林」第八号　昭和47年3月」後、『古今和歌集の研究』明治書院　平成3年1月所収）・藤岡忠美「貫之の贈答歌と屏風歌」（「文学」昭和50年8月）

（7）当然ながら、屏風歌的であることが、屏風歌を意味するわけではない。

（8）田尻嘉信「志賀の山越え小考」（「跡見学園国語科紀要」二一号　昭和48年3月）

（9）新注において、「あかでも」に「閼伽」が掛けられているとする説は、小沢正夫『古今和歌集』（小学館古典文学全集　昭和46年4月）。小島憲之・新井栄蔵『古今和歌集』（新日本古典文学大系　岩波書店　平成元年2月）では、脚注で紹介している。また、片桐洋一（『古今和歌集全注釈』講談社　平成10年2月）は、「手ですくって飲む水のしずくによってでも濁る山の井戸の閼伽ならぬ、飽かぬ思いのままで」と訳されている。田中喜美春・田中恭子『貫之集全釈』（風間書房　平成9年1月）も「閼伽」が掛けられたとする。

(10) 訓読は、岡本素光『維摩経講話』（京文社書店　昭和10年5月）による。

(11) この指摘は、佐久節校注『白楽天全詩集』（日本図書センター「続国訳漢文大成」復刻愛蔵版　昭和53年11月）でなされている。訓読は同書による。意訳は佐田。

(12) 『経国集』巻十「梵門」には、淡三船「五言。聴維摩経一首。」がある。また、『維摩経』十喩は、道真や貫之の作品にも見える。国枝利久「維摩経十喩と和歌―釈教歌研究の基礎的作業（六）」（『仏教文学研究紀要』六四巻　昭和55年3月）・杉田まゆ子「公任の釈教歌―維摩経十喩歌　その発生の機縁」（『和歌文学研究』六九号　平成6年10月）などが参考になる。石井、注1前掲論文では、『維摩経』は藤原氏の氏寺である興福寺が最も尊重していた経典であるとされる。

(13) 渡邊昭宏・宮坂宥勝校注『遍照発揮性霊集』（日本古典文学大系　岩波書店　昭和40年11月）

(14) 注13前掲書の頭注には「『金剛般若経』に見える。」とある。

(15) 注1中野方子「『古今集』の僧の歌―後代勅撰集からの逆照射―」では、「心が散る」とは、散華における法会の恍惚境を表すと同時に、美しい花の誘惑に抗しきれない男の乱心の様相を示していると説明される。

(16) 『仏教辞典』（岩波書店　平成元年12月）

(17) 注1石井前掲公演資料および論文

(18) 117番歌の本文には伝本により相違がある。「ゆめのうちにそはなもちりける」の本文を採るものは、永治本（但し「はな」は「花」）・前田本・天理本・雅経本、「ゆめのうちにそはなはちりける」の本文を採るものは高野切、「ゆめのうちにそ」の「そ」に「も」を傍記し、「はなもちりける」の「も」に「ぞ」を傍記する本文を採るものは六条家本、同じく「ゆめのうちにそ」として「そ」に「も」を傍記し、「はなはちりける」として「は」に「そ」を傍記する本文を採るものは静嘉堂本。雅経本は117・118の配列が逆になっている。

(19) 賀茂真淵全集　第九巻（群書類従完成会　昭和53年9月）

(20) 萩谷朴『土佐日記』（日本古典文学全書　昭和25年5月所収「貫之全歌集」の頭注）

(21) 田中宗博「紀貫之の夢に散る花―『古今集』一一七番歌考―」（『古今和歌集連環』和泉書院　平成元年5月所収）

(22) 目崎徳衛『紀貫之』（吉川弘文館　昭和36年8月）

(23) 注1石井前掲論文において、氏は、『普賢観音経』をはじめとした大乗経典や密教文献には、実体験として、また、定中や夢の中で仏や菩薩を見るための儀礼がしばしば説かれていることを指摘されている。従って、この117番歌においても、そうした見仏における「散華」をも考え合わせることができる。

(24) なお、躬恒には、「さくらはなゆめにやあるらんおなしくはまた見ぬさきにちりそしなまし（「私家大成」中古Ⅰ　躬恒集Ⅰ138＝Ⅳ391）」「おきふしてをしむかひなくうつゝにもゆめにもはなのちるをいかにせん（同Ⅰ141＝Ⅲ40＝Ⅳ394）」「うたゝねのゆめにやあるらんさくら花はかなく見えてやみぬへらなり（同Ⅰ146＝Ⅱ57＝Ⅲ45）」など「夢に散る花」の歌があるが、これらは、金子彦二郎『評釈』・竹岡正夫『全評釈』・片桐洋一前掲書（注6）・小町谷照彦「古今和歌集評釈」（学燈社「国文学」三三巻一〇号　昭和63年8月）が指摘しているように、両者の詠風の質的な差を示している。また、躬恒が貫之の117番歌を本歌として創作したものとも考えられる。その際、躬恒は、うつつにおいても、夢においても「散華」を見るという貫之の捉えた見仏の視点をも意識して詠じたと思われる。

(25) 佐伯梅友『古今和歌集』（岩波古典大系　昭和32年3月）・中西進「秘景—貫之私記—」（「成城文芸」九九号　昭和57年3月）

(26) 加藤幸一「紀貫之の作品形成と『万葉集』」（「奥羽大学文学部紀要」創刊号　平成元年12月）・高田祐彦「貫之幻視の花—『古今集』一一六番歌新解—」（「国語年誌」十四号　平成7年11月　後、『源氏物語の文学史』東京大学出版会　平成15年9月所収）

(27) 村瀬敏夫『紀貫之伝の研究』（桜楓社　昭和56年11月）・注25中西前掲論文・長谷川政春『紀貫之』（昭和59年11月　有精堂）・鈴木日出男『古代和歌史論』（東京大学出版会　平成11年10月）・長谷川政春「紀貫之伝」（学燈社「国文学」平成4年11月）

(28) 注25中西前掲論文

(29) 注26加藤前掲論文

(30) この場合、時間差によって、さらに夢幻的な世界が表出されることになる。

(31) 注26加藤前掲論文

(32) 「風」は、先の『経国集』の「天花」や貫之の春歌下87番歌をも想起させよう。

(33) なお、『貫之集』には、

をんなともやまてらにまうでしたる

思ふことありてこそゆけ春霞道さまたげに立ちわたるかな

(『貫之集』45　延喜十五年春　斎院の御屏風の和歌　内裏の仰せによりて奉る・『拾遺集』1017雑春)

三月やまてらに参る

あし引きの山をゆきかひ人しれす思ふこゝろのこともなからん

(同右　143　延長二年五月　中宮の御屏風の和歌　二十六首)

などがある。このような寺院参詣の屏風歌には、画中人物が、人生上の迷いを解消すべく参詣する姿が、物語的な空間をもって表出されていることも看過できまい。ことに45番歌は第三句の「道さまたげに」が、115番歌の「道もさりあへず」に通じ、悟りを妨げるものとしての霞が詠じられていることも興味深い。また、先の『貫之集』45番歌の直前には、

女ども滝のほとりにいたりてあるはなかれおつる花をみあるはてをひたしてみつにあそへる

春くれば滝のしら糸いかなればむすべども猶あはにとくらん　(44)

がある。この44・45番歌は明らかに『古今集』の117・118番歌を意識して詠まれたものと思われるが、「山寺」及び「落花流水」という題材や配列自体がすでに屏風歌的世界を現出しやすいものであったことが窺われる。

第三章　山吹の歌群の生成をめぐって

一　はじめに

この章では、『古今集』の先行文学としての漢詩には詠まれていなかった歌材が、逆に詠まれていなかったが故に『古今集』において歌群として構築された例を検討してみよう。

『古今集』春歌下には、次のような山吹を詠んだ歌群がある。

題しらず　　よみ人しらず

121 今もかもさきにほふらむ橘のこじまのさきの山吹の花

122 春雨ににほへる色もあかなくにかさへなつかし山吹の花

123 山ぶきはあやなさきそ花見むとうゑけむ君がこよひこなくに

よしの河のほとりに山ぶきのさけりけるをよめる

つらゆき

124　吉野河岸の山吹ふくかぜにそこの影さへうつろひにけり

題しらず

よみ人しらず

125　かはづなくゐでの山吹ちりにけり花のさかりにあはましものを

この歌は、ある人のいはく、たちばなのきよともが歌なり(1)

新日本古典文学大系『古今和歌集』の脚注における歌群区分(2)に拠るならば、右の歌群は、春歌下において、散る桜（21首）・咲く花（14首）・散る花（15首）・藤（2首）に続く歌群で、この後には、逝く春（6首）・春の終わり（2首）が続いている。

山吹は周知のように山野に自生する落葉低木である。『万葉集』では、「也麻夫伎」「夜麻扶枳」「夜萬夫吉」「山吹」「山振」などと表記され、十八首詠まれている。漢名は「棣棠」「棣棠花」であるが、『古今集』成立頃までに我が国に渡来していた主な漢籍や本朝漢詩文には、「棠棣（にはうめ）」は時折散見するものの、「棣棠」は見当たらない(3)。

わが国では、平安中期頃から山吹が「款冬（欵冬）」と混同されはじめたことはよく知られている。『本草和名』には、「款冬楊玄操音義作東字。一名橐吾。一名顆東。一名虎鬚。一名菟奚。一名氏冬。楊玄操音丁禮反。一名於屈。出釋薬性。一名耐冬。出兼名苑。一名苦莖。一名款凍。已上出廣雅。和名也末布々岐。一名於保波。」とある。つまり「款冬」は「橐吾《つわぶき》」で、本草学者の間では「山吹」とは区別されていた。ところが、『和名類聚抄』には「欵冬梿本草云欵冬一名虎鬚一本冬作東也和也夜末不々木一云夜末布木　萬葉集云山吹花」とあり、「欵冬」を「山吹」と混同している。さらに、『和漢朗詠集』

でも、「款冬」の項では、明らかに「山吹」のつもりで漢詩と和歌を載せている。『江談抄』（第四の六七）には、具平親王が満開の山吹を眺めて、『和漢朗詠集』にも採られた詩句「款冬誤つて暮春の風に綻ぶ」を口遊んだ時、清原真人が「款冬の和名は山ふぶきで、花は冬開くから山吹ではない」とその誤りを正したという話が掲載されている。

款冬も山吹も季節は違うが、どちらも黄色の花を付けるので混同されたのであろう。が、この混同はそもそも「棣棠」が漢詩文に頻出していれば、起こらなかったはずである。加えて款冬自体を詠んだ詩句が少なかったことも原因の一つであったろうと思われる。

ところで、『古今集』の諸本は「山吹」「山ふき」「やまふき」「山振」の表記のいずれかで、「款冬（欵冬）」は見当たらない。『古今集』成立当時、すでに「款冬」が山吹であるならば、「款冬」の伝本が現存していてもおかしくないはずである。一方、十巻本歌合の「宇多院物名歌合（延喜年間成立）」の歌題に「欵冬花」が見え、山吹が詠まれている。これは恐らく書写の段階で「山吹」が「欵冬花」と表記されたのであろうが、当初から「欵冬花」だった可能性を全く否定するわけにもいかない。したがって、山吹が款冬と混同されはじめた時期は、『和名類聚抄』以前には確証を摑むことはできないと言える。

ともあれ、当面の『古今集』春下「山吹歌群」の問題としては、歌材としての山吹自体が、梅や藤などという植物ほど漢詩文の影響は受けていなかったということになる。そして、こうした歌材を撰者達が四季歌中に歌群として構築する時、どのような意識と意図をもって行ったのかを考察することも必要であろうと思われる。

本章では、まずこの山吹歌群が、他の四季歌の歌群と比べてどのような特色を持つのかを提示し、それがいかなる要因によってなされたのかを考察することによって、『古今集』の歌群が生成される様相の一端を探ってみたい。

二　山吹歌群の特色

さて、『古今集』の山吹歌群は、僅か五首ではあるが、他の四季歌の歌群と比べて次のような特色を持つ。

1　よみ人しらず歌の割合が高い…80％

2　地名を含む歌の割合が高い（橘の小島の崎・吉野河・井手）…60％

3　水辺の山吹歌の割合が高い（2で挙げた地名[4]は水辺である）…60％

4　盛りの山吹の実景を詠んだ歌が少ない。（121番歌は他の地の山吹に対する現在推量、122番歌は咲く山吹、123番歌は最盛期の山吹に対して咲くなと呼び掛けた歌、124番歌は散り始め、125番歌は散り終わった山吹をそれぞれ詠んだものである）

次の表は、右の特色のうち、1・2の点について四季歌の他の歌群と比較したものである（小島憲之・新井栄蔵校注『新日本古典文学大系　古今和歌集』の脚注における歌群区分・歌群名を便宜上使用した）。

部立	歌群名	総歌数	読人しらず歌数	割合（％）	地名歌数（）は歌、〈〉は詞書	地名の割合（％）歌のみ	地名
	立春	2	0	0	0	0	
	残雪	7	2	28.6	（1）	14.3	吉野山
	春の初め	3	0	0	0	0	

春上	鶯	4	1	25	0	0	
	春の野	7	4	57.1	(3)	42.9	
	緑	2	0	0	0	0	
	柳	2	0	0	〈1〉	50	
	鳥	2	2	100	0	0	
	帰る雁	2	0	0	0	0	
	梅	17	6	53.2	〈2〉(1)	5.9	
	桜	41	5	12.2	〈2〉(2)	4.9	
春下	散る桜	22	5	22.7	〈4〉	18	
	咲く花	14	4	28.5	〈1〉(1)	7.1	
	散る花	15	4	28.8	〈2〉	0	
	藤	2	0	0	〈1〉	0	〈花山〉
	山吹	5	4	80	(3)	60	（橘の小島の崎・吉野河・井手）
	逝く春	6	0	0	0	0	
	春の終り	3	0	0	0	0	

夏	初夏	2	1	50	0	0	
	さつきまつ	3	2	66.7	0	0	
	郭公	25	11	44	〈3〉(3)	12	〈(音羽山・ならの磯神・ときはの山)〉
	夏景	3	0	0	0	0	
	夏の終り	1	0	0	0	0	
秋上	立秋	2	0	0	〈1〉	0	〈かものかはら〉
	秋風	2	100	0	0	0	
	七夕	11	5	46	0	0	
	秋は悲しき	7	6	85.7	〈1〉	0	(くらぶ山)
	秋の月	5	2	40	(1)	20	
	虫	10	8	80	0	0	
	雁	8	4	50	0	0	(高砂のをのへ)
	鹿	5	3	60	(1)	20	
	萩	2	1	50	0	0	(小野)
	露	5	4	80	(1)	20	〈さがの〉(をとこ山)
	女郎花	13	0	0	〈2〉(1)	7.7	

	藤袴	3	0	0	0	0	
	花すすき	2	0	0	0	0	
	秋草	5	3	60	〈1〉	0	〈ふるのたき〉
秋下	もみぢ	19	6	31.6	〈5〉（7）	36.8	〈（さほ山・音羽山・守山）〉（神なび山・神なびの森・かさとり山）
	菊	13	1	7.6	〈3〉（2）	15.4	〈（吹上浜・大沢池）〉〈仁和寺〉
	落葉	25	9	36	〈6〉（9）	36	〈（竜田河）〉（神なび山・佐保山・竜田河・滝田・暗部山・神なびの三室山）〈雲林院・北山・小野・滋賀野の山越〉
	秋の田	3	2	66.7	0	0	
	秋の終り	5	0	0	〈2〉（1）	20	〈竜田河・大井〉（をぐら山）

冬						
初冬	3	2	66.7	（1）	33.3	（竜田河）
雪	21	7	33.3	〈2〉（7）	33.3	〈ならの京・滋賀の山越〉（末の松山・吉野の里・吉野山）
冬の終り	1	0	0	0		
年の終り	4	1	25	0		

※下から二段目の割合は、その歌群の総歌数に対する地名を含む歌の割合で、詞書に含まれる地名は省いた。また、下段の地名のうち、詞書に見えるものは〈　〉で、歌に詠まれたものは（　）で、詞書・歌ともに見えるものは〈（　）〉で括った。

右の表から分かるように、他の歌群と比較しても、よみ人しらず歌と地名歌の割合がともに高いのは、山吹歌群のみであると言える。

それではいったいなぜこのような特色を持つのであろうか。そしてそれは何を意味するのであろうか。以下、順次検討していくこととする。

三 『万葉集』の山吹歌との関連

まず、『古今集』成立以前では山吹がどのように詠まれていたかが問題になろう。そこで最初に『万葉集』を見ると、山吹の歌の総数十七首中、作者未詳歌は四首（全体の22％）のみである。また、地名では「神名備川」が一例あるのみで、水辺の山吹歌が多いわけでもない。さらに大多数の歌が、盛りの山吹を詠んでいると言える。つまり、『古今集』の山吹歌群は、『万葉集』の山吹歌とは別の傾向で構築されていると言えそうである。(5)

しかし、また一方、『古今集』の山吹歌群の歌々を見ると、『万葉集』で詠まれていた山吹歌の発想を踏まえた歌であるとも言える。例えば、121番歌「いまもかもさきにほふらむ橘のこじまのさきの山吹の花」のように、盛りの山吹を想像して詠む傾向は、

山吹の茂み飛び潜くうぐひすの声を聞くらむ君は羨しも　（巻十七　三九七一　大伴池主）
かはづ鳴く神なび川に影見えて今か咲くらむ山吹の花　（巻八　一四三五　厚見王）

などに見えている。三九七一番歌の「らむ」は、鶯の声を聞くに掛かるが、一・二句目の山吹の花が繁茂する様も推量していることになろう。また、一四三五番歌は、水に映る山吹を想像したもので、後述するように後代に多大な影響を与えた歌である。

次に、『古今集』122番歌「春雨のにほへる色もあかなくに香さへなつかし山吹の花」のように春雨の中の山吹を詠んだものには、

山吹の咲きたる野辺のつぼすみれこの春の雨に盛りなりけり　（巻八　一四四四　高田女王）

がある。春雨に鮮やかな山吹花と薄紫のすみれの配色美を詠った歌である。万葉後期の山吹花十七首中、十二首までが家持周辺の歌であるが、この高田女王も家持と親交のあった今城王と関係をもった女王であり、その父の高安王は旅人とも親しかった(6)ので、万葉後期の歌の中にこの歌も置くことができる。

『古今集』122番歌は、このような『万葉集』後期の歌調を引きながらも、『打聴』(7)が「山吹は色にのみにほひて愛るほどの香はあらねど女郎花にも香をよめるごとく此頃はかくしひたる事もはやく出こし也」と言っているように、まさに『古今集』撰者達の着眼点は「香さへなつかし」にあったのである。

ところで、万葉の家持周辺では、親族・友人間で山吹をめぐって盛んに贈答歌を交している。例えば、

京師《みやこ》より贈答《おこ》する歌一首

山吹の花取り持ちてつれもなく離れにし妹を偲ひつるかも

右は、四月の五日に留女の女郎より送れるぞ。　（巻十九　四一八四）

は、奈良で留守宅を守る家持の妹が、今を盛りの山吹を折り取って見ながら、越中赴任中の家持に同伴した妻の坂上大嬢に思慕の情を吐露した歌である。これに触発されて家持は、

山吹の花を詠む一首并せて短歌

うつせみは　恋を繁みと　春まけて　思ひ繁けば　引き攀ぢて　折りも折らずも　見るごとに　心なぎむと　茂山の　谷辺に生ふる　山吹を　やどに引き植ゑて　朝露ににほへる花を　見るごとに　思ひはやまず　恋し繁しも　（巻十九　四一八五）

山吹をやどに植ゑては見るごとに思ひはやまず恋こそまされ　（巻十九　四一八六）

と、家持自らが自生の山吹を庭前に植えさせたことを詠んでおり、次の、

妹に似る草と見しより我が標めし野辺の山吹誰れか手折りし　（巻十九　四一九七）

も奈良の妹に贈っている。都で山吹を玩んだ思い出を共有しているからこそ山吹が生きてくる贈答歌である。伊藤博氏は、四一八四〜四一九九番歌までの十五首を一連のものと捉え、これらを都の妹と大伴池主の双方に贈った可能性を指摘され、山吹を中心とした一大歌群を想定されている。(8) また、越中赴任中の家持が、病臥した折の大伴池主との応酬の中で、池主が、

うぐひすの来鳴く山吹うたがたも君が手触れず花散らめやも　（巻十七　三九六八）

と、上巳の宴に出席できない家持のために花期の異なる桜（三九六七）と山吹を歌い、(9) さらに、

山吹は日に日《け》に咲きぬうるはしと我が思ふ君はしくしく思ほゆ　（巻十七　三九七四）

と贈ったのに対し、家持が、

咲けりとも知らずしあらば黙もあらむこの山吹を見せつつもとな　（巻十七　三九七六）

と歌っている例もある。次の、

三月の十九日に家持が庄《たどころ》の門の槻の樹の下にして宴飲する歌二首

山吹は撫でつつ生ほさむありつつも君来ましつつかざしたりけり　（巻二十　四三〇二）

右の一首は置始連長谷《おきそめ》。

我が背子がやどの山吹咲きてあらばやまず通はむいや年のはに　（巻二十　四三〇三）

右の一首は、長谷、花を攀ぢ壺を提《と》りて到り来。これによりて、大伴宿禰家持この歌を作りて和ふ。

は、天平勝宝六年（七五四）春、家持の庄園の樹下で酒宴をした折、長谷が「山吹を大事に育てよう。君が訪れ挿頭にしてくれるのだから」と詠み、山吹を折って献じたので、家持が、「あなたの家に山吹の花が咲いているのなら毎年通うとしよう」と答えた歌であり、山吹が酒宴で持て囃されていたことが分かる。

同じき月（天平勝宝六年三月）の二十五日に、左大臣橘卿山田御母《みおも》が宅にして宴する歌一首

山吹の花の盛りにかくのごと君を見まくは千年にもがも　（巻二十　四三〇四）

右の一首は、少納言大伴宿禰家持、時の花を矚て作る。ただし、いまだ出ださぬ間に、大臣宴を罷む。よりて挙げ誦はなくのみ。

長谷との贈答に続く右の歌は、橘諸兄が孝謙天皇の乳母である山田御母の家で酒宴を催した折の家持の作。但し、諸兄が中座したのでこの歌を披露しそこなっている。諸兄は家持の庇護者であるから、天平勝宝五年（七五三）に、

二月の十九日に、左大臣橘家の宴にして、攀ぢ折れる柳の条《えだ》を見る歌一首

青柳のほつ枝攀ぢ取りかづらくは君がやどにし千年寿くとぞ　（巻十九　四二八九）

とあるのと同様に諸兄を寿いだのである。早春の柳（四二八九）と共に晩春の山吹（四三〇四）が今を盛りの諸兄への讃辞となっている。

以上のように、万葉後期には、山吹は観賞用として庭前に植えられたり、折り枝が持て囃されている。家持周辺では、時には山吹に女性美を重ねて恋情を表したり、男女を問わず相手への讃辞や追慕を表現したりしていたと言えよう。

『古今集』123番歌「山ぶきはあやなさきそ花見むとうゑけむ君のこよひこなくに」は、庭前に観賞用として植えた山吹に向かって、植えた本人が来ない今夜には咲くなと制した歌で、「あやなさきそ」と理屈を捏ね、慌てて制しながら、主や山吹に愛情を示している点が撰者の目に適ったのであろう。撰者達が山吹歌群を

構築する際、万葉後期に見える庭前の山吹詠の系譜に繋がる歌も、是非収載したかったはずである。しかし、同様の歌材でありながら撰者達が選んだ歌は、絶頂期の山吹の美の実景を歌う歌は122番歌一首に留め、山吹の花の絶頂期を想像する121番歌や時の静止を望む123番歌のごとく『万葉集』では見られなかった感慨を詠んだ歌であった。そしてこの庭前の山吹を詠んだ123番歌は、散り急ぐ吉野河の山吹を詠んだ次の124番歌とともに、時の推移の時間軸の中に組み込まれていったと言える。

さて、貫之の124番歌「吉野河岸の山吹ふくかぜにそこの影さへうつろひにけり」及びよみ人しらずの125番歌「かはづなくゐでの山吹ちりにけり花のさかりにあはましものを」は、先に挙げた『万葉集』の厚見王の歌「かはづ鳴く神なび川に影見えて今か咲くらむ山吹の花」の発想に負うところ大である。この厚見王の歌を分析された新谷秀夫氏[10]は、奈良遷都以後、故郷の飛鳥を偲ぶよすがとして神奈備が歌われることが多かったこと、神奈備や吉野河が水の聖地であること[11]、水の聖地の植物を表す言葉として「生ふ」から「咲く」に転じていったのは万葉第三期であること、厚見王の歌以降、水辺に咲く花を詠む歌は、水に映る影によって歌われることが多くなったことなどを指摘され、厚見王の歌は、万葉的表現から王朝和歌に繋がるものであると述べている。

貫之の124番歌は、水の聖地吉野河の山吹を詠んだものであるが、満開の山吹を詠むのではなく、吹き付ける風によって、水底の影まで散ってしまったという移ろいに焦点があること言うまでもない。121・122番歌の絶頂期の山吹の姿や123番歌の絶頂期で時を止めようとする歌の次に、岸辺の風によって空しく散り過ぎようとする山吹を、水底の幻視の姿をも付加させて読者に提供することこそが貫之の眼目だったのである。また、124番歌が散るという進行形の現象を捉えた動の世界の山吹であるのに対し、125番歌では散り終わった静謐な山吹の姿を提示し、合わせて『万葉集』にはなかった地名井手（地名との関連は後述する）に躍動的に鳴く蛙の声を響かせて花の凋落を惜しんでいると言える。また、万葉の厚見王の歌が、山吹と蛙の生命力を寿ぐ歌であるのに対し、古今125番歌には、山吹が散った後の蛙の生命力が強調されて蛙の季節の到来を告げているのである。

このように124・125番歌は、厚見王の王朝和歌的要素に鋭敏に反応しながらも、微妙な時の推移の配列の中に組み込もうとする『古今集』の撰者達の意図によって選び取られたものであると言える。また、先述したように121番歌の「さきにほふらむ」という現在推量の表現も厚見王の「今か咲くらむ」に通じることを考え合わせると、この山吹歌群を構築する際の基調にはやはり厚見王の歌があったと思われてくる。前述した山吹歌群の四つの特色に戻れば、水辺の山吹歌が多かったことも厚見王の歌の影響ではなかっただろうか。

以上のように、『古今集』の山吹歌群は、個々の歌においては、万葉の山吹歌の発想をあくまでも引き継ぎ、その基盤の上に成り立った歌でありながら、撰者達は、「時の移ろい」を象徴させた。［二］で挙げた四つの特色から見れば、万葉から古今の間で詠まれていた山吹歌は、この他にもあったのだろうが、時の推移の時間軸に適う歌が『古今集』に選び取られたのである。

四　他部立におけるよみ人しらず歌の多い歌群と山吹歌群の比較

さて、古今集歌として選び取られた山吹歌群の歌は、貫之の124番歌以外は全てよみ人しらず歌であるので、この問題について考えてみたい。

ここでまた、前記の表を見ると、春歌上・下において、よみ人しらず歌の割合が20％以下の歌群は、「立春・春の初め・緑・柳・帰雁・桜・藤・逝く春」である。つまり、これらの歌群は、作者判明歌によって、勅撰集としての古今集歌の思想や漢詩的表現を土台にした和歌表現の独自性を打ち立てた歌群でもあった(12)。

これに対し歌材「山吹」の場合は、そもそも漢詩文との影響関係がなかっただけに、山吹色の衣と梔子を掛けた素性の誹諧歌（1012番歌）以外は、六歌仙はもとより、撰者時代の歌人達にも特に詠まれたわけではなかったようである。しかし一方、山吹は我が国における晩春の景物としては不可欠で、万葉後期にも盛んに詠まれていたのであるから、当然、歌群として収載すべき歌材でもあった。そして、このような歌材を歌群として生成しようとする時、そこにはもちろん歌群としてのオリジナリティが求められて来ると言える。

ところで、四季歌中には、山吹歌群以外にもよみ人しらず歌の占める割合が高い歌群があった。そこで次に、それらの歌群のよみ人しらず歌の運用の仕方を具体的に見ることによって、山吹歌群と比較し、山吹歌群の独自性を考えてみたい。

［二］の表において、山吹歌群以外でよみ人しらず歌の割合が80％以上の歌群は、春上「鳥」、秋上「秋風」「秋は悲しき」「虫」「露」である。このうち春上の「鳥」歌群（28・29番歌）は、「雁」歌群（躬恒の30番歌・伊勢の31番歌）と一括して考えられる。すなわち、漢詩文の洗礼を受けて新たに発展した帰雁詠に対して百千鳥（28番歌）・呼子鳥（29番歌）のよみ人しらず歌を配置したと考えられるから、四首を一括すると、よみ人しらず歌の割合は50％と見倣すことができる。

秋上の「秋風」の歌群は新日本古典文学大系『古今集』の歌群区分では、171・172番歌の二首のみであるが、秋上巻頭の169番歌（敏行）・170番歌（貫之）も「立秋」を秋風によって感じているのだから、169〜172番歌四首を撰者二首、よみ人しらず歌二首と並立させたものとして一括できなくもない。すると先の春上「鳥」の歌群と同様に、よみ人しらず歌の割合は50％と言うことになる。したがって、よみ人しらず歌の割合が実質的に80％以上の歌群は、「秋は悲しき」「虫」「露」の歌群のみと言うことになる。これらは全て秋上に集中しているので、秋上の総歌数に対するよみ人しらず歌の割合も、次の表のように当然高くなっている。

部立名	総歌数	よみ人しらず歌数	割合（%）
春上	68	20	29.4
春下	66	17	25.8
夏	34	13	38.2
秋上	75	37	49.3
秋下	65	20	30.7
冬	29	10	34.5

秋歌上の「秋は悲しき」の歌群は、特によみ人しらず歌の多い（七首中六首）歌群である。その感慨は万葉には見られなかったもので、嵯峨淳和朝漢詩集における悲秋観[13]、殊に『経国集』巻第一の嵯峨上皇「重陽節神泉苑賦秋可哀」に和した侍臣の詩が、『古今集』秋歌上の「秋は悲しき」に影響を与えたと思われる。

もとよりこの悲秋観は「心づくし」「わびし」「あはれ」「うらぶる」などという感情表現や虫・鹿・紅葉・月・雁・花薄・きりぎりす・萩などという物象と共に詠まれ、『古今集』の秋歌の随所に散見できるのだが、「是貞親王家歌合」にも五首詠まれており、集中にも歌群として是非とも提示したいテーマであったのだろう。悲秋観を詠んだ和歌にはもともとよみ人しらず歌が多かったのだろうが、『経国集』の「秋可哀」一連に拮抗させる意識のもとに、それらよみ人しらず歌を導入して歌群を構成し、悲秋のテーマを定着させたものと思われる。

また、「虫」の歌群（196〜205番歌）は、虫（197・199番歌）、きりぎりす（196・198番歌）、松虫（200〜203番歌）、蜩（204・205番歌）からなっている。撰者時代の藤原忠房（196番歌）・敏行（197番歌）を歌群の冒頭に据え、次に八首のよみ人しらず歌を置いて、悲秋観を漂わせて構成している。なかでも「松虫」は、『古今集』初出の歌材で、「松」に「待つ」を掛ける新鮮さが注目されてか、四首も採られている。歌合における「松虫」の歌題の初出は、「秋東宮保明親王帯刀陣歌合（延喜四～二二年頃）」であるから、『古今集』成立前後で注目されていた歌材だったと言える。撰者達は悲秋観を基調に、また、新歌材「松虫」を中心に万葉以来詠み続けられてきた秋の虫の歌を、よみ人しらず歌を多数導入することによって独創的な歌群に仕立てようとしたと言えよう。

因みに、『古今集』の秋歌上の虫の歌群に見られる歌材を『万葉集』と比較してみると、次の表のようになる。『万葉集』で多かった蟋蟀や蜩は、『古今集』では少数になり、「松虫」が多くなっていることが分かる。

秋上虫の歌群	古今集での数	万葉集での数
虫	2（1）	7〈3〉
きりぎりす	2（1）	蟋蟀 9〈1〉
松虫	4（2）	0
蜩	2（2）	9〈3〉

次の秋上の「露」の歌群（221～225）も、『万葉集』以来の秋歌の定番で、「露置く」に「起く」を掛ける例、はかなさの象徴としての例のほか、萩の上露も多数見られた。『古今集』における「露」も、このような『万

葉集』以来の表現が中心で、各部立に散見できるのだが、秋上の歌群としては、蜘蛛の糸に光る露を詠んだ斬新な文屋朝康の歌（是貞親王家歌合の歌）以外は、全て萩の露を詠んだよみ人しらず歌とした。つまり、そこには萩の上露の美を再確認し、歌群として提示しておこうとする撰者達の意図があったと言うことができる。

このように、秋歌上の各歌群内におけるよみ人しらず歌の割合が80％以上の歌群を見てみると、『古今集』成立以前の多数のよみ人しらず歌の中から、統一した詩想に合った歌々を集め、オリジナリティに徹しようとする撰者達の意図を読み取ることができる。

こうした傾向と同様、春歌下の山吹歌群においても、独自なよみ人しらず歌の運用の仕方がなされたと言える。先述したように山吹は六歌仙や撰者達によって盛んに詠まれていたわけではなかったので、編纂の段階ではよみ人しらず歌が多く集められて来たと言えよう。そして、前述で検討したように、それらのよみ人しらず歌の中でも、万葉を基調にしながらも、斬新な発想を持った歌が厳選され、また、山吹自体が晩春のものであったが故に、移ろいの美を表現する歌群に仕立てようとして、さらに歌を厳選し、独自性を出そうとしたと言えよう。

五　山吹歌群における地名の意義

それでは、山吹歌群において、地名を含む歌を多く入れた意味は何であったのだろうか。『万葉集』の山吹歌で、地名と結びついているものは神奈備河一例であった。逆に言えば先に挙げた例歌でも分かるように、『万葉集』の山吹歌には家持周辺のものが多いので、生活と密接に結びついた盛りの山吹が詠まれることが多かったということになる。これに対して『古今集』の山吹歌では、122・123番歌は日常生活圏のものと考えられるが、地名を含んだあとの三首は、言うまでもなく日常とは別次元の山吹ということになる。

そこでもう一度、よみ人しらず歌の多い歌群を見てみよう。「秋は悲しき」の歌群は、『古今集』前夜に和歌にまで普及した悲秋観をテーマにしており、その内容からして日常的次元で詠まれるものである。ゆえに特に地名に固執する必要はないと思われる。また、新たな歌材「松虫」によって悲秋観に新鮮な発想を添加した「虫」の歌群、『万葉集』以来の歌材である萩の上露を深めた「露」の歌群もしかりである。つまり、これらの歌群には、「どこそこの秋は悲しい」、「どこそこの虫の音はよい」、「どこそこの萩の露は美しい」などと言う地名がなくても歌群のオリジナリティを十分強調することができるのである。

ここで「宇多院物名歌合」の山吹歌についても一応確認しておこう。(14)

款冬花　左　　　　　　　　定文

13花折らでわれぞややまぶきのはなる露を玉にて消たじとおもへば

右　勝

14いづこともわかず春雨ふりやまぶきのはなべても萌えにけるかな

「宇多院物名歌合」には、友則の名も見え、高度な歌も多いので『古今集』以前に成立したのではないかとする説がある。(15)しかし、『古今集』には一首も採録されていないため、『古今集』編纂以降ともとれるとする説もある。ともかく本歌合では、山吹が特に地名と結び付いてはいない。また、『万葉集』以来の咲く山吹が詠まれており、水辺の山吹を詠んだものでもない。したがって、仮に本歌合が『古今集』成立以前に行われたとしても、『古今集』の山吹歌群を生成する時に、撰者達はそれを除外したということとなる。

次に〔二〕で示した表をもう一度見てみると、四季歌における他部立の歌群の中で、地名が詠み込まれている割合が高い歌群は、春上の「春の野」、秋上の「もみぢ」「落葉」、冬の「初冬」「雪」の歌群である。これらは「春の野」と言えば「春日野」、「もみぢ」「落葉」と言えば、「神奈備山（森）・竜田河・佐保山・守山・音羽山・笠取山」、「雪」と言えば「吉野」（「初冬」の314番歌の竜田河は秋歌の九月尽日に引かれて巻頭歌とされたものと思われる）と言うごとく、ある特定の景物と地名が結び付いた歌枕となる。これらは『古今集』成立以前に定着化されつつあったのだろうが、撰者達が集中にそれらを収載することによって歌ことばとしての歌枕の有り様を提示することになったのであった。

こうした動向の中にあって、撰者達が山吹歌群を編もうとする時、しかも『万葉集』以来の庭前の山吹歌のみならず、『古今集』歌の思想である移ろいの美を強調しようとした時、先述したように日常の時空を超えるためにも地名歌が求められたのではなかろうか。『万葉集』に山吹の地名として一例のみあった神名備川は入れずに、「吉野川」の山吹の歌を入れ、さらに新たな「小島が崎」「井手」(16)という水辺に関連する地名を入れたことは、厚見王の歌に影響を受けたからだと言えよう。また、水辺の地名にすることによって、そこに移ろいの幻影を強調させやすかったからではないかと思われる。

以上のように、特定の地名と景物が結び付くいわゆる歌枕量産の気運の中に選び取られて来たのが、山吹歌群の地名歌だったと言うことができよう。

六　歌材「藤」と屏風絵との関連

ところで、このような山吹歌群が生成され、撰歌、配列された要因の一つに、同じく晩春の景物である「藤」

との関連も考えられる。山吹歌群の手前には、藤の歌が二首ある。

しがよりかへりけるをうなどもの花山にいりてふぢの花のもとにたちよりてかへりけるに、よみておくりける　僧正遍昭

よそに見てかへらむ人にふぢの花はひまつはれよえだはをるとも　(119)

家にふぢの花のさけりけるを、人のたちとまりて見けるをよめる　みつね

わがやどにさける藤波たちかへりすぎがてにのみ人の見るらむ　(120)

遍昭の歌は『白氏文集』の「紫藤」の「下如蛇屈盤。上若縄紆一。」の発想を基調にし、花山寺を訪れた人が藤を見て去った後に贈った奇抜な挨拶の歌。また、躬恒の歌は、『万葉集』以来の歌語「藤波」を用い、「立ち帰り」に「波立つ」を掛けた歌である。

『万葉集』にも藤は二十三首（藤波も含む）詠まれているが、その中に水辺の藤を詠んだ次のような歌がある。

十二日（天平勝宝二年〈七五〇〉四月）に、布勢の水海に遊覧し、多祜《たこ》の湾に舟泊りす。藤の花を望み見て、おのもおのも懐を述べて作る歌四首

藤波の影なす海の底清み沈く石をも玉とぞ我が見る　(巻十九　四一九九)

守大伴宿禰家持

多祜の浦の底さへにほふ藤波をかざして行かむ見ぬ人のため　(同右　四二〇〇)

次官内蔵忌寸縄麻呂

これらが漢詩文の影響下に詠まれていることは早くから小島憲之氏[17]によって指摘されている。また、安田徳子氏[18]は、さらに平安和歌における藤詠を考察され、水と藤の取り合わせが中国漢詩ですでに確立されており、水辺の藤が、松に掛かる藤浪と同様に屏風の常套的構図であったとされている。

『古今集』夏の巻頭歌「わがやどの池の藤波さきにけり山郭公いつかきなかむ（よみ人しらず）」は、言うまでもなく水辺の藤詠であるが、この歌以外で『古今集』成立頃の水辺の藤の歌に、「延喜五年二月一日右大将藤原定国四十賀屏風」の、

にごりなききよたきかはのきよければそこよりたつとみゆるふちなみ[19]　（忠岑集Ⅳ　182）

がある。また、時代は下るが「延喜十三年十月十四日尚侍藤原満子四十賀屏風」の伊勢の歌、

うみつらなるいへにふちのはなさきたり

わかやとの影ともたのむふちのはなうちよりくともなみにをらるな[20]　（伊勢集Ⅰ　65）

とあるように、水辺の藤は屏風歌としても多数詠まれるようになる。安田氏[21]は、水辺の藤も絵や漢詩から学んだ素材であるが、また一方で、先の布勢の海の藤詠に見るように、家持によって見出された独自の表現を引き継いだものではないかと言われ、さらに山吹歌の場合も、水辺の山吹を詠じた最も古い例である厚見王の影響

を受けているのではないかと指摘されている。

この氏の卓説は『古今集』の山吹歌群を考える上で、非常に参考になる。藤は、漢詩によく詠まれたため、漢風讃美時代にも貴族の邸宅に比較的多く植えられ、唐絵にも描かれた。そしてそれが国風文化の進展とともに大和絵にも、また一方では和歌にも反映されていった。こうした情況の中、藤とともにわが国の晩春を代表する山吹は、漢詩や唐絵の素材にはなかったが、否、なかっただけに、純粋に日本的な素材として大和絵に描かれ、また一方、山吹を詠んだ和歌への関心も高まっていったのではなかろうか。その際、彼らが参考にしたのは『万葉集』であり、中でも厚見王の歌は前述したように彼らの美意識に適っていたと言えよう。また、彼らがこの歌に着目した間接的背景としては、水辺の藤を家持らが「水底の影」として捉えていた点も挙げられよう。そして、水辺の藤が大和絵屏風に描かれ、和歌にも詠まれたのと同時に、水辺の山吹は純粋に和歌的世界を具象化する形で大和絵に描かれたものと思われる。[22]

『古今集』には、屏風歌と銘記されてはいないが、屏風歌と覚しき歌があると言う説がある。この説は資料である『古今集』の詞書自体に書かれていない以上立証することは難しい。一方、『古今集』の編纂以降、屏風歌が急速に発達したことから、『古今集』が屏風歌の隆盛を齎したとも考えられている。[23]この説からすると「山吹」を詠んだ屏風歌が流行する要因には、『古今集』の山吹歌群や貫之124番歌などがあったからだとも言えよう。すなわちこのような大和絵と和歌の相関関係によって、屏風歌が発達する様相の始発を「山吹」歌群に見出すことが可能ではないかと思われるのである。

ところで、撰者達は、山吹歌群の前に、遍昭と躬恒の藤の歌（119・120）を置いていた。そしてさらに、春歌下の巻末「三月尽」の歌群（132〜134）に白楽天の「三月三十日題慈恩寺」の影響を受けた業平の、

やよひのつごもりの日、あめのふりけるにふぢの花をりて人につかはしける

業平朝臣

ぬれつつぞしひてをりつる年の内に春はいくかもあらじと思へば（133）

を置き、さらに夏歌巻頭歌に、

題しらず

よみ人しらず

わがやどの池の藤波さきにけり山郭公いつかきなかむ（135）

という水辺の藤の歌を置いた。このように藤詠を分散させたのは、藤がそれだけ漢詩文の影響を受け、多種多様に詠まれていたからである。編纂当時、他にもあった可能性のある水辺の藤の歌を山吹歌群の前に置くこともできたであろうが、それをしなかったのは、山吹歌群の中に水辺の山吹歌を置いて、漢詩に拮抗する和歌の独自性を表出しようとしたためではなかっただろうか。

以上のことから、『古今集』の山吹歌群は、漢詩文に深く関連していた「藤」の歌や屏風絵にも影響を受け、歌群として構成されたものと考えられよう。

七　結び

最後に、『古今集』撰者達の山吹歌を見ておこう。彼らの私家集を見ると、山吹歌は躬恒に5首、貫之に4

首ある（友則・忠岑には無）。そのうち躬恒の歌は、

a あしひきの山ふきのはな山ならはさくらかりにはあふ人もあらし[24]（躬恒集Ⅰ 113）

b 春ふかき色こそなけれ山吹の花のこゝろをまつそそめつる（躬恒集Ⅱ60＝Ⅲ48＝Ⅳ460＝Ⅴ79）（bは屏風歌、aも同様か）

などのように、『古今集』山吹歌群の歌々とは傾向を異にしていると言える。これに対し、貫之は、

京極の権中納言の屏風のれうの歌廿首

ゆかりとも聞えぬ物を山吹のかはつの声に、ほひけるかな[25]（貫之集 254）

おなしとし（天慶四年）三月うちの御屏風のれうのうた廿八首、やまぶき、

うつるかけありと思へは水底の物とそ見まし款冬の花（同右 465）

と詠んでおり、『古今集』山吹歌群の124・125番歌を明らかに踏襲していると言える。124番歌が、水底に散る山吹の影を詠じた貫之自身の作であることからも、山吹歌群の生成・配列構想が貫之の手になることは容易に想像されるが、右の貫之歌からもこのことは大方、首肯されよう。

以後、王朝の山吹歌は、貫之の美意識の類型化が続くことになる。

注

（1）この左注と井手については、新谷秀夫氏「〈井手の山吹〉と橘氏―古今集歌本説をめぐる一断章―」（『日本文芸研究』平成7年6月）に詳しい。諸本に従って、よみ人しらず歌として扱うことにする。

（2）小島憲之・新井栄蔵校注　新日本古典文学大系『古今和歌集』（岩波書店　平成元年2月）四季歌の配列構造の場合、諸説によっても多少の異同はあるものの、歌材の区分としては大差がないので、本章では以下も便宜上新大系の脚注における歌群区分を使用する。

（3）『新撰字鏡』（享和本・群書類従本）の「木部」に「桩山不支」とある。また、『萬葉古今動植物正名』（山本章夫　恒和出版　昭和54年4月）には、『秘伝花鏡』（清　陳淏子）の説により、山吹の「重葉」を「漢名棣棠」、「単葉」を「漢名　金盌」としている。なお、『大漢和辞典』では、宋の盂元老の撰『東京夢華録七　駕回儀衛』の「是月、季春、萬花爛漫、牡丹、芍薬、棣棠、木香、種種上市」を引く。

（4）「橘の小島の崎」には、大和説と山城説がある。小町谷照彦は、「古今和歌集評釈・七十・橘の小島の崎の山吹の花」（『国文学』三十三巻十三号　昭和63年11月）において諸説を整理され、『源氏物語』「浮舟」の用例から して山城説を取られる。ともかく、「崎」であるから、水辺に関連する地名であることは確かである。

（5）『万葉集』の山吹の歌については、桜井満『万葉の花　花と生活　文化の原点』（雄山閣　昭和59年）、大越喜之「家持の〈山吹の花を詠む歌〉をめぐって」（『國學院雑誌』第　九十二巻四号　平成3年4月）、塚本澄子「山吹の立ちよそひたる山清水」（『作新学院女子短期大学紀要』第一八号　平成6年11月）などが参考になる。

（6）伊藤博『万葉集釈注』第四巻（集英社　平成8年）

（7）『賀茂真淵全集』第九巻「古今和歌集打聴」（続群書類従完成会　昭和53年）

（8）注6の前掲書第十巻（集英社　平成10年）

（9）吉田信宏「越路の春」（『国語国文学藻』和泉書院　平成11年12月）に詳しい。

（10）新谷秀夫「水辺の花を〈咲く〉とよむ歌―萬葉集巻八　厚見王の歌の再検討」（『日本文芸研究』四十三巻四号　平成4年1月）

（11）真下厚「水の聖地と景物―万葉歌類型の発生と展開―」（『立命館文学』四八三・四八四号　昭和60年10月）を挙

げて説明されている。吉野川・神奈備川が聖地であることは、桜井満『古代の山河と伝承』（おうふう　平成8年2月）にも詳しい。

（12）例えば、年内立春を詠んだ在原元方の1番歌「年のうちに春はきにけりひととせをこぞとやいはむことしとやいはん」は、陰暦よりも節気の方が早く到来する現象を詠み、『古今集』が天道を重んじているという解釈ができる。また、紀貫之の2番歌「袖ひちてむすびし水のこほれるを春立つけふの風やとくらむ」は、『礼記』月令の「孟春之月（中略）東風解凍」を踏まえていること、二条后の3番歌「雪のうちに春はきにけり鶯のこほれるなみだいまやとくらん」は、漢語「雪中、雪裏」や鶯の擬人化は唐詩によく見えることなど、先学の指摘が多い。

（13）津田左右吉「秋の悲しさ」（「東洋史会紀要」昭和14年6月『全集』第二一巻所収）・小尾郊一『中国文学に現れた自然と自然観』（昭和47年11月）・小島憲之『国風暗黒時代の文学中(下)I』（昭和60年5月　塙書房）・『上代日本文学と中国文学　下』（昭和40年3月）・『古今集以前』（塙書房　昭和51年2月）・鈴木日出男『古代和歌史論』第三章「悲秋の詩歌」（東京大学出版会平成2年10月）など。なお本書第一部第四章も「悲秋」に関連する。

（14）萩谷朴『平安朝歌合大成』第一巻（同朋舎　昭和32年1月）

（15）延喜五年以前の成立とするのは峯岸義秋『歌合の研究』（昭和29年）、『新編国歌大観』巻五　解題「宇多院歌合」（片桐洋一・中周子）。延喜五年以後まもなくとするのは萩谷朴『平安朝歌合大成』。延喜七年頃とするのは村瀬敏夫『紀貫之伝の研究』（昭和56年）。延喜十三年三月十三日〜同十四年四月頃（あるいは十五年初頭まで）とするのは遠藤寿一（「湘南文学」〈東海大学日本文学会〉第二三号　平成元年3月）。

（16）吉田東伍『増補大日本地名辞書』（冨山房　昭和44年）・『日本歴史地名大系』奈良県・京都府の地名（平凡社昭和56年）・片桐洋一『歌枕歌ことば辞典増訂版』（笠間書院　平成11年6月）・久保田淳・馬場あき子編『歌ことば歌枕大辞典』（角川書店　平成11年5月）などによれば、「小島が崎」は、『古今集』の当該歌が初出で、宇治川西岸辺りの地名。『源氏物語』「浮舟」や『平家物語』でよく知られる。「井手」は、橘諸兄の別荘があったと言われる奈良県井手村。井手の玉川としても和歌に詠み込まれていくことになる。

(17)小島憲之『上代日本文学と中国文学　中』(塙書房　昭和39年3月)

(18)安田徳子「藤詠考」(和漢比較文学叢書『古今集と漢文学』汲古書院　平成4年2月所収)なお、『西宮記』や『河海抄』(宿木)に見られる延喜二年三月二十日の飛香舎の藤花宴は、『古今集』における藤の歌の収載と関連付けてよいだろう。

この藤花宴と和歌史との関連については、橋本不美男の「後宮曲宴と和歌」(『王朝和歌　資料と論考』笠間書院　平成4年8月所収)がある。氏は、この藤花宴は形式的には醍醐天皇主催の公宴で、実質的には藤原時平の饗宴だったという説を出している。それに対し、滝川幸司は、時平の私的儀礼で、それゆえに和歌が詠まれ、醍醐天皇は歌に積極的姿勢をとっていないという説を出している(『天皇と文壇　平安前期の公的文学』和泉書院　平成19年2月)。

(19)・(20)『私家集大成中古Ⅰ』(明治書院　昭和48年11月)家集のローマ数字は、同書における伝本の番号を示す。

(21)注18の安田論文。

(22)内田順子「絵と詩—屏風歌以前—」(「国語国文」第六十九　巻第九号　平成12年9月)氏は「倭絵は、その初めは様式の謂いではなく、〝日本のもの〟を描いたもののことであったと言うならその最初に描かれたものは、中国の絵画が顕著にそうであったように、〝日本の言葉が表現してきたもの〟であったはずである。」と卓見を述べられた。

(23)鈴木宏子「〈型〉創る力—紀貫之における歌集編纂と作歌—」(「日本文学」六十巻一号、平成23年1月　後、『王朝文学の想像力　古今集と源氏物語』笠間書院　平成23年10月所収)

(24)・(25)注19と同じ。

第四章　秋歌下　落葉歌群　二八五〜二八八番歌について

――仏典及び漢詩文受容と歌群生成の一側面――

一　はじめに

この章では、『古今集』の歌の撰歌や歌群を構築する場合、仏典と漢詩文の影響が細部にも行き亘っていた例を検討してみよう。

『古今集』秋歌下には、「紅葉」の歌群十九首（249〜267）、「菊」の歌群十三首（268〜280）が配列された後、「落葉」の歌群二五首（281〜305）が収められている。(1) この歌群には「竜田河の紅葉」の歌が七首も採られており、歌群のメインになっているような感を呈するが、その合い間を縫って様々な視点から選歌し、小歌群を構成させていると言える。

本章では、そのうち従来から述懐性が強いと言われてきた(2)285〜288番歌について、それらの歌が収載された背景と歌群として生成された要因を探っておくこととする。

この四首は、「落葉」歌群の初めから五～八番目の歌である。まず、落葉歌群の冒頭四首（281～284）及び後続の二首（289・290）も合わせて記し、285～288番歌を「落葉」歌群中の小歌群として捉えることができることを確認しておこう。

題しらず　よみ人しらず
281佐保山のははそのもみぢちりぬべみよるさへ見よとてらす月影
みやづかへひさしうつかうまつらで山ざとにこもり侍りけるによめる　藤原　関雄
282おく山のいはかきもみぢちりぬべしてる日のひかり見る時なくて
題しらず　よみ人しらず
283竜田河もみぢみだれて流るめりわたらば錦なかやたえなむ
この歌は、ある人、ならのみかどの御歌なりとなむ申す
284たつた河もみぢば流る神なびのみむろの山に時雨ふるらし
又は、あすかがはもみぢばながる
285こひしくは見てもしのばむもみぢばを吹きなちらしそ山おろしのかぜ
286秋風にあへずちりぬるもみぢばのゆくへさだめぬ我ぞかなしき
287あきはきぬ紅葉はやどにふりしきぬ道ふみわけてとふ人はなし
288ふみわけてさらにやとはむもみぢばのふりかくしてしみちとみながら

289秋の月山辺さやかにてらせるはおつるもみぢのかずを見よとか
290吹く風の色のちぐさに見えつるは秋のこのはのちればなりけり

右の「落葉」歌群の冒頭281番歌は、「紅葉」の歌群の最後の歌、

秋のうたとてよめる　　　　　　坂上　是則
267佐保山のははその色はうすけれど秋は深くもなりにけるかな

を受け継いだ歌で、両歌群の間に「菊」の歌群を入れながらも、「紅葉」から「落葉」への一貫した流れが配慮されていると言える。

また、右の掲出歌から分かるように、285・286番歌は、竜田川を詠み込んだ283・284番歌とは異なる「風」をテーマにした歌となっている。さらに、287・288番歌では、落葉に埋もれた道に孤絶する宿を詠んだ歌が配列されていて、後続の289・290番歌では、また別のテーマに移っていることから、285〜288番歌は、一応、述懐性の強い歌群として捉えることができる。(3)

三木雅博氏(4)は、286番歌について、紀長谷雄の、

秋風起　秋葉飛　　　　　秋風起り　秋葉飛ぶ
一別故林何処　　　　　　一たび故林に別れて何処にか去《ゆ》く　　　　　　　（「葉落吟」）

と発想が近いことを指摘され、そのもとには、『白氏文集』の、

二毛生鏡日　　二毛鏡に生ずる日、
一葉落庭時　　一葉庭に落つる時。
老去争由我　　老の去りて争か我に由らん、
愁来欲泥誰（後略）　　愁ひ来たりて誰にか泥まんと欲す。（1121「新秋」）

（前略）寒温與盛衰　　寒温と盛衰、
遞相為表裏　　遞ひに相表裏と為る。
蕭蕭秋林下　　蕭蕭たる秋林の下、
一葉忽先委（後略）　　一葉忽ち先委ぬ。（2198「一葉落」）

などの「落葉」と衰え行く自らを結び付けた一連の表現が存在するとされて、当該歌は、よみ人知らず歌とはいえ、『古今集』の成立時期にかなり近い作品ではないかと述べられた。

また、287番歌については、白居易の「白氏草堂詩」をもとに、日本的な山里の寂寥感・孤絶感の思想を盛り込んで和様化した紀長谷雄の、

寂寞山家秋晩暉　　寂寞たる山家　秋晩の暉き
門前紅葉掃人稀　　門前の紅葉掃ふ人稀なり（4「山家秋歌」）

や「貧女吟」の「紅葉門深く行跡断え」にも通ずると指摘された。

そして、さらにこれらのもとには、やはり白詩の、

西宮南内多秋草　　西宮南内　秋草多し、
宮葉満階紅不掃　　宮葉階に満ち　紅掃はず。　（596「長恨歌」）

秋庭不掃携藤杖　　秋庭掃はず藤杖を携へ、
閑踏梧桐黄葉行　　閑かに梧桐の黄葉を踏みて行く。　（684「晩秋閑居」）

があることを論述された。(5)

本章では、これら三木氏の論を踏まえつつ、当該歌群が漢詩との関わりと共に仏典や当時の仏教文化との関連からも言及できるのではないかと思われるので、以下考察を進めていきたい。

二　ふきなちらしそ山おろしのかぜ

まず、285番歌を検討しておこう。(6)

竹岡正夫氏『古今和歌集全評釈』では、この歌に恋歌の可能性を指摘している。(7) が、そもそもこうした解釈が生まれる要因は初句の「こひしくは」に拠ろう。しかし、

ちりぬともかをだにのこせ梅花こひしきときのおもひでにせむ　（『古今集』48春歌下　よみ人しらず）

に代表されるように、景物を恋い慕う例は、四季歌にもしばしばみられる表現である。したがって、285番歌の場合も、「紅葉の美しさをせめて散り敷く落葉を見て偲びたいから、山おろしの風よ吹き散らさないでくれ」という意の四季歌として捉えるほうが妥当だと思われる。

ところで、「山おろしのかぜ」の用例は、(8)『万葉集』では巻九の作者未詳の長歌、

（前略）峰の上の　桜の花は　滝の瀬ゆ　散らひて流る　君が見む　その日までには　山おろしの　風な吹きそと…　（一七五一）

のみで、『古今集』でもこの285番歌一例のみである。(9)また、小町谷照彦氏が、『評釈』(10)で、

心してまれに吹きつる秋風を山おろしにはなさじとぞ思ふ　（『後撰集』1138雑二　大輔）

衣手に山おろしふきてさむきよをきみきまさねばひとりかもねん　（『古今六帖』426・『新古今集』1208恋三　人麿）

を挙げて述べるように、歌語としての使用頻度が少ない語であると言える。

また、『万葉集』の「嵐」を調べると、十四首あり、そのうち、

あしひきの山のあらしは吹かねども君なき宵はかねて寒しも　（巻十　二三五〇　夜に寄する）

のような相聞歌が六首、春の梅の花を散らす嵐が二首、海上の嵐が三首、季節不明のその他が三首（その中で一首は秋または冬と思われる）となっていて、晩秋の疾風の嵐は、歌われていないことが分かる。

そもそも『古今集』の「秋歌下」に、「紅葉」「落葉」歌群が置かれた要因は、『礼記』巻第六「月令」に、「季秋の月……是の月や、草木黄落す。」[11]とあることによろうが、この「季秋之月」の前の「仲秋之月」には、「盲風至り、鴻雁来り、玄鳥帰り、羣鳥は羞養ふ」とあることも、当該歌を捉えるうえで重要であろう。

この『礼記』「月令」の「盲風」に当たる強風や疾風によって落葉が促される様を詠んだ用例を中国の詩に探ってみると、

飄颻散芳勢（中略）　飄颻として芳勢散じ、（中略）
亟揺故葉落　亟かに揺らげば故葉落つ。
　　　　　　（『全梁詩』・『藝文類聚』天部上　風「梁簡文帝詠風詩」）

紅葉樹飄風起後　紅葉樹は飄る風起つ後、
白鬚人立月明中　白鬚人は立つ月明の中。
　　　　　　（『白氏文集』3384「杪秋獨夜」・『千載佳句』）

など多数散見する。

また、平安勅撰漢詩集においても、

白蔵気季　白蔵の気季にして、
玄月天高　玄月の天高し。

霜零凛凛　霜零凛凛たり、
商風騒騒　商風騒騒たり。
観物理於盛衰兮　物理の盛衰を観、
知造化之異時　造化の時を異にすることを知る。
林何樹而不揺落　林は何れの樹にしてか揺落せざらむ、
原何艸而不具腓　原は何れの艸にしてか具に腓《や》まざらむ。

（『経国集』2　太上天皇「重陽節菊花賦」）

秋可哀兮　秋哀れぶべし。
哀光陰之不駐　光陰の駐らぬことを哀れぶ。
嘆涼気之奪熱　涼気の熱を奪ふことを嘆く、
痛盲風之落樹　盲風の樹を落すことを痛む。
一葉増長年之思　一葉増長年の思を増す、
独杵悲征夫之戍　独杵征夫の戍《まもり》を悲しぶ。

（同右16　和中世「重陽節神泉苑賦秋可哀應制」）

（前略）秋嵐晩偈対黄葉　（前略）秋嵐晩偈黄葉に対かふ、
暁月疎鐘在白雲　暁月疎鐘白雲に在り。
行道偏雖深蘿處　道を行ふは偏に深蘿の處なりと雖も、
懸心猶是為明君　心に懸くるは猶し是れ明君が為なり。

（同右44　良安世「奉和聖製聞右軍曹貞忠入道見賜一首」）

などと詠まれており、さらに、空海『性霊集』では、

秋風颯颯飄黄葉　秋の風颯颯として黄葉を飄へす
桂月團團泣白露　桂月は團團として白露に泣く
（『遍照発揮性霊集』105　弟子芯芻中継「秋日奉賀僧正大師詩并序」）

とも詠まれている。

この傾向は『古今集』成立前夜の漢詩にも見られ、嶋田忠臣の詩句、

嵐寒山業排紅壁　嵐寒くして　山業紅壁を排ね、（『田氏家集』124「過鵜渭」）
寒穿客葉長風箭　寒さは客葉を穿つ　長風の箭、（同右163「晩秋景物」）
衝風因雨先鋒摧　衝風　雨に因りて先鋒摧かれ、
禿樹飄叢毎日催　禿樹飄叢　毎日催さる。（同右190「賦得草木黄葉」）

や『菅家文草』の、

随風吹遠近　風に随ひて吹くこと遠くあるは近し
触處落閑忙　處に触れて落つること閑にあるは忙し（155「黄葉」）
飄飄依砌聚　飄飄として砌に依りて聚る
片片擁堦重　片片として堦を擁ぎて重る（373「賦葉落庭柯空」）

など、秋の疾風を詠んだ詩句がかなりあることに注目される。また、『新撰万葉集』上巻「秋歌」では、

秋風丹《アキカゼニ》　綻沼良芝《ホコロビヌラシ》　藤袴《フジバカマ》　綴刺世砥手《ツヅリサセトテ》　蛬鳴《キリギリスナク》

商飆《しやうへう》　颯颯《さつさつとして》　葉《は》軽軽《けいけいたり》　壁蛬《へききよう》　流音《りうおん》　数処鳴《すうしよになく》

暁露《げうろに》　鹿鳴《しかないて》　花始発《はなはじめてひらく》　百般《ももたび》　攀折《よじをる》　一枝情《いつしのじやう》

と表現されるなど、落葉を進行させる風や疾風は、漢詩世界では葉を色づかせ、落葉を推し進める作用を齎すものとして詠まれていたと言える。

前述したように、秋の疾風や嵐の風の用例は和歌の世界では決して多いわけではなかった。しかし、そうした中で、『古今集』に晩秋の景物として疾風に舞い散る落葉を詠んだ当該285番歌が収載された背景には、以上のような漢詩の影響が大きかったことが考えられよう。そして、そうした疾風によって吹き散る落葉に移ろいゆく自然を見、漢詩には見られなかった285番歌の「紅葉の美しさが恋しいときは落葉を見て偲びたいから散り敷く落葉を吹き散らさないでおくれ」という細やかな情感を表した歌が注目され、『古今集』に収載されたものと思われる。

三　ゆくへさだめぬ我ぞかなしき

さて、このように晩秋の疾風によって齎される落葉に「吹きなちらしそ」と訴えても、あえなく散ってしま

う落葉を、286番歌では「ゆくへさだめぬ我ぞかなしき」と転換させている。[12] これは、すでに諸先学が指摘しているように、『万葉集』において詠まれなかった悲秋の情[13]が、漢詩の影響によって和歌に多数詠まれるようになったためで、286番歌はその例歌の一つと言える。

ところで、「ゆくへさだめぬ」は、『万葉集』には見当たらず、『古今集』に至って初めて登場する連語である。『万葉集』では「ゆくへ」が十五例、その中で「ゆくへも知らず」「ゆくへを知らに」などの連語が十例、「ゆくへなみ（ゆくへをなみ・ゆくへもなし・ゆくへなし）」（いずれも否定形）を伴ったものが五例ある。『古今集』での「ゆくへ」の用例[14]は、当該歌の他、

たれこめて春のゆくへもしらぬまにまちし桜もうつろひにけり　（80春下　藤原因香）
空蝉のからは木ごとにとどむれどたまのゆくへを見ぬぞかなしき　（448物名　からはき　よみ人しらず）
わがこひはゆくへも知らずはてもなし逢ふを限と思ふばかりぞ　（611恋二　躬恒）
相坂の嵐のかぜはさむけれどゆくへしらねばわびつつぞぬる　（988雑歌下　よみ人しらず）
風のうへにありかさだめぬちりの身はゆくへもしらずなりぬべらなり　（989同右　よみ人しらず）
わすられぬ時しのべとぞ浜千鳥ゆくへもしらぬあとをとどむる　（996同右　よみ人しらず）

のように「ゆくへしらず」（六首）の用例が多く、この点では『万葉集』の表現を踏襲していると言える。また、「行くかた」は、『万葉集』では見られないが、『古今集』には、

夏草のうへはしげれるぬま水のゆくかたのなきわが心かな　（462物名　交野・忠岑）

わがこひはむなしきそらにみちぬらし思やれどもゆく方もなし　（488恋一　よみ人知らず）

で、これも否定形「なし」を伴って用いられている。小町谷照彦氏が、(15)「行方」について「不明確や不安定な状態を表すものばかりで、この語の性格がうかがい知られる」と言われるごとくである。

次に、『万葉集』の「定む」を見てみると、十八例中の十二例が、「（天皇が）宮と定める（泊・天の河原なども含む）」で、その他「事を定める」二例、「奥津城と定める」一例などで、「定めず」という否定形は二例のみである。なお、この否定形のうちの一例は、大津皇子の、

経もなく緯も定めず娘子が織る黄葉に霜な降りそね　（巻八　一五一二）

で、黄葉の形容であることから、『万葉集』の「定む」は、ほぼ肯定形で用いられることが多かったと言える。ところが、『古今集』になると、これとは全く逆の現象になり、「定め（定む等）」八例中、六例が否定形で表現されるようになる。しかも、当該286番歌や先に引用した989番歌の他、

葦引の山たちはなれ行く雲のやどりさだめぬ世にこそ有りれ　（430物名たちばな　をののしげかげ）
伊勢の海につりするあまのうけなれや心ひとつに定めかねつる　（恋一509　よみ人しらず）
よひよひに枕さだめむ方もなしいかにねし夜か夢に見えけむ　（恋一516　よみ人しらず）

など、「ゆくへ」「ゆくかた」と同様に否定形によって不安定な状態を表していると言える。また、肯定形の二

例を見ても、

かきくらす心のやみに迷ひにき夢うつつとは世人さだめよ　（恋三646　業平）

は、不確定な夢と現実の狭間が背景にあり、

世中はいづれかさしてわがならむ行きとまるをぞやどとさだむる　（雑下987　よみ人しらず）

は、先の430・989番歌を逆接的に表現した歌なので、『古今集』においては、「定む」は否定形が主流だったと言うことができる。したがって、「ゆくへ」も「定む」の否定形も、どちらも不安定な状況を意味する語として結びつきやすかったために、「ゆくへ定めぬ」という表現が成立したものと思われる。[16]

次に、結句の「われぞかなしき」を検討すると、『万葉集』では、「悲し」は四例で、そのうちの二例が挽歌に、あとの二例は羇旅と七夕の雑歌に見える。また、「われ」と「悲し」が一首中に詠み込まれている例は三例である。

これに対し、『古今集』では、「悲し」が二四首（「秋歌上」が八首、「秋歌下」が一首（当該286番歌）、「離別」一首、「物名」一首、「恋」六首、「哀傷」三首、「雑体」二首、「墨滅」一首）になる。「われ」と「悲し」が一首中で同時に詠み込まれている例は十三首（うち「をのが」が一首）となっており、そのうちの七首が秋歌（その他の内訳は、物名一首、恋歌四首、哀傷一首）で、「われぞ悲しき」は、『古今集』秋歌において、すでに定着している表現であったと言える。

しかしながら、悲秋の歌の中でも、「ゆくへさだめぬわれぞかなしき」という漂泊の心情と「悲し」が結び付いている例は、『古今集』においても、この286番歌が初出で、一例のみである。

三木氏は、散りゆく木の葉と人間を同一視した286番歌のような歌が生み出される背景として紀長谷雄の「葉落吟」の「一たび故林に別れて何処にか去く」があると指摘されたことは、前述したが、このような詩は他にも散見できる。例えば、嵯峨天皇の「神泉苑九日落葉篇」(『文華秀麗集』139)は、揺落の秋の落葉の翻る様を詠じているが、それに応じた巨勢識人の次の詩、

晩節商天朔気侵
厳霜夜雨変秋林
高颸一獵欲吹盡
灑落寒聲萬葉吟
来往本無何處定
東西偏任自然心
颼空無着千餘満
積地不掃尺許深
観落葉兮落林塘
半分紅兮半分黄
観落葉落観林中
林中葉盡秋云窮

晩節商天朔気侵し、
厳霜夜雨秋林を変ふ。
高颸一獵吹き盡くさむとし、
灑落寒聲萬葉吟ず。
来往本よりいずれのところとして定まることなく、
東西偏に任す自然の心。
空に颼りて着くことも無く千餘満ち、
地に積りて掃はず尺許深し。
落葉を観れば、林塘に落つ。
半分紅に半分黄たり。(中略)
落葉を観れば、林中に落つ。
林中葉盡きて秋云に窮まる。(以下略)

(『文華秀麗集』140　巨勢識人)

には、題に即して、疾風が多く詠み込まれ、落葉が翻り定まる所がない様が詠じられいて、「ゆくへ定めぬ」と同様な漂白の思いや万物流転の愁いが表出されていると言える。

また、中国の詩で、特に秋風による落葉に漂白の思いを重ねた詩としては、白居易の元稹を懐かしんで詠んだ詩、

葉下湖又波　秋風此時至　　葉下ちて湖又波たち、秋風此時至る。
誰知濩落心　先納蕭條気　　誰か知らん濩落たる心、先づ蕭條の気を納れんとは。
推移感流歳　漂泊思同志　　推移して流歳を感じ、漂泊して同志を思ふ。
昔為煙霞侶　今作泥塗吏　　昔は煙霞の侶と為り、今は泥塗の吏と作る。
各閉一籠中　歳晩同顦顇　　各々一籠の中に閉じられ、歳晩れて同じく顦顇す。

（『白氏文集』514「感秋懐微之」）

がある他、同じく白居易に、同僚が昇進して自身が沈淪している時の詩、

忽憶前年科第後　　忽ち憶ふ前年科第の後、
此時鶏鶴暫同群　　此時鶏鶴暫く群を同じうせしことを。
秋風惆悵須吹散　　秋風惆悵して須らく吹き散ずべし、
鶏在中庭鶴在雲　　鶏は中庭に在り鶴は雲に在り。

（『白氏文集』626「寄陸補闕」）

がある。また、江州謫居の折の、

南去経三楚　　南に去つて三楚を経、
東来過五湖（中略）　東に来りて五湖を過ぐ。
飄零同落葉　　飄零落葉に同じく、
浩蕩似乗桴（以下略）　浩蕩乗桴に似たり。　（『白氏文集』908「東南行一百韻」）

など、秋風に散る落葉に漂泊・沈淪の思いを表出した詩が白詩に目立つ。
ところで、先に挙げた巨勢識人の詩「来往本無何處定（来往本より何れの處として定まること無く）」に見えるように、当該286番歌の「ゆくへさだめぬ」の意に関連すると思われる語に「無定」がある。この「無定」は、漢詩にも次のような詩句で、

生無常域　潛無定棲　　生は無常の域。潛む定まる無き棲。　（『藝文類聚』天部上　風　晉陸中風賦）
生事萍無定　　生事の萍定まる無し、
愁心雲不開　　愁心の雲開かず。　（『全唐詩』巻二三七錢起「窮秋対雨」）
不寐亦不語　　寐ず亦語らず、
片月秋稍舉　　片月は秋の稍に舉がる。（中略）
飄飄無定處　　飄飄として定まる處無し。（以下略）　（『全唐詩』巻三七四孟郊「離思」）

空悲浮世雲定無　空悲し浮世の雲定まる無く、
多感流年水不還　多く感ず年は流れ水は還らず。
世間憂喜雖無定　世間の憂喜は定まる無しと雖も

（『全唐詩』巻五二六杜牧「將赴京留贈僧院」）
（『全唐詩』巻三六〇劉禹錫「秋齊獨坐寄楽天兼呈呉方之大夫」）

人生何事心無定　人生何事ぞ心定まる無き、
宿昔如今意不同　宿昔如今意同じからず。
宿昔愁身不得老　宿昔は身の老ゆるを得ざるを愁へ、
如今恨作白頭翁　如今は白頭翁と作るを恨む。

（『白氏文集』690「代隣叟言懐」）

世途倚伏都無定　世途の倚伏都て定まる無く、
塵網牽纏卒未休　塵網の牽纏卒に未だ休まず。
禍福廻還車轉轂　禍福廻還車轂を転じ、
栄枯反覆手蔵鉤（以下略）　栄枯反覆手に鉤を蔵す。

（同右892「放言五首」）

官途堪笑不勝悲　官途は笑ふに堪へて悲みに勝へず、
昨日栄華今日衰　昨日は栄華今日は衰。
転似秋蓬無定處　転た秋蓬の定處無きに似たり、
長於春夢幾多時　春夢より長きこと幾多時ぞ。

（同右1273「蕭相公宅遇自遠禅師　有感而贈」）

などと表現されている。これらの詩は、必ずしも秋のものばかりではないが、「無定」に人生の流転や漂泊の思いを表出していると言える。

さらに「無定」と同類の語として、「不定」（『大漢和辞典』では、「①一定しない。かはりやすい。②一定しない。あてにならぬ。③決定せぬ。不定」とし、②の例として、「法華経新注序」の「老少不定」を挙げている。）を見ると、

揺風光不定　風光揺れて定まらず。

結葉影自交　結葉の影自ら交り、

遊仙不定家　遊仙は家を定めず。

去世能成道　世を去り道の成るを能《よ》くし、

（『全唐詩』巻二三七　錢起「送柳道師」）

（『全唐詩』巻四百　元稹「與楊十二李三早入永寿寺看牡丹」）

のような例が散見できる。これらの詩も、秋のものばかりではないが、「風」が定めなく吹く意にも用いられていることに注目される。ただし、「不定」は「無定」よりも自然や人事の事象を表現する場合が多く、「無定」は、世事や命の留め難いことを形容する場合に用いられることが多いと言える。

次に、こうした「無定」及び「不定」を詠じた本朝の詩では、先に挙げた巨勢識人の詩のほか、

病中秋欲暮　病中秋暮れなんとす、

策杖到雲居　杖を策きて雲居に到る。

古径人来遠　古径人の来ること遠し、

霜林鳥道疎　霜林鳥道疎そかなり。

飛雲心不定　飛雲心定まらず、

身世是浮虚　身世是れ浮虚。

月色孤猿絶　　月色孤猿絶ゆ、
岑聲一夜初　　岑聲一夜初む。
吹螺山寺曉　　螺を吹く山寺の曉、
鳴磬谷風餘　　磬を鳴らす谷風の餘。
蘭若遲廻久　　蘭若遲廻すること久しく、
寥寥臥草廬　　寥寥草廬に臥す。

（『経国集』36梵門　滋善永「和惟逸人春道秋日臥疾華嚴山寺精舍之作一首。」）

（前略）朝随行蓋起　　朝に行蓋に随ひて起る、
暮逐去軒帰　　暮に去軒を逐《お》ひて帰る。
動息常無定　　動息常に定まること無し、
徘徊何處非　　徘徊何れの處か非なる。
冀持老聃旨　　冀はくは老聃《らうたん》が旨を持して、
長守世間機　　長く世間の機を守らむ。

（『経国集』194雑詠四　菅善主「奉和詠塵一首」）

などがあり、また、菅原道真には、

弟子　従四位上源朝臣濟子、恭敬奉繪延命帝釋、一字等菩薩像。弟子前年作念、所以者何。毎見泡影之有爲、毎逢露電之不定、帰命此三菩薩。
（弟子　従四位上源朝臣濟子、恭敬しく延命帝釋一字菩薩像の絵を奉る。弟子前年念を作る、所以は何ぞ。泡影の有爲を見る毎、露電の不定に逢ふ毎、此三菩薩に帰すを命したりき。）（菅原道真「為清和女御源氏修功徳願文」）

というような願文にも表現されている。(18)

ところで、この「無定」や「不定」は、次のような仏典に見出すことができる。

是身不久終帰壊敗　無常無定変異之相（中略）是心非過去未来現在　是心識縁故従憶念起　是心不在内不在外不在中間　是心無一生相　是心無性無定（持世経四念處品第六）

楞伽王　衆生神識無辺大　無色無相不可見　無礙無形無定處不可説（大乗同性経巻上）

是身無壽為如風　是身無人為如水（中略）是身無定為要當死者何　佛身者即法身也（維摩詰所説経　方便品第二）

譬如幻師化作幻女若人問何以不轉女身是人為正問不舍利弗言不也幻無定相當何所轉天曰一切諸法（注維摩詰経　第六）

是身無定　為要當死　是身如毒蛇如怨賊　如空聚　陰界諸入所共合成（維摩経義疏　方便品第二）

業風所吹飄飄無定。（大乗寶要義論　第四）

香味觸相生相至無明相陰入界相二十五有相四生乃至一切諸法皆亦不定。（大涅槃経　第二十）

一定衆生寿命不定如水上泡　衆生若有重業果報（大涅槃経　巻二八）

流轉苦中復有六種輪轉生死不定生苦　一自身不定二父母不定（瑜伽師地論　巻四四）

身不定属理有相違（中略）於諸身處不定而生（中略）於所量事在不定身不定生故（成唯識寶生論　巻第四）

右のように「無定」「不定」は、「この世の定まるところ無き」無常として記され、殊に、「維摩詰所説経方便品第二」の「是身無壽為如風。是身無人為如水。（中略）是身無定為要當死。」という無常を「風」に譬える一節を見ると「風」は、所謂「維摩経」の「十喩」（聚沫・泡・炎・芭蕉・幻・夢・影・響・浮雲・電）には含まれていないが、十喩と同様に無常の譬えとされているので、これも、当時の人々に比較的広く享受されていたものと思われる。また、「大乗寶要義論　第四」の「業風所吹飄飄無定」という経文からも、「風」が「定まることのない」事象として捉えられていることも注目されよう。

このような比喩は、空海によって、

（前略）徒恃秋葉待風命。空養朝露催日之形。此身脆如泡沫。吾命假如夢幻。无常之風。忽扇四大瓦解（以下略）（徒に秋の葉の風を待つ命を恃《たの》むで空しく朝露日を催《むか》ふを形を養ふ。此の身は脆きこと泡沫の如し、吾が命の假なること夢幻の如し。無常の風忽ちに扇げば四大瓦もごとくに解く（以下略））

（『性霊集』77　講演佛経報四恩徳表白一首）

と表現されていたり、

（前略）秋黄葉繽粉。終无返枝之期。（秋の黄葉繽粉として終に枝に返る期無し。）

（『性霊集』82　有人為亡親修法事願文）

とも書かれている。

このように見てくると、漢詩世界の素材の一つであった「風」は、言うまでもなく自然現象そのものが詩歌の素材となりえたものであったが、またもう一方で、仏教経典の無常の比喩としても捉えられていたと思われる。

例えば、先に挙げた『白氏文集』514「感秋懐微之」や同書908「東南行一百韻」などの漂泊の思いを詠った詩があるが、白居易には仏教思想が底流にあるから、恐らく前述したような仏教経典も享受していたと考えられる。また、同じく先に挙げた『文華秀麗集』の巨勢識人の詩などを見ても、凋落の秋の風、落葉を齎す疾風が繰り返し詠われた背景には、仏典からの影響があったのではないかと思われる。

こうした漢詩世界の傾向は、その影響を受けて成立した『古今集』の歌にも当然反映された。その中でもこの286番歌「秋風にあへずちりぬるもみぢばのゆくへさだめぬ我ぞかなしき」[19]は、仏典の「無定」「不定」に匹敵する「さだめなし」という語と、「無定」「不定」の喩として享受されていた「風」および、「無定」「不定」そのものである「身」を一首に収斂させ、落葉を詠った「悲秋」の抒情歌として纏めあげた一首だったと考えられるのである。

四　道ふみわけてとふ人はなし

次に再度の掲出となるが、

287あきはきぬ紅葉はやどにふりしきぬ道ふみわけてとふ人はなし
288ふみわけてさらにやとはむもみぢばのふりかくしてしみちとみながら

の二首は、既に『余材抄』で指摘されているように問答形式で配列されていると思われる[20]。また、「秋はきぬ」の「秋」に「飽き」を掛け、「待つ女」の立場に立って詠んだものであろうと言われる片桐氏の見解[21]のように、この二首が配列される背景には閨怨詩の存在も窺われる。もともと簾を動かす風は、閨情の恰好の素材であったように、秋風に散る落葉も閨怨の情を表出する素材として盛んに用いられていたと言える。(22)したがって、こうしたことからも287・288番歌に相聞や閨情を汲み取ることは可能である。三木氏が、(23)紅葉を掃わない例として、『白氏文集』の「長恨歌」や長谷雄の「貧女の吟」を挙げられるのも首肯できる。

しかし、また一方、確かに287・288番歌の「道踏み分けて訪ふ」という表現の背景には、三木氏が(24)指摘されるように隠逸詩があると言える。このような人跡稀な山家や深山の隠者を「訪ふ（問ふ・尋ぬ）」ことを詠んだ先行漢詩文には、

寂寞掩柴扉（中略）
人訪華門稀

寂寞として柴扉を掩い、（中略）
人の華門を訪ふこと稀なり。

（『全唐詩』巻一百二十六　王維「山居即事」）

のような例が多数散見する。

また、我が国の漢詩集にも、深山の神仙や山家を尋ねる詩も多く、『文華秀麗集』「遊覧」には、

八月秋山涼吹傳
千峯萬嶺寒葉翩
入谷猶知玄牝道
登巒何近白雲天

八月秋山涼吹傳はり、
千峯萬嶺寒葉翩る。（中略）
谷に入りて猶し知りぬ玄牝の道、
巒に登りて何ぞ近づかむ白雲の天。

（13朝野鹿取「秋山作。探得泉字。應製。一首。」）

と、秋山に寒風が吹き、葉が翻る中、神仙の道を尋ねる心境が詠じられていたり、秋に良岑安世の華山荘を尋ねた時の仲雄王の詩、

君家白雲東嶺下（中略）君が家は白雲東嶺下、（中略）
平明騎山中路歴　平明に騎りて山中の路を歴、
蹋石渓行駘自遲　石渓蹋みて行けば駘自らに遅し。
一徑南斜門樹入　一徑南に斜れて門樹に入り、
孤亭松色女蘿飀　孤亭の松色女蘿飀し。
塘頭佇立不看至　塘頭に佇立めど至るを看ず、
落日寒虫鳴草時　落日寒虫草に鳴く時。
（14「尋良将軍華山庄、将軍失期不在。一首。」）

などもある。しかし、『経国集』「梵門」の、

遁世明皇出帝畿　遁世の明皇帝畿を出で、（中略）
訪道初停羅綺艶　道を訪ひて初めて停む羅綺の艶、（中略）
山殿風聲秋梵冷　山殿風聲秋梵冷やかなり、
渓窓月色曉禪悲　渓窓の月色曉禪悲し。
焚香持誦寒林寂　焚香持誦し寒林寂し、
坐向蒼天怨別離　坐《そぞろ》に蒼天に向ひて別離を怨む。
（32太上天皇「和藤是雄舊宮美人入道詞一首。」）

は、落葉を詠み込んでいるわけではないが、凋落した秋を背景に俗界を離れ、出家入山した心情を詠じた詩であると言える。また、先の［三］で挙げた『経国集』「梵門」「和惟逸春道秋日臥疾華嚴山寺精舎之作一首。滋善永」のように、病臥した人や次の病気の最澄を見舞った時の、

支公臥病遣居諸　　支公病に臥して居諸を遣る、
古寺莓苔人訪疎　　古寺の莓苔人の訪ふこと疎かなり。
山客尋来若相問　　山客尋ね来りて若し相問はば、
自言身世浮雲虚　　自ら言はむ身世浮雲と虚しと。
（40源常。年十六「奉和太上天皇訪淨上人病一首。」）

という表現の詩などがある。

さらに、道真にも、「天台山の道　道何ぞ煩しき」（『菅家文草』388「劉阮遇渓二女詩」）というような神仙への道を詠んだ詩もあるが、

尋山迷道里（中略）　山を尋ねて道理に迷ふ
澗深秋雨後（以下略）　澗は深し　秋の雨の後
大底秋傷意　大底《おほむね》　秋は意《こころ》を傷《いた》ばしむ
山中不勝秋　山中　秋に勝《た》へず
樵翁論去道　樵の翁は　道を去つることを論《あげつら》ふ
（『菅家文草』158「老苔」）

巖客問来由（以下略）　巖なる客は　来由を問ふ　（同右162「秋山」）
秋山隣已絶　　　　　　秋山　隣已に絶えぬ
問得一柴扉（以下略）　問ふこと得たり　一柴扉　（同右169「柴扉」）

など、秋の山中を尋ねる情景が詠じられている詩がある。殊に、三木氏も挙げていた紀長谷雄「山家秋歌」は、道真の「僧房屏風　閑居」や「近院山水障子詩」と同様に述懐性の強い画題詩であった可能性も指摘されている。(25)とするならば、なおさら、こうした漢詩世界の述懐性とその表現とが287番歌に深く関わっていたことが考えられるのである。(26)

三木氏が言われるように「白氏草堂詩」を和様化(27)し、日本的な山里の侘しさを詠じた隠逸詩の発想が、287番歌の背景には確かにあったと言える。しかし、それと同時に先の梵門詩や道真の詩などを見ると、一方では「道を踏み分けて神仙や仏道の道を問う」という発想にも影響を受けていたのではないかと思われてくる。当該歌が、「無定」をテーマにした286番歌の次に配列されたのも、漂泊から一挙に孤絶に転換させ、次の「道踏み分けてさらに訪ふ」という288番歌に繋げていくためであったと思われるのである。

五　ふみわけてさらにやとはむ

さて、このような深山や寺門を尋ねたり、秋山の庵居を訪ねる漢詩に見える「道（路）を尋ぬ（訪ふ・問ふ）」という表現に焦点を当て、それが先行文学でどのように詠まれており、『古今集』の287・288番歌がどのように位置付けられるかを見ておこう。

『万葉集』においては、家持が仏道に帰依し、

病に臥して無常を悲しび　道を納めむと欲《おも》ひて作る歌二首

うつせみは数なき身なり山川のさやけき見つつ道を尋ねな（巻二〇　四四六八）

渡る日の歌に競ひて尋ねてな清きこの道またもあはむため（巻二〇　四四六九）

と歌っていたことも想起される。

中国の漢詩では、

聞君尋寂樂　君に聞き寂樂を尋ね、

清夜宿招提（中略）　清夜招提に宿す。

一燈如悟道　一燈悟道の如く、

為照客心迷　客の心迷を照らし為す。

（『全唐詩』巻一百六十　孟浩然「夜泊廬江聞故人在東一有林字寺以詩寄之」）

吾師道與佛相應　吾が師の道は佛と相應ず、

念念無為法法能　念念無為に法法能し。

口蔵宣傳十二部　口蔵十二部を宣傳し、

心臺耀照百千燈　心臺百千燈を照耀す。

（『白氏文集』3075「贈草堂宗密上人」）

など、仏教に帰依した唐代の詩人の作品に「道」が散見する。
本朝の漢詩でも、前述の［四］で挙げた『文華秀麗集』には、朝野鹿取や仲雄王の詩に「道」や「路」が詠み込まれいるほか、嵯峨天皇が、梵釈寺に行幸された時の藤原冬嗣の、

一人問道登梵釋　一人道を問ひて梵釈に登りたまふ、
梵釋蕭然太幽閑　梵釋蕭然にして太だ幽閑なり。
入定老僧不出戸　入定の老僧戸を出でず、
随縁童子未下山　随縁の童子未だ山を下らず。（以下略）

（『文華秀麗集』75「梵門」扈従梵釋寺応製。一首。）

や、悟りの道に適って天空に乗って帰ることを詠んだ御製、

悽然幽客隟（中略）　悽然なり幽客の隟。（中略）
契道乗空復　道に契ひ空に乗りて復りぬ、
泥中獨自傷　泥中に獨り自ら傷む。

（『文華秀麗集』93哀傷「同内史滋貞主追和武蔵録事平五月訪幽人遺跡之作。一首。」）

も見える。また、殊に『経国集』「梵門」では、［四］で挙げた漢詩のほかにも、

瀑布一辺一山寺　　瀑布の一辺一山寺、
高車訪道遠追尋　　高車道を訪ひ遠く追尋す。
空堂望崖銀河発（以下略）　空堂崖を望めば銀河発《おこ》る。

（51太上天皇「和良将軍題瀑布下蘭若簡清大夫之作一首」）

禅堂寂寂架海浜　　禅堂寂寂として海浜に架す、
遠客時来訪道心　　遠客時に来りて道心を訪ふ。
合掌焚香忘有漏　　合掌焚香し有漏を忘る、
廻心頌偈迷津覚　　廻心頌偈し迷津を覚る。

（77嶋渚田「同安領客感客等禮佛之作一首」）

上方来往路難尋　　上方の来往路尋ね難し。
塔廟青山祇樹林　　塔廟青山祇樹の林。

（79惟春道「賦得深山寺応太上天皇制一首」）

などが、散見される。これらの「道」は、庵居・深山・寺門への道であると同時に、仏の道をも含めたものも多い。

もとより、仏典には、

入於深山遠谷　思惟佛道。（『法華経』序品）

若深山遠谷　途路艱險　永絶入蹤　恣意禅観　念念在道　毀譽不起　是處最勝（『摩訶止観』）

など、深山に分け入って、道を求める境地が繰り返し述べられている。また、平安遷都以来、叡山をはじめとした寺門や京郊外の山里への志向は、文学の格好の素材として作品化されつつある時代でもあった(28)。

したがって、このような道を分け入って、深山や寺門を来訪しようとする素材は、当該288番歌にも反映されていたと考えてもよいだろう。287番歌の「道踏み分けて訪う人はいない」と言う意を受け、288番歌の「踏み分けてさらに尋ねよう」という歌を配列するところからは、読み方によっては、恋歌が想起されるかもしれない。しかし、これらの歌を編者が、あえて恋歌や雑歌に入れずに、秋歌下に収めたことを考えるならば、初めから恋情を詠んだ歌と捉えて解釈しないほうがよいだろう。

『古今集』成立当時の仏教享受の背景や、それを基にした漢詩のモチーフをみても、また、前歌286番歌の底流には、仏典の享受が確認されることからも、単なる隠逸詩の影響を受けた歌としてではなく、287・288番歌は、出家・遁世者への憧憬の念や仏道への希求を暗示するものとして編者が扱い、配列した可能性が高いとみるほうが、自然だと思われるのである。

六　結び

以上、これまで検討したように落葉歌群の中で述懐性の強かった『古今集』285〜288番歌は、漢詩のモチーフを基盤に詠まれていたと言える。そして、〔二〕で検討したように、その漢詩をも含めて、素材である落葉を齎す風自体が、自然の景物であると同時に仏典の喩であったこと（285・286番歌）、「ゆくへ定めぬ」という表現も仏典と深く関連していたこと（286番歌）が指摘できる。そして、〔四〕で考察したように、この「ゆくへさだめぬ」という漂白や無常観に触発されて、寺院を尋ねる「梵門詩」や仏道への希求をも暗示させた「道踏み分けて問ふ」ことを詠んだ287・288番歌が配列されたということが出来よう。

したがって、一見読み過ごされやすいこのような歌群にも、その生成要因や配列に漢詩世界のみならず仏典や当時の仏教文化からの影響があったと考えられるのである。

注

（1）便宜上、小島憲之・新井栄蔵校注　新日本古典文学大系『古今和歌集』（岩波書店　平成元年2月）の歌群区分による。

（2）例えば、竹岡正夫『古今和歌集全評釈』（右文書院　昭和51年11月）では、

四季の歌に恋を添えて歌っている例はいくらもあったし、第一、次の二八六番歌以下純粋の四季、秋の歌ではなく、述懐の恋の気持ちがむしろ中心となっている歌ばかりではないか。この歌を表現どおりに素直に解して、上二句は恋の表現ととるべきである。すなわち、あの人が恋しい時には、あの人との思い出のある―例えば一緒に観賞したりしたこの紅葉を見てあの人を恋い慕おうというのである。

という解釈を出している。この説は片桐洋一『古今和歌集全評釈』（講談社　平成10年2月）により唐突すぎると批判され、小町谷照彦「古今和歌集評釈　二百三十一」（学燈社「国文学」四七巻四号　平成14年3月）も取り入れてはいない。

また、286番歌について、北村季吟『教端抄』に、「古抄云、此の歌の心は、落葉を観じて、我が身の六道四生に生々世々迷ひやせんずらんとはかなめて、行方定めぬ我ぞとよめり」とある。また、西下経一『新講』（昭和8年　新撰国文叢書）では、「上句は序詞だが、秋風飄零、落葉四散は事実作者がこの歎を発した節物風光であるから、やはり一首の主想と内部的の聯繫がある。（所謂「有心の序」である）流萍飛蓬、昨日は今日を知らず、今日は明日を知らず、飄々として一日又一日、さすらひの児はいつでも寂しいが、殊に暮の秋、紅葉の落葉に配せられては一層悲しく寂しいといふので、平安時代の歌群の中では、珍しく漂浪の哀寂を盛つてある」と述べる。片桐『古今和歌集全評釈』は、

状況における「かなし」はきわめて主観的な溜息としての「かなし」なのである。四季部ではなく、雑の部に入ってもよい歌である。

とも述べ、287番歌については、

実際に女性の歌であるかどうかはわからないが、「待つ女」の立場に立って詠んだものであろう。そのように解釈すれば、艶とあわれがいっそう深まる。（中略）「秋はきぬ」の「秋」に「飽き」の意が添って

来るのを消し去ることが出来ない。「秋は悲しい」という把握には、漢詩の影響がつよく見られるのだが、漢詩の影響がなければ秋はかなしくない、寂しくないとは思えない。としている。

（3）平沢竜介『古今歌風の成立』（笠間書院　平成11年11月）の第三部「古今集の構造　四季部の構造」では、「川に散りしいた紅葉」（283・284）と対応する「山に散りしいた紅葉」（287・288）の合間を縫って「散る紅葉」の285・286および289・290が対応していることを図示されている。

（4）三木雅博「紅葉降るやど―古今集時代における「長恨歌」受容の一端―」（「大谷女子大国文」二二巻　平成4年3月　後、『平安詩歌の展開と中国文学』平成11年10月所収）なお、訓読は三木による。

（5）三木雅博「紀長谷雄の〈山家秋歌〉をめぐって―白詩享受の一端―」（「中古文学」第二十三号　昭和54年4月）及び注4前掲論文。

（6）三木注3前掲論文では、285番歌は取りあげず、286～287番歌を対象としている。

（7）注2と同じ。

（8）久保田淳・馬場あき子編『歌ことば歌枕辞典』（角川書店　平成11年5月）によれば、「山おろし」は、「山嵐。山から吹きおろす強い風、同じ意味を表す語に〈嵐〉があり、『古今六帖』は両者とも分類項目として揚げるが、〈山嵐〉の中にも嵐を詠んだ歌が混じる」とある。

（9）但し、「冬のながうた」（「雑体」一〇〇五　躬恒）の清輔本系統の前田家蔵保元二年本・静嘉堂文庫蔵片仮名本・右衛門切）では、「山あらし」が「山おろし」となっている。

（10）注2小町谷前掲『評釈』

（11）「秋風」が吹き、「草木黄落」が起こる様は、『文選』巻四五漢武帝「秋風辞」（＝『初学記』巻一「雲」）に、「秋風起兮白雲飛　草木黄葉兮雁南帰」などと詠まれている。

（12）上句と下句の転換の妙を指摘するものがある。例えば、竹岡正夫『古今和歌集全評釈』（右文書院　昭和51年11月）では、

「ゆくへ定めぬ」で、もみじ葉からみごとに一転してわが身のことに移って行く、その効果を十分に味

わいたい。序詞とか比喩とか云々の論はどうでもよく、その一瞬の転換の妙にこの一首の趣がある。この「もみぢ葉」の運命は、目を転ずれば同時にわたし自身のことでもあって、「行く方定めぬ」は、まさにもみじ葉のことでもあり、それはそのまま自分のことでもある。「もみぢ葉」は、自分の具象であり、象徴でもある。

と述べている。

(13) 第三章の注12も「悲秋」の参考文献を掲載した。津田左右吉「秋の悲しさ」(『東洋史会紀要』昭和14年6月『全集』第二一巻所収)・小尾郊一『中国文学に現れた自然と自然観』(昭和47年11月)・小島憲之『国風暗黒時代の文学』(昭和60年　塙書房)『上代日本文学と中国文学　下』(昭和40年3月)・『古今集以前』(塙書房　昭和51年2月)・鈴木日出男『古代和歌史論』第三章「悲秋の詩歌」(東京大学出版会　平成2年10月)など。

悲秋を詠じた詩にも様々な景物が詠み込まれているが、特に秋風によって紅葉・落葉が進行していく様が詠まれ、悲秋の情にまで高められた詩を挙げると、

八月白露降り　湖中水芳老ゆ　旦夕秋風多く　衰荷半ば傾倒す(中略)　慘淡たる老容顔　冷落す秋の懐抱(以下略)　(『白氏文集』512「南湖の晩秋」)

などがあり、自然の凋落、栄枯盛衰、衰老の悲しみが詠じられていて、その背景に秋風が詠み込まれている。わが国でも、既に『懐風藻』で、

我弱冠王事に従ひしより　風塵歳月曾て休まず。帷を褰げて獨り坐る邊亭の夕、榻を懸けて長く悲しぶ搖落の秋。(以下略)　(89七言、常陸に在るときに、倭判官が留りて京に在すに贈る。一首。并せて序。)

など、悲秋の背景に風が表現されてはいる。しかし、悲秋が本格的に詠ぜられる九世紀の本朝の漢詩には、

寥廓なる秋天露は霜となり、山林の晩葉併しく芸黄す。自然灑落朔風に任せ、搖颺徘徊雲空に満つ(中略)落葉を観れば、人の腸を断つ。(中略)物として蕭條ならずといふこと無く、坐に見る寒林に落葉の翻るを。　(『文華秀麗集』139　御製)

などが散見する。及び、この嵯峨御製に和した臣勢識人の詩には、題に即して、疾風が多く詠み込まれ、落葉

が翻る景に悲秋や万物流転の愁いが表出されている。一方、和歌においては、『万葉集』で大伴家持が、

天地の　遠き初めよ　世間は　常なきものと　語り継ぎ　流らへ来れ（中略）あしひきの　山の木末も
春されば　花咲きにほひ　秋づけば　露霜負ひて　風交じり　もみち散りけり　うつせみも　かくのみな
らし（以下略）

（巻一九　四一六〇「世間の無常を悲しぶる歌一首併せて短歌」）

と詠じており、世間無常を述べるものとして落葉を取り入れているが、所謂悲秋までには至っていない。

(14)「ゆくへ」は、後撰集・拾遺集に一例ずつ、「行く末」は、『万葉集』『古今集』にはなく、『後撰集』二例・『拾遺集』で十一例。

(15)小町谷照彦「古今和歌集評釈　二百三十二」（学燈社「国文学」四七巻七号　平成14年5月）

(16)久保田淳・馬場あき子編『歌ことば歌枕大辞典』（角川書店　平成11年5月）の「定め無し」の項には、〈物事が一定しないことをいう。「さだめなし」と形容される対象には、時雨・風・浮雲・浮草・花などの自然物、心・世・命などの人事がある。これらの自然と人事とを組み合わせて詠むことが多い。平安後期には「定めなき世」の形で多用され、世〈命〉の儚さをあらわす「常無し」の意に接近する傾向が顕著になる。「神無月降りみ降らずみ定めなき時雨ぞ冬の始めなりける（後撰集・冬・445・よみ人しらず）」は自然をそのままに詠んでいる。「定めなき身は浮雲によそへつつ果てはそれにぞなりはてぬべき」（千載集・釈教・1203　公任）は自然と人事の組み合わせ」とし、「後撰集」中務（中務集二三）「定めなき名には立てれど飛鳥川…」を「定めなし」が「常なし」と同義に扱われる初期の例だと述べている。

右を参考にしても、「ゆくへ定めぬ」「やどり定めぬ」「定めかねつる」「定めん方なし」のように、「定め」が否定形に結び付いている『古今集』は、後世の歌ことば「定めなき世」「定めなき身」の源流であったということができる。

なお、佐伯梅友校注『日本古典文学大系　古今和歌集』（岩波書店　昭和33年3月）では、「定めぬ」について、自由意志で定めないのではなく、仕方がない結果なのだと説明している。

(17)注4と同じ。

(18)道真は、「無定」そのものは詠み込んではいないが、「賦落葉庭柯空」（『菅家文草』373）のほか、

（前略）風に随ひて　吹くこと遠くあるは近し　處に触れて落ること閑にあるいは忙し　植物すら能く此の如し　人生自らに量るべし

（『菅家文草』155「晩秋二十詠」「黄葉」）

や、讃岐時代の、

涯分浮沈　更に誰にか問はむ　秋よりこのかた暗に倍す　客居の悲しみ　老松の窓の下　風の涼しき處　疎竹の籬の頭　月の落つる所（以下略）

（同右198「秋」）

など、秋に感じた人生や漂白の悲しみを詠じた詩が見られる。

(19)『古今集』哀傷の大江千里の、

やまひにわづらひ侍りける秋、ここちのたのもしげなくおぼえければ、よみて人のもとにつかはしける

もみぢばを風にまかせて見るよりもはかなきものはいのちなりけり　(859)

も同様に仏典や漢詩の影響によると思われる。

(20)『余材抄』では、288番歌は、287番歌とともに問答形式で配列されたとし、片桐『全評釈』もこの説を挙げ、「歌物語にも類した一つの世界を作り上げた撰者の遊びを興味深く思う」と言われている。

(21)注2と同じ。

(22)中西進『万葉集の比較文学的研究』（南雲堂桜楓社　昭和38年）後、『中西進万葉集論』講談社　平成7年3月）、中野方子『平安初期歌物語の和漢比較文学的研究—付貫之集歌語・類型表現事典』笠間書院　平成17年1月）

(23)注3と同じ。なお、『古今集』秋歌上のよみ人しらず歌の、

もみぢばのちりてつもれるわがやどに誰を松虫ここらなくらむ　(203)

は同様の発想であるが、「松虫」の歌群にあり、「待つ」が掛けられている。

(24)注3の三木前掲論文・笹川博司『深山の思想』（和泉書院　平成10年4月）では、中国思想史における「深山」「隠逸」の流れと漢詩との関連が論じられている。

(25)川口久雄『三訂　平安朝日本漢文学史の研究（上）』（明治書院　昭和50年）の「紀長谷雄の作品とその特質」・後藤昭雄「紀長谷雄の〈山家秋歌〉について」（「国語と国文学」五十五巻一号　昭和53年1月）・注3三木雅博

前掲論文

(26) このような漢詩のモチーフは、必然的に和歌にも投影されていったものと思われる。『新撰万葉集』下秋の、

音丹菊《オトニキク》　花見来礼者《ハナミニクレバ》　秋之野之《アキノノノ》　道迷左右《ミチマヨフマデニ》　霧曾起塗《キリゾタチヌル》

黄葉《くわうえふ》　飛落《とびおちて》　堆塵境《ぢんきやうをのむ》　裾袖散来《きよしうにちりきたりて》　排粉黛《ふんたいをはいす》

幾家幽人《いくいへのいうじん》　愛黄葉《くわうえふをあい》　誰家仕丁《たがいへのしちやう》　賞閑宴《かんえんをしやうする》

は、和歌に秋の野に来て道に迷う様が、漢詩に隠者が黄葉を愛でる様が詠じられているのも参考になる。なお、『古今集』には、

ひぐらしのなく山里のゆふぐれは風よりほかにとふ人もなし　（秋上205　よみ人しらず）

わがやどは雪ふりしきてみちもなしふみ分けてとふ人しなければ　（冬322　よみ人しらず）

など、不問による寂寥感が詠出されている歌が散見していることも注目されよう。

(27) 注5と同じ。

(28) 小町谷照彦『古今集と歌ことば表現』（岩波書店　平成6年10月）第三節「美的空間としての山里―藤原公任」、小島孝之「山里の系譜」（「国語と国文学」七二巻十二号　平成7年12月）、笹川博司『隠遁の憧憬―平安文学論考―』（和泉書院　平成14年1月）

第五章　『古今集』の「紅葉」を「幣」に見立てる歌をめぐって

一　はじめに

この章では、『古今集』において、詠われた対象が特定の見立てとして固定化された場合を取り上げ、何故そのような固定化が行われたのかという要因を探り、また、その固定化された見立ての歌が『古今集』の中で、他の部立の歌とどのような関係をもって配列されているかということについて検討してみよう。

『古今集』には、次のような七首の「幣」に関連した歌がある。

秋のうた　　かねみの王
竜田姫たむくる神のあればこそ秋のこのはのぬさとちるらめ　（298　秋下）

小野といふ所にすみ侍りける時、紅葉を見てよめる
つらゆき

秋の山紅葉をぬさとたむくればすむ我さへぞたび心ちする（299 同右）

神なびの山を過ぎて竜田河をわたりける時に、もみぢのながれけるをよめる
きよはらのふかやぶ

神なびの山をすぎ行く秋なればたつた河にぞぬさはたむくる（300 同右）

おなじつごもりの日よめる
みつね

道しらばたづねもゆかむもみぢばをぬさとたむけて秋はいにけり（313 同右）

とものあづまへまかりける時によめる
よしみねのひでをか

白雲のこなたかなたに立ちわかれ心をぬさにくだくたびかな（379 離別）

朱雀院のならにおはしましける時にたむけ山にてよみける
すがはらの朝臣

このたびはぬさもとりあへずたむけ山紅葉の錦神のまにまに（420 羇旅）

素性法師

たむけにはつづりの袖もきるべきにもみぢにあける神やかへさむ（421 同右）

右の歌のうち、「離別」部の379番歌以外は、全て紅葉を幣に見立てた歌である。また、313番歌は「秋歌下」の巻末歌で、420・421（「幣」は直接詠み込まれていないが、420番歌と同じ時の歌）番歌は、「羇旅歌」の悼尾を飾る

歌でもある。

言うまでもなく「幣」は、神に祈る時の捧げ物で、麻・木綿（ゆう）・紙などで作った供え物のことである。(1)旅に出る時は、絹布・麻・あるいは紙を四角に細かく切って幣袋に入れて持参した。

『万葉集』では、「ぬさ（奴佐・奴左・怒佐・幣・弊）」十三例、「帛（みてぐら）」一例、「しづぬさ」二例、「みぬさ」一例を入れると合計十七例になる。

そのうち、①実際の旅に関するもの＝十三例、②人に逢えることを神に祈願する時の手向けとしての用例＝七例、③三輪の祝＝一例（巻七1407旋頭歌）である。（①〜③の合計が、全用例数を超えているのは、一首が①〜③の内容と重複している場合があるためである。）

また、旅に関する用例を見ると、

海路＝四例・坂＝五例・山＝一例・神＝三例（国々の神・住吉の神・天地の神）

となっている。しかしながら、黄葉を「幣」に見立てた歌は一首もない。

『万葉集』で、このようにバリエーションが豊富であった「幣」の用例が、『古今集』では、専ら紅葉の見立てとして詠まれるようになったのは何故なのだろうか。

渡辺秀夫氏は、298番歌について、『白氏文集』巻五七の「和杜録事題紅葉」にみえる詩句「連行排絳帳。乱落剪紅巾」を引かれている。(2)この白詩の表現は、確かに紅の落葉を、切った紅巾に見立てているので、古今集歌が、これに影響を受けた可能性は高い。しかし、白詩の場合は、「幣」ではない。また、前掲の古今集歌が、全て撰者時代の歌であることをも考え合わせると、白詩からの影響だけでなく、紅葉を幣に見立てる歌を収載した何らかの要因や時代的気運があったのではないかと思われてくる。本章では、これまで、特に採り上げて論じられることのなかったこの問題について考察していきたい。

二　竜田と幣

『古今集』成立以前の「寛平御時后宮歌合」や『新撰万葉集』には、次のような歌がある。

イ　秋風は誰が手向けとかもみぢ葉を幣に切りつつ吹き散らすらむ　（「寛平御時后宮歌合」107）
ロ　もみぢ葉は誰が手向けとか秋の野に幣と散りつつ吹き乱るらむ(3)　（『新撰万葉集』秋下 353）

ロの歌は、イの異伝歌の可能性が高いが、どちらも「紅葉」を「手向けの幣」に見立てた歌である。したがって先に挙げた『古今集』の「幣」の歌は、このイやロの着想を前提にして詠まれた歌であり、「紅葉」を「幣」に見立てた歌の嚆矢は、「寛平御時后宮歌合」のイの歌であったと言ってもよかろう。

『古今集』の撰者達は、「寛平御時后宮歌合」の歌を集中に多く収載しているのにもかかわらず、右のイの歌を、『古今集』に入れなかったのは、イを基にした「紅葉を幣に見立てる」表現が、『古今集』編纂当時、すでに様々に詠まれていて、イを再度『古今集』に収載する必要がなかったからではなかろうか。そして、このイの着想を発展させたものの一つが、298番歌のような竜田の紅葉を幣に見立てた歌であったと思われる。もっともこれと同様な歌は、『古今集』が成立する直前にもう一首詠まれている。

立田山秋をみなへしすぐさねばおくる幣こそ紅葉なりけり　（「昌泰元年亭子院女郎花合」33　もとより）

この女郎花合の歌と298番歌のどちらの歌が先に詠まれたかは不明であるが、この二首は、竜田の紅葉を幣に見立てる表現が俄に注目され始めた様相を示していると言えよう。

ところで、『万葉集』には「竜田彦」の用例は（巻九　一七四八　高橋虫麻呂）あったが、「竜田ひめ」は藍紙本や類聚古集の訓みに見えるのみであった。しかし、この「竜田姫」は、寛平期になると、次のように詠まれている。

ハ　たつた姫いかなる神にあればかは山を千種に秋はそむらむ
（是貞親王歌合2）

ニ　見るごとに秋にもなるかたつたひめもみぢそむとや山はきるらん
（同右46・『後撰集』378秋下　よみ人しらず）

ホ　松のねを風のしらべにまかせては竜田姫こそ秋はひくらし
（同右30・『新撰万葉集』上129・『後撰集』265秋上　壬生忠岑　初句「松のねに」）

これらの歌には、「幣」は詠み込まれていないが、「竜田姫」も「紅葉を幣に見立てる」歌も同時期に詠まれているので、両者が結び付きやすく、後に298番歌が詠出されてくるのも当然であったと言える。『古今集』の撰者達は、右にみるような「竜田姫」の歌の流行をも加味して、初句を「竜田山」と切り出した「昌泰元年亭子院女郎花合」（『古今集』では、「朱雀院女郎花合」）の歌よりも、「竜田姫」を詠んだ298番歌を優先させて、収載したものと思われる。

ところで、『古今集』成立当時の「竜田姫」については、すでに後藤祥子氏の優れた論考がある(4)。氏は、「春の佐保姫」に対する「秋の竜田姫」は、平安中期に確立されてくるのであって、『古今集』当初の竜田姫は、染色裁縫に携わる「織女」の俤を備えている「山姫」の観念に近く、紅葉の自然の妙技を擬人化する伝統の上に具体的な女神像を当て嵌めたものであり、それは、六歌仙時代の女仙志向によるものではないかと述べられた。また、

竜田姫花の白木綿とりしでて今日や三室に風祭する　（承安元年八月十三日「全玄法印房歌合」）

というように、竜田姫は、それ自身女神であるばかりではなく、四月の風神祭に奉仕して、神々に幣を手向ける巫女にも想定できると述べられている。とすると、先のハ・ニの歌は、染色の才のある山姫として詠まれ、また、ホの竜田姫が松風に乗って琴を弾く（松風は琴の音の喩）背景には、竜田社と風神との関連がありそうである。

この竜田社と風神との関連は、『延喜式』の「竜田風神祭祝詞」に見える。それによれば、崇神天皇の時、悪風・悪水のため凶作が続いたので占うと、天乃御柱乃命・国乃御柱乃命の祟りだったため、幣帛をととのえて「竜田の立野の小野」に祀ったところ、五穀豊穣になったという。

梅田徹氏(5)は、この祝詞を解析され、農作物全般にわたって皇神の加護を祈願するもので、具体的には暴風雨（台風）を治め、五穀豊穣を祈願し、予祝することに繋がると指摘されている。

また、竜田は、壬申の乱における要衝の地であり、天武天皇は、天武四年四月より竜田風神を祭り、また、広瀬大忌神を祭り始め（『日本書紀』）、両者は、以後、四月・七月の二季に定着することになる。山根惇志氏(6)は、交通・軍事の要衝である竜田に、道教的な風神を土着に合わせて祭ることは、反逆者や自然をも治める天武帝の威力を示すものであったとされる。

また、吉野裕子氏は、(7) 広瀬大忌神・竜田風神祭の恒例化の意義を検討され、

四月は巳月、七月は申月に還元されるから、この取り合わせは直ちに「巳・申の支合」すなわち「水」となる。(中略)「風水呪術」の根本主義は、「蔵風得水」、つまり「風を撃ってこれを蔵め、終熄させ、よい水を得る」ことにある。天武朝に創められ、持統朝にひき継がれた竜田・広瀬両大社の四月・七月の例幣の目的は、五穀豊穣と風の鎮めとされている。「巳申の合」はよく「地の水」を生じ、「巳」と「申」のなかの金気は、よく風を撃ち、これを鎮める。風を鎮め、よい水が得られるならば豊作は疑いなしである。

と、述べられる。

このような意義のある風神祭は、平安朝に入っても続けられていたが、竜田社は、宇多朝あたりから整ってきた奉幣制の中の一社としても数えられるようになってきた。岡田荘司氏は、(8) 十六社奉幣制の成立を検討され、宇多朝の寛平六年、大和の古社を含んだ十二社が生まれたと言う。また、醍醐天皇の即位された翌年昌泰元年に十六社の祈雨奉幣の初見があり、それから四年後、延喜二年に祈年穀奉幣が開始されたのにも、延喜の治の新たな意気込みが感じられると述べている。

また、山口博氏は、(9) 宇多天皇は、即位後の天変地異や人事の異変に対し、諸寺に般若経を転読させ、神社に奉幣しており、陰陽道をも重んじたことを指摘している。

十六社の対象社として、伊勢・賀茂上下・松尾・平野・稲荷・春日・大原野・大神・石上・大和・広瀬・龍田・住吉・丹生・貴布禰が明記されているのは、『本朝世紀』天慶四年(九四一)八月十三日条と『日本紀略』応和三年(九六三)七月十五日条である。しかし、龍田社が、宇多・醍醐朝で既に十六社の中に入っていた可能性は、前述した昌泰元年の十六社の記述により充分に考えられる。(10) そして、こうした気運に乗って、竜田社は、古今集時代の歌人や撰者達にも、天武朝以来の古社として再認識された可能性は高い。

このような、当時の奉幣制の確立と竜田の紅葉を幣に見立てる表現が、直接関わっていたとは断言はできないが、前掲の「昌泰元年亭子院女郎花合」の歌や298番歌に少なからぬ影響を与えた可能性は想像されよう。298番歌の作者兼覧王は、陽成天皇の皇子惟喬親王の子で、神祇伯を勤めたことをも考え合わせると、その可能性も大であると思われる。

三　二九八番歌の手向くる神の解釈

ところで、298番歌の「幣を手向ける対象となる神」についての諸説を整理しておくことは、これらの紅葉を幣に見立てる歌の解釈においても重要であろう。

298番歌では、「竜田姫が紅葉を散らすのは、他に手向ける神があるから」と解されるが、それではその神は一体何かという問題も諸注釈書の中で検討されて来た。今、それらの説を整理すると、ほぼ次の四つになる。(11)

㋐神である竜田姫が幣を奉るほどの上位の神（具体的な神の名は示さない）
㋑旅の安全を守る道祖神
㋒道の神（道祖神と明言してはいないが、㋑の道祖神とほぼ同じ捉え方）
㋓西に去り行く秋の神（天神）

㋐は、「春の女神」の佐保姫に対し、竜田姫が「秋の女神」であると考えられるようになった平安中期頃からの説を踏襲した解釈である。むろん、『古今集』の段階では、竜田姫は、後藤祥子氏が指摘するように、縫織に長けた山姫的な存在で、必ずしも「秋の女神」に固定されてはいない。しかし、『古今集』の長い注釈史の中では、その秋の神の竜田姫すらも、手向けをするような上位の神が存在するということを強調している注釈は多い。

また、㋑と㋒は、竜田姫自身が、暮れていく秋と共に去り行く旅をしていると解し、その旅の安全を願って、道祖神に手向けをしているという解釈である。この説を採る注釈書も多く、例えば西下経一『古今和歌集新講』[12]では、「秋の暮とともに竜田姫も帰途につくものと見立てる」としており、片桐洋一『古今和歌集全評釈』[13]では、「秋をつかさどる龍田姫が旅立ってゆく」と捉えている。

ところで、手向くる神を、㋒のように「道祖神」と解釈するのはいかがかと思われる。倉石忠彦氏[14]は、『和名抄』には、「道祖」・「道神」はあるが、「道祖神」という表記はないことを指摘し、「道祖」の訓はサエ、あるいはフナトであると言う。また、『古事記』『日本書紀』にも「道祖王」は見られるが、やはり「道祖神」はない。さらに『万葉集』においても、旅の安全を祈願することはしばしばなされ、「道の神」（巻十七　四〇〇九）の例はあるが、道祖神としての特定の神は存在しなかったと述べられる。すなわち、いわゆる道祖神は、平安末期から中世にかけて形成され、それが次第に「道祖神」と表記される神に習合していったと言えるのである。

㋓は、新日本古典文学大系『古今和歌集』[15]の説で、「土着神」の龍田姫が、「西へ去り行く秋の神（天神）に手向けをする」と説き、「季節を神格化・人格化し、これを送迎するという考え方は、中国の影響であろう」と記している。そして、さらに、秋歌下の255番歌、

貞観御時、綾綺殿のまへに梅の木ありけり。西の方にさせりける枝のもみぢはじめたるを、うへにさぶらふをのこどものよみけるついでによめる

藤原かちをん

おなじえをわきてこのはのうつろふは西こそ秋のはじめなりけれ

に付した脚注を参照させている。この255番歌の脚注とは、諸注が引く『礼記』月令「立秋之日、天子親ら三公九卿大夫を帥ゐて、以つて秋を西郊に迎へ……」で、255番歌は、秋の定座が西であるという五行思想を基に、「秋は西に当たるから西の方から紅葉が始まった」という機知に富んだ歌として解している。(16)

季節を人格化して、送迎する思想については、平岡武夫・小島憲之・太田郁子・田中幹子諸氏の論考によっても既に明らかにされている。(17)『古今集』成立以前の漢詩においては、菅原道真『菅家文草』の「中途送春」(188)や「暮秋　賦秋尽翫菊　応令」(381)(18)などがあり、また、和歌で『古今集』に、

はるををしみてよめる
をしめどもとどまらなくに春霞かへる道にしたちぬとおもへば　（春歌下130　元方）

があるように、当時の古今歌人達は、季節を去り行く旅人のごとく詠じていたから、この298番歌にも秋が去るという意が込められていたと考えられる。

しかし、一方、当時、竜田において手向ける神といえば、前述のようにいちはやく竜田風神が思い浮かべられたであろう。竜田風神祭は、七月に行われるから、秋歌下巻末近くに置かれている298番歌は、むろん竜田風神祭の折の神を表している訳ではない。だが、風神祭の時期の神ではなく、「風神祭をもって風を鎮め、五穀豊穣を齎してくれた竜田の神に感謝するために、紅葉が幣のように散っている」という意味で詠んだと解釈することができるのではなかろうか。

詠者は、「竜田姫が手向けをする神があるからこそなのだ、竜田山に紅葉が幣のように散っている。その神

とは?」と問い、答えを暗示させる。そして、享受者に風を収め五穀豊穣を齎してくれた竜田の風神を想起させ、また、去り行く秋の神にも感謝し、散る紅葉を手向ける幣なのだと理解させた歌だったのではないだろうか。「秋のうた（とてよめる）」という詞書にも、竜田風神が齎した五穀豊穣をも含めて、秋歌を総括する意味もあったとも解釈できよう。『古今集』中にただ一首だけ入集された「竜田姫」の歌を解釈するためには、国家の神祇信仰として竜田が本来もっていた「竜田の風神」と奉幣制の確立との関わりを抜きにしてはならないと思われる。時代が下ってから「秋の神」と捉えられた「竜田姫」を『古今集』成立当初に戻して考えるならば、以上の解釈が妥当かと思われる。

四　秋の山と竜田川

さて、298番歌の次には、貫之が小野に住んでいた時の歌が置かれている。これは、先に挙げた『延喜式』の「竜田風神祭祝詞」に、「竜田の立野の小野」に天乃御柱乃命・国乃御柱乃命を祀ったという文面から連想された配列だったと考えられる。このことからも、編者が、竜田を強く意識していたことが分かる。

兼覧王は、『古今集』撰進に何らかの形で関わったと目される人物である（離別歌397・398番歌）。また、兼覧王のもとには、貫之・躬恒らが出入りしたサロンがあったとも考えられる（秋歌上190番歌）。298番歌の次に、貫之の「小野といふ所にすみ侍りける時、紅葉を見てよめる」という詞書の299番歌が配列されるのは、前述の「竜田の立野の小野」から連想が生み出されたと同時に、場所こそ違うが、山城国愛宕郡の小野が兼覧王の父、惟喬親王の縁の地であったこと、299番歌が、紅葉を幣と見立てる兼覧王の298番歌を前提に詠まれた歌だったことに起因するのではなかろうか。

この歌の眼目は、秋の山が（去り行く秋の神に）紅葉を幣として手向けたので[19]、自分は定住しているのに、旅心地になるというところにある。そして、この旅心地を受けて、実際に旅している清原深養父の300番歌に繋げていると言えよう。

竜田川の川面を流れる紅葉を詠んだ300番歌[20]も、先行歌として298番歌があったからこそ詠めたのではあるまいか。この歌において初めて「神なびの山をすぎ行く秋なれば」というように、「過ぎ行く秋」が具体的に表現されることになる。神なびの山を過ぎて、去り行く秋が、旅の安全を願って撒く幣のように紅葉がはらはらと散り、それが竜田川に流れているのである。しかし、この場合も去り行く神や自身の旅の安全を願って幣を撒くだけではない。風を収め、豊穣を齎した竜田の風神とともに秋の神への幣でもある。そして、その手向けの幣の紅葉は、竜田川に散り落ちて流れており、竜田川が幣を受け止める役目を果しているという実にスケールの大きな歌に纏め上げたのである。

前述したように吉野裕子氏[21]は、「竜田の風神と広瀬の大忌神は、風を撃ってこれを蔵め、終熄させ、よい水を得ることにある」と述べている。まさに、竜田川に流れる紅葉は、竜田風神を祭ったことによって、五穀豊穣を齎してくれたよき水に手向けられた幣なのである。『万葉集』には一首もなかった竜田川が、『古今集』に至って紅葉と結び付いて詠まれるようになった要因の一つに、このような「風を鎮め、よい水を得る」風水への意識があったとも捉えることができるのではなかろうか。

したがって、298〜300番歌は、竜田山の紅葉が散る様を幣と結び付けた298番歌を皮切りに、その趣旨を汲んで発展させた歌を配列した歌群であったと言えよう。また、300番歌は、後続の水面に流れる紅葉の歌（301〜305）を考慮した上で配列されていた歌だったと言えよう。そして、このような紅葉を幣に見立てる歌が、さらに「秋歌下」巻末の「去り行く秋が幣を手向ける」という九月晦の歌にまで発展したのではないかと思われる。

五　幣と手向けて秋はいにけり

さて、秋歌下巻末312・313番歌を共に挙げて検討しておこう。

ながつきのつごもりの日大井にてよめる
貫之

ゆふづく夜をぐらの山になくしかのこゑの内にや秋はくるらむ （312）

おなじつごもりの日よめる
みつね

道しらばたづねもゆかむもみぢばをぬさとたむけて秋はいにけり （313）

どちらの歌にも「九月晦の日」の詞書が付けられている。周知のように、『古今集』の四季部の各巻末には、晦の日の歌が配されている。特にこの秋歌下の巻末歌は、春歌下の巻末の、

やよひのつごもりの日、花つみよりかへりける女どもを見てよめる
みつね

とどむべき物とはなしにはかなくもちる花ごとにたぐふこころか （132）

やよひのつごもりの日、あめのふりけるにふぢの花ををりて人につかはしける
なりひらの朝臣

ぬれつつぞしひてをりつる年のうちに春はいくかもあらじと思へば　(133)
亭子院の歌合のはるのはてのうた　みつね
けふのみと春をおもはぬ時だにも立つことやすき花のかげかは　(134)

などと対比され、構造論[22]ばかりでなく、特に「三月尽」と「九月尽」の成立において様々に論じられてきた[23]。すなわち、中国詩に僅かにしかなかった「九月尽」は、特に白詩に用例が少なかったため、その展開は「三月尽」に比べ、かなり遅かった。しかし、そうした状況の中、後の『和漢朗詠集』「九月尽」にまで影響を与えた当該313番歌が詠まれた意義は大きかったと言えまいか。

上句「道しらばたづねもゆかむ」は、諸注釈書が解釈するように、「秋が去ってゆく道が分かっていたならば尋ねていこう」という意で、秋を擬人化していることになる。自然の力に抗することができずに、「秋が去っていく道が分かるならば」と嘆じた歌と解せよう[24]。また、紅葉を幣として手向ける主体は秋自身であり、秋が去り往く帰路の安全を願って、幣を手向けると同時に、人が去り行く秋を追慕して道を尋ねようとする惜秋の心を表現したものと解するのが適切だろう[25]。

小町谷照彦氏[26]が、『伝心抄』の「人ノ別ハ道ヲモヲクルモノ也秋ノ行ゑハシラヌト也ナマシゐニモミチヲ手向テ秋ノ旅タツ体ハシラセテ行ゑハシラ（レ）ヌト云儀也」を引き、「行方の分からぬ秋には、紅葉の手向けから旅立つことを知っても、手をこまねいているほかないと、そのもどかしさを説明している」と解説されたのは、人事と天道の別れの対比を言ったものと思われる。

六　道真・素性の「幣」の歌

次に、成立年時がほぼ確定できる「羇旅」420・421番歌の背景を検討しておこう。この二首は、昌泰元年（八九八）十月二十一日の宇多上皇宮滝御幸に供奉した折のものと推測できる。

この二首の詠出の場である「手向山」を普通名詞として捉える説も多いが、具体的な場所を指摘する説としては、主に、次の四つがある。(27)

①現在歌碑の建立されている手向山八幡とその東の手向山（北村季吟『百人一首拾穂抄』など）
②大和と山城の国境の奈良坂峠（下河辺長流『百人一首三奥抄』など）
③竜田山（後藤祥子氏）
④道真山荘（島津忠夫氏）

これらの中でも、③の後藤氏の説は、『扶桑略記』所収の「宮滝御幸記」を中心に、『古今集』に道真・素性の歌が並んでいることを重視し、素性は大安寺以南で一行に加わったはずであるから、「手向山」は「竜田山」を指すとされていて、妥当な見解であると思われる。

上皇は、この宮滝御幸で度々詩歌を詠進させているが、道真が素性とともに紅葉の歌を献上できたと思われるのは、宮滝の帰途立ち寄った龍門寺か竜田山の可能性が高い。龍門寺では、前もって、その夜の宿も決めていず、道真が、

不定前途何處宿　　前途を定めず　何れのところにか宿ねむ

白雲紅樹旅人家　　白き雲　紅せる樹は旅人の家なり

と詠じたが、それに唱和する者が誰もいなかったという状態だった。となると、紅葉を堪能し、詩歌を献じられる場は、やはり竜田山しか考えられないのではなかろうか。上皇は、十月二十五日に龍門寺参詣後、俄に野別当伴宗行宅を宿とし、その三日後、一挙に竜田山を越え、[28]住吉の浜を目指している。休息をとったのは、龍門までの旅の疲れを癒して竜田越えに備えるためだったのである。上皇にとっては、竜田越えも旅の目的の一つであったのではないかと考えられる。

さて、上皇が、道真らに竜田山において詩ばかりでなく歌を献じさせたのは、いうまでもなく竜田が名山景勝の地であったと同時に竜田風神を祭る竜田社があったからである。しかし、それだけではなく、298番歌や「昌泰元年女郎花合」のような「竜田山の紅葉を幣と見立てる表現」が、上皇や廷臣達に既に認識されていたからではあるまいか。

宇多・醍醐朝は、大和の古社が平安京近辺の古社とともに重視されはじめた時期であったことは先の［三］で述べた。宇多上皇の宮滝御幸が決行された昌泰元年は、十六社奉幣制が成立していたと思われる年である。宮滝の帰途、竜田越えを試み、住吉を目差した上皇の意識の裡には、この奉幣制のこともあったのではなかろうか。「幣」は、元来、五穀豊穣を祈ると同時に、天子の威徳を示すものでもあったからでもある。[29]上皇は、竜田山でこの時とばかり詩歌を献上させる。まさに上皇の思惑どおり、道真が、

満山紅葉破小機　　満山の紅葉　小なる機を破く
況遇浮雲足下飛　　況むや浮かべる雲い足の下より飛ぶに遇はむや

寒樹不知何處去　寒いたる樹は何處に去きしかを知らず
雨中衣錦故郷帰　雨の中を錦を衣て故郷を帰らむ

という絶句を詠む。「満山の紅葉　小なる機を破く」は「紅葉の幣」を暗示するような表現である。そして、さらに和歌では、道真と素性が「幣」をテーマにした420・421番歌を詠じたのであった。供奉した道真が、「幣もとりあへず」とあえて詠み、「竜田山」を「手向け山」と普通名詞化して詠んだのも、奉幣制を意識していたと考えれば納得がいく。これらは、まさに上皇の意向を汲んで、当意即妙に見事に答えた詩歌だったのである。

七　結び

以上のように、『古今集』における紅葉を幣に見立てる歌は、その嚆矢と思われる「寛平御時后宮歌合」の107番歌や縫織・染色の山姫としての竜田姫の歌を基盤とし、竜田風神祭や十六社奉幣制との関わりの中で展開され、秋歌下298～300番歌・秋歌巻末歌・道真・素性の羇旅歌などに発展していったということができよう。「春歌下」の「落花」の歌群の思想的背景には、仏教的「散華」を見ることができた(30)。ならば、「秋歌下」の「紅葉を幣」に見立てる歌には、春歌下の仏教的「散華」の落花の歌群に対応して、神祇信仰としての「神」に捧げる「幣」を提示していたと見ることも可能ではなかろうか(31)。『古今集』で、紅葉を幣に見立てた歌を収載した意義もその辺りにあったと思われるのである。

「はじめに」の冒頭で記したように、『古今集』において詠われた歌材がある特定の見立てとして固定化され、それが『古今集』の各歌群の中で機能し、さらに他部立の歌とも作用し合って構成された例として、「紅葉」を「幣」に見立てる歌が挙げることができよう。

こうして展開された紅葉を幣に見立てる歌は、『古今集』では、一方で、「離別」379番歌の「心を幣に砕く旅」のようにも詠じられていく。そして、さらに、『後撰集』の「離別」部にも影響を与え、

秋、たびまかりける人に、ぬさをもみぢの枝につけてつかはしける

よみ人しらず

秋ふかくたびゆく人のたむけにはもみぢにまさるぬさなかりけり (1337)

西四条の斎宮の九月晦日にくだり給ひけるともなる人に、ぬさつかはすとて

大輔

もみぢばをぬさとたむけてちらしつつ秋とともにやゆかむとすらん (1338)

と詠まれている。また、『貫之集』では、「承香殿御屏風の歌、仰せによりて奉る十四首」に、

九月のつごもりに、女車紅葉の散るなかをすぎたり

もみぢ葉の幣とも散るか秋果つる龍田姫こそ帰るべらなり (123)

のように、画中の女車を竜田姫と重ね合わせた、幻想的な恋の抒情を称える屏風歌にまで発展していくことになる。(32)

注

（1）神に捧げる礼物としての「幣」については、『大漢和辞典』では『周禮（天官、大宰）』や『漢書（文帝紀）』を引く。中国では、四時の祭典において、神に「幣」を献じる行為は、天子の重大な役目であり、その威徳を示すものでもあった。また、幣は、漢詩にも詠まれているが、黄葉（紅葉）を幣に見立てた例はない。

（2）渡辺秀夫「古今集歌にみる漢詩文的表現—対照・一覧稿」（『平安朝文学と漢文世界』所収　勉誠社　平成3年1月所収）

（3）『新編国歌大観』では、次のように「黄葉」とある。
黄葉《モミヂバハ》　誰手酬砥歟《タガタムケトカ》　秋之野丹《アキノノニ》　奴縻砥散筒《ヌサトチリツツ》　吹紊牟《フキミダルラム》

（4）後藤祥子「佐保と竜田」（『日本風土学会記事』昭和62年3月）織女的な山姫の観念の起源を、氏の詳論を参考に纏めると、凡そ次のようになろう。まず、「芳屏風春草を画き、仙杼朝霞を織る（王勃「林塘懐友」）」を初めとする漢詩句などから、『懐風藻』の大津皇子の「天紙風筆　雲鶴を画き　山機霜杼　葉錦を織らむ」及び『万葉集』の「経てもなく緯も定めず娘子らが織る黄葉に霜な降りそね（巻八　一五一二）」が詠まれる。そして、『古今集』では、「霜のたて露のぬきこそよわからし山の錦のおればかつちる（秋歌下　二九一　藤原関雄）」に発展したことになる。また、後代への影響としては、同氏の前掲論文の他、大原理恵「龍田姫の面影—『新古今和歌集』五四四番歌の解釈をめぐって—」（『文芸研究』一一七号　昭和63年1月）がある。

（5）梅田徹「広瀬大忌祭祝詞・龍田風神祭祝詞の思想と論理」（『王朝文学研究誌』一六号　平成17年3月）

（6）山根惇志「天武朝に於ける廣瀬大忌祭・龍田風神祭」（『古事記年報』三一号　平成元年年1月）

（7）吉野裕子『陰陽五行と日本の天皇』（人文書院　平成10年3月）

（8）岡田荘司「十六社奉幣制の成立」（『国学院大学日本文化研究所紀要』五九巻　昭和62年3月）

（9）山口博『王朝歌壇の研究　宇多醍醐朱雀朝編』（桜楓社　昭和48年11月）

（10）注8前掲論文。なお、三橋正『平安時代の信仰と宗教儀礼』（群書類聚完成会　平成12年3月）には、当時の神祇信仰が祭への参加を基本としていたのに対し、天皇という特別身分故に、勅使を遣わして幣帛（および走馬）を奉る奉幣という形態がとられたという。これは、「祭—参加型」の神祇信仰に「祭—奉幣型」の形態を導入することになったといえるのではないだろうかとされる。

(11) ㋐は、藤井高尚『古今和歌集新釈』など。但し、同書では、竜田には彦神姫神がいて、ここでは姫神だが、彦神もかねていると説く。㋑は、『為相注』・『毘沙門堂　古今集註』の一説・『栄雅抄』・松田武夫『新釈古今和歌集』・西下経一『古今和歌集新講』・小島憲之・新井栄蔵　岩波新日本古典文学大系『古今和歌集』㋓を主説とするが、脚注に道祖神について『和名類聚抄』の「太無介乃加美」を引く）㋒は、『古今和歌集余材抄』・『古今和歌集打聞』など。㋓は、小島憲之・新井栄蔵校注　岩波新日本古典文学大系『古今和歌集』。小町谷照彦『古今和歌集評釈　二四三』（学燈社「国文学」四八巻五号　平成15年4月）もこれに賛成している。但し、通釈には取り入れていない。その他、具体的にこの神の名を挙げているのは、「父の素盞烏尊（『為相注』）・海童の神（『毘沙門堂　古今集註』）で、『後撰和歌集』「秋下　わたつみの神に手向くる山姫の幣をや人の紅葉といふらむ」を引いて、この二人は兄弟だと説く）などである。なお、高野切のみ、当該歌が308番歌と309番歌の間に入っていることを付しておく。

(12) 西下経一『新講』（昭和8年　新撰国文叢書）

(13) 片桐洋一『古今和歌集全評釈』（講談社　平成11年2月）

(14) 倉石忠彦「いわゆる「道祖神」について」（「国学院雑誌」九八巻八号　平成9年8月）その他の道祖神についての文献としては、本位田重美氏の「道祖神考」（関西学院大学人文学会「人文論究」二〇巻一号　昭和44年4月）がある。氏は、古来はサエノカミ・クナドノカミ・フナドノカミがあると言われ、男女双立神を刻したものではなかったかと推測される。万葉の中には、手向けをすることによって夢になりとも吾妹子にあうことができるという歌があるが、大方において、旅の安全を祈願するものであっても、道祖神という呼称はなかったとされる。また、井手至氏は、「上代における道祖神の呼称について」（「万葉」九五巻　昭和52年8月）で、道祖神的な神としての障への神、道の神、手向の神、船門の神、曲門の神などに対して手向（手祭）をするのもその一の呪術的祭祀儀礼であったとする。

(15) 小島憲之・新井栄蔵校注　新日本古典文学大系『古今和歌集』（岩波書店　平成元年2月）

(16) 本文に挙げた「ロ」（『新撰万葉集』巻下　353番歌）に付けられた漢詩（354）に、「節に乗じて黄葉初めて西なり（中略）凡て陰陽の奇術且好」とあるのも参考になる。なお、『古今集』の注釈で、秋が西に去ることを強調し始めたのは、契沖『余材抄』である。

(17) 平岡武夫「三月尽―白詩歳時記―」（「研究紀要」十八号　日本大学人文学研究所　昭和51年3月）・小島憲之「四季語を通して―「尽日」の誕生―」（「国語国文」四六巻一号　昭和52年1月）・太田郁子「『和漢朗詠集』の「三月尽」・「九月尽」」（「国文学　言語と文芸」九一号　昭和56年3月）・田中幹子「『古今集』における季の到来と辞去について―三月尽意識の展開―」（「中古文学」平成9年3月　創立三十周年記念臨時増刊号　後、『和漢朗詠集』とその受容』和泉書院　平成18年1月所収）

(18) 『菅家文草』の「中途送春」（188）「客の行くのを送り　客は春を送る（中略）風光今日　東に帰り去る（春は西へさる私を見送り、私は東へ去る春を見送る。（中略）春の風光は今日東に去ってしまう）」・『菅家文草』「暮秋　賦秋尽翫菊　応令」（381）「秋惜しめども　秋駐らず（秋を惜しむのに、秋は留まらずどんどん行ってしまう）」。

(19) この歌には、いくつかの解釈がある。それを整理すると次のようになる。
①「秋の山」を主語と捉える
ⓐ秋の山自体が手向けをする（『両度聞書』・小町谷『評釈　二百四十四』学燈社「国文学」・高田祐彦訳注　角川ソフィア文庫　平成21年6月）
ⓑ秋の山を主語としながらも、もう一つの主語を設ける
㋑旅人が手向けをする（松田『新釈』・奥村『集成』）
㋺去り行く秋の神が手向けをする（小沢『全集』・岩波新大系）
②「秋の山」を場所として捉える（宣長『遠鏡』）
㋑旅人が手向けをする（金子『新釈』）
㋺去り行く秋の神が手向けをする（片桐『全評釈』）
詞書に「紅葉を見てよめる」とあり、詠者自身が定住しているのであるから、とくに「旅人が手向けている」と解さなくてもよいと思われる。298番歌では、「竜田姫」が主格になるから、それに準じ、「秋の山」を主語と

して、「秋の山が去り行く神に手向けをする」と詠むことも可能かと思われる。
(20) この歌についても様々な解釈がなされている。「神なびの山」は『古今集』284「たつた河もみぢば流る神なびのみむろの山に時雨ふるらし(よみ人しらず)」と同様に「三室の山」と一般に解されている。上句の「神なびの山をすぎ行く秋なれば」には、主に、

① 秋(秋の神)が旅人になって神なび山を越えて行く(『東大本聞書』・『毘沙門堂本古今集註』・『教端抄』・『栄雅抄』・『正義』・高尚『新釈』)

② 自分が越えていく(『打聴』・『松平本集抄』)

③ 自分が越えて来たように秋も越えていく(『余材抄』・『全集』・小町谷「評釈」(学燈社「国文学」)

という三つの解釈がある(「秋」を「秋の女神」と訳す注釈も多いが、煩瑣になるので、以下も一応「秋」に統一して分類した)。また、下句との関連からでは、

ⓐ 秋が、神なび山を通るので、秋が竜田川に手向けをする(『東大本聞書』・『伝心抄』・『集成』)

ⓑ 自分が神なび山を通る時、秋が竜田川に手向けをする(『松平本集抄』)

ⓒ 自分も秋も神なび山を通る時、秋が竜田川に手向けをする(『遠鏡』・『鄙言(寛政8年刊本影印翻刻篇)』・窪田『評釈』・西下『新講』)

ⓓ 自分が神なび山で手向けをし、秋が竜田川で手向けをする(松田『新釈』)

という捉え方がされている。さらに、手向けをする時点については、

㋑ 手向けをするのは、山を越える前に、川で(『正義』・岩波旧大系)

㋺ 手向けは山を越えてから川の前で(高尚『新釈』・西下『新講』)

㋩ 手向けは山で(『直伝解』)

という解釈があるほか、

㋐ 作者と秋は同一方向に移動している(『余材抄』・『集成』・『岩波新大系』・片桐『全評釈』・小町谷「評釈(前掲)」

㋑ 作者は山を越えたが、秋はこれから越えるので、両者は方向がずれている(『正義』・金子『評釈』・西

下『新講』）

などがある。神なび山と竜田川の位置関係が問題になり、古来、様々な説が出ている。竜田川が山城の山崎辺りの川だとする説（宣長『遠鏡』・藤井高尚『新釈』・増田繁夫「古今集の歌枕―音羽山・神南備の杜・立田川―」（『王朝和歌と史的展開』平成9年12月）もあるが、大方は大和の竜田川説をとる。詞書どおりに読めば、神なび山を過ぎて竜田川を渡る時に詠んだのであるから、渡河の直前か、渡河の最中であると思われる。秋が西に去り行くことを強調した契沖『余材抄』以来、作者と秋が同方向に移動していると解する説と逆方向に移動していると解する説に分かれている。

なお、この深養父の三〇〇番歌は、

やよひのつごもりがたに、山をこえけるに、山川より花のながれけるをよめる　ふかやぶ

花ちれる水のまにまにとめくれば山には春もなくなりにけり　（春歌下　129）

にちょうど対応するかのごとく撰歌されていることにも注意したい。

(21) 注7と同じ。

(22) 松田武夫『古今集の構造に関する研究』（風間書房　昭和40年）・新井栄蔵「古今集四季の部の構造についての一考察―対立的機構論の立場から―」（『国語国文』四五巻六号　昭和47年8月）

(23) 注17の前掲諸論文

(24) 注釈書の中ではこの歌の場合も、「道祖神」に手向けをすると訳すものがあるが、前述したようにあえて「道祖神」と解釈する必要はないと思われる。

(25) 渡辺秀夫は注2前掲書で、313番歌について、『白氏文集』巻一六「大林寺桃花」の「長恨す春帰つて覓むる處無きを　知らず転じて此中に入り来らんとは」を引いている。この詩は、去り行く春を惜しみつつ山中に入ると、まだ春が残っていることを発見した詩で、313番歌の去り行く秋の道を尋ねる心境に通ずるものがあろう。

(26) 小町谷照彦「古今和歌集評釈　二百五十八」（学燈社「国文学」四九巻八号　平成16年7月）なお、『伝心抄』は『古今集古注釈書集成』（笠間書院　平成8年2月）による。

(27) ①は、北村季吟『拾穂抄』に「此手向山は大和也、在東大寺内」とあり、蔵中スミ『歌人素性の研究―平安初期和歌文学の世界―』(桜楓社　昭和55年10月)もこの説を採る。②は、長流『三奥抄』に「手向山は奈良より出て山城の国に超る所の山を云」・契沖『改観抄』・真淵『初学び』など。③は、後藤祥子「「手向け山」は竜田山か―菅家詠の舞台―」(「和歌文学研究会会報」平成4年12月)、④は、島津忠夫(『百人一首』角川文庫　昭和44年12月)。なお、『宮滝御行記』には、道真が「雨中衣錦故郷帰」と詠んだとあり、また、次のように勅撰和歌集には、

世中にいひながしてし竜田川みるに涙ぞ雨と降りける　(『新拾遺集』1760雑歌中　亭子院御製)

紅にぬれつつ今日や匂ふらむ木の葉移りて落つる時雨は　(同1385　神祇歌)

雨降らば紅葉の影に宿りつつ立田の山にけふはくらさむ　(『続古今集』905　羇旅歌)

があって、いずれも雨が詠み込まれている。そのため、雨が詠みこまれていない当該420・421番歌は、竜田山を舞台にしての詠ではないということも考えられよう。しかし、竜田山において「幣」を詠みこんだ時には、旅の安全を祈るための幣を詠みつつも竜田社を意識したであろうから、必ずしも「雨」が詠みこまれていなくてもよいと思われる。

(28) 竜田越えは、法隆寺の南から西に向かい、竜田大社を過ぎ、大和川北岸の信貴山麓の起伏(竜田山)を越えて現大阪府柏原市大字高井田へ出、その西で大和川を渡り、長尾街道に接続。(『日本歴史地名大系「奈良県の地名」』平凡社　昭和56年6月による)

(29) 宇多は、既に上皇であったが、醍醐帝は前年に即位したばかりで、まだ十四歳だった。宇多上皇は、山踏みの出来る自由な身になった。しかし、醍醐天皇と藤原時平の新体制が安泰な世となるように祈念する思いもあったのではなかろうか。

(30) 拙稿「『古今和歌集』春歌下　貫之の落花の歌について―「散華」との関わりの可能性―」(「中古文学」第七三号平成16年5月)では、貫之歌について述べたが、春歌下の落花のモチーフの基調にも、散華との関連をみることは可能かと思われる。第二章参照のこと。

(31) 『菅家後集』の「冬日感庭前紅葉、示秀才淳茂」には、「孤り立ちては　錦を衣る客に逢へらむが如し　四に分

かれては　花を散ずる僧に伴ふかと疑ふ」という詩句が見える。落葉を散華に見立てた表現として、注目される。

（32）木村正中校注『土佐日記　貫之集』（新潮日本古典集成　昭和63年12月）の頭注。

第六章　藤原興風の鏡の歌

一　はじめに

この章では、漢詩と出会った後の和歌が、詠者の心情をより深く表出する術を獲得した例を検討し、『古今集』に収載された様相を考察することとする。

『古今集』恋五には、

怨みてもなきてもいはむ方ぞなきかがみに見ゆる影ならずして　(814)

という藤原興風の鏡の歌がある。この歌は、破局を迎えた恋の悲しみの歌の中の一首として捉えられ、例えば金子『評釈』[1]では、「恨んでも泣いてもこの悲しさを誰を相手にいはうぞ、思ふ人は最早絶えて、一向に逢ふことも無ければ、鏡へ移つて見える自分の影ではなくては、外に相手にしていはうやうが無いわ。下句沈痛で嗟歎の意が永い。」と述べている。また、竹岡『全評釈』[2]では、「上の句の畳かけるような語気がいかにも激しい。」と付け加え、小沢『全集』[3]では、「別れた後での悲しみを誰にも訴えられない孤独の気持をうたったもの。これも愛情を越えた昔の恋を懐かしむ心境の歌である。」と、やや達観した心境として捉えている。

いずれにしても当該歌は、鏡面の自己自身に対峙し、悲観、諦観の心境を述べたもので、現代人の目から見れば特筆すべきものではないように思われるが、わが国の文学における鏡の歴史を振り返ってみると、それまでには見られなかった表現であり、こうした歌は、『古今集』の中でもこの814番歌一首のみである。読み方によっては、近代人の鏡面での孤独な自己凝視と粉うほどの哀切な情感を湛えるこの歌は、『古今集』という時代に至って初めて詠まれた特異な鏡の歌だったのではなかろうか。

小考は、先行文学や興風周辺の文学における鏡の意味や鏡へのアプローチの仕方、古代的な鏡の呪能への信仰の残存などについて検討し、文化的背景を考慮に入れて、これまで特筆されることのなかった興風の鏡の歌の特異性を明らかにしようとするものである。

二　先行文学及び周辺文学における鏡の概要と縁語成立の基盤

先ず、先行文学や周辺文学における鏡がいかなる様相を呈するのかを確認しておくこととするが、万葉・古今・漢詩文における鏡の概要については、[4]『古今集』の伊勢の歌「年をへて花の鏡となる水は」（44春歌上）を中心に詳細に検討された岩井宏子氏の調査が既にあり、首背できる結果を得ている。それによれば、『万葉集』

の鏡は、神秘的かつ貴重なものとして認識され、多くは「まそ鏡（ます鏡）」で、「見る」「懸ける」等にかかる枕詞として機能する例が多く、日常生活の道具（映す具）としての意義は薄かったようである。

これに対し、『懐風藻』、『文華秀麗集』などのわが国の漢詩文の世界では、中国漢詩文の鏡をそのまま継承し、専ら映す意図をもった鏡が詠まれている。よって、漢詩に多大な影響を受けて構築された新しい詩想をもつ『古今集』においても「映す」を意図する鏡が収載されることになったと考えられると岩井氏は述べる。

ここで次に、興風以外の集中の鏡の歌五首をあげてみることにする。

　　水のほとりに梅花さけりけるをよめる（43番歌の詞書）
年をへて花のかがみとなる水はちりかかるをやくもるといふらむ　（44春上　伊勢）
　　歌たてまつれとおほせられし時によみてたてまつりける
ゆく年のをしくもあるかなますかがみ見るかげさへにくれぬと思へば　（342冬　貫之）
　　かみやかわ
うばたまのわがくろかみやかはるらん鏡の影にふれるしらゆき　（460物名　同）
　　題しらず
鏡山いざたちよりて見てゆかむ年へぬる身はおいやしぬると　（899雑上　読人知らず）
　　この歌は、ある人のいはくおほとものくろぬしがなり（899番歌の左注）
近江のやかがみの山をたてたればかねてぞ見ゆる君がちとせは　（1086神遊び歌　黒主）
　　これは今上の御べのあふみうた（1086番歌の左注）

以上を見れば分かるように、『古今集』の鏡の歌には、大きく四つの傾向がある。第一は342、460、899番歌のような白詩の鏡面嘆老を継承した嘆老歌、(5)また第二は、岩井氏が漢詩文の「塵」「曇る」の和文脈化を指摘された伊勢44番歌の水面の見立て、(6)そして第三は興風の恋歌、第四は大嘗会歌とも解される黒主の鏡山の歌で、これらは後続する平安和歌にそれぞれ多大な影響を与えていく。

これらの歌は皆漢詩文の洗礼を受けて表出されたものであるが、伊勢の44番歌以外の鏡の歌には、「影」または「見る」が詠み込まれていることに注意したい。実際に鏡面に映ずる影を詠むのであるから、「見る」「影」が当然縁語として組み込まれて来ることは想像されるのであるが、一方そこには多分に『万葉集』以来の和歌の継承の上で内包され続けて来た「見る」行為に対する霊威的信仰の名残りがあるように思われる。先述したように、『万葉集』の鏡においては、「見」にかかる枕詞「ます鏡」「まそ鏡」が多く、例えば、

まそ鏡手に取り持ちて朝な朝な見れども君は飽くこともなく　（巻十一　二五〇二　寄物陳思）

かくばかり恋しくあらばまそ鏡見ぬ日時なくあらましものを　（巻十九　四二二一　大伴坂上郎女）

のように相聞において恋情豊かな世界を展開している。古代の「見る」行為については、生命・霊魂に関わる呪能を有した知覚であることが、諸先学によって指摘されており、(7)鏡の「見る」行為においても、「鏡の呪力は見ることを通してはたらく。」とも述べられている。(8)鏡の基本的機能であるとともに、そのような呪性を含む「見」が、『古今集』以後にも縁語として和歌内部に継承されていく現象は、それらの歌が漢詩の影響を受けつつも、『万葉集』以来の和歌の伝統の上に成り立つものであることを示していると言える。そしてまた、それと同時に殊に興風のような恋歌の場合を考えると、古代的な鏡への信仰が未だ残存していたからこそ、「見

る」「影」の縁語が成立する基盤があったのではないかとも思われるのである。よって、次項において、興風以後の鏡の詠み込まれた恋歌や離別歌を検討し、興風の鏡の歌について考えてみたい。

三　鏡への信仰の残存

古代的な鏡への信仰とは、相手が自分を思っているならば鏡や水面に相手の面影が映って見えるというものである。夢の俗信と同様に、面影、水あるいは鏡の映像と霊魂とを同一視する傾向は世界各地の古代社会に見えており、(9)『万葉集』の防人の歌、

わが妻はいたく恋ひらし飲む水に影さへ見えてよに忘られず　（巻二十　四三二二）

もその一例であると思われる。諸注釈書を見ると、「水鏡に相手の顔が映るのは相手が自分を思っているしるしとする言い伝えによる(10)」「相手が恋をすれば姿が水に映るという俗信があったか。(11)」、「飲む水に映る自分の影に二重映しになって妻が見えるのであろう(12)」、「〈カゲ〉は水に映る影で現れた魂の姿。〈影〉になって現れるのは、相手が恋しているから(13)」など、鏡の俗信を匂わせて解釈されている。

次に、興風歌以後の鏡が詠み込まれた恋歌・離別歌を数首あげてみよう。

物言ひける女のかがみをかりてかへすとて　　よみ人知らず

①　影にだに見えもやするとたのみつるかひなくこひをます鏡かな　（後撰805　恋四）
しもつけにまかりける女にかがみにそへてつかはしける
よみ人知らず

②　ふたみ山ともにこえねどますかがみそこなる影をたぐへてぞやる　（同1307　離別）
とほきくににまかりける人に、たびのぐつかはしける、かがみのはこのうらにかきつけてつかはしける
大窪則善

③　身をわくる事のかたさにます鏡影ばかりをぞ君にそへつる　（同1314　離別）
くにもちがむすめをともみつまかりさりてのち、かがみを返しつかはすとて、かきつけてつかはしける
よみ人知らず

④　影たえておぼつかなさのますかがみ見ずはわが身のうさもしられじ　（拾遺915　恋四）
題知らず
よみ人知らず

⑤　思ひます人しなければますかがみうつれる影とねをのみぞ泣く　（同916　恋四）

相手の姿が鏡に面影として見えると思ったが見えなかった（①）、別れゆく者に鏡を贈って、その鏡に自分の姿を添わせたい（②・③）、失恋して情けないので借りた鏡を見たくない（④）、「自分に対して愛情が増す人がいないので、鏡に映る自分の影と共に泣き崩れる」というように比較的興風の歌に近い心情を詠った歌（⑤）などの発想をみても、鏡が持つ呪能への信仰が基底にあったと推測されよう。

しかし、この辺りは微妙なためか、興風歌の諸注釈はもちろんのこと①～⑤の歌の諸注釈においても、鏡への信仰（俗信）による歌と明言してはいないが、それを匂わせる訳出をしている。『万葉集』の枕詞「ます鏡」「ま

そ鏡」を有する歌や興風歌を初め、①〜⑤のような歌も、鏡の持つ呪能への信仰を前提にしたほうが、歌に深みが出ることは確かである。

大谷雅夫氏(14)は、『万葉集』の、

まそ鏡見ませ我が背子わが形見持てらむ時に逢はざらめやも　（巻十二　二九七八　寄物陳思）

や先に挙げた『後撰集』②③のような別れの時の形見の鏡を検討され、送り主の面影が鏡に映るという形見の鏡の信仰を指摘された。これは、鏡に使用者の魂が宿るもので、古代社会の影と霊魂についての考え方や、鏡の招魂の呪能を考えれば、首肯できる論である。

ただ、鏡の呪能は、想う者の心霊が相手に添うというもので、実際は自分の顔が水面や鏡に映っていても、そうした心理状態によって相手の顔が映る（または重なる）というものだから、願望の形をとって表出されることも多かったと言える。例えば『万葉集』の、

里遠み恋ひうらぶれぬまそ鏡床の辺去らず夢に見えこそ　（巻十一　二五〇一　寄物陳思）

のように、「夢に見えこそ」と希求したり、先に挙げた二九七八番歌の他、

我妹子し我れを思はばまそ鏡照り出づる月の影に見え来ぬ　（巻十一　二四六二　寄物陳思）

や先の『後撰集』①～③の歌においても、願望・希求の意が強く、不合理を越えて鏡に相手の映像を求めようとする潜在的な願望が表出されたものではなかったかと思われるのである。そしてまた、それ故に和歌表現にも取り込まれやすかったのであり、先述したように影や面影が「見る」とともに鏡の縁語として詠み継がれていった理由も分かるのである。

よって、興風の鏡の歌についても、鏡の呪能への信仰をもとにして解釈し、「相手が思うならばその面影が見えるはずであろうのに、見えず、自分の影しか映らない」と捉えるべきであろう。

四　先行漢詩の鏡面へのアプローチと興風歌

さて、鏡の呪能を思ってみても相手の面影が映らないと嘆きながら、結局自己凝視に回帰するしかない興風歌は、鏡面対峙のモチーフを獲得した歌となっている。このような発想は、それまでのわが国の文学には見当たらないので、その詩想を齎した背景には、六朝閨怨詩との出会いがあったのではないかと想像される。そこで鏡が多数散見できる『玉台新詠』を取りあげ、そこで歌われている鏡へのアプローチの方法を探り、興風歌の方法と対比してみることにする。『玉台新詠』の鏡は、例えば、

隣鶏声已伝　　隣鶏声已に伝ふ、
愁人竟不眠　　愁人竟《つひ》に眠らず。
月光侵曙後　　月光曙後に侵《をか》し、
霜明落暁前　　霜明暁前に落つ。

栄鬢起照鏡　　栄鬢起きて鏡に照らす、
誰忍插花鈿　　誰か忍びん花鈿を插《さしはさ》むに。
（痩肩吾「和二湘東王一首　応令冬暁」）

のように、戦いや仕官のために家を離れた夫を待つ妻が、鏡台の前に空しく化粧をするというパターンを大方はとっている。また、逆に次の、

浮雲何洋洋　　浮雲何ぞ洋洋たる、
願因通我辞　　願はくは因りて我が辞を通ぜん。
飄飄不可寄　　飄飄として寄す可からず、
徙倚徒相思　　徙倚して徒らに相思ふ。
人離皆復会　　人離れて皆復た会するに、
君独無反期　　君独り返る期無し。
自君之出矣　　君の出でしより、
明鏡暗不治　　明鏡暗うして治せず。
思君如流水　　君を思うて流水の如し、
何有窮已時　　何ぞ窮り已《や》む時有らん。
（徐幹「室思一首」）

のように、空閨故に鏡の塵を払わず、曇らすのみであるとか、鏡が曇って化粧が出来ないという表現をとって表される。しかし、これらの鏡は、あくまでも閨情をいうための一素材として扱われているのにすぎない。こ

れは、詩の形式が様々な方向から素材を取り込んで、孤閨の輪郭を構築していくものであるためであろうが、たとえそれらが怨婦の客観的描写に留まらず、閨情に深く切り込んだ作品であったとしても、鏡面に映ずる己れ自身の姿と対峙した怨婦の哀切な心情を表現する詩句は見当たらないと言ってよい。もっとも、

珠簾旦初捲　　珠簾旦《あした》に初めて捲き、
綺羅朝未織　　綺羅朝に未だ織らず。
玉匣開鑒形　　玉匣をば開き形を鑒《かんが》み、
宝台臨浄飾　　宝台に臨みて浄飾す。
対影独含笑　　影に対して独り笑を含み、
看花空転側　　花を看て空しく転側す。
聊為出繭眉　　聊か出繭の眉を為し、
試染夭桃色　　試みに夭桃の色を染む。
羽釵如可間　　羽釵《うさ》間す可きが如く、
金鈿畏相逼　　金鈿相逼《せま》らんことを畏る。
蕩子行未帰　　蕩子行きて未だ帰らず、
啼粧坐沾臆　　啼粧坐ろに臆を沾《うるほ》す。

（何遜「詠二照鏡一」）

などは、鏡に向かい、強いて微笑を浮かべて装うものの、それがかえって帰宅せぬ夫を思うと虚しくなるというもので、鏡面に向かう女の描写も長けているが、あくまでも女の外面描写で鏡面の己自身に深く迫る悲嘆で

はない。また、

信来贈宝鏡　　信来りて宝鏡を贈らる、
亭亭似円月　　亭亭円月に似たり。
鏡久自愈明　　鏡久しくして自ら愈々明らかに、
人久情愈歇　　人久しうして情愈々歇む。
取鏡掛空台　　鏡を取りて空台に掛け、
於今莫復開　　今を於て復た開く莫し。
不身孤鸞鳥　　見ずや孤鸞鳥、
亡魂何処来　　亡魂何れの処よりか来らん。

（徐孝穆「為㆓羊兗州家人㆒答㆓餉鏡㆒」）

は、雌雄相別れた鸞鳥の一羽が鏡を見て息絶えたという孤鸞鳥の故事を踏まえて、相手の魂を呼ぶ術を探ろうと嘆くもので、鏡を素材とした閨情詩の圧巻と言えるが、もとより鏡面対峙の詠ではない。
もっとも、このような閨情詩の鏡は、勅撰漢詩集にも投影され、次のような詩句となる。

慈母教喩遂相泣　　慈母教喩するも遂に相泣く、
伴儔戯慰還共傷　　伴儔戯慰するも還りて共に傷む。
強対鏡台試払塵　　強ひて鏡台に対かひて試みに塵を払へば、
影中唯見顦顇人　　影中に唯見るは顦顇する人のみ。

（『凌雲集』61　小野岑守「雑言奉和聖製春女怨」）

頽思嬾聴門前鵲
衰面慙当鏡裡鸞
願君莫学班定遠
慊々徒老白雲端

頽思聴くにし嬾《ものう》し門前の鵲、
衰面当に慙づ鏡裡の鸞。
願はくは君学ぶこと莫れ班定遠、
慊々《けんけん》にして徒らに老ゆ白雲の端。

（『文華秀麗集』51　菅清公「艶情」「奉和春閨怨」）

真珠暗箔秋風閉
楊柳疎窓夜月寒
不計別怨経歳序
唯知暁鏡玉顔残

真珠の暗箔秋風閉ぢ、
楊柳疎窓夜月寒し。
計らざりき別怨歳序を経むとは、
唯知るは暁鏡玉顔の残《そこな》はるるのみ。

（同55　巨勢識人「和伴姫秋夜閨情」）

対鏡容華改
調琴怨曲催
君恩難再望
買得長卿才

鏡に対へば容華改まり、
琴を調ぶれば怨曲催す。
君恩再たび望み難く、
買ひ得たり長卿が才。

（同57　御製「長門怨」）

怨婦の立場に立って詠まれたこれらの詩の鏡は、各詩の結尾近くに置かれ、容色の衰えを嘆くというパターンをとって、怨情に効果を上げている。もともと勅撰漢詩集の閨情詩は、ほぼ皆容色の衰えを素材の一つに加えているためなのであるが、鏡面対峙のモチーフを獲得することによって、先の『玉台新詠』の詩句より今一歩怨婦の心情に踏み込んだものとなっていることは確かであろう。こうした閨怨詩における鏡面嘆老は興風歌の詩想にも少なからぬ影響を与えたであろうが、興風歌は嘆老に流れず、怨情そのものに迫っていると言えよう。

閨怨詩を踏まえながらも、詩では単なる一素材にすぎなかった鏡を、興風がこのような鏡面の自己対峙にまで凝縮させた背景には、三十一文字という短歌形式の制約が深く関わっていたと言えるのではなかろうか。閨怨詩の洗礼を受けた興風が、漢詩世界の鏡を詠出しようとするとき、当然漢詩における様々な具象性が排除され、三十一文字に鏡に対する怨婦の心と詞を凝縮させることになる。その結果あくまでも怨婦のポーズを取りながら、鏡を通して哀切なる心情を端的に述べることになったのではなかろうか。このような思念は、漢詩世界の洗礼を受けた詩心が、短歌形式に巡り会って初めて獲得した詩想であったと思われる。

五　他の興風の歌との比較

さて、『古今集』に収載された興風の歌は当該歌の他に十七首ある。

さく花は千くさながらにあだなれとたれかははるをうらみはてたる　（101春下）
春霞色のちくさに見えつるはたなびく山の花のかげかも　（102　同）
こゑたえずなけやうぐひすひととせをふたたびとだにくべき春かは　（131　同）
契りけむ心ぞつらきたなばたの年にひとたびあふはあふかは　（178秋上）
白浪に秋のこのはのうかかべるをあまのながせる舟かとぞ見る　（301秋下）
み山よりおちくる水の色見てぞ秋は限と思ひしりぬる　（310秋下）
うらちかくふりくる雪は白浪の末の松山こすかとぞ見る　（326冬）
いたづらにすぐす月日はおもほえで花見てくらす春ぞすくなき　（351賀）

君こふる涙のとこにみちぬればみをつくしとぞ我はなりぬる　（567恋二）
しぬるいのちいきもやすると心みに玉のをばかりあはむといはなむ　（568 同）
わびぬればしひてわすれむと思へども夢といふものぞ人だのめなる　（569 同）
あふまでのかたみとてこそとどめけめ涙に浮ぶもくづなりけり　（745恋四）
誰をかもしる人にせむ高砂の松も昔の友ならなくに　（909雑下）
春霞たなびくのべのわかなにもなり見てしかな人もつむやと　（1031雑躰）
なにかその名の立つ事のをしからむしりてまどふは我ひとりかは　（1053雑躰）
身はすてつ心をだにもはふらさじつひにはいかがなるとしるべく　（1064雑躰）

右の歌の101・102・131・178・301・326・567〜569・1031番歌は、「寛平御時后宮歌合」の歌で、310番歌は、宇多帝へ献上したときの歌である。

また、745番歌は、親の監視下に置かれていた女に逢っている時に、女が親に呼ばれたので女が急ぎ帰る時に脱ぎ捨ててあった女の裳を興風が持ち帰り、後日、裳を女に返す時に添えた歌である。「寛平御時后宮歌合」の晴の歌と比べて、集中の興風歌としては珍しい褻の歌である。

これらの歌から分かるように興風の歌は、見立て、縁語、掛詞を駆使した理知的な歌で(15)、古今的世界を構築していると言えよう。

しかし、814番の鏡の歌や909番歌の「嘆老」の歌のように(16)、対象に向かってストレートに心を表出している歌もある。これらは宇多朝歌壇の有力メンバーの一人であった興風が、君臣和楽の共同体の中にあって、共同体の歌ことばを用いながら、「閨怨」「嘆老」といった歌材を見事に深めていった歌として注目されたのではあるまいか。『古今集』の撰者達は、先の745番歌の物語的な興風の恋歌をも見逃さず、また、一方で興風の鏡の歌の独創性を買って、収載したものと思われる。その折、撰者達は、興風の鏡の歌は、745番歌の女と別れた失恋の歌であったという意味を暗に含めて収載した可能性もあろう。

興風は『歌経標式』を著した藤原浜成の曾孫。参議にまで達した浜成が、氷上川継の事件により左遷されたため、その子永谷、孫道成も卑官に終わり、興風も極官が延喜十四年下総権大掾（『古今集目録』）にすぎない。が、興風は宇多帝の弾琴の師の可能性もあり、また山口氏(17)が宇多院の判官代だったと言われるごとく、宇多の風流韻事の側近ではなかったかと思われる。貞保親王の后宮五十賀では屏風歌を求められており（『古今集』351賀）、「寛平御時后宮歌合」における作者判明歌のうち最も歌数の多いのは興風（十一首）で、そのうちの九首が『新撰万葉集』に、十首が『古今集』に採られている（うち八首重複）。

また、徳原茂実氏(18)は、宇多の興風への歌召し（『古今集』310秋下及び『後撰集』73春中）は、実質的には千里の「古今和歌多少献上」のごとき下命ではなかったかとも言われ、紀伝の名家千里と共に歌学の祖の血筋である興風を宇多帝が高く買っていたことが分かるのである。興風は、年令的にも友則に近かったが、『古今集』編纂当時は、地方官（延喜四年正月上野権大掾）として下向していたようである。しかし、延喜十三年の「亭子院歌合」では、左方の読人の筆頭として名が見え、君臣和楽の歌会の長老として列している。また同年十月十三日「醍醐天皇主催内裏菊合」にも一首詠進している。こうした力量を持つ興風であるからこそ、先の「君恋ふる」に続く、「死ぬる命（568）」「わびぬれば（569）」のような恋情しげき歌もさることながら、独自な鏡の閨怨歌を詠ったものと思われる。

六　結び

最後に、興風の鏡の歌の発想に近い歌を二、三とりあげて興風歌との微妙な違いを指摘し、興風歌の特質を確認しておこう。

『古今集』の周辺から『拾遺集』頃までの間で、興風歌の系譜に繋がる歌は、(三)であげた④⑤あたりである。いずれも恋の破局の果ての悲しみを歌ったものであるが、「見ずは我身のうさも知られじ」「ねをのみぞなく」と言ったように、悲哀に焦点が絞られ、興風のような強烈な鏡中の自己対峙を詠んだものではない。また、『古今集』恋四の伊勢の歌に、

夢にだに見ゆとも見えじあさなあさなわがおもかげにはづる身なれば　(681)

があり、鏡こそ詠み込まれていないが、「面影」は鏡に映る自己の影と考えられる。この歌は恋に悴れた姿や容色の衰えを詠んだ文華秀麗集「艶情」の系譜であろう。上句の解釈が難解で、一首を「鶯鶯伝」と関連付けた大塚英子氏の見解もある。(19) 鏡面での自己否定ともとれようが、もともと相手の夢に自分の姿が現われることを拒絶する歌であるから、興風のような深い鏡面対峙とは異なろう。

ともかく、このように鏡の歌が散見できるのは、当時の和歌や絵画などの文化と相関関係を持ちながら、唐鏡から和鏡が発達し、それが貴族の日常生活に直結するものであったからであろう。(20) また、鏡を送って夫婦となった除琦の伝承（『異苑』）や離別の際に破鏡を持ち合い、再会の時の証とする破鏡団円の故事（『両京新記』・

『本事詩』）などの影響も大きかったのではなかろうか。(21)こうした背景をもとに鏡面嘆老や鏡の離別歌が多く読まれる中にあって、古代的な鏡の呪能への期待を含みつつ、閨怨詩の鏡を受け継ぎ、和歌文学において個的世界を含む形で発展させた興風歌は、まさに当時の鏡の歌の中でも特異な歌であったと言えるのではないだろうか。

注

（1）金子元臣『古今和歌集新釈』（明治書院　明治41年　昭和2年3月改訂版）

（2）竹岡正夫『古今和歌集全評釈』（右文書院　昭和51年11月）

（3）小沢正夫校注『古今和歌集』（小学館日本古典文学全集　昭和46年4月）

（4）岩井宏子「古今集における歌一首『年をへて花の鏡となる水は』考」（「甲南大学紀要　文学編」七六号　平成2年3月　後、『古今的表現の成立と展開』和泉書院　平成20年8月所収）数としては、『万葉集』の四七例の「鏡」のうち、「まそ鏡」が三五例、「ます鏡」が一例（正宗敦夫編『万葉集総索引』平凡社　昭和49年5月）である。なお、周知のことであるが、記紀・風土記・祝詞における鏡は、王権のシンボルとして、また呪的威力を持った神器として捉えられる。

（5）岩井宏子「貫之の「老」を鏡に映し見る歌と白詩」（「和漢比較文学」第三五号　平成17年2月　後、『古今的表現の成立と展開』和泉書院　平成20年8月所収）に白詩との関係が詳論されている。

（6）注4の岩井前掲論文

（7）第一章でも述べたように、土橋寛は「見る」ことは、古代においては単なる感覚的行為ではなく、生命、霊魂に拘るタマの活動ないしタマとタマとの交渉の行為であった言われ（『古代歌謡と儀礼の研究』岩波書店・昭40年）、中西進は「〈見る〉がまず本来的な知覚であり、聖なる呪能さえ持ち、よって事と次第によっては〈見る〉ことで対者のタマを手に入れることですらあった」と考えられている（『万葉集の和漢比較文学的研究上下』

南雲堂桜楓社　昭和38年1月、後、『中西進著作集』巻一・巻二　講談社　平成7年3月・平成7年5月）。

（8）犬飼公之「鏡の目覚書─呪禱と文学の架橋─」（『宮城学院女子大学論集』六三号　昭和61年12月）、近藤信義の「まそかがみ考─万葉集の枕詞各論─」（『立正大学国語国文』第三六号　平成10年3月）及び「古代の鏡と枕の世界─『鏡なす』の原景」（立正大学大学院紀要　第一五号　平成11年3月）。

（9）フレイザー『金枝篇』（永橋卓介訳　岩波文庫　昭和42年）が参考になる。また、夢の場合は特に、

我が背子がかく恋ふれこそぬばたまの夢に見えつつ寐ねらえずけれ　（巻四　六四二　娘子）

夜昼といふわき知らず我が恋ふる心はけだし夢に見えきや　（巻四　七一九　大伴家持）

など万葉集中の多くの歌からその俗信を確認できる。

（10）小島憲之・木下正俊・佐竹昭広校注・訳　小学館古典文学全集（旧）『万葉集』昭和50年10月

（11）青木生子・井出至・伊藤博・清水克彦・橋本四郎校注　新潮日本古典集成『万葉集』（昭和59年9月）の頭注。

（12）伊藤博『万葉集釈注』一〇巻（集英社　平成10年12月）

（13）多田一臣『万葉集全解』七巻（筑摩書房　平成22年3月）

（14）『後撰集』『拾遺集』に比較的近い年代として、鏡の歌に俗信を明言して解釈を施している例は、『蜻蛉日記』下巻、冒頭近くの兼家従者と道綱母侍女との応酬（「下野やをけのふたらをあぢきなく影も浮かばぬ鏡とぞみる」「さし出でたるふたらを見ればみを捨てててたのむはたまの来ぬとさだめつ」）を解説する「蜻蛉日記注解」（秋山虔、木村正中、上村悦子「蜻蛉日記注解（七五）」（『解釈と鑑賞』昭和43年11月　後、上村悦子『蜻蛉日記解釈大成』六巻　明治書院　平成3年7月所収）である。

（14）大谷雅夫「形見の鏡」（説話と説話文学の会編『説話論集』第一四集　中国と日本の説話Ⅱ　平成16年10月　清水堂出版）

（15）橋本ゆり「興風」『一冊の講座　古今和歌集』（有精堂　昭和62年3月）

（16）『古今集』雑歌下には、漢詩の「嘆老」に影響を受けたと思われる「老」の歌群がある。第二部第一章第四節参照のこと。

（17）山口博『王朝歌壇の研究　宇多・醍醐・朱雀朝篇』（桜楓社　昭和48年11月）

(18) 徳原茂実「宇多・醍醐朝の歌召しをめぐって」(「中古文学」二六号　昭55年10月　後、『古今和歌集の遠景』平成7年4月所収)
(19) 大塚英子「小町の夢・鶯鶯の夢」(和漢比較文学叢書Ⅱ『古今集と漢文学』平4年9月所収　後、大塚英子『古今集小町歌生成原論』笠間書院　平成23年3月所収)
(20) 『拾遺集』賀298に鏡の裏に鶴のかたを鋳させた伊勢の歌がある。屏風や絵画と和鏡の相関関係については、保坂三郎『和鏡』(人文書院・昭和48年)に詳しい。
(21) 新間一美「大和物語蘆苅説話の原拠について—本事詩と両京新記—」(「甲南大学紀要」八〇号　平成3年3月　後、新間一美『平安朝文学と漢文学』和泉書院　平成15年2月所収)

第二部　『古今集』「雑歌」の生成

『古今集』「雑歌」の位置と先行研究

一　『古今集』における「雑歌」の位置

『古今集』巻第十七・第十八は「雑」部である。部立名の本文には、「雑」「雑部」「雑歌」の三種がある。「はじめに」でも述べたように巻十九の「雑躰」は歌体を異にし、巻第二十の大歌所御歌は大歌所に集められた特殊な歌であるから、「雑歌」上下は所謂一般の短歌体による部立の最後に位置することになる。

日本文学において「雑」という意識が初めて現れるのは、言うまでもなく『万葉集』の「雑歌」であるが、『万葉集』における雑歌は相聞・挽歌と並ぶ三大部立であり、しかもその中では必ず筆頭に来るものであった。これは『万葉集』では、『詩経』の「風」「雅」「頌」の三大部立に影響を受け[1]、『文選』の「雑」の編纂意識を借りて、相聞・挽歌に属さない歌を雑歌としたが、そこに当然公的な歌が入らねばならなかったので、『文選』においては最終巻であった雑部としての雑歌が初めに来ることになったものと考えられる[2]。

わが国における『古今集』の先行諸集の所謂「雑」部の位置を見てみると、『文華秀麗集』では下巻が「雑詠」となっており、現存する『経国集』六巻から推すと、『経国集』の詩部門の分類は恐らく『文選』や『文華秀麗集』のごときであったと思われ、やはり「雑詠」の部がある。

したがって、『万葉集』の雑歌はむしろ特殊な例であり、『古今集』の雑歌は先行諸集にみえる「雑」の編纂意識と同様、凡ての分類をした後の最終巻という編集の鉄則に則っているものと言える。

『古今集』の雑歌上は、863番歌～932番歌の七十首、雑歌下は、933番歌～1000番歌の六八首、総歌数一三八首である。因みに『古今集』の他部立の歌数を記すと、

春上68	春下66	夏34	秋上80	秋下65	冬29	賀22
離別41	羇旅16	物名47	恋一83	恋二64	恋三61	恋四70
恋五82	哀傷34	雑体68	大歌所御歌32			計1100首

となる。雑歌は、春歌上下の総数（一三四首）に近く、雑歌上下のそれぞれの歌数は春歌上・恋四・雑体に近い。全部立の歌数から見ても恋歌・秋歌・春歌に次いでいることが分かる。

こうした雑歌を「古今和歌集仮名序」では、「……あるは春夏秋冬にもいらぬくさぐさのうた」と一括しているが、和歌の歴史を概観する項の「それのはじめをおもへば、かかるべくなむあらぬ。いにしへの世世のみかど……」以下の条では、「つくばやまにかけて君をねがひ（966）」「よろこび身にすぎ（865）」「たかさごすみの江のまつもあひおひのやうにおぼえ（905・906・*908・909）」、「をとこ山のむかしをおもひいでて（889）」、「きのふはさかえをごりて、時をうしなひ世にわび、したしかりしもうとくなり（888～909・961～968）」、「野なかの

水をくみ（887）」、「くれ竹のうきふしを人にいひ（958）」、「ながらのはしもつくるなり（890）」のように雑歌の例を多く引いている（各算用数字は『古今集』の歌番号。「つくばやま…」と「ながらのはし…」は「雑体」にもそれに相当する歌がある。）。このことからも『古今集』の撰者達が、他部立に収載できなかった雑歌を決して疎かに扱っていないことが分かる。

二　先行文学及び周辺文学の「雑」の内容

さて、ここで平安朝における『古今集』の先行文学や周辺文学において、「雑」部に入ってくる内容はどのようなものであったかを見ておきたい。

まず勅撰漢詩集においてはどうであろうか。小島憲之氏が『文華秀麗集』『経国集』の「雑詠」を題詞によって形式的に分類された内容から(3)『古今集』の「雑歌」以外の各部立に当てはまる項目を除いたものには、

詠塵、各賦一物得瀑布水　清涼殿画壁山画、老翁吟、旅行吟

などがある。

また、大江維時の『千載佳句』も同様に、『古今集』の「雑歌」以外の各部立に当てはまる項目を除いたものには、

月・瀑布水・謝恩・朋友・文友・遇友・不遇友・閑居・閑適・閑官・老・老人・老病・公宴・宴会・夜宴・遊覧・遊宴・山居

などがある。

さらに、友則・忠岑・躬恒・貫之の四撰者の私家集の中から四季・賀・別・旅・物名・恋・哀傷に属すと思

われる歌を取り除いた後に残った歌の内容を見ると大体次のようなものになる。

友則＝身を嘆く・無官の嘆き・沈淪への慰問・親の家集の跋に書いた歌

忠岑＝世の中を嘆く・無沙汰の恨みに答える・大井河御幸和歌・躬恒との贈答

躬恒＝献白・侘しき世・沈淪の嘆き・老・大井河御幸和歌・水に宿れる月・貫之との贈答・忠岑との贈答・姿あやしと人に笑われて・月・姥捨山・問ふ人なき侘しさ・国々所々の名・亭子院への詠進・法皇大和御幸・無宿

貫之＝昇進祝歌・身の嘆き・老・献白・月・人を待つ・宇于との贈答・忠岑との贈答・忠房との贈答・忠平への詠進・師氏への詠進

以上のような内容と『古今集』雑歌上下に集められた歌の内容を見ると、以後の第一章第一節〜第二章までめで述べる内容に当てはまるものが多いことになる。したがって、『古今集』の「雑歌」に集められる歌々は、自ずから絞られる傾向にあったということができる。

それでは、撰者達は、雑部に集められやすい歌をどのような構想のもとに、どのように取捨選択し、どのような歌群を作って配列していったのであろうか。このような問題の検討を通して見えてくる『古今集』雑歌上下の独自性とはどのようなものなのだったのだろうか。

三 「雑歌」上下の構成についての先行研究

まず、『古今集』雑歌上下の構成についての主要な先行研究を見ておくこととする。

久曾神昇氏は、『古今和歌集成立論研究編』(4)で、雑歌上は「得意順境」、雑歌下は「失意逆境」「無常」の歌で上下を明暗の対比で捉えた。また、雑歌上を、「順境（恩恵・参詣節会・享楽）、月（照る月・隠れる月）、老（老・経年）、水（海・河・池・泊・滝）、屏風歌」から成るとし、雑歌下は、「憂世（詫しき世・厭はしき世・憂き世）、逆境（沈淪・解任・離郷・交際疎遠）、閑居（庵住・廃墟・無宿）、述懐（離別・疎遠・詠歌）」と詳細な歌群構成を示した。

また、松田武夫氏『古今集の構造に関する研究(5)』では、雑歌上を、「雑・月（待つ月・照る月・隠れる月）・老・水」、雑歌下の配列を「厭世・遁世・厭世・遁世・漂泊・献白」とした。

竹岡正夫氏『古今和歌集全評釈(6)』では、久曾神・松田両氏の構造論に対して、「歌の解釈を正した上で根本的に検討されなければならない」とし、両者のような大別はせず、配列を考慮しながら注釈を施している。

小島憲之・新井栄蔵校注新古典大系『古今和歌集(7)』の脚注では、雑歌上を「よろこび・雑の月・老い・水辺にて・屏風の絵」、雑歌下を「世の中・盛りの年を失って・知己の訪れ・宿・朋友・国史・献上の歌」のような歌群に分類している。

さらに、片桐洋一氏『古今和歌集全評釈(8)』では、各巻の注釈の初めの扉に配列と構造を纏めている。雑歌上については、

（1）人々が集う喜び、特に尊い人の前に集う喜びを詠んだ歌（2）人のつながりを主題にした歌（3）宮廷神事に際して詠んだ歌（4）女性との冗談めかしたやりとり（5）「月」を見て感慨を詠んだ歌（6）年経た今も、元の心忘れず、昔の盛りを思う（7）老いた我を嘆く（8）老いた母と子のやりとり（9）再び老いを主題にした歌（10）「松」に寄せて老いを詠んだ（11）海にかかわりのあるものに寄せた歌（12）水にかかわりのある物に寄せた歌（13）滝を詠んだ歌（14）屏風の絵を見て詠んだ歌

と詳細に分析され、雑歌下については、

（1）人の世の無常、無常ゆえの「憂さ」を歎く歌を並べる（2）都を離れるつらさ（3）人間であればあるほど「憂き世の中」を実感することだ（4）山里への隠遁を肯定し志向する（5）やはり「憂き世の中」を厭う（6）奥山への隠遁を志向（7）あらためて「憂き世」を歎く（8）解任されたり、辞任したりした時の失意の歌（9）失意の底にあって庇護を願う（10）別れの歌ではないが、別れに関連して詠んだ歌（11）別れた後、「憂き思ひ」の中で孤独に耐えるという主題（12）この地に住み果てようという仙人や神や法師の歌（13）住むべき「宿」を詠み、所詮は「仮の宿」であると言う（14）親しんだ友達と別れて後に詠んだ歌（15）一夜、独りで物思いにふけりつつ詠んだ歌（16）手跡に添えた歌と家集の成立に関連した歌

と捉えられた。

このように「雑歌」上下の配列構造は、多少の相違はあるが、各論者の観点からそれぞれ概観されている。(9)しかし、肝心の各和歌や歌群が成立する生成の要因や様相及びその意義、歌群内で歌が配列される要因については、未だ深い考察はなされていないと言える。

したがって、以後、本論では、「雑歌」の歌や歌群の生成について検討していくことにする。まず、第一章第一節～第六節で「雑歌上」において検討を要する歌や歌群について考察を加え、「第一章まとめ　雑歌上の構成と生成要因」の項を設けた。第二章第一節から第四節までは、「雑歌下」において検討すべき歌群について考察し、「第二章まとめ　雑歌下の構成と生成要因」の項を設けた。

そして、その上で、「『古今集』雑歌上下の生成」の項を設け、「雑歌」の総括として、雑歌の生成要因やその様相、意義について検討し、『古今集』「雑歌」の文学性を論究することとした。

注

（1）岡田正之『近江奈良朝の漢文学』（養徳社　昭和21年10月）

（2）伊藤博「万葉集雑歌の典拠をめぐって」（『万葉』一号　昭和26年10月）、伊藤博『萬葉集の構造と成立』塙書房　昭和49年、阿蘇瑞枝「雑歌論」（『古代文学講座』8　勉誠社　平成8年4月所収）、高松寿夫「〈相聞〉と〈雑歌〉――『万葉集』の分類意識にみる初期万葉の状況・試論――」（「国文学研究」一二四号　平成10年3月）、森朝男「雑歌・相聞・挽歌―万葉集の構造と宮廷――」（「国語と国文学」七六巻二号　平成11年2月）

（3）小島憲之『上代日本文学と中国文学　下』（塙書房　昭和37年9月）

（4）久曾神昇『古今和歌集成立論　研究編』（風間書房　昭和35年9月）

（5）松田武夫『古今集の構造に関する研究』（風間書房　昭和40年）

（6）竹岡正夫『古今和歌集全評釈』（右文書院　昭和50年11月）

（7）小島憲之・新井栄蔵校注『古今和歌集』新日本古典文学大系（岩波書店　平成元年2月）

（8）片桐洋一『古今和歌集全評釈』（講談社　平成10年2月）

（9）新井栄蔵「古今和歌集部立巧―「千うた、はたまき」の構造――」（「国語国文」昭和55年7月）は、各巻の巻頭と巻末の歌の対応関係や他部立との対応関係も論じた構造論を展開している。

第一章　雑歌上の生成

本章では、雑歌上の生成において検討すべき歌や歌群について、その生成要因や様相を考察し、雑歌上の構成について述べることにする。

第一節　雑歌上　巻頭歌考

一　はじめに

『古今集』雑歌上の巻頭歌は次のような歌である。

題しらず　　　　　　　　　　よみ人しらず

わがうへに露ぞおくなるあまの河とわたる舟のかいのしづくか　（863）

この歌は、秋部に属する七夕歌の可能性があるため、なぜ雑歌の巻頭歌に据えられたのかが問題になる。しかし、雑歌が他の部立とは異なり、統一テーマのない雑纂の集と思われるだけに、この歌に巻頭歌としての意義を積極的に見出そうとする論は少なかったようである。この節では、当該歌が収載されて雑歌の巻頭歌とされた要因を探り、『古今集』歌としてのよりよい解釈を導くことを目的とする。

二　問題の所在

初めに既説を確認しておこう。

古注では、当該歌が『伊勢物語』五十九段に採られていることから、専らこれを引き、この歌も業平歌かと疑問を提示し、或はまた万葉の類歌として「此暮に降りくる雨は彦星のとわたる舟のかいのちるかも」(1)の引用を踏襲しているものが多かった。が、近代の注にまで影響を及ぼしたのは、契沖の『余材抄』(2)である。

案ずるに此哥のつゞき数首は、よろこびある哥の類なるに、其初にあれば、七夕におもひかけず、内の酒宴などにめしあづけられて禄などたまはれる人の、其恩―露をかくはよせたるにや。思ふどちまとゐせる夜といふ哥のつゞきたるこの心にも着べし。

と、一応、七夕の歌として捉え、「露」を「恵みの露」（恩恵の露）と解している。

この「恩」と「露」の関係は、『大漢和辞典』では、「雨露」の項で「雨露が万物を養ふやうに、大きな恵をいふ」とあり「雨露の恩」（恩恵のゆきわたることが雨露のやうな意）を挙げている。

さて、このような『余材』の説に対し『正義』[3]は、「露」を「恵みの露」と捉えることには従いながらも、次のように述べる。

此歌の調べ、さる歓喜のあまり出たるものに聞知がたし。いとはかなげなる語調ある也。又禄など賜ひたらん時、かく露にたとへてかくざまによみ出べき情ならんや。其時、其人に身をなして思ひ推べし、皆理につきて調を忘れたるが故也。（中略）又よろこび有歌の其初にあれば云云といへれど、此次なる歌も只私に友どちまとひたると聞えて、更に内宴などのさまならず。其次二首は歓びの歌なれど、其次は又常の事也。しかれば、必さる意して次でたるにもあらじ。（中略）されど何ぞによりたる歌成べく、又たとひさらでも常の露の部、七夕の部にも入べきことざまならねば、所をわづらひて、雑の初に置たる成べし。されど撰者の意、又量り難し。

つまり、『正義』は、七夕の歌として積極的に解釈せず、また、内宴の喜びの歌と捉えることにも疑問を持ち、雑部に入れた理由を計りかねていると言える。

この『余材』『正義』の両説は、その後も諸注釈書で採り上げられて検討されているのだが、七夕の宴の「恵みの露」の歌として捉える『余材』の説に大方従うものには、賀茂真淵『打聴』[4]・金子正臣『評釈』[5]・小西甚一『叢書』[6]がある。久曾神氏『成立論』[7]の「恩恵」とする捉え方も同様な解釈と考えられる。松田氏『古今集の構造に関する研究』[8]では「恩恵」とは規定しないものの、「露・七夕に関係ある一首を冒頭にした歓喜・慶賀の歌群」としており、『余材』の読みに近い。

一方、七夕の歌ではないと考えるものとして、空穂の「評釈」は、『万葉集』二〇五二番歌に対してこの歌を「静かな、しめやかなもの」と捉え、『正義』の説に近い解釈をし、さらに「雑部に入れたのは、直接に七夕を詠んだものではないからで、又初めに捉ゑたのは、事、天上に関してゐるが為と思はれる」と付け加えている。

また、空穂と同様に七夕の歌ではないとしながらも「恵みの露」とするのは片桐氏『全評釈』[9]で、

雑歌として『古今集』に採られているこの歌の場合は、七夕と関係なく鑑賞させようとしての採歌であろうが、次歌や次々歌が団欒における楽しさや喜びを詠っていることを思えば、「我が上に」置いた「露」は、いわゆる恩沢、高貴のあたりからの恵みの露であり、それに感謝して団欒の場で詠んだ歌であったと見ることもできようかと思うのである。

と述べている。

さて、これら諸注釈の見解と異なるのは竹岡『全評釈』[10]である。

「露」を「恵みの露」（至文）[11]とし、又「はかなし」とするのは全く固定観念にとらわれたものである。むしろ、「露ぞおくなる」という見立て、「天の川門渡る舟のかいのしづくか」という調子には、ほろ酔い機嫌の、ややはずんだ口調さえ感じられる。（中略）即ち、この歌は、七夕の宴席での興を誘う歌であって、『千載佳句』にならうなら、まさに「宴喜」の歌である。その点、次の歌と同類である。『成立論』などが「恩恵」の歌とするのは読みまちがいである。

と述べ、「恩恵」の意を否定した。また菊地靖彦氏[12]は、

十四首[13]をなんとか一括しようとするときに、実はもっとも始末におえないのは巻頭の一首でこそある。

とし、竹岡『全評釈』[14]の解釈については、

「喜」にこだわるのはまだしも、「宴」を巻頭にまで及ぼすことは簡単にできまい。撰者は題知らずに徹し

ているからである。（中略）撰者が読者に期待していることはただひとつ、ほとんど奇想天外といってよい比喩を読むことの正当性、そのことだけであろう。（中略）奔放自在な機知的表現というもののあり方、楽しさそのものを示すこと――それこそが雑歌上の性格であることをこれらの歌は示そうとしているのではあるまいか。

と述べている。機知に富んだ比喩表現についての氏の指摘は首肯できるが、「恩恵」についてては検討していない。また、「恩恵」の解釈を廃する明確な根拠を掲げていず、いまひとつ納得できない。

このようにみてくると、当該歌の問題の焦点は、

1　七夕の歌として捉えるか否か
2　露を「恵みの露」として捉えるか「はかない露」と捉えるか
3　宴の歌と捉えるか否か

の三点であると言えよう。そこで、先ず初めに当該歌が七夕歌である可能性が高いことから、『古今集』秋歌上七夕歌との相違を確認し、また『万葉集』七夕歌との比較、当時の「露」の詠法の検討などを通して、この歌がいかなるものであるか考えてみよう。

三　七夕歌との関連

『古今集』秋歌上の七夕歌は、よみ人知らずの173番歌「秋風の吹きにし日よりひさかたのあまのかはらにたたぬ日はなし」から始まり、七日の夜を経て、七日の夜の暁（182番歌）、八日の後朝（183番歌）まで含めると十一首になる。これらは時の推移によって配列されており、雑歌上巻頭863番歌が入る余地はない。173〜176番歌

までのよみ人知らず歌では、天の河原・橋・河霧のように『万葉集』以来の代表的な景物を詠み込んでいるものを配列し、友則以下の当代歌人の歌（177〜183番歌）は、漢詩及び『万葉集』以来の古歌の伝統を踏まえつつ、独自の洗練された七夕歌の世界を構築している。よって二星会合を地上より眺める者が、「露」という気象状況から推して渡河を想像して詠んだ雑歌上巻頭863番歌は、秋歌上の構成に合わないことになる。

では、雑歌上巻頭863番歌と『万葉集』七夕歌との関係はどうであろうか。『万葉集』の七夕歌の中には「露」を詠んだものは一首もない。また、当該歌の類歌としては先に挙げた『万葉集』歌、

この夕降りくる雨は彦星の早漕ぐ舟の櫂の散りかも　（巻十　二〇五二）

には「雨」が詠み込まれており、こうした歌もこれ一首のみである。

気象状況を焦点に七夕歌を探ってみると、「霧（夜霧・川霧）」が圧倒的で、その他「雲」「風」が詠まれているが、これらは牽牛・織女の渡河・逢瀬の想像上の景物である。ただ、「秋風の吹きただよはす白雲はたなばたつめの天つ領布かも（巻十　二〇四一）」のように見立てによる実景の感が強い歌もあるが、二〇五二番歌のような現実の地上界の気象を詠んだものは、七夕歌にあってはむしろ数少ない特殊な歌であったと言える。したがって、『古今集』雑歌上巻頭863番歌も、一応「題知らず、よみ人知らず」であったことを考えると、『万葉集』及び『古今集』編纂前の古歌集や流伝歌の範囲内でも、『万葉集』二〇五二番歌同様に、その他の七夕歌とは傾向を異にする歌であったのではないかと思われてくる。

ここで、七夕詩の世界を見てみると「露」を詠み込んだ次のような詩がある。

1　団団満葉露　　団団たり葉は満つる露、
　析析振條風　　析析たり條を振ふ風。
（『文選』謝恵連「七月七日夜、詠二牛女一」）

2　引領望大川　　領を引いて大川を望み、
雙涕如霑露　　雙涕は露に霑へるが如し。　（同右　陸士衡「擬二迢迢牽牛星一」）

3　気往風集隙　　気往きて風隙に集まり、
秋還露泫柯　　秋還りて露柯を泫《うる》ほす。　（『玉台新詠』王僧達「七夕月下一首」）

4　清露下羅衣　　清露羅衣に下り、
秋風吹玉柱　　秋風玉柱を吹く。　（同右　柳惲「七夕穿針」）

5　白露月下円　　白露月下に円く、
秋風枝上鮮　　秋風枝上に鮮かなり。　（同右　梁武帝「七夕」）

6　露応別涙珠空落　　露は別れの涙なるべし　珠空しく落つ
雲是残粧髻末成　　雲は是残んの粧《よそほ》ひ　髻《もとどり》末だ成らず
（『菅家文草』346「七月七日、代二牛女一惜二暁更一、各分二一字一、応レ製」）

右のうち、1・3・4・5は景物としての露で、2・6は織女の涙に喩えたものである。
そこで、さらに、『古今集』周辺の七夕歌をみると、「露」を詠み込んだものとして、当該863番歌の他に、次のような歌があげられる。

a　あさゆけば露やをくらんたなばたのあまのはごろもをしほるまで　（躬恒集Ⅰ363）

b　天河流れてこふるたなばたの涙なるらし秋のしらつゆ　（後撰集　秋上242　よみ人しらず・友則集14）
かれにけるをとこの七日の夜まで来たりければ、女のよみて侍ける

c　ひこぼしのまれにあふよのとこ夏は打ちはらへどもつゆけかりけり　（後撰集230　秋上　よみ人しらず）

d　わが袖に露ぞおくなる天河雲のしがらみ浪やこすらん　（後撰集303　秋中　よみ人しらず）

右の歌から、七夕の露を詠む一連の傾向の一端として『古今集』雑歌上巻頭863番歌も位置していたのではないかと思えてくる。aは万葉以来の織女の天つ領布に当たる天の羽衣の露を詠んだもの、bは当時常套化されつつあった露を涙に見立てる手法を、先に挙げた漢詩の2・6のごとく織女の涙に当てはめた歌、cは形容詞化した「露けし」、またdは『古今集』雑歌上巻頭863番歌と同様に露の新奇な見立てを狙った類歌であると考えられる。

四　「露」の詠まれ方のバリエーションと雑歌上巻頭八六三番歌

ここで、『後撰集』、『拾遺集』などに範囲を広げ、「露」の歌語としての様相を見たり、片桐洋一氏『歌枕歌ことば辞典』(15)、久保田淳・馬場あき子編『歌ことば歌枕大辞典』(16)の「露」の項を参考にしたりすると、当時の「露」の詠まれ方は、おおよそ四つに分類できることが分かる。次に例歌を挙げてみる。

①草木の上の露

をりて見ばおちぞしぬべき秋はぎの枝もたわわにおけるしらつゆ　（古今集223　秋下　よみ人しらず）

わがやどの菊の白露けふごとにいく世つもりて淵となるらん　（拾遺集183　秋　清原元輔）

②玉に見立てる

秋ののにおくしらつゆは玉なれやつらぬきかくるくものいとすぢ　（古今集225　文屋朝康）

栽ゑたてて君がしめゆふ花なれば玉と見えてやつゆもおくらん　（拾遺集167　秋　伊勢）

③草葉を黄葉（紅葉）に色づかせる

白露の色はひとつをいかにして秋のこのはをちぢにそむらむ　（古今集257　秋下　藤原敏行）

あきののにいかなるつゆをきつめばちぢの草ばの色かはるらん　（後撰集370　秋下　よみ人しらず）

④消えやすく、はかないもの

ひかりまつつゆに心をおける身はきえかへりつつ世をぞうらむる　（後撰集527　恋一　よみ人しらず）

わびわたるわが身はつゆとおなじくは君がかきねの草にきえなん　（後撰集649　恋二　貫之）

〔三〕で挙げた「露」の詠まれ方のｂ「天河流れてこふるたなばたの涙なるらし秋のしらつゆ（後撰集　秋上242　よみ人しらず・友則集14）」の七夕の織女の涙を露に見立てる例は、②の露を玉に見立てる例に匹敵する(17)が、右の例歌を見ても、「露」のバリエーションがいかに多かったかが分かる。このように「露」の詠み方が発展していく途上において、『古今集』雑歌上巻頭863番歌のような七夕の露の比喩は、撰者に極めて斬新な表現として捉えられたのではないかと推測される。

五　「恵みの露」との関連

ここで視点を変えて、〔二〕において863番歌の問題点として挙げた「恵みの露」について検討しておこう。先に引用したように『余材』が「露」を「恵みの露」と解して以来、新注ではこれを起点に解釈が進められてきた。「恵みの露」は、「湛露」（『大漢和辞典』に拠れば、「雨露之恩」と同義。）とも表される。黒須重彦氏が挙(18)げられた例にもあるが、『懐風藻』の中には、

今日良酔徳　　今日良く徳に酔ひぬ、
誰言湛露恩　　誰か言はむ湛露の恩。　（19巨勢朝臣多益須「春日　応詔」）
湛露重仁智　　湛露仁智に重く、
流霞軽松筠　　流霞松筠に軽し。　（43安倍朝臣首名「春日　応詔」）
多幸憶廣宴　　多幸なるかも廣宴を憶ひ、
還悦湛露仁　　還悦ぶ湛露の仁。　（55息長真人臣足「春日侍宴　応詔」）

とある。また、『経国集』では「雨露」として、

雖逢聖代多雨露　　聖代雨露に多きことに逢ふと雖も、
別是素懐奉金仙　　別に是れ素懐金仙に奉らむ。
（43太上天皇「和下御製聞二右軍曹入道一簡中大将軍良公上一首。」）

などが見える。また、承和期に渡来して以降、平安知識人に愛好された『白氏文集』には、「雨露の恩」を詠み込んだ詩が見られる。

君恩若雨露　　君恩は雨露の若く、
君威若雷霆　　君威は雷霆の若し。　（101「和二思帰楽一」）

受君雨露恩　　君が雨露の恩を受けば、
不独含芳栄　　独り芳栄を含むのみならず。（103「答二桐花一」）
雨露之恩不及者　　雨露の恩及ばざる者、
猶聞不啻三千人　　猶聞く啻に三千人のみならずと。（161「陵園妾」）
新恩同雨露　　新恩雨露に同じく、
遠郡隣山川　　遠郡山川を隣す。（528「初到二忠州一登二東楼一。寄二万州楊八使君一」）
雨露施恩無厚薄　　雨露の恩を施して厚薄なく、
蓬蒿随分有栄枯　　蓬蒿分に随つて栄枯あり。（910「初到二江州一。寄二翰林張・李・杜三学士一」）
白頭垂涙話梨園　　白頭涙を垂れて梨園を話《かた》る、
五十年前雨露恩　　五十年前雨露の恩。（1290「梨園弟子」）

さらに、『和漢朗詠集』(19)巻頭には、紀淑望の、

逐吹潜開、不待芳菲之候、迎春乍變、将希雨露之恩。
吹を逐うて潜かに開く　芳菲の候を待たず　春を迎へて乍ちに変ず　将に雨露の恩を希はむとす
（「立春日内園進花賦」）

が採られている。
これらの詩には、雨露の恵みをもって万物が養われるごとく、「雨露の恩」に「天子の恩」「君恩」が表され

ている。『和漢朗詠集』巻頭の紀淑望の詩は、春の恵みを雨露に、さらに「雨露」に天子の恩を譬えて将来の栄達を望んだもので、巻頭を飾るに相応しい詩となっている。

このように漢詩文の「露」に「恵みの露」の意があることは明らかで、これが和歌の世界にも影響を与えたことは十分考えられる。黒須氏(20)は「恵みの露」を和歌に用いたのは紫式部が初めてとされるが、『古今集』においても先行漢詩文や白詩語の享受とその和歌への投影が盛んであった状況や『古今集』の公的性格を考えると、『余材』が指摘するごとく『古今集』雑歌上巻頭863番歌に「恵みの露」の意味も見出せるのである。『古今集』周辺の和歌においては、「恵みの露」としての類型化がなされてはいないが、「大井河行幸和歌序」の次の箇所、

我等短き心のこのもかのもに惑ひ、拙き言の葉吹く風の空に乱れつつ、草の葉の露と共に嬉しき涙落ち、岩浪と共によろこぼしき心ぞたちかへる

は、「草葉の露」「涙」を含めて恩恵を頂く喜びに転化させた表現として解釈でき、「恵みの露」の傍証となり得る一節であるといえよう。

以上のことと〔三〕で検討した七夕歌との関連を考え合わせると、『古今集』雑歌上巻頭863番歌を、七夕の宴席において禄を賜わったことを恵みの露に託して詠んだ歌と解釈することが可能であろう。

次に、雑歌上巻頭863番歌の「わが上に」という表現が、集中ほかに一首もないことにも注目したい。先に、七夕の露を詠んだ例歌として挙げた『後撰集』の「わが袖に露ぞおくなる天河雲のしがらみ浪やこすらん」のごとく、「袖」と「露」の結び付きが確立されつつあることを鑑みれば、むしろ「わが袖」とした方が常套的な表現であったといえる。しかし一方、「袖」「露」の組み合わせは涙を意味する歌語として定着しつつあったのであるから、雑歌上巻頭863番歌は「わが袖」では言い表せない内容を歌ったものであったと考えられる。

これについて、稿者の本稿の初出をお読み下さった田中喜美春氏が、「わが上」は、「衣の上」すなわち律令官人達が着用する「上の衣（袍）」の「上」であると解すればよいとご教示下さった。(21)袍に恵みの露が置かれるのであるならば、「わが袖」という表現を取らなかった理由も分かる。正に下賜された「わが上の衣に」置かれた慈愛の恩を頂く幸いを詠んだ歌となり、最初の勅撰和歌集の雑歌の巻頭に置かれた理由もさらに明らかになってくる。

また、863番歌の後続歌をみると、

864 思ふどちまとゐせる夜は唐錦たたまくおしき物にぞありける
865 うれしきをなににつつまむ唐衣たもとゆたかに裁てといはましを
866 限なき君がためにとをる花はときしもわかぬ物にぞ有りける

のごとく、「唐錦」「唐衣」と「衣」を詠み込んだり、献上する折枝の花を詠んだりした歌が置かれている。そして、これらは、友愛を重んずる心、喜びの素直な表出、臣下の忠誠など官人としての基本精神に繋がる歌と解することが出来る。

黒須氏(22)は、「恵みの露」が和歌に登場しないのは、湿潤なるわが国が、大陸と比べ、乾き（渇き）を感じないためという風土性をあげて、この発想が日本人には抵抗のある馴染み難い形式であったとされている。氏の指摘される湿潤な風土性は、先の（四）でも見たような草葉を色づかせるもの（移ろい）・涙・はかない命の象徴としての露の歌語化にも反映していると思われる。

つまり「恵みの露」に対する馴染み難さの原因は、取りも直さずこの「露」の歌語としての多様性にもあったとも言えよう。移ろい・涙・はかない命の象徴としての露は、『古今集』乃至王朝和歌のテーマとして抒情性の宝庫となったが、「恵みの露」は、君恩を述べる機会に詠まれるものなので、他の「露」の比喩よりも数としては少なかっただろう。このような諸事情を捉えた上で、なおかつ、『古今集』の勅撰性を考慮すると、雑歌上巻頭に「恵みの露」の意を内包する歌を置いた必然性が窺える。

雑歌上巻頭863番歌は、七夕の酒宴における座興の歌であった可能性は高い。古歌集の中から撰歌された歌であったか、比較的新しい時代のよみ人知らず歌であったかは明らかではないが、いずれにしても撰者が、勅撰集としての雑歌の巻頭に置いた意義は大きかったと言えよう。

但し、雑歌上巻頭863番歌が、「哀傷」の部立の次にくる歌であることを考える必要もある。先述したように、当時の歌語「露」は、はかないものの象徴としても定着しつつあった。直前の部立の「哀傷」を読み終えたばかりの読者は、当該歌にむしろ二星会合のはかないイメージを感じとるかもしれない。この意味で、「此の歌の調べ、さる歓喜のあまり出たるものに聞知りがたし。いとはかなげなる語調ある也。」と述べた『正義』の直感も鋭い。しかし、当該歌の「わが上に」という表現及び「露ぞ置くなる」と強意を用いた表現には迫力がある。また、後続歌との関連からみても、当該歌の「露」の見立てには明るさも感じられる。

ここで『余材』『正義』の読みの正否を論ずるまでもなかろう。当該歌は、七夕の露の奇抜な見立て、恵みの露、はかない命の露など当時発展する可能性のある「露」の和歌表現の有り様を内包しつつ「哀傷」と後続する「雑歌」との落差を埋めるのに相応しい歌であったと考えられる。

『古今集』では部立間の配慮がなされることがあるが、その部立間の落差が最も大きくなるところは、死を扱う「哀傷」の前後と思われる。「恋歌五」巻末828番歌と「哀傷」巻頭829番歌との間には、それぞれ「吉野川（828）」「わたり河（829）」を置き、「妹背山（828）」と829番歌の詞書「妹」の共通性が指摘できた。[23]

哀傷巻末あたりでは、

身まかりなんとてよめる　　藤原これもと

つゆをなどあだなる物と思ひけむわが身も草におかぬばかりを　（哀傷860）

のような「あだものの露」の歌を載せ、はかない命のイメージを強調していた。また、この歌の次に業平の辞世歌、「つひにゆく道とはかねて聞しかど昨年今日とは思はざりしを（861）」をあげ、さらに巻末歌として滋春の辞世歌「かりそめのゆきかひぢとぞ思ひこしいまはかぎりのかどでなりけり（862）」を置いた。

雑歌上巻頭863番歌が、先に挙げた『正義』のような「はかなげな語調」という読みも、『余材』のような「内の酒宴に召されて禄を賜わったことを恵みの露」として詠んだという読みも可能であるところに、雑歌の巻頭歌としての撰者達の配慮があったのではないかと思われるのである。

さらに加えるならば、哀傷の「ふぢ衣（841）」「すみぞめの君がたもと（843）」「すみぞめの衣の袖（844）」のように哀傷歌には「衣」に関連する歌が多かったが、その「衣」を「恵みの露」を受ける「衣」に転換したところが雑歌上の巻頭歌であったのである。(24)

六　『伊勢物語』五十九段との関連

次に、古注から引用され続けた『伊勢物語』五十九段と巻頭歌との関連について考えてみよう。

むかし、をとこ、京をいかゞ思ひけん、東山に住まむと思ひ入りて、
　住みわびぬ今はかぎりと山里に身をかくすべき宿求めてん
かくて、物いたく病みて、死に入りたりければ、おもてに水そゝきなどして、いき出でて、
　わがうへに露ぞおくなる天の河門わたる舟の櫂のしづくか

となむ、いき出でたりける。

『伊勢物語』の蘇生譚は四十段にもあり、そこでは恋死した男の親の立願による蘇生が語られる。それに対して五十九段では、世を厭い、病死した男が顔面に水を注がれて蘇生する話で、遁世歌と蘇生時に詠んだ歌の妙が中核となっている。辞世歌と対照的な蘇生時に詠んだという、極めて稀な歌をこの段ではどう解すべきか、諸注釈書の解釈はまちまちで、それらを整理すると、[25]

① 男の雅びを表す（評解・新解）
② 滑稽（精講・全釈・全読解）
③ 茫然時の歌（全集）
④ 生きかえった男のばつの悪さ（集成）
⑤ 体から脱け出た魂の幻覚境の歌（全評釈）
⑥ 「死に入る」と「いき出づ」を対照させた趣向（新大系）
⑦ 蘇生して朦朧とした意識の内に、天上の恋の物語を思いめぐらす軽妙さも含んだ心の余裕（鈴木 評解）

のごとく、種々の鑑賞が可能な段である。ただ、五十九段での蘇生時の歌の核は、天の河を渡る櫂の雫という異質な露に、霊妙な蘇生の力を引きかけているところにあることは確かである。例えば日本古典文学大系『伊勢物語』[26]では、「自分を生返らせる程の霊妙な水だから、この世のものであるまい、天の川の川門をわたる舟の櫂の雫だろうか。」と説く。

こうした蘇生の力をもつ霊妙な露の見立ては、はかないものの象徴としての露の逆説の妙を狙ったものであろう。病死を語る段であるから、この段自体にははかない命の意はもとより内包されている。それ故にこそ蘇生の露は生きて来る。そして、さらに天の河の霊妙な露の恩恵により蘇生したということになるのであるから、そこに「恵みの露」の意も当然読み取れる。

先述したように、はかない命の意の露は、『古今集』辺りから急速に歌語化するが、その投影として『伊勢物語』の五十九段の当該歌があるとみることができる。また、当段でのこの歌に「恩恵」の意も読み取れるので、五十九段の作者も雑歌上863番歌を「恵みの露」と捉えていたことが分かる。

尤も当段については、上野理氏の論[27]のように、「わが上に」の歌が『古今集』においてよみ人しらず歌であることから、『古今集』の撰者が『伊勢物語』の作者と全く別の資料を持ちえていたので、題しらずとして『古今集』に収載したという考え方もある。しかし、『伊勢物語』の増益を考えるならば、五十九段は『古今集』を資料としたいわゆる「第三次伊勢」[28]に属することになろう。

もし、『古今集』の撰者と『伊勢物語』の作者の両方が別資料を基としたのならば、当該歌に対する当時の解釈が如実に現れていることにもなる。また、『伊勢物語』作者が『古今集』を資料としたならば、当時の『古今集』雑歌上巻頭歌のポピュラーな読みを利用した巧みな創作であったことになる。

なお、この問題については、第一章第五節でも言及する。

七　天漢訪問譚との関連

最後にもう一点、雑歌上巻頭歌に関わる可能性もあると思われる事項をあげておくことにする。

平安初期漢詩文の中には、次のような張騫の天漢訪問説話を基にしたと思われる表現が見受けられる。例えば『懐風藻』の、

聖豫開芳序　　聖豫芳序を開き、
皇恩施品生　　皇恩品生を施す。
流霞酒処泛　　流霞酒処に泛かび、
薫吹曲中軽　　薫吹曲中に軽し。
紫殿連珠絡　　紫殿連珠を絡ひ、
丹墀蓂草栄　　丹墀蓂草栄ゆ。
即此乗槎客　　即ち此れ槎《いかだ》に乗れる客、
倶欣天上情　　倶に欣ぶ天上の情。
（81箭集宿祢虫麻呂「侍讌」）

は、宴に侍る喜びを天上の天の河に上った客に喩え、天子への恩情を讃えるもので、『文華秀麗集』には、

幸頼陪天覧　　幸頼《さいはひ》に天覧に陪り、
還同星渚査　　還《また》星渚《せいしょ》の査に同じ。
（5仲雄王「奉和春日江亭閑望」）

のように、天子の江亭での御覧に侍せた喜びを査による天漢訪問譚に準えている詩や、次のような嵯峨御製「河陽十詠」の中の「江上船」がある。

一道長江通千里　　一道の長江千里に通ひ、

漫漫流水漾行船　　漫漫なる流水行船を漾《ただよ》はす。
風帆遠没虚無裡　　風帆遠く没る虚無の裡、
疑是仙査欲上天　　疑ふらくは是れ仙査の天に上らんとするかと。

また、『凌雲集』の林娑波の贈答詩、『菅家文草』巻六の「重陽後朝宴詩」及び「近院山水障子詩」、その他張騫天漢行に触れた邦書の初見といわれる『本朝文粋』巻三の大江澄明の対策文などが既に指摘されている。(29) さらに、和歌の世界では、伊勢交友圏での天漢訪問説話の流布ぶりを物語る伊勢集（412・413＝後撰1346・1347）の応酬も指摘されている(30)ほか、延喜七年九月大井河行幸和歌における躬恒の歌、

大井行幸　かたみつにうかふ
あきの浪いたくなたちそおもほえずうき木にのりてゆく人のため

も、この例の一つとして挙げられよう。(31) また、『伊勢物語』八十二段の「天の河」は実在の地名であるが、渚の院周辺の春の叙情は先の「河陽十詠」や『凌雲集』の嵯峨御製「春日遊猟日暮宿江頭亭子」に通じ、(32) 天漢訪問譚の投影が朧げながら想像される。

和歌における天漢訪問譚の例証は平安初期ではこの程度なのであるが、中期以降になると実方・小大君・赤染衛門、経信などの各集及び『源氏物語』「松風」など多く散見できる。後に、張騫を主人公とした熟した和文となって『俊頼随脳』に収められたことにより、中国においてもわが国においても張騫故事と浮査による天漢訪問譚の結合の時期が問題となり、論議の対象となるのだが、(33) 当面の問題は平安初期には既に浮査による天

漢訪問説話が充分享受されていて、『古今集』撰者たちが、先行文学乃至は周辺文学として認識していた可能性が高いということである。

平安期に入ると七夕に関する行事や習俗が次第に定着していく。例えば寛平期に乞巧奠は行事として確実に定着しており、七日の曝衣の習俗は行事としての確証は得られないものの和歌に詠まれている。また、盥に星合の様を写し眺める風習は、習俗としての定着化の確証は平安中期になって得られるのだが、少なくとも平安初期には、風俗画の構図となり得ていた。(34)これら七月七日を中心とした行事や風習と異なり、天漢訪問譚は直接七日に捕らわれない。よって、先の漢詩及び和歌が示すように、様々な時や場において、題材として利用されやすかったと考えられる。

浮査の言葉を含まない『古今集』雑歌上863番歌は、直接天漢訪問譚と結びつく表現をしているわけではない。しかし、『懐風藻』の例として挙げた箭集宿祢虫麻呂の詩や『文華秀麗集』の仲雄王の詩のような天漢訪問譚の皇恩への転化を考えた時、863番歌の天の河を渡りゆく舟は、星客に喩えた皇恩を戴く舟として、さらに櫂の雫の露は恩情を表現したものとして読むことができよう。『古今集』の持つ公的性格からみても、天漢訪問説話が四季や場に捕われずに詩歌のバックにありえたことを考え合せると、863番歌の背景にも当時の知識人達が共有していた浮査説話・天漢訪問譚の可能性があると思われるのである。

八　結び

以上、雑歌上巻頭863番歌について考察してきたが、撰者は、この歌に、哀傷の部立に次ぐ雑歌巻頭としての多義的な意味をもたせて収載したのではなかろうか。863番歌は哀傷のはかない命のテーマを歌語「露」によって受け継ぎ、「恵みの露」に転化させて公の集としての雑歌上巻頭たらしめ、さらに斬新な見立てによって後続歌を導いているといえよう。そして雑歌に収載した背景の一端として、天漢訪問譚の流布もあったと考えられよう。

最後に、雑歌下、巻頭歌

世中はなにかつねなるあすかがはきのふのふちぞけふはせになる　（933　題しらず　よみ人しらず）

との対比を付け加えておこう。[35] すなわち、「雑歌上」巻頭が常なる天界の天の河であるのに対し、「雑歌下」の巻頭は現実の変転きわまりない地上の川と言える。そして、それはさらに、「雑歌上」の巻頭が天象の恵みの水であるのに対し、下巻の巻頭は寄り処なき人の世の水と解することができ、巻頭歌によっても上下巻の対比を配慮して編んでいることも見逃すことができない点であろう。

注

（1）『新編国歌大観』の『万葉集』巻十　二〇五二番歌では「このゆふへふりくるあめはひこほしのはやこくふねのかいのちりかも」とある。『顕註密勘』には、『万葉集』二〇五二番歌の異伝歌、「此暮にふりつる雨は彦ほしのとくこぐ船のかひのちるかも」が引かれている。

（2）『古今余材抄』（『契沖全集　八』岩波書店　昭和48年3月）濁点を付けて読みやすくした。

（3）香川景樹『古今和歌集正義』（勉誠社　昭和53年）句読点・濁点を付けて読みやすくした。

（4）賀茂真淵『古今和歌集打聴』（賀茂真淵全集・六・群書類従完成会）

（5）金子正臣『古今和歌集評釈』明治書院　明治41年　昭和2年3月改訂版
（6）小西甚一『古今和歌集』講談社「新註国文学叢書」昭和24年
（7）久曾神昇『古今和歌集成立論　研究編』（風間書房　昭和35年12月）
（8）松田武夫『古今集の構造に関する研究』（風間書房　昭和40年9月）以下、松田『構造論』は、この書を指す。
（9）片桐洋一『古今和歌集全評釈』講談社　平成11年2月　以下、片桐『全評釈』は、この書を指す。
（10）竹岡正夫『古今和歌集全評釈』右文書院　昭和51年11月　以下、竹岡『全評釈』は、この書を指す。
（11）藤村作『古今和歌集』至文堂　昭和3年
（12）菊地靖彦「『古今和歌集』雑歌論」（『講座平安文学論究2』昭和60年3月所収）
（13）松田『構造論』では、雑歌巻頭から十四首（863～876）を一括して「雑」と捉えており、菊地もこれによって考えを進めている。
（14）注10と同じ。
（15）片桐洋一『歌枕歌ことば辞典　増訂版』（笠間書院　平成11年6月）
（16）久保田淳・馬場あき子編『歌ことば歌枕大辞典』（角川書店　平成11年5月）
（17）岩井宏子「「七夕の涙」考」（帝塚山学院大学　日本文学研究　第三一号　平成12年2月、後、『古今的表現の成立と展開』和泉書院　平成20年9月所収）
（18）黒須重彦「紫式部における「露」考―漢文学の日本文学への内在化―」（「東方学」五一輯　昭和51年1月）
（19）川口久雄校注　日本古典文学大系『和漢朗詠集』（岩波書店　昭和40年1月）
（20）注15前掲論文及び黒須重彦『夕顔という女　露のひかり』（笠間選書29　昭和50年）
（21）小沢正夫・松田成穂校注・訳『完訳日本の古典　古今和歌集』（小学館　昭和58年4月）は、「私の衣の上に」と訳す注釈書の早い例である。
（22）注18前掲論文
（23）新井栄蔵「和語と漢語―古今集恋歌巻頭歌私見―」（「国語国文」四六巻五号　昭和53年5月）
（24）貫井有紀「「天の河」という詠歌表現―『古今和歌集』雑歌巻頭歌―」（「中京国文学」一七号　平成10年3月）

(25)『評解』＝岸田武夫　白楊社　昭和25年、『新解』＝中田武夫・狩野尾義　白帝社　昭和46年、『精講』＝池田亀鑑　学燈社　昭和30年4月、『全釈』＝森本茂　大学堂書店　平成5年12月、『全読解』＝片桐洋一　和泉書院　平成25年12月、『全集』＝福井貞助　日本古典文学全集　小学館　昭和47年、『集成』＝渡辺実　新潮社　昭和51年4月、『全評釈』＝竹岡正夫　右文書院　昭和62年4月、『新大系』＝堀内秀晃・秋山虔　新古典文学大系　岩波書店　平成9年1月、鈴木『評解』＝鈴木日出男　筑摩書房　平成25年6月

(26)大津有一・築島裕校注　日本古典文学大系『伊勢物語』（岩波書店　昭和32年10月）

(27)上野理「古今集の資料となった伊勢物語」（和歌文学会編『論集古今和歌集』笠間書院　昭和56年6月所収）

(28)片桐洋一『伊勢物語の研究』（明治書院　昭和43年9月）・同『伊勢物語の新研究』（明治書院　昭和62年9月）

(29)矢作武「「天の浮木に乗れる」類歌と張騫乗査説話について」（「相模国文」五号　昭和53年3月、後藤祥子「浮木にのって天の河にゆく話─平安和歌史の視座から─」（「国文目白」二二号　昭和58年3月　後、『源氏物語の史的空間』昭和61年2月所収）、黒田彰子「張騫考─俊頼随脳へのアプローチ」（「国語国文」五八巻十号　平成元年10月　後、『中世和歌論攷　和歌と説話と』和泉書院　平成9年5月所収）

(30)注29後藤前掲論文

(31)吉川栄治「平安朝七夕考説─詩と歌のあいだ」（『和漢比較文学叢書3』汲古書院　昭和61年10月所収）

(32)片桐洋一「漢詩の世界和歌の世界─勅撰三詩集と『古今集』をめぐっての断章」（「文学」五三巻一二号　昭和60年12月）なお、この詩には「征船暮入連天」の句がある。

(33)注29後藤前掲論文

(34)注32前掲論文

(35)新井栄蔵「古今和歌集部立巧─「千うた、はたまき」の構造─」（「国語国文」四九巻七号　昭和55年7月）は、雑歌上巻頭863番歌と雑歌下巻頭933番歌について、前者で「天の川」をいい、対して後者で「飛鳥川」をいって、天と地の「川」の代表的な歌枕を詠んで対応すると指摘している。

第二節　み山隠れの朽木と花と——兼芸法師の八七五番歌考——

一　はじめに

『古今集』雑歌上には、兼芸法師の次のような歌がある。

女どもの見てわらひければよめる

かたちこそみ山がくれのくち木なれ心は花になさばなりなむ　（875）

この歌は、諸注釈書において、みすぼらしい容姿（僧形）を見て笑う女性に対して、「形は奥山に隠れている朽木のようだが、心は花になろうとすればなれる」と言い返した歌と捉えられているが、『古今集』に収載された要因を詳細に考察している論はない。

例えば、従来の「み山隠れの朽木」の解釈（山奥の朽ちた木）に対して竹岡氏『全評釈』(1)は、これを男性性器と捉え、僧形にも解されるであろうことも初めから計算ずみで、みごとな韜晦ぶりを狙った珍しい好色的戯咲歌という特異な解釈をされた。この竹岡説に対して片桐氏『全対訳』(2)は、「詞書に書かれていないので不明。

永い修業をすませ、やつれた姿で帰って来た法師を若い女性がからかったと見れば、男性性器を持ち出さなくても読める。」としたが、その後の諸注釈書は竹岡説に言及せず、従来どおりの穏当な解説を施しているものが多い。

　しかし、次のような論拠をもって竹岡説に反論したのが笹川博司氏(3)である。すなわち、氏は、「み山」「奥山」「山深み」等の歌語の変遷を詳細に調査され、『古今集』の「み山」の「み」を接頭辞と捉え、「み山隠れ」は「深山隠れ」ではなく、「山の高さ故に隠れて人目につかない」の意であること、また、「み山隠れ」の初出が当該歌なのだから比喩として使われることはなかったなどの理由から、竹岡説を否定された。さらに笹川氏は、「み山」から「深山」に移行する過渡期に『古今集』の「み山隠れ」が生成されたことを明らかにされたが、後述するように、私見によれば、「み山隠れ」の場合には山の深さの属性を考慮に入れてもよいように思われる。

　ところで、上の句、「形こそみ山隠れの朽木なれ」と漢籍の関係については、『余材抄』(4)が『荘子』の「形固可レ使レ如二槁木一」を引き、新日本古典文学大系『古今和歌集』(5)が『論語』「公冶長第五」の「朽木不レ可レ雕也」を引くほかは、諸注釈書においては詳細な解説が施されているとは言えない。

　また、諸注は当該歌の形と心、朽木と花の対比をあげているが、「はな」が「いろ」となっている伝本もあり、久曾神氏『全訳注』(6)は、原形は「いろ」であったかもしれないと推測している。「はな」と「いろ」では解釈の仕方に微妙な違いが出て来る。が、仮に「はな」であったとしても、空穂『評釈』(7)の「形と心、朽木と花とを対照させていう時代的のところがある点で、重んじられたと思われる。」という類の解説はあるが、それが具体的にどのような様相をもつものなのか、現段階の注釈書では、はっきり言及されていない。よって、本節では、これらの問題を検討し、雑歌上に収載された当該歌の様相を明らかにしておきたい。

二　「朽木」について

先ず、「朽木」の意味を確認し、「朽木」と僧形との関係について探ってみよう。

「朽」は、『大漢和辞典』では、「①くちる。（イ腐る。やぶれる。ロ衰へる。）②くさい。」の意とする。この「朽」の字は、日本の場合、『古事記』には見えないが、『日本書紀』には、「朽」は「くちる」の意味で使われており、『風土記』『万葉集』においても同様であるから、「朽」は大和ことばで「くつ」に当たると言ってよかろう。但し、「朽木」そのものは、『日本書紀』『風土記』『万葉集』には見当らない。

「朽木（くちき）」については、『大漢和辞典』では「くちた木。くちき。転じて、無用の喩」とあり、『論語』の「朽木不レ可レ雕也（腐つた木には彫刻が出来ない。怠惰な者は教育することが出来ない）を見よ」とあり、「朽木形（朽木で模様をゑがいたもの。又、其の彫物）」・「朽木書（焼筆で絵をかく）」・「朽木虫（虫の名。かみきり。天牛）」・「朽木糞牆（彫刻の出来ない腐つた木と上塗の出来ない腐りくづれた土塀。精神の腐敗した人は教育し難い喩。）」などを掲載している。

次に、「くちき」を「朽木」として漢語から拾ってみると、その例は意外に少ない。先に記した『大漢和辞典』や『新日本古典文学大系』の『古今集』当該歌の脚注が引く『論語』の「朽木不レ可レ雕也」は『漢書索引』[8]にも諺喩として引かれているが、数少ない「朽木」の例である。漢籍には「朽木」よりむしろ「朽株」「朽骨」「朽壌」の例が多く、「枯朽」も見られる。一方、「腐る」意が、基本である「朽」に対し、それとニュアンスを異にする「枯」「槁（稾）」（何れもカレル・カワク意が基本）の方は漢籍に多出し、「枯槁」「槁木」「枯木」の例が多い。

ところで、当該歌の注に『余材抄』は『荘子』「斉物論第二」の「形固可レ使レ如二槁木一」を引いていたが、この句は「而心固可レ使レ如二死灰一」と対になって、『荘子』の思想の根幹である無為自然を説いている。また、『楚辞』でも昔の神仙を讃え、世俗を遁れ隠れんとする屈原の「遠遊」に「神儵忽而不レ反兮　形枯槁而独留（精神は忽ち去って返らず、肉体は枯木のように独り留まる）」とある。さらに、儒仏道三教の調和の基に成る白居易においても、例えば「隠レ几（『白氏文集』第六）」に、心身の快適を得れば、己れを忘れることが出来るとして、「百体如二槁木一兀然無レ所レ知、方寸如二死灰一、寂然無レ所レ思（体は枯木の如く感覚がなくなり、心は死灰の如く思うところがなくなる）」と詠じている。

さて、我が国の漢詩文から同様な例を探すと、先ず『経国集』に「四五老僧迎二鳳輦一、形如二槁木一心恒空（七言卮従梵釈寺　応レ制一首）」という句があり、これも形は枯木のようで、心は空しうするという荘子の思想である。おそらく当時盛んであった仏家の山林修業の姿が、老荘神仙的人物の形容と同様になされた例の一つであろう。

兼芸法師は、陽成から光孝朝頃（八七六～八八七年）活躍した人物であるのでやや時代は下るが、『新撰万葉集』（上巻・秋）に次のような例がある。

音《コヱ》立《タテ》手《テ》鳴《ナキ》曾《ゾ》可為《シヌベ》岐《キ》秋《アキ》之《ノ》野《ノ》丹《ニ》朋迷《トモマドハ》勢《セ》留《ル》虫《ムシ》庭《ニハ》不有《アラネ》秖《ド》　(139)
秋人慟哭類虫声《しうじんどうこくしむしのこゑにるいす》。落涙千行意不平《らくるゐせんかうたひらかならず》。　(140)
枯槁形容何日改《こかうせるけいよういづれのひにかあらためむ》。通宵抱膝百憂成《つうせうひざをいだきてひやくいうなる》。

これは枯れゆく野と沈淪して秋を憂うる人物の形容が、「枯槁」に重なり、詩語としても成功している例であろう。また、紀長谷雄『白箸翁』には、神仙的な翁の姿を、「寒暑之服　皁色不変　枯木其形　浮雲其跡」と形容している。したがって、以上のような例から見ても、当時は僧侶及び老荘神仙的世界の人物、沈淪者などの形容を、槁木・枯槁・枯木等で表現していたということが分かる。但し、「朽木」でそれらを形容する例は見当らないのであるが、兼芸法師が「枯」「槁」と通ずる「朽」を用いて僧形を形容することも十分考えられ、また、白詩句に影響を受けた兼芸法師のオリジナルではないかとも思われるので、これについては次に本文の検討をした後、述べることにする。

三　形と心・朽木と花

さて、次に「心ははなに」の本文か、「心はいろに」の本文かについて触れ、形と心、朽木と花の対比について検討してみよう。

「心ははなに」の本文を持つ諸本は、元永本・雅経本・今城切・永暦本（俊成本）・曼殊院本・寂恵本（うち雅経本・永暦本には「イロ」の注記あり）のほか、定家本としての伊達家本・定家本を底本に清輔本や俊成本と校合した寂恵本、さらに定家本系が変化していった中世以降の流布本である。[9]古今集の解読や研究は、室町時代の後半頃から定家の貞応本が変化した流布本を中心に行われており、近世に出版された古今集の多くも貞応本系であったため、それが広く流布し、余材抄、打聞、正義なども言うまでもなくそれら流布本を底本としている。また、昭和に活字化された『古今集』も、『全書』[10]の頓阿本、岩波旧大系の梅沢本[11]（二条家相伝本）のほか、窪田章一郎『角川文庫』[12]・竹岡『全評釈』・片桐『全対訳』・久曾神『全訳注』[13]が底本とした伊達家本など、みな元は定家本系である。よって、今日では「心ははなに」の本文が、疑いもなく流布している。

これに対し、「心はいろに」の本文を持つ諸本は、志賀須賀本・基俊本・雅俗山荘本・六条家本・清輔本（片仮名本・永治本・前田本）・顕昭本（天理本・伏見宮本）・後羽鳥院本・建久本（俊成本）・寛親本など（うち六条家本・片仮名本・寛親本には「はな（ハナ）」の注記あり）で、久曾神氏『全訳注』では「色」が原形ではないかと言われる。定家本の祖の俊成本、俊成本の祖の基俊本、またそれらと別系の清輔本が「いろ」をとるのであるから、久曾神氏が言われるように、「いろ」が原形であるとも考えられる。しかし、俊成本の永暦二年本や俊成本のもう一方の祖本である雅経本では「はな」の本文をとり、「イロ」と注記している。また、『俊頼随脳』や『古今六帖』との比較によって、和歌本文の古さが指摘される元永本(14)においては「はな」の本文をとっており、かなり早い時期に存在したであろう元永本の祖本も同様であったと想像される。結局のところ、今日においては、「はな」か「いろ」か伝本関係から断定することは困難というほかない。しかし、当該歌の周辺を探ることによって、その推論はある程度可能ではないかと思われる。

先ず、当該歌が雑歌上において、宮中遊宴の場で女性達に詠みかけた歌（873・874）の次に位置していることに注意すると、僧形を嘲笑する女性に対して戯れ砕けて「色になさばなりなむ」と色情を直叙した歌であるともとれる(15)。もっともこれは、「なさばなりなむ」を順接として捉えた場合で、逆説に捉えれば、金子『評釈』(16)が「『なさば』の一語大いに深味がある。すればなる。然し求めない。」というように女の笑いに同化したように見せかけて、究極のところで自己を譲らないという兼芸法師の面目躍如たる歌だったと言うことになろう。「なさばなりなむ」を順接にとり、さらに「いろ」の本文をとるならば、いわゆる好色的戯咲歌という評も生じてくる。

しかし、これとは別に、次のような考えも成り立ちはしないだろうか。すなわち、

花の色はうつりにけりないたづらにわが身世にふるながめせしまに　（113春下　小町）
世中の人の心は花ぞめのうつろひやすき色にぞありける　（795恋五　よみ人しらず）
色見えでうつろふものは世中の人の心の花にぞ有りける　（797恋五　小町）

のように、花の色と人の心が移ろいやすいものであると詠まれていることを考えれば、兼芸法師の歌の「形」に対比される「心」の有様が、花又は色として表わされてくる時代的背景も窺うことができるのである。後述するように兼芸法師が遍昭圏の人物であったことに鑑みれば、兼芸が小町の歌を意識したことも考えられる。ならばこの場合、花は人の心の形容の主格であり、色はその属性ということになる。したがって、「いろ」の本文をとって単に色情を出すよりも「はな」の本文のほうが妥当ではないかと思われてくる。また、さらに、この「はな」の本文を推す根拠として、次のような漢籍の例も指摘することができる。

すなわち、「朽木」に留まらず、「槁（藁）」「枯」にまで敷衍して、花との対比を探ってみると、先ず、『易経』第二十八「大過」には、「枯楊生レ稊。老夫得二其女妻一、无レ不レ利。（枯楊がひこばえを生じて生気に満ち、年老いた夫が、年若き妻を得た象であり、なおよく生育の功を成す。）」とあり、また「枯楊生レ華。老婦得二其士夫一。无レ咎无レ誉。（枯楊があだ花を咲かせたようで、かえって生気を衰えさせる。老婦に惑わされて娶った士夫の象である。咎もないが、誉められたことではない。）」とある。さらに『全晋詩』中の「清商曲辞」冬歌十七首には、「一唱泰如楽　枯草銜花生。（〈冬の荒れた林を歩くと悲しいが〉安らかに歌うと、枯草に花が生ずるようである。）」とあり、『文選』第三十七巻「勧進表」には、「則所謂生二繁華於枯夷一育二豊肌於朽骨一（〈殿下が、先祖の神や万民の期待に答えるならば〉枯れた荑《つばな》に花を咲かせ、朽ちた骨に豊かな膚を育てるごとく有難いことだ。）」とある。また、『遊仙窟』には、「十娘憐二愍《ト》客人一、存《セルモ》二其死命一、可レ謂二白骨再宍、枯樹重花一。（十娘様は旅人を憐れみ、死ぬばかりの命が助かったのも、白骨に肉を付け、枯木に花を咲かせる志と言えよう。）」とあり、まさに「枯木に花」の成句である。

これらの句を踏まえてか、『白氏文集』巻第六十六「長斎月満。携レ酒先与二夢得一対酌。酔中同赴二令公之宴一。戯贈二夢得一。」の中では、「病心湯沃寒灰活。老面花生朽木春。（傷ついた心に熱燗を沃いて冷えた灰が活き返り、老顔が赤くなって花が咲いたようで、朽木に春が来たようである。）」とあり、これは、「朽木」の数少ない例の一つでもある。また、「松樹千年朽、槿花一日歇。（『白氏文集』巻第五〈贈二王山人一〉）」・「松樹千年終是朽、槿花一日自為レ栄。（『白氏文集』巻第十五〈放言五首〉）」のように、朽ちる松樹には、一日のみ栄える槿花が対比されている。当時の白詩句の享受からすれば、これらが兼芸法師の目に止まった可能性は十分考えられる。

わが国の漢詩文では、『田氏家集』に「宿昔楢枯木、迎晨一半紅。（惜桜花）」の句がある。また『菅家文草』第九、寛平三年の「請レ罷二蔵人頭一状」に「枯苑更華、死骨重肉」とあり、「枯木に花」の成句が享受されていた様相が窺われる。したがって、もし仮に兼芸法師自身が「いろ」ではなく「花」として初めから詠んだのならば、以上のような中国漢詩文にヒントを得て、中でも新奇な白詩の「朽木」を「くちき」として詠み込んだと言えそうである。

また、当該歌に形と心という対比がなされている点については、やはり先述した荘子の思想の常套表現との関連で考えることが妥当であろうから、「形は槁木の如く、心は死灰の如く」とするところを、兼芸法師は「朽木に花」の句を想定して、また「人心花に似たり」のモチーフを生かして[17]、死灰を花に転化させ、「心は花に」という斬新な表現を生んだのではないかとも考えられてくる。『新撰万葉集』下巻、春には、

吾身《ワガミ》緒《ヲ》者《バ》一《ヒトツ》 朽木《クチキ》丹《ニ》成《ナシ》多《タ》礼《レ》哉《ヤ》 千《チトセ》之《ノ》春《ハル》丹《ニ》裳《モ》逢《アヘ》留《ル》貝《カヒ》那《ナ》芝《シ》　（247）

一身万事《いつしんばんじ》為重愁《おもきうれひをなす》。一株朽木成百怨《いつしゆのくちきひやくゑんをなす》。
怪《あやしみて》毎春来《はるくるごとに》従《したがひて》更青《さらにあをし》。乗節《せつにじやうじ》万葉《ばんえふ》孕花色《はなのいろをふくむ》。　（248）

が見えるが、これは、兼芸法師の歌の「朽木に花（枯木に花）」に拠ったもので、享受の様相を示す例ではなかろうか。

中野方子氏(18)は、「我等尼僧之首。年并朽邁」・「年已朽邁」（『法華経　信解品』）を挙げ、「朽邁」は、老僧の風采を表す語であるとし、『菅家文草』258の「年顔朽邁意分明」は、朽邁に対して心は明晰であるという発想が兼芸法師の歌に近いと述べられた。また、『経国集』の淳和御製「形如槁木心恒空」は、形姿は「槁木」のようだが、「心」は、高い悟りの「空」を会得しているという意味であること、それを踏まえた「白蓮華」の例として『白氏文集』の「贈別宣上人」も挙げられることなどから、仏典からの典拠でもあるとされ、『論語』『荘子』『楚辞』以外の仏典も視野に入れた卓見を述べられた。

当該歌は兼芸法師の歌であるから、確かに仏典からの影響が強いと思われる。また、撰者達も仏典を典拠としている歌として扱い、『古今集』に収載した可能性も高い。ただ、『白氏文集』に「朽木」の例があるから兼芸法師が白詩語から取った可能性も十分にある。よって、仏典の典拠か白詩の典拠かを明確に判定するよりも、当時の知識人達が漢籍及び仏典双方からの影響を受けていたという可能性の方がむしろ重要だと言えまいか。いずれにしても、兼芸法師自身が詠んだ歌の本文が、初めから洗練度の高い「はな」であったと断定してもよいように思われる。しかし、伝本の問題に立ち返るならば、あくまでも慎重にならざるをえない。中世以降の流布本が「はな」の本文をとったのは、結局、定家本系によったためであるが、定家ならば校訂の段階で文句なく「はな」の本文をとったと考えられる。「はな」の本文をとるならば、中野氏の「心の花」の卓説をもとに解釈すると、「形こそみすぼらしいですが、心は悟りの境地の花になろうと思えばなれますよ。」となろう。

四 「み山隠れ」について

次に、「み山隠れ」という歌語の検討に移ろう。この語は、朽木とともに、「奥山に隠れている朽木のようなもの」「人目につかない山奥の朽木」などと解されており、修業のために山に籠もって悴れた姿を言うものであるが、朽木と同様、当該歌において初出の語である。

『万葉集』には「山隠る」という語がある。

栲《たく》づのの　新羅の国ゆ……あしひきの　山辺をさして　夕闇と隠りましぬれ
（巻三　四六〇　大伴坂上娘女悲嘆尼理願死去作歌）

……あしひきの　山道をさして　入日なす　隠りにしかば…
（巻三　四六六　家持）

はしけやし妻も子どもも高々に待つらむ君や山隠れぬる
（巻十五　三六九二　葛井連子老が作る挽歌　一説に「島隠れ」）

などの挽歌に詠み込まれているが、挽歌における「山隠れ」は、山中に他界があって、そこに隠れることで、死を意味していた。また、

恋ひつつも居らむとすれど遊布麻山隠れし君を思ひかねつも
（巻十四　三四七五　相聞　作者未詳）

の相聞歌の場合は、旅に出た人の姿が見えなくなることを意味する。その他、

二上の山に隠《こも》れるほととぎす今も鳴かぬか君に聞かせむ　（巻十八　四〇六七　遊行婦土師作）

のように山に隠れた状態を表す語に「コモル」も見られる。こうした万葉の「山ガクル」「山コモル」に対して、[19]兼芸法師の「み山隠れ」はまさに斬新な歌語の創造であったと言えよう。

ところで、この「み山隠れ」を諸注釈書は、「山奥」「奥山」と解釈しており、「み山」の表記を「深山」としている注釈書もある。笹川氏[20]は、このことに疑問を持ち、古今集時代の「み山」は「深山」ではないという説を出された。また氏は、山への霊威的信仰の強い『万葉集』の「山高み」「み山」「山隠れ」という時代から、中世和歌の「山深み」へという流れの中の過渡的歌語として、『古今集』の「み山隠れ」を捉えられた。氏の論は、日本人の精神史を歌語の変遷の上に見ようとする有意義なものであり、氏のように山への霊的信仰の残存として、『古今集』の「み山隠れ」を捉えることも可能かと思われる。

例えば「神奈備の三室の山」が「み山」と推定される次の歌、

寛平御時、ふるきうたたてまつれとおほせられければ、たつた河もみぢばながるといふ歌をかきて、そのおなじ心をよめりける

み山よりおちくる水の色見てぞ秋は限と思ひ知りぬる　（310秋下　藤原興風）

また、「春のみ山」に春宮を掛ける次の歌、

みこの宮のたちはきに侍りけるを、宮づかへつかうまつらずとてとけて侍りける時によめる
つくばねのこの本ごとに立ちぞよる春のみ山のかげをこひつつ　（966雑下　宮道潔興）

さらに、巻二十「神遊びの歌」、

み山にはあられふるらしとやまなるまさきのかづらいろづきにけり　（1077）

などの「み山」は神の住む山としての美称及び高さの属性を内包するものとして捉えられる。

しかし、それが「み山隠れ」となると高さだけでなく深さも加わってくると思われる。先述したように、当該歌の「朽木」は老荘思想の「槁木」から派生したものと考えられ、これが山林修業の僧形の形容ともなり、「み山隠れの朽木」なる歌語を生み出したであろうから、「み山隠れ」には美称のほかに、奥行き（深さ）の意も含まれていると思われる。

また、「み山隠れ」の用例としては兼芸法師の歌の次に古いもので、「寛平御時后宮歌合」の歌である。


わがこひはみ山がくれの草なれやしげさまされどしる人のなき　（古今集　560恋二　小野美材）

は、『新撰万葉集』下巻・恋にとられ、

吾恋者《ワガコイハ》三山隠之草成哉《ミヤマガクレノクサナレヤ》繁佐増礼砥《シゲサマサレド》知人裳無杵《シルヒトモナキ》　（462）

君行遙指千里程《きみゆきてはるかにさすせんりのてい》　我三山隔無知人《われみやまへだててしるひとなし》

月光似鏡無照愁《げつくわうはかがみににたれどもうれひをてらすことなし》　寒気如刀不切怨《かんきはかたなのごとくあれどうらみをきらず》　（463）

とある。『新撰万葉集』下巻の詩句が付された時期が問題になるが、第二句目からは明らかに奥深い山の意が読みとれ、一応参考になる。

ところで、現行の「寛平御時后宮歌合」には見当たらないが、『古今集』の諸伝本には「寛平御時后宮歌合の歌」の詞書をもつ次の歌、

吹く風と谷の水としなかりせばみ山がくれの花を見ましや　（118春下　紀貫之）

について笹川氏は、「これが『奥山』『深山』であれば、いくら吹く風や谷の水があっても、その散った花びらを見ることはできないであろう。『見る人もなくて散りぬる奥山の（もみぢは夜の錦なりけり）』花で終わると思われる」と言われるが[21]、この「み山隠れ」には、氏の言われる中世の「深山」へ移行する過渡期的段階での「山の深さ」を読み取ってもよいであろう。この貫之歌と同発想の歌で、奥山を詠み込んだ、

この河にもみぢば流るおく山の雪げの水ぞ今まさるらし　（320冬　よみ人知らず）

という歌も大いに参考になろう。また、川上から流れ来る箸を見て、その源を辿ろうとするような発想は古代人にあり、風が花を散らし、それを運ぶ谷川の水がなかったら、み山に隠れた花を見ることができようかというのであるから、当然先に挙げた美材の歌と同様な奥行きは加わるだろう。

先述したように118番歌は、諸伝本に「寛平御時后宮歌合の歌」の詞書をもつので、現行歌合本文になかったとしても、美材の「み山隠れの草」とほぼ同時代に詠まれた歌ではなかったかと思われる。兼芸法師が詠み込んだ「み山隠れ」なる語を、美材は恋歌に、貫之は春歌に仕立て上げたのであるが、それをどちらも収載したのであるから、貫之は兼芸法師の当該歌を高く買っていたのではないかと思われ、またその新造語をアレンジした貫之の創作意欲が窺えるのである。

ところで、『貫之集』の後半には、同一女性との十首の応酬があるが、その中の最後の一組に次のような歌がある。

女

春秋にあへどにほひはなきものをみ山がくれの朽木なるらん(22)　(892)

返し

奥山のむもれ木に身をなす事は色にも出でぬ恋のためなり　(893)

この女の歌のように、「朽木」は春秋に無縁な腐った木として捉えられており、[三] に挙げた『新撰万葉集』下巻の春247番歌と同様であると言える。また、『後撰集』には、

山里に侍りけるに、むかしあひしれる人のいつよりここにすむぞととひければ
閑院
春やこし秋やゆきけんおぼつかな影の朽木とよをすぐす身は　（1175雑二）

とあり、この類歌と思しき『貫之集』の、

身をなげきてよめる
春やいにし秋やはくらんおぼつかなかげの朽木とよをすぐす身は　（801）

も見え、「朽木」が歌語として定着する様相が窺われる。

『貫之集』892番歌は、兼芸法師の歌を踏まえて、一向に進展しない消極的な貫之の恋をみ山隠れの腐った木に譬えたのに対し、貫之が、色恋に無縁な朽木なのではなく、浮名を憚って奥山の埋木のように振る舞っているのだと言い返した歌である。ここで笹川氏は、(23)「朽木」を「埋木」に言い換えたときに、「み山隠れ」も同時に「奥山」に詠み換えられたのは、高い山と埋木とは結び付きにくく、高さを意識したとき、山は「み山」となり、奥深さを意識したときは「奥山」と呼ばれるからだとされる。

しかし、先に挙げた『新撰万葉集』『貫之集』『後撰集』の例において「朽木」が、春秋や色恋に無縁なものの象徴として使われていたり、『貫之集』892番歌に兼芸法師の「み山隠れの朽木」がそのまま使われていたりするのを見ると、兼芸のオリジナルとして意識され、歌語として定着していたために、「み山隠れ」と「埋木」

は結び付きにくかったとも思われる。また、「み山隠れ」に奥山の意が含まれていたからこそ、返歌で、「奥山」を切り出すことができたとは言えないだろうか。

以上のように、「み山隠れ」には、深さの度合は奥山や深山ほどではないにしても、奥行きは考えてもよいと思われるのである。

なお、笹川氏は、『古今集』以降の「み山隠れ」が「み山隠れのX」として、しかもX＝植物（花・草・朽木）として限定された形式で用いられ、これが後撰・拾遺では郭公・鶯と鳥類をともなって詠まれているところに着目し、そこに動植物に対する古代的な呪性や、神と人との世界の媒介物としての役割を指摘されている。(24)

この氏の指摘を参考にすると、兼芸法師が山林修業僧の立場で一首中に用いた「み山隠れ」なる表現が歌語として持て囃され、美材や貫之に、ひいては公任・実方に「み山隠れの朽木」に倣った「み山隠れのX」として詠歌事情に合わせて様々に駆使され、継承されたことは、歌語が日本人の精神史と結び付いて発展した例としても注目すべきものと思われる。

五　詞書の「わらひ」について

さて、これまで「朽木」の歌語及び「朽木」と「花」との対比、「み山隠れ」を中心に当該歌を検討してきたのだが、詞書「女どもの見て、わらひければよめる」とはどういう詠歌状況で、なおかつこの詞書がどういう意味を持つのかを確認しておく必要があろう。先ず、女どもが見て笑った対象であるが、歌の内容から見ても、また「朽木」に通ずる「槁木」「枯木」が僧形を意味していたことからも、従来どおり僧形ととるのが順当であろう。竹岡『全評釈』は、僧形を否定する根拠として「僧はそんなに哄笑されあざ笑われる対象ではなかった」と言われるが、兼芸法師以前の文献から次のような例が窺われる。
『万葉集』巻十六の嗤咲歌については後述することになるが、その中に、

戯れて僧を嗤ふ歌一首

法師らが鬚の剃り杭馬《くひうま》繋ぎいたくな引きそ法師は泣かむ　（三八四六）

法師が報ふる歌一首

壇越《だむをち》やしかもな言ひそ里長が課役《えだち》徴《はた》らば汝《いまし》も泣かむ　（三八四七）

という掛け合いの問答形式の歌がある。剃りそこなった鬚を棒杭に見立てて法師を嘲笑したのに対し、語られた法師が、法師には義務のない課役を持ち出して、しっぺ返しをするというものである。また、

忍壁皇子に献る歌一首　仙人の形を詠む

とこしへに夏冬行けや裘《かはごろも》扇放たぬ山に住む人　（巻九　一六八二）

について大星光史氏が(25)、画か彫像を詠んだものであろうが、過度に俗離れを標榜した仙人を嘲笑滑稽を籠めて詠んだものと解されるのも参考になる。さらに、『懐風藻』には、経書を虫干しする時、智蔵が、襟を開き風に向かって、「我も亦経典の奥戯を曝涼す」と言ったので衆人が嗤笑《あざけ》り、妖言《およづれごと》と思ったが、試業に臨んで経義を詳しく論じたため僧正を賜わったとある。また、『三教指帰』には、仏教の正統性を解く下巻「仮名乞児論」において、仮名乞児の出家の相貌に対して、「形似可笑　志己不奪」と評する件がある。この句は、渡辺秀夫

氏が指摘するごとく、『続浦嶋子伝』承平の加注(26)にとられており、形と心の対比をいう句であるだけに、抽出されやすい句であったと思われる。『三教指帰』は小説的思想批判書として、当時の知識人にはかなり読まれていたであろうし、出家した兼芸法師が読んでいた可能性はある。

兼芸法師には、時康親王（後の光孝帝）が布留の滝を遊覧した時の離別歌（古今集396）があるので、親王と古いゆかりを持つ大和の僧と考えられ、遍昭とも親交が深かったと思われる。目崎徳衛氏(27)は、結論づけるには資料がやや不足としながらも、布留今道・兼芸法師を交えた和歌のグループが、親王・宗貞を中軸として成立していた可能性を指摘している。おそらく兼芸法師はこうした環境の中にあって、漢籍の教養を和文脈化することによって、己が身の立場を奇抜にユーモラスに詠い上げたのではなかろうか。

ところで、当該歌の詞書の「わらふ」(28)とは、前歌874番歌の「蔵人ども笑ひて（蔵人は女蔵人のこと）」を受けるものであるが、これまた「心ははなに」の本文をとった場合、874番歌の長い詞書に対して、逆に短い詞書で端的に詠歌事情を歌の内容との関連の上で述べている妙も味わうことのできる詞書とも言える。もともと「笑」と「咲」は通じ、「花が笑まふ」は漢詩文に於ける常套表現で、時には美人の喩にもなっている。例えば、

庭梅已含笑
門柳未成眉
芳樹春色色甚明
初開似咲聴無声

庭梅已に笑を含めども、
門柳未だ眉を成さず。
（『懐風藻』84 大津連首「春日左僕射長王宅宴」）

芳樹春色色甚だ明らかなり、
初めて開き咲むに似て聴けば声無し。
（『文華秀麗集』39 王孝廉「左辺亭賦得山花。戯寄両箇領客使幷滋三。」）

双蛾眉上柳葉嚬

双蛾眉上柳葉嚬み、

千金咲中桃花歇　　千金咲中桃花歇む。（同右53　巨識人「奉和春閨怨」）

など本朝漢詩集にも随所に見出せる。とすれば、この歌と詞書の関係から、笑う女性達を美女＝花に見立てて、その花に己が心を同化せんとすればできるが、それを求めようとはしない僧の立場であることを上品に即妙に言い返したということになり、ここにおいてもまた、「花」の本文のほうが、より洗練された表現であることは否めない。

『古今集』中に「笑ひ」の語が見えるのは、当該歌とその前の874番歌の詞書のみである。雑歌にこのような笑いを収載するに当たって、撰者らが参考にしたのは、『万葉集』巻十六の「由縁有る雑歌」ではなかろうか。巻十六には相手の痩身・腋毛・色黒・先に挙げた法師の鬚などの身体的特徴を指摘し、揶揄する贈歌に対して逆にしっぺ返しを食わせる五組の掛け合いのような嗤咲歌（三八四〇〜三八四七・三八五三・三八五四）がある。かつて長谷川政春氏(29)は、これら嗤咲歌の身体的特徴の言あげは、集団の晴の場においてのみ許された敗者の文学としての笑いであり、信仰的な呪縛から抜け出しながらも、なおその基層において発生時の属性を有していたと結論付けられた。贈答の掛け合いの形式をとらない兼芸法師の歌は、これら万葉の嗤咲歌と直接通ずるものではないが、僧形への揶揄に即妙に対応する気迫を思うと、貫之らが『万葉集』巻十六を読んでいたが故に、積極的に収載し、また巻十六を参考に端的な詞書をつけた可能性もあるのではないかと思われる。

六　結び

以上のように兼芸法師の当該歌は、漢籍の朽木・槁木・枯木などの表現や仏典の「朽邁」などを基に「み山隠れの朽木」という新しい歌語を生み出した斬新な歌であったと言うことができる。また、第四句目には「心ははなに」と「心はいろに」の本文があり、もし「いろ」が原形であるとすれば、兼芸法師はストレートに色情を出し、かつ否定したということになる。逆に「はな」が原形であるならば、形と心を朽木と花で対比させ、漢籍の素養の和文脈化を狙ったものと考えられるとともに、女達の嘲笑に対してユーモラスに上品に言い返し、かつ毅然として移ろい易い花のような人の心を捨てた僧としての自己の立場を歌った奇抜な歌であったと言うことができよう。「いろ」の本文を完全に否定することはできないが、漢籍の事例を見ても、兼芸法師の文学的環境から見ても、当初から「はな」の本文ではなかったかと思われるのである。

当該歌を『古今集』雑歌上に収載したのは、歌語「み山隠れの朽木」の嚆矢であったことと、後宮女房の揶揄に対して当意即妙に答えた歌だったことからだろうが、同時にそれが「僧形（僧の衣）」に関する歌であったからでもある。詳細は次節（第一章第三節）で述べるが、「雑歌上」巻頭863番歌から876番歌の十四首が、律令官人と関連の深い袍・服飾・下賜の歌を集めた歌群であり、兼芸法師の当該歌もその歌群の中に組み込まれて収載されたと考えられる。

「み山隠れ」はこの後、郭公（春道列樹・実方）・鶯の声（公任・道長）・花（貫之・成通・慈苑）・おそ桜（良経）などを伴って平安から中世和歌に綿々と継承されていく。一方、「朽木」も、朽木のそま（仲文・俊頼・顕輔）・朽木のさくら（実方）・朽木のやなぎ（雅有）のように歌語として定着していく。また、「み山隠れの朽木」も先の『貫之集』のほか、『源氏物語』「橋姫」の弁の述懐に「えさし出で侍らで、み山隠れの朽木になりにて侍るなり」と書かれるまでになり、当該歌の後世への影響も大であったと言えよう。

注

（1）竹岡正夫『古今和歌集全評釈』（右文書院　昭和51年11月）以下、竹岡『全評釈』は、同書を指すこととする。

（2）片桐洋一訳・注　全対訳　日本古典新書『古今和歌集』（創英社　昭和62年5月〈六刷〉初版は昭和55年6月）。以下、片桐『全対訳』は、同書を指すこととする。

片桐洋一は『古今和歌集全評釈』（講談社　平成10年2月）では、当該歌について、「何ゆえにからかわれているのかと言えば、歌に〈かたちこそみ山隠れの朽木なれ〉と言っているように、容姿がひどかったからであろう。」と解説されている。

（3）笹川博司「「山高み」から「山深み」へ―古今集の「み山」歌考―」（「王朝文学研究誌」創刊号　平成4年9月）・「深き山に入る人々―「山深み」歌起源考―」（同二号　平成5年3月）・「「山隠れ」から「山深み」へ―古今集「み山隠れ」の位置―」（「王朝文学研究誌」三号　平成5年9月　後、『深山の思想　平安和歌論考』和泉書院　平成10年4月所収）

（4）契沖『余材抄』元禄五年（活）『契沖全集八巻』（岩波書店　昭和48年3月）

（5）小島憲之・新井栄蔵校注　新日本古典文学大系『古今和歌集』（岩波書店　平成元年2月）以下、『新日本古典文学大系』は同書を指すこととする。

（6）久曾神昇校注『古今和歌集全訳注』（講談社学術文庫　昭和54年9月）以下、久曾神『全訳注』は同書を指すこととする。

（7）窪田空穂『古今和歌集評釈』昭和10～12年（『窪田空穂全集』第二十・二十一巻　角川書店　昭和40年）

（8）『漢書及補注綜合引得』洪業等編（上海古籍出版社　昭和61年）

（9）伝本研究については、西下経一『古今集の伝本の研究』（昭29明治書院）、久曾神昇『古今和歌集成立論』昭35～36年　風間書房）、片桐洋一「古今集本文臆見―俊成本・定家本の成立を中心に―」（「国語国文」三八巻六号昭和44年6月）、西下経一・滝沢貞夫『古今集校本』（昭和52年　笠間書院）。

（10）西下経一校注　朝日古典全書『古今和歌集』（朝日新聞社　昭和23年9月）

（11）佐伯梅友校注　日本古典文学大系『古今和歌集』（岩波書店　昭和33年3月）

(12) 窪田章一郎校注　角川文庫『古今和歌集』(昭和62年4月〈十八刷〉) 初版は昭和48年1月。
(13) 古今和歌集(講談社学術文庫)＝久曾神昇校注(講談社　昭和54年9月)
(14)『俊頼髄脳』との関係については西下前掲書及び鳥井千佳子「俊頼髄脳に引用された古今集の本文について―その復原と考察―」(『百舌鳥国文』三号　昭和59年6月)、『古今和歌六帖』との関係については奥村恒哉『古今集・後撰集の諸問題』(風間書房　昭和46年)。
(15) 久曾神昇『全訳注』では「色」の本文が原形かとし、「年老いた出家でも、枯木ではなく色情の存することを述べた」と評する。
(16) 金子元臣『古今和歌集評釈』(明治書院　昭和2年3月改訂版)
(17) 山口博「小町「心の花」の発見」(『国文学』二六巻五号　昭和56年4月)
(18) 中野方子「僧の歌」(『平安前期歌語の和漢比較的研究―付　貫之集歌語・類型表現事典』　笠間書院　平成17年1月所収)
(19) 笹川氏は、「「山隠れ」から「山深み」へ―古今集「み山隠れ」の位置―」(『王朝文学研究誌』第三号　平成5年9月　後、『深山の思想　平安和歌論考』和泉書院　平成10年4月所収)において、原田芳起『平安時代文学語彙の研究』(風間書房　昭和37年)の「『隠る』の古活用の意味」の説をもとに、「山隠る」という動詞が次第に自分以外のものに用いられることが多くなることによって、「隠る」の客観的状態的概念化が進み、「山隠る」は「死ぬ」ことではなく、単に「山に隠れて見えない」という状態を表す語として用いられていくことになるとする。また、このことが「隠る」の活用の下二段化を促し、「山隠れ」という語を誕生させると言う。
(20)(21) 注3の笹川氏前掲論文
(22)『新編国歌大観』では、「太山」となっているが、『私家集大成』では、「み山」である。
(23) 注3の笹川氏前掲論文
(24)『後撰集』では、恋一(549)春道列樹、恋五(951)大輔に「郭公」をともなって見え、『拾遺集』では、雑春(1065)公任に「鶯」、雑春(1073)実方に「郭公」をともなった用例が見える。
(25) 大星光史「仙媛・仙洞・山人の歌―万葉歌の仙人―」(『国文学』二二巻一〇号　昭和52年8月)

(26) 渡辺秀夫『平安朝文学と漢文世界』(勉誠社　平成3) 但し、二句目は「而志難レ奪者也」とある。
(27) 目崎徳衛「僧侶および歌人としての遍照」(「日本歴史」二一九号　昭和41年8月)
(28)・(29)「わらひ」については、長谷川政春「〝笑い〟の文学の一考察―万葉集巻十六の戯笑歌から―」(「文学・語学」五四号　昭和44年12月)が参考になる。

第三節　蟬の羽の夜の衣は薄けれど——雑歌上　八七六番歌の位置——

一　はじめに

『古今集』の「雑歌上」には、次のような歌がある。

方たがへに人の家にまかれりける時に、あるじのきぬをきせたりけるをあしたにかへすとてよみける

きのとものり

蟬のはのよるの衣はうすけれどうつりがこくもにほひぬるかな　(876)

この歌は、方違え・薄き衣・移り香という内容から、かつて石川徹氏(1)によって『源氏物語』の空蟬の造型との関連が指摘された歌である。この石川説に対して、『源氏物語』の創造と和歌との関連をさらに探求した藤岡忠美氏の反論(2)も出された。また、一方、この歌は、高嶋和子氏「『源氏物語』動物考（その八）—蟬—(3)」のように、蟬の詠法の一例として関心が持たれたり、吉田隆治氏「紫式部に至る『香り』の系譜—万葉集から拾

遺和歌集を辿って――㈠～㈢」[4]のように、香りの一例として扱われてきたりした歌でもあった。すなわち、当該歌は、これまで主に『源氏物語』との関連から関心が持たれてはきたが、この歌自体が持つ『古今集』「雑歌上」の部立における意義については、論じられることはなかったと言える。

この876番歌は、「雑歌上」においては月の歌群の直前に置かれている。また、「雑歌上」巻頭863番歌から当該歌までの十四首については、竹岡正夫氏『全評釈』[5]や片桐氏『全評釈』[6]では特に一つの歌群と捉えていないが、松田武夫氏の『古今集の構造に関する研究』[7]・久曾神昇氏『成立論』[8]・新日本古典文学大系『古今和歌集』（小島憲之・新井栄蔵校注）[9]では、一括りの歌群として扱っている。紙数を削くが、次にその十四首を揚げておく。

題しらず　　よみ人しらず
863 わがうへに露ぞおくなるあまの河とわたる舟のかいのしづくか
864 思ふどちまとゐせる夜は唐錦たたまくをしき物にぞありける
865 うれしきをなににつつまむ唐衣たもとゆたかにたてといはましを
866 限なき君がためにとをる花はときしもわかぬ物にぞ有ける
ある人のいはく、この歌はさきのおほいまうち君のなり
867 紫のひともとゆゑにむさしのの草はみながらあはれとぞ見る
めのおとうとをもて侍りける人にうへのきぬをおくるとてよみてやりける
なりひらの朝臣
867 紫の色こき時はめもはるに野なる草木ぞわかれざりける
大納言ふぢはらのくにつねの朝臣の宰相より中納言になりける時、そめぬう

へのきぬのあやをおくるとてよめる

近院の右のおほいまうちぎみ

869 色なしと人や見るらむ昔よりふかき心にそめてしものを

いそのかみのなむまつが宮づかへもせでいそのかみといふ所にこもり侍けるを、にはかにかうぶりたまはれりければ、よろこびいひつかはすとてよみてつかはしける

ふるのいまみち

870 日のひかりやぶしわかねばいそのかみふりにしさとに花もさきけり

二条のきさきのまだ東宮のみやすんどころと申しける時におほはらのにまうでたまひける日よめる

なりひらの朝臣

871 おほはらやをしほの山もけふこそは神世の事も思ひいづらめ

五節のまひひめを見てよめる

よしみねのむねさだ

872 あまつかぜ雲のかよひぢ吹きとぢよをとめのすがたしばしとどめむ

五せちのあしたにかむざしのたまのおちたりけるを見て、たがならむととぶらひてよめる

河原の左のおほいまうちぎみ

873 ぬしやたれとへどしら玉いはなくにさらばなべてやあはれとおもはむ

寛平御時うへのさぶらひに侍りけるをのこども、かめをもたせて、きさいの
宮の御方におほみきのおろしときこえにたてまつりたりけるを、くら人ども
わらひてかめをおまへにもていでてともかくもいはずなりにければ、つかひ
のかへりきてさなむありつるといひければ、くら人のなかにおくりける

としゆきの朝臣

874 玉だれのこがめやいづらこよろぎのいその浪わけおきにいでにけり

女どもの見てわらひければよめる

けむげいほうし

875 かたちこそみ山がくれのくち木なれ心は花になさばなりなむ

876 紀友則　当該歌

松田『古今集の構造に関する研究』では、これら十四首を単に「雑」として扱っていたが、久曾神『成立論』では「順境」と捉え、さらに「恩恵（863〜870）」「参詣節会（871〜873）」「享楽（874〜876）」と分類されている。また小島憲之・新井栄蔵校注『新日本古典文学大系』では、十四首を「よろこび」としている。いずれにしても、松田『構造論』のように十四首を「雑」と割り切らずに、そこに何らかのテーマ性を見出そうとする傾向があることは確かである。

ところで、詞書に「わらひ」と言う語が見える[10]874・875番歌は「享楽」として捉えてもよいだろうが、方違えの場において借りた衣を返す時の謝辞である876番歌を、同様に「享楽」のテーマで括ってもよいのか疑問の残るところでもある。また、『新日本古典文学大系』が「よろこび」のテーマで括ったように、当該歌を方違え

で衣を借りた喜びを歌った歌と捉えるのも判然としない。つまり、従来考えられた十四首のテーマの中に最も当てはまりにくい歌が当該歌だと言えるのである。ならば、当該歌は、いかなる理由で雑歌に収載され、巻頭から十四首目に位置付けられたのだろうか。また、逆に当該歌を通して十四首のテーマが見えて来はしないか、そのテーマとは何であったのだろうか。

本節ではこのような疑問を解決すべく、876番歌を基軸に、一貫したテーマ性の見えにくい十四首に及んで、「雑歌上」の歌群生成の要因と様相を考察することとする。

二　蟬の羽の夜の衣は薄けれど

はじめに、876番歌が古今集歌として採られ、雑部に収載されてくる背景を考察しておく必要がある。

まず、「蟬の羽の夜の衣は薄けれど」という和歌表現について検討しておこう。そのためには先行漢詩文や和歌において蟬がどのように詠まれていたかを見ておかねばならない。

さて、『礼記』では「仲夏之月蟬始鳴、孟秋之月寒蟬鳴」とあるように、盛夏の蟬と秋に鳴く寒蟬との季における区分がはっきりしている。この傾向はわが国の漢詩文や和歌においても同様で、漢詩文では盛夏の蟬は単に「蟬」と記され、秋の蟬は、寒蟬・秋蟬・晩蟬と記されることが多い。寒蟬はツクツクホウシやヒグラシ[11]に匹敵するが、ヒグラシは言うまでもなく「蜩」として別格に扱われる場合が多い。

『万葉集』における蟬は、「伊波婆之流《イハバシル》多枝毛登杼呂尓《タキモトドロニ》　鳴蟬乃《ナクセミノ》　許恵乎之伎気婆《コヱヲシキケバ》　京師之於毛保由《ミヤコシオモホユ》（巻一五　三六一七　大石蓑麻呂）」の一首のみで、蜩は九首ある。但し、「蟬を詠む」の詞書が二例（巻十　一九六四・二一五七）、「蟬に寄する」の詞書が一例（巻十　一九八二）ある。『懐風藻』の蟬は、寒蟬二例（23・65）・秋蟬一例（36）・雁との対応四例（65＝寒蟬・71＝蟬・115＝軽蟬及び52の序文＝寒蟬）の他、蟬聲（音）二例（39・86）の計八例である。

この秋蟬を詠む傾向は、平安勅撰漢詩集でも同様である。『文華秀麗集』では、雁と対応させた晩蟬が一例（50）、『凌雲集』では、寒蟬が一例（4）、雁との対応が一例（8）と少ないが、次の『経国集』の「重陽節神泉苑賦二秋可《キヲ》一レ哀《シム》」の一連では、「林蟬疎以欲レ殫（太上天皇）」、「蟬飲レ露レ而聲切。雁冒霧以行遅（皇帝在東宮）」・「蟬蜩鳴兮野蒼茫（良安世）」・「寒園柳落蟬聲断。晩浦蘆枯雁響悲（菅清公）」・「晩蟬吟於二疎柳一（和真綱）」のように疎林に鳴き絶えゆく蟬が詠まれている。

ところで、『白氏文集』では、基本的には秋蟬が多いものの、夏の蟬も散見できる。但し、

六月初七日　　六月初七日、
江頭蟬始鳴　　江頭蟬始めて鳴く。　（510「早蟬」）

微月初三夜　　微月初三夜、
新蟬第一聲　　新蟬第一の聲。　（2475「六月三日夜聞蟬」）

蟬発一聲時　　蟬一聲を発する時、
槐花帯両枝　　槐花両枝を帯ぶ。　（2639「聞新蟬　贈劉二十八」）

夏浅蟬未多　　夏浅く蟬未だ多からず、
縁槐陰満地　　縁槐の陰地に満つ。　（2994「府西亭納涼帰」）

簷閑空燕語　　簷《のき》閑にして燕語空しく、
林静未蟬鳴　　林静にして未だ蟬鳴かず。　（3357「酬夢得以子五月長齋延僧徒絶賓友見戯十韻」）

十載與君別　　十載君と別れ、
常感新蟬鳴　　常に新蟬の鳴くを感ず。
（3509「開成二年夏。聞新蟬。贈夢得」）

のように、盛夏の蟬が詠まれることは少なく、蟬の鳴き出す前の心情を詠んだり第一声を尊んだりする詩が散見する。

この白詩の影響を受けたのが道真である。彼も秋蟬を多く詠み込んではいるが、讃岐での次の述懐、

新發一聲最上枝　　新たに一聲を發す　最も上なる枝
莫言泥伏遂無時　　言ふ莫れ　泥に伏して遂に時なしと
今年異例腸先斷　　今年は例よりも異にして　腸先づ斷ゆ
不是蟬悲客意悲　　これ蟬の悲しぶにあらず　客の意の悲しぶなり
（『菅家文草』第四253「新蟬」なお第三・四句は『和漢朗詠集』巻上　夏「蟬」に採られている）

などは、先の白詩の「六月三日夜聞蟬」の投影と考えられる(12)。

さて、漢詩ではこのように蟬が詠まれていたのに対し、和歌ではどうだったのだろうか。和歌における蟬と言えば、まず「空蟬」が想起されるが、当該876番歌が「空蟬」を詠んだものではないので、一応ここでは対象外としておこう。「千里集（国歌大観）」夏部では、

蟬去野風秋

なくせみのこゑたかくのみきこゆるは野にふく風の秋ぞしらるる　(23)

　蟬不待秋鳴

空蟬の身とし成りぬる我なれば秋をまたずぞ鳴きぬべらなる（「空蟬」が詠み込まれているが、句題により挙げておく）　(26)

また、秋部では、

　紅樹欲無蟬

もみぢつつ色紅にかはる木はなくせみさへやなくはなりゆく　(46)

　暁天秋露一鳴蟬

しののめに秋おく露のさむければただひとりしもせみのなくらむ　(52)

とあるように、「句題和歌」であるから夏部・秋部とも漢詩の常套に則って秋蟬を詠んでいる。白詩の影響を受けてか、夏蟬が散見するのは「寛平御時后宮歌合」及び『新撰万葉集』である。

蟬のこゑ聞けばかなしな夏衣うすくや人のならむと思へば　（友則　寛平41〈夏　巻頭〉＝新万43）(13)

夏の日を暮らし侘びぬる「蟬の」まにわがなきそふる声はきこゆや(14)

（寛平59＝新万299　但し、第三句は「蟬《セミ》之《ノ》声《コヱ》丹《ニ》」）

なつの日のくるるもしらず鳴く蟬をとひもしてしか何ごとかうき

（寛平70＝新万305　但し、第一・二句は「夏之日緒《ナツノヒヲ》　暮芝侘筒《クラシワビツツ》」、第四句「将問而為麻《トヒヲシテマシ》」）

琴の音にひびきかよへる松風はしらべてもなく蟬の声かな　（寛平75＝新万73）

都礼裳無杵《ツレモナキ》　夏之草葉丹《ナツノクサバニ》　置露緒《オクツユヲ》　命砥恃蟬之葬無佐《イノチトタノムセミノハカナサ》　（新万77）

のように夏の蟬を開拓している。因みに「寛平御時后宮歌合」における夏廿番の歌を語彙別に見ると、時鳥十例、夜九例、露・日五例、月・草・蟬四例、空蟬二例と、蟬に対する関心が比較的高いと言える。中でも友則の夏の巻頭歌は、『古今集』にも採られ（但し、恋四に収録）、高く評価されている。この巻頭歌の発想は、白詩の、

朝衣薄且健　　朝衣薄くして且健に、
晩簟清仍滑　　晩簟清くして仍滑なり。
社近燕影稀　　社近くして燕影稀に、
雨餘蟬声歇　　雨餘蟬声歇《や》む。　（2276「秋池二首」）

碧樹未揺落　　碧樹未だ揺落せず、
寒蟬始悲鳴　　寒蟬悲鳴し始む。
夜涼枕簟滑　　夜涼しくして枕簟滑に、
秋燥衣巾軽　　秋燥きて衣巾軽し。　（3045「酬牛相公宮城早秋寓言見示。差呈夢得」）

などからの影響ではなかろうか。もちろん白詩では、疎らになった蟬声や秋蟬そのものを詠んでいるのだが、

友則歌が蟬声を悲しみながら、身に付けた薄い衣を詠じている点など、これら白詩の発想に近い。もっとも友則歌の蟬には、秋の到来が近いことを知らせる蟬とする説（『余材抄』[15]）、夏の到来を告げる蟬とする説（『正義』[16]）とがある。「寛平御時后宮歌合」でも『新撰万葉集』でも夏の巻頭に置いているので、正義説が出て来るのだが、『新日本古典文学大系』が指摘する（715番歌脚注）ように、「夏衣うすく」に「蟬声が稀」である意も掛けられているのだから、先の白詩と考え合わせても晩夏の蟬と解したほうがよい。ともかく、友則は、漢詩の常套の「蟬声悲し」という表現を上の句に据えながら、「夏衣薄し」に転換し、その夏衣が薄いように人の心が薄情になり、悲しいといった具合に、上の句の「悲し」に回帰させていく斬新な歌を詠んだのである。

さて、このように古今集前夜において、夏の蟬が詠まれ始めたにも拘わらず、『古今集』夏部では、ほぼ時鳥に統一し、他の歌材と同様に、蟬の歌は切り捨てられた[17]。確かに先述した「寛平御時后宮歌合」の59・75番歌あたりを見ても、炎暑の蟬は古今集的美感から外れるものであろう。新蟬の第一声を待ちわびるよりも、時鳥のそれのほうが遥かに雅に適っていたのである。

ところで、『古今集』撰者は、秋部において蜩を二首（204・205　共によみ人知らず）採っているものの、単に「せみ」と詠んだものは、一首も収載していない。もっとも「寛平御時后宮歌合」や『新撰万葉集』の秋蟬は、秋部の、

　秋のせみさむき声にぞきこゆなる木のはの衣を風やぬぎつる　（寛平112＝新万109）

の一首のみで、他は『新撰万葉集』下巻秋部375番歌の漢詩「蟬《せみの》身《みの》露《つゆを》恃《たのみて》夢声《むせい》聒《かまびすし》」だけである。（但し、蜩は上巻に一首ある）。「真名序」において、「若夫春鶯之囀花中秋蟬之吟樹上雖無曲折各発歌謡物皆有之自然之理也（若

し夫れ春の鶯の花の中に囀り、秋の蟬の樹の上に吟ふは、曲折無しと雖も、各歌謡を発す。物皆之れ有るは自然の理なり。)」とは述べるものの、漢詩世界で飽きるほど詠まれた秋蟬を「寛平御時后宮歌合」や『新撰万葉集』で占め出している以上、大江千里の「句題和歌」の秋蟬の歌などを秋部に入集させるほどのこともなかったのであろう。

以上の結果、『古今集』における空蟬を除いた蟬の歌は、先述した「寛平御時后宮歌合」の夏部巻頭歌を下の句の意味によって恋四に収録することにした715番歌と本節で扱う876番歌の他、次の二首で、計四首となる。

あけたてば蟬のをりはへなきくらしよるはほたるのもえこそわたれ　(543恋一　題知らず　よみ人知らず)

蟬の羽のひとへにうすき夏衣なればよりなん物にやはあらぬ　(1035雑体　躬恒)

543番歌は、蟬の喧しさを恋情の激しさに喩えた歌である。古今集的美感からすれば、715番歌と同様、蟬を夏歌として扱わずに恋歌に吸収させたのも当然だったと言えよう。また、1035番の躬恒歌は、友則の表現を受容したものだったのではなかろうか。

さて、先の白詩(2276・3045)や715番歌の発想の基盤にあった「蟬の羽薄し」を和歌表現の前面に押し出したのが876番歌で、契沖『余材抄』は、この表現の例として『文選』に見える張景陽の「七命」の「秋ノ蟬ノ翼モ不レ足ラレ擬スルニ二其ノ薄キニ一」を挙げている。しかし、このような例は『文選』に限らず、『初学記』にも「隋顔之推聴鳴蟬詩」の「聴秋蟬。秋蟬悲。悲一處。(中略)飲露濁爲清。知緌何足貴。薄羽不羞軽。」があるほか、『玉台新詠』の、

妍姿艶月映　　　　妍姿艶月映じ、
羅衣飄蟬翼　　　　羅衣蟬翼飄へる。
羅裙数十重　　　　羅裙数十重、
猶軽一蟬翼　　　　猶一の蟬翼より軽し。

（呉邁遠　擬楽府「陽春曲」）

（施榮泰　雑詩）

のように、「蟬翼」がうす絹の羅の形容に用いられていることからも知られる。また、漢詩文に頻出の「蟬鬢（蟬の羽のように透き通った美人の髪）」も同様である。[18]

876番歌は、借りた衣を「蟬の羽の夜の衣」と捉え、漢詩の発想の「薄し」に結び付けた優れた歌であったと言える。この歌の季節は、恐らく夏なのであろうが、『古今集』夏部のテーマを時鳥に絞った故に、「蟬の羽」を羅のような薄い衣にかかる枕詞的修辞として処理し、「雑歌」に収載したのであろう。

三　香と方違えと

ところで、「蟬の羽の薄き衣」に「移り香濃し」を対応させたところも、この歌のもう一つの眼目であったと言える。この移り香は、言うまでもなく薫物である。仏教の儀礼用として七世紀頃大陸から持ち込まれた薫物は、平安時代に入ると飛躍的に成長を遂げた。『類聚国史』巻七十八「平城天皇大同二（八〇二）年正月丙辰」の条に「大唐信物綾錦香薬等班-賜参議已上卿」とあるように、大陸の舶来品の一種として香も尊ばれ、下賜があったようである。桓武天皇第七皇子加陽宮の頃には合香の秘法として梅花・侍従・黒方の名も見え、[19]本康親王や惟喬親王も合香の名手であったようである。平安勅撰漢詩集では、

篋裡鬱金未薫衣　篋裡鬱金未だ衣薫らぬに、
聖君数度使人催　聖君数度使人を催さしむ。　（『凌雲集』52藤原道雄「春日代奴古詩体」）
妾本長安恣驕奢　妾は本長安にして驕奢を恣《ほしきまま》にし、
衣香面色一似花　衣香面色一《ひとへ》に花に似たり。　（『文華秀麗集』52朝野鹿取「奉和春閨怨」）
却細絺於雲匣　細絺《さいち》を雲匣《うんかふ》に却《そ》く、
授寒服於香筵　寒服を香筵に授く。　（『経国集』17滋貞王「重陽節神泉苑賦秋可一哀応制」）

などと詠まれている。また、『藝文類聚』に見える梁劉孝威の賦「香出衣」の受容か、承和十二（八四五）年一月二十日の内宴の賦の題に「香出衣」が出されていることも注目に値しよう。『白氏文集』にも、

過夏衣香潤　夏を過ぎて衣香潤ひ、
迎秋簟色鮮　秋を迎へて簟色鮮なり。　（2516「雨中招張司業宿」）
臙脂含臉笑　臙脂臉を含んで笑ひ、
蘇合裛衣香　蘇合衣に裛《まと》ひて香《かんば》し。　（3071「裴常侍以題薔薇架十八韻見示。因廣為三十韻以和之」）

と詠まれ、『菅家文草』の「欲引余香襲客衣（238　残菊下自詠）」や『菅家後集』の「恩賜御衣今在此　捧持毎日拝余香（482　九月十日）」なども想起される。

和歌においても、『万葉集』ではわずかに十三首であった香りに関する歌が、『古今集』になると二十八首と

急増する。[20] そのうち衣への移り香を扱った歌は、花橘の香を袖の香に喩えた139番歌、梅の香を移り香と関連付けた31・33・34・35・46・47番歌、何の香か判然としない当該876番歌の計八首である。結局のところ香りからは季節が判別できない876番歌は、当然雑歌に回されることになる。

ところで、『古今集』中「方違へ」の詞書をもつ歌は、この876番歌のみである。方違えは、周知のように天一神の遊行する方向を避ける風習あるいは俗信で、自分が行く方向に天一神がいる場合には、前夜に他所に宿って、目的地の方角を変えてから行動することである。『醍醐天皇御記』延喜三年六月十日の条に、

使清貫《(藤原)》問左大臣御中院時方閇例。大臣曰前代不忌天一太白。貞観以来有此。

とあるので、貞観元年（八五九）以降から天一が忌の対象として認識され始めたと言える。[21] もっともこの風習は、陰陽家の間では正式には認められなかったようであるが、以後習俗として平安貴族の生活の中に浸透していく。

『醍醐天皇御記』にことさら書き留められているということは、天一神に対する再認識がなされたということになろう。延喜三年と言えば、まさに古今集前夜である。比較的新しい時代の習俗である方違えという場において詠まれた歌であるという点からも、876番歌は収載すべき歌だったのである。片桐洋一氏[22]が言われるごとく、この方違えの一夜の宿のあるじは女であろう。その女あるじが夜具に焚きしめた香を、友則が称賛した洒落た謝辞の歌を収載したのである。

四　十四首のテーマ

以上のように876番歌は、表現上からも文化史的背景からも雑歌として収載されるべき歌であったと言える。

また、本節の「はじめに」でも述べたように、この歌は、一見、恩恵から始まって昇叙祝歌・参詣・節会・享楽などから外れた歌のように見られるが、借りた「衣」を返却する時の謝辞の歌であることを考えると、逆に巻頭863番歌と十四首のテーマが浮き彫りになって来ると言えるのである。

つまり、この十四首を改めて見てみると、服飾・下賜に関する歌が集められていたことに気付く。まず、巻頭863番歌、

わがうへに露ぞおくなるあまの河とわたる舟のかいのしづくか

はその総括である。863番歌が恵みの露に託して皇恩を暗示する歌であり、第一章第一節で述べたように「わがうへ」は「袍（うへのきぬ）」である。『古今集』の勅撰性を考慮すれば、律令官人が頂く恵みの露は袍の上にあってしかるべきである。(23) 863番歌が袍の歌であるならば、864番歌の「唐錦」、865番歌の「唐衣」のごとく衣に関する歌を続ける理由も分かる。先ずは舶来の衣を詠み込んだ歌を置いた背景として、前述した『類聚国史』平城天皇大同二年正月における唐綾錦等の班賜なども指摘できる。皇恩を頂いた席上での饗宴の模様が表出されるように配列されているといえる。

次の866番歌は、返り咲きの花または造花を奉って、限りない君への慶賀と忠誠の心を述べ、863番歌の君恩として賜わった恵みの露に対応させている。『伊勢物語』九十八段では、

むかし、おほいまうちぎみと聞ゆる、おはしけり。仕うまつる男、九月ばかりに、梅のつくり枝に雉子をつけて、奉るとて

わがたのむ君がためにと祈る花はときしもわかぬ物にぞありける

とよみてたてまつりたりければ、いとかしこくをかしがり給ひて、使に禄たまへりけり。

とあり、866番歌の異伝歌か、866番歌を使った創作とも考えられる。いずれにしてもこの歌の背景には衣の禄が想定できる。

続く867番歌は、衣服の染料の紫草を詠み込んだ慈愛の歌で、868・869番歌は、昇進の祝いに袍を下賜する時の歌である。次の870番歌は、直接袍との関連はないが、皇恩の普きことを述べており、背景には当然位階の袍も考えられる。

また、871番歌は、参詣に供奉した時の歌で、『伊勢物語』七十六段に、

むかし、二條の后の、まだ東宮の御息所と申しける時、氏神にまうで給ひけるに、近衛府にさぶらひける翁、人々の禄たまはるついでに、御車よりたまはりて、よみてたてまつりける。（以下略）

とあり、これも衣類の禄であろう。

さらに、872番歌は、五節舞姫の衣装や容姿の美を、また873番の融の歌も五節舞姫の装飾品を扱った歌である。藤原敏行の874番歌は、殿上人が女蔵人に大御酒の下賜を請う歌。兼芸法師の875番歌は、容姿（僧形）への揶揄に抗した歌で、これも衣との関連が指摘できる。

以上のように、巻頭から十四首は、袍をはじめとした服飾・下賜に関する歌であると言える。中でも前半（863〜870）は、恵みや慈愛を基調とした官人社会の半ば公的な背景の想定できる歌で、後半（871〜878）は、871・872番歌が公的性格をもつものの他はほぼ私的な歌で、何らかの形で女性との関わりで詠まれた歌を集めていると言うことができる。

このように『古今集』雑歌上の初めに袍をはじめとした服飾・下賜に関する歌群が置かれた理由は、『古今集』の勅撰性によると言えよう。衣冠・袍・帯をもって位階の証となし、秩序正しく国を納めていく規範は、『礼記』「坊記　第三十」に、

子云、夫禮者　所-以章レ疑別レ微、以為二民坊一者也、故貴賤有レ等、衣服有レ別、朝廷有レ位、則民有レ所レ讓。

（子云く、夫れ禮者は、疑を章《あきらか》にし、微に別ち、以て民の坊を為す所以の者なり、故に貴賤等有り、朝廷、位有れば、則ち民譲る所有り。）

とある。天武天皇十四年（六八五）には、初めて朝服が定められ、持統四年（六九二）には服色を八階に定めるなど、衣服令は、上代以来の律令制度の根幹でもある。道真の「未旦求衣賦」（『本朝文粋』所収）は、この思想を賦をもって再確認させた例として、『古今集』撰者たちの記憶に新しかったに違いない。この賦は、寛平二年（八九〇）閏九月十二日、宇多天皇が文章の士十二人を召して、『漢書』鄒陽伝「如孝文皇帝、抛レ関入立、寒レ心鎖レ志、不明求衣（夜明け前に衣服を求め政務に励むこと）」をもとに、君主の政治のあり方を述べさせた時のものである。「垂衣及ばずして昧旦《ばいたん》相求む（今は黄帝の時のように衣裳を垂らしたまま天下を治めるわけにはいかないので天子自ら早朝に衣服をお求めになる）」、「綺羅色薄く　環珮聲早し　山龍を次いで璀粲たり　能く緝熙を辨ず（あやぎぬや羅の衣色がはっきり見分けることの出来ない早朝から参上し、足早に歩くので腰につけたおび玉の音だけが、かまびすしく響いている。山龍の模様を施した官服を階級通りに着て、きぬ擦れの音がしている。そして衣服の輝きでもって身分を識ることが出来るのである。[24]）」というごとく、衣服を以て政務の秩序正しきあり方が述べられている。

　このようなことから見ても、『古今集』雑歌上の冒頭部分に袍服をはじめとした服飾や下賜に関する歌群が置かれても不思議ではない。つまり十四首は決して雑纂ではなく、勅撰集の雑歌としての有り様を示すもの

だったのである。それはまさに秩序と礼節をもった律令官人の温和な理想的姿の表現なのである。

当該876番歌がこの歌群の最後に位置付けられたのは、雑歌上巻頭863番歌との対応を狙うためであったと言える。すなわち863番歌が、袍に下された恵みの露を讃える歌であるのに対し、876番歌は私的な借り物である夜の衣を返却する時に奉った謝辞の歌である。もとより876番歌が「月」の歌群の直前に置かれたのは、876番歌の「夜の衣」が877番歌の「夜の月」に繋がるからでもあるが、そうした理由の他に、このような巻頭歌との対比の上においても876番歌が位置付けられていたと言えるのである。

なお、当該876番歌の後世への影響の一端を示すと次の通りである。

せみのはのうすきこころといふなれどうつくしやとぞまづはなかるる　(元良親王集11)
岩のうへにちりもなけれどせみのはの袖のみこそはたぐふべらなれ　(貫之集700)
なくこゑはまだきかねどもせみのはのうすきころもをたちぞきてける　(天徳内裏歌合22＝能宣集329＝拾遺集79)
せみのはのうすらころもになりしよりいもとぬる夜のまどほなるかな　(好忠集141)
せみのはのうすきころもしかはらねばあききたりともおぼえざりけり　(同196)
せみのはのうすらころもになりゆくになどうちとけぬやまほととぎす　(同383)
ひとへなるせみのはごろもなつはなほうすしといへどあつくぞありける　(後拾遺集218＝能因法師集91)
けふかふるせみの羽ごろもきてみればたもとに夏はたつにぞ有ける　(千載集137　基俊)

友則の開拓した歌語「蟬の羽の薄き衣」は以後、中世にまで詠み継がれていくことになる。

注

（1）石川徹「平安朝に於ける物語と和歌との相互関係について」（「国語と国文学」二三巻五号　昭和21年5月）氏は、876番歌をもとに空蟬が構成されたと考えられた。

（2）藤岡忠美「源氏物語の源泉Ⅱ　和歌　古歌の物語化をめぐって」（『源氏物語講座　第八巻』有精堂　昭和47年3月所収）。注1の石川説に対して、876番歌のみに限定できないと反論された。

（3）高嶋和子「源氏物語動物考　その八―蟬―」（「並木の里」第三六号　平成4年6月　後、『源氏物語動物考』国研出版　平成11年3月所収）

（4）㈠は「九州大谷研究紀要」二一巻（平成6年12月）、㈡は「九州大谷国文」二四号（平成7年7月）、㈢は「九州大谷研究紀要」二二巻（平成7年10月）に所収。

（5）竹岡正夫『古今和歌集全評釈』（右文書院　昭和51年11月）

（6）片桐洋一『古今和歌集全評釈』（講談社　平成10年2月）。

（7）松田武夫『古今和歌集の構造に関する研究』（風間書房　昭和40年9月）。以下、松田『構造論』はこの書を指す。

（8）久曾神昇『古今和歌集成立論　研究編』（風間書房　昭和36年12月）。以下、久曾神『成立論』はこの書を指す。

（9）小島憲之・新井栄蔵校注　新古典文学大系『古今和歌集』（岩波書店　平成元年2月）以下、『新日本古典文学大系』は、この書を示す。

（10）875番歌の「笑ひ」については、拙稿「み山隠れの朽木と花と―兼芸法師の歌一首小考―」（「研究と資料」三十輯平成5年12月）で述べた。第一章第二節参照のこと。

（11）高嶋和子「源氏物語動物考　その七―蟬―」（「並木の里」三五号　平成3年12月　後、『源氏物語動物考』国研出版　平成11年3月所収）に、蟬の名称や概要が詳しい。

なお、『中国文学歳時記　夏』（黒川洋一編　同朋舎出版　昭和平成元年1月）の「蟬」の項では、「まずその鳴き声のさわがしいこと、逆にそれが静寂を深めるものでもあること、さらにその声はときに青春をおえて人生の秋に入ったことを自覚させ、詩人に悽惻の情を起こさせた。またひねもす飽きもせず鳴きつづけることを、自己の身世にひきつけて悲哀を感じることもあった。生態面からいえば、草木の葉においた露しか飲まぬため高潔の代表とされ、蛻脱の習性が死と再生の象徴、世俗の汚穢を脱する比喩にも使われる。さらに成虫期が短いことから、命のはかなさと世の無常のたとえにもなった。」と解説されている。

(12) 川口久雄校注『菅家文章・菅家後集』(日本古典文学大系　岩波書店　昭和41年10月)の補注で、その影響を指摘されている。また、金子彦二郎は「聞新蟬、贈劉二十八」も挙げられている(『平安時代文学と白氏文集―道真の文学研究篇第二冊―』藝林舎　昭和23年5月)。焼山廣志氏は「道真の詩「新蟬」「春盡」の二詩をめぐって―道真の詩に投影されている『白氏文集』からの摂取態度の一考察―」(『国文学論考』第二七号　平成3年3月)で、両氏の指摘を踏まえ、白詩との影響関係を詳解されている。

(13) 「寛平」は「寛平御時后宮歌合」を、「新万」は『新撰万葉集』を示す。

(14) 欠字［蟬の］は、萩谷朴『平安朝歌合大成』にて補った。

(15) 契沖『古今余材抄』元禄五年(活)『契沖全集八巻』(岩波書店　昭和48年3月)

(16) 香川景樹『古今和歌集正義』天保三年(活)(勉誠社　昭和53年12月)

(17) 『古今集』の夏歌の形成については、大野妙子「『古今和歌集』夏の歌の成立について」(「文学」四五巻二号　昭和52年2月)の論がある。「寛平御時后宮歌合」では、歌材が豊富であったことを指摘されている。その他、蜩は、恋二・771(遍昭)・772(よみ人知らず)及び墨滅歌1101(貫之)に見える。

(18) 『和名抄』には「羅　良(ら)　一云蟬翼」とある。

(19) 『新校群書類従』第三五八　遊戯部　一「薫集類抄上」。

(20) 上野理「花と香と歌と―古今和歌集序説―」(「文芸と批評」一号　昭和38年9月　後、『後拾遺集前後』笠間書院　昭和51年所収)、昆布操子「上代・中古文学における〝香り〟の系譜―その呪性―」(「大谷女子国文」一三号　昭和58年2月)

(21) 山中裕・鈴木一雄編『平安時代の信仰と生活』(「別冊国文学　解釈と鑑賞」平成4年10月)、二瓶陽子「天一と日遊―方角禁忌の神々―」(「日本文学ノート」二八号　宮城学院女子大学　平成5年7月)

(22) 注6と同じ。

(23) 拙稿「古今和歌集雑歌上巻頭歌小考」(「研究と資料」二七輯　平成4年7月)、第一章第一節参照のこと。

（24）焼山廣志「菅原道真作品研究―「末旦求衣賦」注釈―」（「有明工業高等専門学校紀要」三二号　平成8年1月）の訳による。

第四節　「老」の歌群をめぐって

一　はじめに

雑歌上の中程には「老」の歌群が配されている。その範囲は886から909番歌まで（二十四首）としてよかろうが、この中には島田良二氏[1]が、886から889番歌を「懐旧」、890から904番歌を「老」、905から909番歌を「松」とされているように、懐旧の情や松に寄せる「経年」[2]をも含んでいる。また、これらの歌は、松田武夫氏[3]が、「老を回顧的に、或いはまた将来の死との結びつきにおいて捉えられながらも、決して否定的ではなく、楽天的な一面をも備えたものである。」と言われるごとく、悲愴観に満ちたものではない。しかし、「老」を対象とし、懐旧や老の現実に対する哀れの情を醸し出している点、下巻的性格を有しているものと考えられ、下巻に収録されてしかるべきものではなかったかという疑問が起こって来る。

「老」の歌を収録しようとする時、『古今集』の部立の編集方針に則るならば、雑部に置かねばならなくなる。しかし、敢えて「老」の歌群を設定し、しかも上巻に収録させたのは何故なのだろうか。ここでは、雑歌上の性格を捉えて、「老」の歌群の設定の意義、上巻での位置のもつ意味を探ることとする。

二　雑歌上の歌々と「老」の歌群

はじめに雑歌上の歌々をもう一度概観し、「老」の歌群の問題点を示しておこう。

第二部の冒頭『古今集』「雑歌」の位置と先行研究の（三）で紹介したように、久曾神昇氏『古今和歌集成立論　研究編』[4]では、雑歌上の歌を得意順境と捉えていた。そこで再度雑歌上の歌を見てみると、その背景に宴の場が伺われるものが多いことが分かる。

巻頭863番歌は、七夕の宴席における歌と考えられ、日頃の「恵みの露」に対する、或いは当座の禄等に対する謝意を込めていると思われる。同時に、864から866番歌も歓喜または慶賀の意を含み、宴の背景が考えられる。これらは、竹岡正夫氏『全評釈』[5]が、巻頭歌において『千載佳句』を掲げ、「宴喜」の歌と指摘したものにほぼ当てはまろう。868番歌は867番歌に引かれて、所縁への慈愛をいったものと思われるが、その背景に昇進の祝いを読み取れないわけでもない。次の869・870番歌は明らかに昇進祝歌で、この背景には確実に宴の場が想定される。

871の業平の歌は、二条后の大原野行啓の折の祝賀歌であり、良岑宗貞・河原左大臣の歌（872・873）は、五節舞の終わるのを惜しみ、かつ舞姫を愛で讃えた宴の席上での詠とみてよかろう[6]。874の「玉垂」の歌、875の兼芸法師の歌が、宮廷女房を相手にした戯咲歌であったことにも注意される。また、「夜の衣」の「移り香」が濃いという876番歌は、方違えのために宿泊した家での持て成しに感謝する歌であるので、その家での前夜の宴が想定されなくもない。

877から885番歌の九首は月の歌である。秋歌上においても「月」の歌群があったが、ここでは出る月・照る月・

隠れる月の推移によって配列されている。また、885番歌が比喩歌である他は、景を中心に心情を歌った歌である。884番歌は完全に宴の歌であるが、出る月・入る月に対する心情を歌った877・883番歌、「月」に「年月」を掛けて老を嘆く879番歌、月に寄せて友情を歌う880番歌、「水上月」の881、「雲中月」の882番歌等にも観月宴（観月宴については第五節で述べる）などの宴の背景が窺われよう。[7]

次に「老」の歌群の後を見ると、910から913の海上眺望の歌については、本井淳氏が、歌合の洲浜を名所に見立てる方法を借りて海辺の景として虚構の場を現出せしめ、その背景には宴の場も考えられるという説もある。[8]もしくは911～913番歌は、「淡路島」「玉津島」「たみのの島」が詠み込まれているので、これらが謡物として歌われた可能性もある。914・915の忠房・貫之の贈答歌には再会の宴の背景が伺え、919の大井河行幸和歌・920の伊勢の歌も宴の背景が考えられる。また滝の歌（922～929）の中には、922・923・927の布引の滝の歌のように、滝を前にしての酒席での詠と考えられるものもあり、吉野の滝の924番歌・龍門の926番歌・音羽滝の928・929番歌にもその可能性があろう。

このように、雑歌上の中には、宴で詠出された歌、宴の場において誦された可能性のある歌、また何らかの関係において宴の背景を想定するに難くない歌が多い。

ところで、そうした宴の歌の中に「老」の歌群が入り込むのは何故なのか。『文華秀麗集』の「雑詠」中の「江辺草」は、春日における老を詠んだものであり、『経国集』の「雑詠」にも嵯峨天皇の「老翁吟」があり、雑の中に「老」が入ることは分かるが、『万葉集』や勅撰漢詩集において「老」を一箇所にまとめて掲載することはなかった。雑歌上に宴との関連が考えられる歌が多いだけに、「老」を、しかも歌群として位置させている意味が問題となるのである。

三　律令精神と「老」

そこで、「老」の歌群の設定の意義や要因を考えてみよう。

先ず、『古今集』は律令的精神を基盤として編纂されているが、「老」を歌群として設定したのも、この面から意味あることであったのではないかと考えられる。律令の基本的礼節の書たる『礼記』には、

曾子曰、孝子之養レ老也。樂二其心一、不レ違二其志一。　（内則第十二）

（曾子日く、孝子の老を養ふや、其の心を楽ましめ、其の志に違はず。）

昔者有虞氏貴レ徳而尚レ歯。夏后氏貴レ爵而尚レ歯。殷人貴レ富而尚レ歯。周人貴レ親而尚レ歯。

（昔者有虞氏は徳を貴びて歯を尚《たつと》び、夏后氏は爵を貴びて歯を尚び、殷人は富を貴びて歯を尚び、周人は親を貴びて歯を尚ぶ。）　（祭義第二十四）

とあり、老を尊ぶ礼が掲げられている。また、

凡養レ老、有虞氏以二燕禮一、夏后氏以二饗禮一、殷人以二食禮一。周人脩而兼二用之一。五十養二於郷一、六十養二於國一、七十養二於學一。達二於諸侯一。

（凡そ老を養ふ、有虞氏は燕禮を以《もち》ひ、夏后氏は饗禮を以ひ、殷人は食禮を以ひ、周人は脩めて之を兼ね用ふ。五十は郷に養ひ、六十は国に養ひ、七十は学に養ふ。諸侯に達す。）　（王制第五）

と、年齢毎の養老の礼が述べられており、養老礼の時には老人達に後輩に対しての有益な言葉を乞う乞言の儀式が行われるとある[9]（「文王世子第八」）。また、三老・五更[10]を大学に食う時には、天子自ら老者を優礼し[11]、国学[12]を視察する日においても、自ら仁慈を示して養老の礼を行い、さらに群臣をして広く天下に仁慈を行わしめる

ということく、養老の礼は仁を以って政を行う天子の徳の顕現の一つとされるものなのである。『礼記』は五経の一つであり、大学教科の根幹である明経道における教科内容であるから、養老の礼節は律令官人の心得るところである。律令精神を基盤にして成り立った『古今集』において、「老」の歌が歌群として積極的に導き出されたのも当然だったのではあるまいか。

四 『白氏文集』からの影響

「老」の歌群は、また『白氏文集』との関連で捉えられる。仁明帝の承和期頃から『白氏文集』が齎され、それが詩及び歌にまで多大な影響を与え、白詩句・白詩語の摂取を見、さらに『古今集』の歌風に深く関わるものとなったが、この「老」の歌群の設定にも、その白詩の投影が考えられるのである。

季節の推移への感慨、人生無常などは六朝詩・初唐詩に見え、『古今集』にも少なからず通ずるものとなっているが、中でも「歎老」は『文選』『玉台新詠』等にもまして白詩に多く見られる。安藤テルヨ氏(13)は、その「歎老」を文人スタイル化した傾向として捉え、古今歌の「老」が衷心からの嘆きであるよりは、漢詩境の模倣であったのではないかとされている。

金子彦二郎氏が調査された白詩関係和歌(14)にも「歎老」が多く、『千里集』の中には白詩句等を句題にした歎老歌があり、「寛平御時后宮歌合」「皇太夫人班子女王歌合」にも「老」の歌が見える。また、『菅家文草』には、「對鏡」「白毛歎」「始見二毛」等、白詩の題と類似したものが多いことなどは、白詩の「歎老」の享受が盛んだったことの証である。さらに、当該歌群893から899番歌の「流年急」はやはり漢詩に見えるものであり、902番歌の在原棟梁の歌は詞書に示すように「寛平御時后宮歌合」に収められていると共に、『新撰万葉集』上巻

冬歌169番歌に採られ、

白雪《はくせつ》干頭《あたまををかす》八十翁《はちじふをう》。誰知《たれしる》屈指《ゆびをかがめて》歳《とし》猶《なほし》豊《ゆたかなることを》。
星霜《せいそう》如葥《やのごとし》居諸《きよしよ》積《つもる》。獨《ひとり》出人寰《じんくわんをゐでて》欲数冬《すうとうになんなんとす》。

の詩句を伴っている。また、『古今集』において、

二条のきさきのとう宮のみやすん所ときこえける時、正月三日おまへにめして、おほせごとあるあひだに、日はてりながら雪のかしらにふりかゝりけるをよませ給ひける

文屋やすひで

春の日のひかりにあたる我なれどかしらの雪となるぞわびしき　（8春歌上）

題しらず

よみ人しらず

ももちどりさへづる春は物ごとにあらたまれども我ぞふり行く　（28春歌上）

歌たてまつれとおほせられし時に、よみてたてまつれる

きのつらゆき

ゆく年のをしくもあるかなますかがみ見るかげさへにくれぬとも思へば　（342冬歌）

のように、「老」は、雑歌上のみではなく、四季・賀・物名にも見え、推移の悲哀と共に集中に少なからず無常観的雰囲気を醸し出すものとなっていると言えよう。[15] 白詩流行の要因の一つに、白詩が仏教味を有していたことが考えられているが、スタイル化した「歎老」も、仏教的或いは無常観的雰囲気を内包する故、平安知識人の好むところとなったと思われる。

白詩の「歎老」の流行は、元慶元年（八七七）三月に南淵大納言年名による我が国初の尚歯会が行われた[16]ことにも顕著である。唐の会昌五年、我が国の承和十二年（八四五）に七十四歳の白楽天は履道房で初めて「七老尚歯会」を催した。これは七人の高齢者が本座となって詩作し、齢を尊ぶ会で、「七老會詩」「九老圖詩」としてまとめられている。年名は会昌五年から僅か三十二年後に尚歯会を催したのである。彼は、「七老尚歯会」を描いた障子絵に則り、大江音人・藤原冬嗣・菅原是善・文屋有具・菅原秋緒・大中臣是直の六人を招き、置酒して詩を賦したのであるが、このような白詩の「歎老」の流行だけを見ても、古今集中に「老」の歌群が導かれて来る要因が窺われるのである。

ところで、『俊頼髄脳』には、『古今集』893から899番歌までの七首を掲げて、

これは老たる人どもの集りて、いたづらに老ぬる事をなげきてよめる歌なり。このごろの人は、歌までは思ひもかけず。千年もながらふべきさまにこそ思ひげなるに、むかし人ははかなき事を思ひしりにけるにや。おのづから、ひとりふたりやかくもよまむ、七人ながら思ひかけじかし。

とあり、顕昭の『古今集註』では、この俊頼の説を引用し、続いて、

古今ノ詞ニハタガヘリシカルヲコノ俊頼ガシルセルニツキテ近代人コレヲ和歌ノ尚歯会ノ七叟ノ本体トナムオモヘルサテモハベルカシ

とし、さらに割注に、

古今ニハ三人叟ノヨメルト云リ更ニ七人ト不レ見而俊頼七首ノ歌ヲ書テ老タルモノドモノ集テヨメルト云ハ無レ意歟

として、七首を尚歯会の本体とするのに疑問を抱いている。また、承安二年（一一七二）の「暮春白河尚歯会」[17]では清輔のその序に示すごとく、『古今集』雑歌上の「老」の歌群のうち、893・903・894・899・895番歌がこの順序で誦されている。これは天承元年（一一三一）藤原宗忠の尚歯会の折、詩が朗詠されたのにならったもの[18]であるが、『余材抄』が指摘しているように893から899の七首が「七老尚歯会」の数にあっていたから誦されたのであって、このことから七首が直ちに和歌による「七老尚歯会」の本体であるとは言えない。しかし、『俊頼髄脳』では直接「尚歯会」を提示していないものの、893から899番歌までの七首を七人の翁が一堂に会して詠んだと捉えていることは事実である。

このことについて、岡崎真紀子氏[19]は、『俊頼髄脳』は「『古今集』の配列を意識しすぎた結果、そこから行き過ぎた意味を自分なりに読み込んでしまった行為である」と指摘すると同時に、『古今集』とは異なる新たな意味が生成され、それが「暮春白河尚歯会」に反映されたと述べられている。岡崎氏の見解は妥当であり、少なくとも平安末期には、俊頼の影響を受けて、『古今集』893から899の七首が、尚歯会との関連で或いは和歌の尚歯会に利用して捉える傾向があったものと思われる。

ところで、この七首に焦点を当ててみると、893から895番歌までは三人翁の歌、そのうち894・895番歌が「老」の到来を述べた歌、893及び896から899番歌は、「とし（年・疾し）」を詠み込み、「流年急」や「老」の到来に関する感慨を詠んだ歌として、夫々前後の段から一応独立しているといえる。また、三人翁の歌の「とし」を掛詞とし、「老」を擬人化する技巧は、886・888・891番歌等の序詞中心の歌より比較的新しいものと思われる。さらに、これら七首の構成を詳しく見ると、第一、二首（893・894）には老いた現実に驚嘆する心を、第三首目

（895）には「老」を回避する心を置き、第四首目（896）で年の逆流を願い、第五首目（897）で留めることのできない年月を憂しと思い、さらに898番歌で「しかもつれなくすぐる齢」を歌い、最後に（899）「老」の現実を直視しようとする初老の心境を置くというごとく、「流年急」を主軸に内容の微妙な展開を狙った一貫した構成を取っており、この七首には撰者達の何らかの配慮があったのではないかと思われるのである。

年名以後の尚歯会は、安和二年（九六九）藤原左衡の「粟田山荘尚歯会」で、しかも詩会である。清水光房の『尚歯会考』[20]が指摘するように、文献上初出の尚歯会の和歌は、『万代和歌集』にある嘉保二年（一〇九五）の高階経成の歌であるから、『古今集』当時、尚歯会はいうまでもなく未だ和歌の宴として定着してはいない。しかし、『古今集』撰者達が、白詩及び年名の尚歯会を知っていた可能性は高いから、この七首の構成を見ると、少なくとも「七老尚歯会」からヒントを得ていたのではないかと考えられて来るのである。もちろん、「七老會詩」の詩は宴に相応しい明るいもので、「流年急」を主題にしたものではないが、七首のまとまりにも、また「老」の歌群の設定自体にも「七老會詩」が影響を与えていたことは充分考えられよう。

以上のように、白詩の「歎老」の流行及び「七老尚歯会」との関連をみると、白詩が「老」の歌群の設定に影響を及ぼしていたと言える。ところが、「老」の歌群中の歌は白詩的「歎老」の発想を基にしているものばかりではない。伊登内親王・業平・棟梁・敏行及び興風（計五首）以外は全てよみ人しらず歌（計十九首）で、雑歌上巻中のよみ人しらず歌（計三十二首）の六十パーセントがここに集中し、「懐旧」「経年」の部には古歌的な歌が多い。『千里集』の句題和歌の歎老歌等を導入するならば、白詩的「歎老」に終始することもできたはずなのであるが、それをせず、よみ人しらず歌を多量に導入したのは何故なのであろうか。

五　翁歌との関連

折口信夫(21)は、この「老」の歌群の歌を翁歌の方向から捉えている。すなわち、「翁」は稀人・国邑の神事の宿老の上位者であるが、民俗が分化し、村々国々での常例の集会の形が出て来ると、老若対立の意識が助長して翁が稀人として臨む心持ちが変じ、老人の優越感が盛り上がって歌われたり、老いを佗び、託つ歌（翁歌）が歌われ、それらが一境地を日本文学の「あはれ」の世界に開き、『古今集』にも入集せられたと述べるのである。この折口説を受け、小林茂美氏(22)は、

> 古今集の雑歌には、老いを嘆き、ありし日を懐想する歌が集録並記されてゐる。この種の嘆老歌は饗宴にのぞむ翁の、祝福的な鎮魂呪謡から進化したものであつた。相手を祝福するため、自分の霊魂を捧げる作法をとるが、翁の場合は、その生命力を表現する齢《ヨハヒ》をもつて「寿」とする考へ方になる。そこで、寿《ヨ》（齢）を与へつくしたあとの自分をさびしく顧みる側から、哀訴的な嘆老発想をとつてゆく。文学以前の感覚では、老人《オキナ》のわび歌が、そのまま、祝福歌の意義をもつ逆説的な信仰論理を、素直にうけとつてゐたはずである。けれども、人生経験を回想的に語つて教訓すべき成年式などの機会は、成年、成女を前にすることからつよまる対立意識を助長し、ことさら老いを嘆く境地をふかめていつた。それが文学の領域にふみこむと、「翁さび」が「あはれ」の日本的情趣にまで昇華されてゆくのである。古今集の嘆老歌などは、〝呪歌〟から〝文学〟への過渡的な時限に位置しやう。

と詳述され、歎老歌の集録並記に特別の意義を認めている。

『万葉集』の竹取翁の歌（巻十六　三七九一番歌）は、昔日と今を対比することによって現在の老いの身を嘆

じ、若々しい仙女達さえ老醜は避けられないというもので、そこに敬老思想的なものも見える。(23)

また、『続日本後紀』第十五　仁明天皇（承和十二年正月五日）の尾張連浜主の、

　於岐那度天《おきなとて》。和飛夜波遠良无《わびやはをらむ》。久左母支毛《くさもきも》。散可由留登岐尓《さかゆるときに》。伊天弖万天牟《いでてまひてむ》。

や、『伊勢物語』一一四段、光孝帝芹川行幸の折の、

　翁さび人なとがめそ狩衣けふばかりとぞ鶴も鳴くなる

などからは、翁舞・翁歌の伝統の存在が伺われ、先述した文屋康秀の「春の日の光にあたる」の歌も、翁の自分を佗びしくし、相手を寿ぐ賀歌(24)であろうから、雑歌上の「老」の歌もその伝統の上に生み出された歌なのではないかと思われるのである。

886・887番歌は、懐旧の情を込めた宴席での謡物のパターンと考えられるであろうし、889番歌は老若対立の場の「我も昔は男山」である。また890・891・892番歌などは、己れを顧みる側からの哀訴的述懐態度であると言えよう。893から895の三人翁の歌について、小林氏(25)は、第一首目を齢を数算みすることによって長寿を言挙げし、相手を寿《よ》みする歌、第二首目を老人に到達するまでの過程の述懐、第三首目を狂言的趣向をもつ復演出《モドキ》の滑稽態にあたる歌とされ、この三首をその配列順のままで復演出《モドキ》の理法に基づく翁芸の通型と対照できる組歌と見ている。

また、904から909番歌までの「経年」の歌群においても、小林氏(26)は、904番歌を、「宇治の聖界で、魂触りの呪

義に関与し、婚交《トツギ》の道までを演じて成年戒を管掌した橋守の翁の零落を嘆く歌」と捉えられる。『伊勢物語』百十七段、住吉神示現譚の905・906番歌についても、小林氏の指摘[27]のごとく、住吉に芽生えた翁の民俗信仰の背景も窺うことができそうである。「我みても久しくなりぬ（905）」「いくよかへしととはましものを（906）[28]」「たがよにかよろづよかけてたねをまきけん（907）」という老松に対する感慨の背景には、やはり世を経た自己を述懐する稀人としての翁の伝統の存在が伺われる。908番歌を本歌とする909の興風の歌は、その翁歌の系列にありながら、「松も昔は友ならなくに」と伝統を自己の身に引き寄せて詠んだところが新しかったのであろう。

　このように、「老」の歌群のよみ人しらず歌の中には、翁歌の系譜から捉えられる歌が多い。翁歌はいうまでもなく宴の場に深く係わるものであり、ここに雑歌上の性格との合致が見出される。すなわち、雑歌上に宴的背景を持つ歌を収載することを基本とした故に、翁歌の系譜に連なる歌を「老」の歌群に多く導入できたと考えられるのである。また、先述した「尚歯会」も宴であった故に、この歌群中に投影させることができたのではないだろうか。『千里集』等に見える白詩的「歎老」をこの歌群の中心に据えなかったのも上巻の性格のためであり、それはまた、漢詩への対抗意識によるものではなかったろうか。

六　「老」の歌群の意義

　上巻における「老」の歌群は、雑歌の歌群構成の上からも、大きな意味を持つ。春歌では、その中に開花する盛春における歎老を歌った歌を置いて〝明〟の中に〝暗〟の翳りを醸し出していたが、この「老」の歌群も雑歌上の〝明〟の中に、〝暗〟の翳りを出して、上巻の構成に変化を富ませているといえるのである。加えて下巻を見ると、中程969・970番歌、976から980番歌あたりに友情・信頼を基盤にした詠歌があり、〝無常〟＝〝暗〟

の歌の中に一抹の〝明〟の歌が読み取れる。このように上下巻は対照的に構成されており、「老」の歌群の上巻における設定は、撰者の文芸意識によってなされたと考えられるのである。

以上の如く、雑歌上に集められた歌々の特徴からも、また律令的見地や白詩の「歎老」の流行や翁歌の系譜からも、「老」の歌群は当然収録されるべきものであったのである。そして、その内容は、雑歌上下巻の性格や両巻の構成にも深く係わるものであったのである。

注

（1）島田良二「八代集の雑歌についてのノート」（「国語と国文学」四一巻一号　昭和39年1月）

（2）久曽神昇『古今和歌集成立論　研究編』（風間書房　昭和35年12月）は「経年」とする。

（3）松田武夫『古今集の構造に関する研究』（風間書房　昭和40年9月）

（4）注2前掲書

（5）竹岡正夫『古今和歌集全評釈』（右文書院　昭和51年11月）以下、竹岡『全注釈』は同書を指す。

（6）小林茂美「饗宴の文学―伊勢物語七十六段の場合―」（「国学院雑誌」五九巻三号　昭和38年3月）も参考になる。

（7）877番歌の尼敬信の喩については、中野方子が、『文選』や『菅家文草』の例を挙げ、「超越性をもつ心理の月」に斎院を喩えると同時に『涅槃経』の「日月は没するのではなく、不変である」という経文を典拠としていると説かれた。（「立正大学国語国文」四七号　平成21年3月）

（8）本井淳「『古今集』雑歌上・海辺の歌群攷―宴歌としての視座から―」（「日本文学論究」五三号　平成6年3月）

（9）竹内照夫『礼記上』新釈漢文大系27（明治書院　昭和46年4月）

（10）注9の竹内照夫著『礼記上』によれば、「三老」は公の致仕者、「五更」は卿の致仕者。

（11）「食三三老五更於二大學一、天子袒而割レ牲。執レ醤而饋、執レ爵而酳、冕而總レ干、所レ以教二諸侯之第一也。是故

郷里有レ齒、而老窮不レ遺、强不レ犯レ弱、衆不レ暴寡、此由二大學一來者也。」（祭義第二十四）

（12）「始之レ養也、適二東序一、釋二奠於先老一、遂設二三老・五更・羣老之席位一焉。（中略）王乃命二公候伯子男之羣吏一日、反、養二老幼于東序一。終レ之以レ仁也。」（文王世子第八）

（13）安藤テルヨ「古今集歌風の成立に及ぼせる漢詩文の影響について」（東京女子大学「日本文学」第六号　昭和31年3月）

（14）金子彦二郎『平安時代文学と白氏文集　句題和歌・千載佳句研究篇』（培風館　昭和30年）

（15）岡田正之『日本漢文学史』増補版（吉川弘文館　昭和41年10月）

（16）『扶桑略記』また、『菅家文草』に「暮春見二南亜相山尚歯会一」があり、『本朝文粋』には、「南亜山庄尚歯会詩序　菅原是善」が見える。

（17）『群書類従』巻第五百三十

（18）小沢正夫・後藤重郎・島津忠夫・樋口芳麻呂共著『袋草紙注釈下』解題（塙書房　昭和51年3月）

（19）岡崎真紀子「俊頼髄脳における古今集の享受—七叟の歌から尚歯会和歌へ—」（「成城国文」一四号　平成10年3月後、『やまとことば　表現論—源俊頼へ』笠間書院　平成21年12月所収）

（20）東京大学史科編纂所蔵

（21）折口信夫「異人と文学と」三「わび」の発見　折口信夫全集第七巻（中央公論社　昭和40年）

（22）小林茂美「おいらくの文芸」（「国学院雑誌」六二巻一〇号　昭和36年10月）

（23）『万葉集』の竹取翁歌については、難解で諸説がある。季春三月に丘で遠望するという設定から野遊型歌謡、翁が仙女に逢うということから神仙譚的歌謡、老人を嫌うものへの戒めから敬老思想的歌謡が考えられている。中西進は、敬老思想は、神仙性が薄れ、儒教思想的諷諫のすりかえと指摘する。（中西進『万葉集論』第二巻　講談社　平成7年5月）その他、伊藤博『万葉集釈注』巻十六や阿蘇瑞枝『万葉集全歌講義』（笠間書院　平成24年7月）などを読むと主な研究史が概観できる。

（24）シンポジウム「日本文学②古今集」（学生社　昭和51年2月）

（25）小林茂美「住吉の翁—勢語百十七段を繞って—」（「国学院雑誌」五九巻三号　昭和33年3月）、北川原平造「古今和歌集の「雑歌」の性格」(「上田女子短期大学紀要」一五号　平成4年3月)においても翁歌の性格が強調されているので参考になる。

(26)(27)注25の小林氏前掲論文。

(28)906番歌は、神宮文庫本『伊勢物語』において百十七段の後日談として業平に仮託されて見える。

なお、後藤昭雄「尚歯会の系譜—漢詩から和歌へ—」(『和歌を歴史から読む』笠間書院　平成14年10月所収)は、『古今集』の「老」の歌群を論ずるものではないが、尚歯会の歴史を辿る上で参考になる。

第五節　月・老・水の歌群配列をめぐって

一　はじめに

『古今集』雑歌上は、袍をはじめとした服飾・所縁への慈愛・昇叙祝歌・参詣・節会・享楽・夜の衣など下賜関連の宴的要素も含んだ十四首の歌群の次に[1]、月・老・水の歌群が続き、最後は屏風関係の歌の歌群となっている。本節では月の歌群を視点にして[2]、次の老・水の歌群の生成の意義をも考えてみよう。

この月・老・水の歌群は松田武夫氏『古今集の構造に関する研究』[3]による区分で、諸氏によってその区切りや名称に多少の見解の相違はあるが、大方は認められている歌群構成である。先行勅撰漢詩集・『千載佳句』・私家集などの雑部を分析してみても、各部立に分類した後に、雑部として残って来る歌の歌材や内容は、だいたい類似しており、そこには月・老・水に関する歌も見えた[4]。

『古今集』の雑歌において、上巻に月・老・水の歌群を設け、連続して配列させたことは、単なる歌題意識による偶然の結果だったのであろうか。本節はこの問題について考察し、古今集雑歌の特質の一端を垣間見ることを目的とする。

二　秋の月の定着化と雑歌の月の歌群

雑歌上の月の歌群は、次の九首である。

題しらず　　　　　　　　　　よみ人しらず

877 おそくいづる月にもあるかな葦引の山のあなたもをしむべらなり

878 わが心なぐさめかねつさらしなやをばすて山にてる月を見て

なりひらの朝臣

879 おほかたは月をもめでじこれぞこのつもれば人のおいとなるもの

月おもしろしとて凡河内躬恒がまうできたりけるによめる

きのつらゆき

880 かつ見れどうとくもあるかな月影のいたらぬさともあらじと思へば

池に月の見えけるをよめる

881 ふたつなき物と思ひしをみなぞこに山のはならでいづる月かげ

題しらず　　　　　　　　　　よみ人しらず

882 あまの河雲のみをにてはやければひかりとどめず月ぞながるる

883 あかずして月のかくるる山本はあなたおもてぞこひしかりける

これたかのみこかりしけるともにまかりてやどりにかへりて夜ひとよさけを

のみ物がたりをしけるに、十一日の月もかくれなむとしけるをりに、みこゑひてうちへいりなむとしければ、よみ侍ける

なりひらの朝臣

884 あかなくにまだきも月のかくるるか山のはにげていれずもあらなむ

たむらのみかどの御時に、斎院に侍りけるあきらけいこのみこをははあやまちありといひて斎院をかへられむとしけるを、そのことやみにければよめる

尼敬信

885 おほぞらをてりゆく月しきよければ雲かくせどもひかりけなくに

右のように、無季の月を出る月から隠れる月へと配列し、最後に照り渡る月を置いて総括している点、また月そのものをストレートに賞美するというよりも、月をめぐる人間の思惑を趣向を凝らして詠んだ歌を集めている点が、雑歌の月の歌群の特徴である。『古今集』にはこの他、秋歌及び恋歌各八首、冬歌及び物名二首、夏歌及び羇旅歌各一首、雑体三首の月の歌が見え、殊に秋の月は五首（191〜195）で歌群を構成している。

周知のように、古今集前夜における秋の月の定着化[5]は、殊に白詩からの多大な影響が指摘される仲秋八月十五夜観月の風習と相まって急速に進み、和歌においても「是貞親王家歌合」、「寛平御時后宮歌合」などに秋の月の歌が散見するようになり、『古今集』秋上に月の歌群が生成される要因が窺われる。そうした『古今集』奏覧という文化的動向が、延喜五年八月十五夜、源公忠の「いにしへもあらじとぞ思ふ秋のよの月のためしはこよひなりけり（公忠集36）」の観月宴の詠歌を生み出し、以後、月次屏風の歌材にも取り込まれて多くの屏風歌が詠出され、年中行事としても定着するようになる。つまり、『古今集』における月の歌は、月を巡る文

化的動向のちょうど発展途上時において撰集されたものであったと言える。

秋の月が発展する一方、雑部に残って来る無季の月を捨てなかったのは何故か。確かに雑歌上の月の歌には、『万葉集』の発想(6)を受け継ぎながらも、特に漢詩文の影響を受けつつ、それに拮抗する斬新な和歌表現を試みた歌が多く、これら各歌については既にいくつかの論考が出されている(7)。ならば、各歌を出る月から入る月へと配列し、最後に照り渡る月を置いた構成は何を意味するものだったのだろうか。『古今集』の基調である時の推移による趣向や仲秋観月の風習からの影響だけであったのだろうか。

三　聖政の喩としての月の運行

さて、『史記』天官書には、月の運行に対して次のような記述がある(8)。

・月、中道（宿坊の中間）を行くときは、安寧和平なり。
・三光（日・月・星）は陰陽の精にして、気は本《も》と地に在り、而して聖人之を統理す。
・日の変には徳を修め、月の変には刑を省き、星の変には和を結ぶ。
・月、歳星を蝕するときは、其宿の地飢ゑ若しくは亡ぶ。熒《けい》惑には乱あり。塡星には、下、上を犯す。

月の運行によって人界の和平が保たれるので、聖人はこれを見極め、もし月に変が生じたならば様々な災いが起こるので、刑罰を軽くすべきだと言うのである。『藝文類聚』には、これと類似した次のような記述がある。

仁義之道日月循緯　（仁義の道は、日月、緯に循ふ。）　『春秋孔演圓』

政太平則月圓而多輝　政升平則月清而明
（政太平なれば、則ち月圓くして輝き多く、政升平なれば、則ち月清くして明かなり。）　『禮斗威儀』

なお『淮南子』には、「日月天之使也」とあるほか、「天圓地方、道在二中央一。日為レ徳、月為レ刑」とあり、月の運行や輝きが日の運行と相まって、人界の政の正道を裏付け占うことになるという思想の浸透が窺える。

ところで、月の歌群の最後の尼敬信の885番歌、

おほぞらをてりゆく月しきよければ雲かくせどもひかりけなくに

は、まさにこの月の運行の聖性を言ったものと思われる。

この歌は、文徳天皇の御代に、斎院であった慧子内親王の母に過ちがあったということで、斎院を交替させられようとした時に、それが中止になったので詠まれた歌である。但し、『文徳天皇実録』には、慧子内親王が賀茂の斎院を廃された記述はあるので、一度は中止になったが、結局は何らかの理由で廃されたようである。

この尼敬信の歌については、後藤昭雄氏(9)と中野方子氏(10)に次のような指摘がある。

先ず後藤昭雄氏は、『楚辞』の「何ぞ氾濫たる浮雲の、猋として此の明月を壅蔽せる（『楚辞』九弁）」の他、「浮雲陳りて蔽晦し、日月をして光無からしむ（『楚辞』七辞）」、「讒邪公正を害なひ、浮雲白日を翳ふ（孔融「臨終詩」）」、「文子に曰く、日月明らかならんと欲て、浮雲これを蓋ふ（『藝文類聚』巻三　秋）」を引き、不正が公正なものを害うことを、浮雲が日月を覆うことに喩えるのは、『楚辞』以来の中国詩文の伝統的発想であるとされ、「潔白の自己を月に、誹謗中傷する周囲の不正を光を掩う雲に擬える」と言われる。諸注釈書も後藤昭雄氏と同様に、月を慧子や敬信の喩、雲を陰謀の喩ととっている。

一方、中野方子氏は、尼敬信の歌は『涅槃経』にある、

譬へば陰と闇に日月が現れざるに、愚夫は謂ひて「日月失没す」と言ふも、是の日月は実は失没せず。如

来の正法滅尽する時、三宝の没するを現ずるも亦復た是の如く、永に滅すと為すには非ず。是の故に当に如来は常住して変易有ること無しと知るべし。
（『大般涅槃経』（北本）月喩品）

譬へば雲霧の日月を覆蔽するを癡人は便ち日月有ること無しと言ふも、日月は実に有り、直覆ふを以ての故に衆生見ざるが如し。
（『大般涅槃経』（北本）光明遍照高貴徳王菩薩品第十の五）

などの「日月が雲霧に隠れていても、ただ覆われて見えないだけで、実はあるのだ」と説く経文または講説を聴聞した経験をもとにして、尼敬信の歌が詠まれた可能性を指摘された。

確かに漢籍から推していく後藤氏の論も、仏典から推していく中野氏の論も、どちらも典拠として有力な論である。但し、先に挙げた『史記』天官書や『淮南子』『藝文類聚』の諸例を参考にすると、上句「おほぞらを照り行く月し清ければ」からは、慧子の清浄さの前提となる月の運行そのものの聖性が強く打ち出されているように思われる。「月が大空を清光を放って照り渡る時は、政も正しく行われるのであるから、例え月が雲に隠されたとしても、その光は清く輝き続け、自ら誤解も解けて全き政がなされたのであるよ。」と月を讃え、正道を行う天皇の御代を讃えたのが尼敬信の歌であったと解釈できまいか。

また、『史記』天官書には「月の変には刑を省き」とあった。尼敬信の歌はその逆説で、「もともと清廉潔白な斎院慧子内親王なのだから、月に異変が生じたから刑を免れたのではない。月が清く輝きながら大空を渡っており、政が正しく行われたからなのだ」ということを強調した歌という解釈も成り立ち得るのではなかろうか。

尼敬信の歌が、勅撰集である『古今集』の「月」の歌群の最後に位置していることを鑑みれば、少なくとも『古今集』の撰者は、天皇の正道を称えた歌として尼敬信の歌を集中に位置付けたと思われるのである。

この敬信と同じような月の捉え方でしばしば詠じたのは、道真である。例えば、

月暗雲重事不レ須　　月暗く雲重《かさな》れども　事須《ま》たず
天従人望豈欺誣　　天は人の望みに従ふ　豈欺き誣《し》ひめや
夜深纔有微光透　　夜深けて纔《わづか》に微光の透ること有り
珍重猶勝到暁無　　珍重す　なほし暁に到るまで無きに勝れり

（『菅家文草』巻第一12「八月十五夜月亭遇レ雨待レ月 深韻得レ无」）

が挙げられるが、この詩の二句目は川口久雄校注『菅家文草』(11)が指摘するように、『書経』『周書』泰誓上「天矜《あはれム》二于民ヲ、民之所レ欲、天必従レ之」を踏まえている。この人心を矜む天と月とが結びつくのは、恐らく先述した『淮南子』の「日月天之使也」という発想によっていると思われる。後藤昭雄氏(12)が指摘された『楚辞』の月光を掩う雲の喩もこの詩の背景にあることは言うまでもない。「天は人を矜《あはれ》み、人の望みに従ってくれるのだから、天の使者である月は、雲間から微光を輝かせてくれた。微かであるが全く月光が見えないよりどれほどよいことであろうか。」と、月光の聖性を説く思想を基に成り立っている詩である。また、

秋珪一隻度天存　　秋珪一隻　天を度《わた》りて存す
下照千家不定門　　下は千家を照して　門を定めず
聖主何憐三五夜　　聖主　何ぞ三五の夜を憐れびたまはむ
欲将望月始臨軒　　将に月を望まむとして　始めて軒に臨む

（『菅家文草』巻第六441「八月十五夜　同賦二秋月如レ珪一　応製 深得レ門 自レ此以下十五首、大納言作」）

では、貴賤を問はず遍く照らす月から学ぶために、聖主は八月十五夜、軒に臨むのだろうと詠われており、これもまた月の聖性が基盤になっていると言えよう。その他『菅家文草』第六436「九日後朝、同賦秋深、応製」のように、受けた諫言に対して「穿雲明月応能照」（浮雲が明月を覆っても、雲を貫き通して、よく照らすだろう）と言い切って、弁明無用の態度を表明した詩、(13)左遷される道真が、月に呼びかけた詩『菅家後集』「問二秋月一」の返答として道真が月に代わって詠んだ「代レ月答」の「天玄が鑑をめぐらして、月を掩っていた雲を取り払ってくれた。左遷ではない、ただ西に行くのだ」と詠じた詩などを挙げることができる。これらの背景には、天の聖性を齎す月の聖性の思想が窺われる。また、一更から五更まで月の出を待ち続ける『菅家文草』第一39「八月十五夕、待レ月、席上各分二一字一。得レ疎」なども、月を賞翫するだけでなく、その根底には月の聖性に対する思想があったと推測される。

もともと月の聖性は、日月と並び称されることが多く、これらは『文選』や『藝文類聚』の「日」の項には多数散見できる。わが国においても人麻呂の「東の野に炎の立つ見えてかへり見すれば月傾きぬ」や『懐風藻』の大友皇子「皇明光日月。帝徳載天地。」はその代表的な例であるが、月そのものの聖性を称える詩歌は少なく、道真によって大きくクローズアップされたと言っても過言ではない。本間洋一氏(14)が指摘されたように、王朝詩の月の見立て（王権や人生無常のような抽象的概念を除く）のほとんどすべての類型を道真が用いていること及び王朝詩全体への道真詩の影響に鑑みれば、聖政の喩としての月の表現も当時の知識人に与えた影響が大きかったと言えそうである。文徳朝の尼敬信の歌は、漢籍や仏典を典拠にした当時としては極めて斬新な歌だったので『古今集』に採られたのであろうが、それと同時に道真詩によって脚光を浴びた月の聖性の思想が『古今集』に与えた背景も考えられる。奇しくも、「是貞親王家歌合」には、

久方の天照る月のにごりなく君が御代をばともにとぞ思ふ

とあり、また、

朱雀院御時《うだ》、八月十五夜をもてあそぶ

つきよみのあめにのぼりてやみもなくあきらけきよをみるがたのしさ　（公忠集　28）

とも詠まれている。さらに、「仮名序」末尾には、

うたのさまをもしりことの心をえたらむ人はおほぞらの月を見るがごとくにいにしへをあふぎていまをこひざらめかも。

とあり、昔を尊び、今を思う営為の象徴として、大空の月を捉えていることも参考になろう。

このように尼敬信の歌を、雑歌の月の歌群の末尾に置き、大空を照り渡る月の運行の推移によって配列した月の歌群は、やはり聖政の喩としての意味を持つものだったと考えられよう。

四　月と不死・月と水

さて、次に月・老・水の歌群配列の関係を考えてみよう。この歌群配列の背景には、月は陰で水に相当するという思想及び月そのものに復活・再生を見る思想が深く関わっていそうである。先ず漢籍にそれらの思想を

求めるならば、『楚辞』に、

夜光何徳、死而又育、厥利維何、顧兎在腹

（夜光、何の徳ありて、死して又育するや。厥《そ》の利は維れ何ぞ、顧兎腹に在り）

とあるように、月の盈虚が蘇りや不老不死の観念に繋がる記述が見える。

さらに、『淮南子』には、

積陽之熱気生レ火　火気之精者為レ日、積陰之寒気為レ水、水気之精者為レ月（以下略）

（積陽の熱気は火を生じ、火気の精なる者は日と為り、積陰の寒気は水と為り、水気の精なる者は月と為り。）

故陽燧見レ日、則燃而為レ火、方諸見レ月　則津而為レ水(15)

（故に陽燧は日を見れば、則ち燃えて火と為り、方諸は月を見れば、則ち津《うるほ》ひて水となる）。

とあり、日は陽で火に当たるのに対し、月は陰で水に当たると説く。また、虞世南『北堂書鈔』の天部月には、

潮有二大小一、月有二虧盈一。　楊泉物理論之、月水之精。

（潮に大小有り、月に虧盈有り。楊泉物理論之れ、月水の精。）

とある他、『初学記』も『淮南子』を引いて、

月、天之使也、積陰之寒気、大者為レ水、水気之精者為レ月

（月は天の使なり、積陰の寒気、大なる者は水と為り、水気の精なる者は月と為る。）

とある。一方、『藝文類聚』に見える漢の劉熙撰『釋名』には、

月闕也。満則缺也。晦灰也。月○釈名一作火。死為灰月光盡似之也。朔蘇也。月死復蘇生也。（中略）日月遙相望者也。

（月は闕なり。満つれば則ち缺くるなり。晦は灰なり。月○釋名一には火に作る。死して灰と為るは、月光盡くること之

に似たり。朔は蘇なり。月は死して復び蘇生するなり。日月遥かに相望む者なり。）

とあるなど、月の蘇りの思想が散見する。

もっともこの月と再生、不死の思想や月と水の思想は、民俗学的にも世界各地に確認でき、すでに多くの論考が出されている。(16) ならば、『古今集』雑歌の中に入って来る様々な歌を月・老・水の歌群を設けて、連続して配列したことも、これらの民俗・風習及び漢籍の思想と無関係ではないと思われてくる。

ところで、月と水と再生の思想が結合した先行文芸として『万葉集』巻十三の「月夜見の持てるをち水」はよく知られるところである。

天橋も　長くもがも　高山も　高くもがも　月夜見の　持てる変若水《をち》　い取り来て　君に奉りて　をち得てしかも　（三二四五）

反歌

天なるや月日のごとく我が思へる君が日に異に老ゆらく惜しも　（三二四六）

この歌は、「沼名川の　底なる玉　求めて　得し玉かも　拾ひて　得し玉かも　あたらしき　君が　老ゆらく惜しも（三二四七）」とともに、巻十三の雑歌の最後に据えられた主君の老いを嘆く歌である。月夜見の持てる変若水《をち》が沼名川の底なる玉とともに得がたく貴重なもので、主君を若返らせる水だとする。この歌の月夜見は記紀神話の月読尊（月弓尊・月夜見尊）と同一ではない。また、「月夜見の持てるをち水」が孤例(17)であるのだが、若返りの変若水が月と関連付けられていることは確かである。ニコライ・ネフスキーが日本滞在中に採集した沖縄の民話(18)も、万葉の当該歌との関連で傾聴に値する資料である。また、古くは月の変若水と『延喜式』[19]に掲載された立春若水の信仰とが結び付いていたのではないかという論[20]もあり、いづれにしても古代日本の民俗において月の変若水信仰が存在した可能性は極めて高い。

しかしまた、大久保正氏、新谷秀夫氏[21]が指摘されるように、『万葉集』の月の歌が、美的対象物として、また知識人的発想によって詠まれている場合が多いことも事実で、先に挙げた月と水・月と再生の思想を説く漢籍諸文献からも、月の変若水の着想は容易に想像されるところでもある。月夜、銅の大蛤盤を置いて夜露を集め、水を得る風習が、先に引用した『淮南子』にも見えた。ただ、このような特殊な風習はごく一部であっただろうから、直接的には月との関連は薄れてはいるものの、『延喜式』に規定される立春若水などのほうが、はるかに行事化され易い内容だったと思われる。

ところで、『万葉集』の老の歌には、当該歌の他に変若水の歌が三首[22]あるほか、若返り「をつ」を希求する歌が八首[23]あるのに対し、『古今集』の老の歌群には老を嘆きこそすれ、若返りそのものを希求する歌は見当らない。しかし、見当らないからと言って、老の歌群が再生の思想に繫がらないとは言えない。先に挙げた漢籍の例からも、『竹取物語』の存在からも、当時の知識人には、月と不老不死・復活・再生の思想が十分浸透していたはずであるから、月の歌群の次に老の歌群を置く意味が暗黙のうちに了解されたのではあるまいか。

一章四節でも述べたように、老の歌群は、白詩的嘆老の影響を多分に受けていた[24]。事実白詩には、月下に老を嘆く詩が多数見え[25]、月と老の歌群配列の着想の一端を担うものでもあったと考えられる。しかし、そのように白詩からの影響を受けつつも、漢詩に拮抗する意識の下に、古老に語らせる翁語りの系譜に託する意味をも含めて、よみ人知らず歌を多数取り入れた独自な世界を構築したのが、老の歌群であった[26]。ただそのように翁語りの様式を踏まえつつも、万葉歌の「をつ」の語を用いた歌をそのまま踏襲するようなことも撰者達はしなかった。万葉歌の若返りを希求する歌の中には、「我が盛りいたくたちぬ雲に飛ぶ薬食むともまたをちめやも（巻五　八四七）」のような仙薬を詠み込んだ神仙的世界との結び付きが強い歌もあり、「をつ」「をち水」の歌のもつ神仙的なイメージから老の歌群を乖離させる必要もあったからではないかと思われる。

ところで、中野方子氏[27]は、業平の879番歌の背景にある「積年」「積月」を考察され、『万葉集』の「積」は、木や雪が積むといった具体的なものであったり、恋に対して用いられたりするものであったが、『古今集』においては、歳月の嘆き、罪といった抽象的なものに対する掛詞となったと指摘された。即ち、先に引用した『淮南子』に「積陽之熱気生レ火　火気之精者為レ日、積陰之寒気為レ水　水気之精者為レ月」とあることからも、歳月が積もるという語が、過去の集積という意味であったのに対し、暦の用語である「積」には、過去から未来にわたる時間が含まれ、「老」も陰陽に関わる語で「月」の縁語に当たるとされた。そして、漢籍や「六国史」『文華秀麗集』『新撰万葉集』『菅家文草』『田氏家集』などの例を挙げ、さらに中村璋八氏『五行大義』[28]の「老とはその陽と陰とが最も盛んに闌けた状態、頂点の状態、陰精の月では満月の時となる」という解釈を援用され、「〈老〉とは、満ち欠けする月の一方の極であり、そこにおいて月は〈老〉と結びつくことになる」と述べられた。

この中野氏の見解を参考にすると、「月」の歌群の次に「老」の歌群が来る必然性も理解することができる。そして、さらに付け加えるならば、『淮南子』の「水気之精者為レ月」という思想から、「月」の歌群は、「老」の歌群に続く「水」の歌群にも影響を与えたのではないかと思われてくる。

雑歌を、どのような思想をもって、どのように分類配列し、勅撰集に値する古今の集として編集するかが、撰者達の課題であっただろう。月と不老不死、月の聖性を基にした『竹取物語』が一方で成立する基盤をもった時代である。月・老・水の歌群配列は、以上のような漢籍の思想や陰陽思想の影響などによるところ大であったと思われるのである。

五　水の歌群の生成

ここで、水の歌群の生成要因について様々な角度から検討してみよう。

水の歌群は、海（910〜918）・川（919）・池（920）・泊（921）・滝（922〜929）と歌の内容から分けられるが、それらはほぼ水辺での遊行・遊覧の場における歌であるといってよい。冒頭四首のよみ人知らず歌、

910　わたつ海のおきつしほあひにうかぶあわのきえぬものからよる方もなし
911　わたつ海のかざしにさせる白妙の浪もてゆへる淡路しま山
912　わたの原よせくる浪のしばしばも見まくのほしき玉津島かも
913　なにはがたしほみちくらしあま衣たみのの島にたづなき渡る

は、叙景的な海上眺望歌である。この歌群については第一章第四節で、歌合の洲浜を名所に見立てる方法を借り、海辺の景として虚構の場を現出せしめ、それらには宴の要素があったという本井淳氏(29)の説を紹介したが、水辺遊覧歌との関連で捉えると次のようになろう。即ち、これら四首は、一見以下の遊覧歌とは無関係のように見え、水の歌群の粗雑さを表しているように見えるが、眺望・遠望は遊覧に伴う行為であること『文選』をはじめ『文華秀麗集』等の遊覧部を見れば一目瞭然である。また、912・913番歌は、『万葉集』巻六の山部赤人の玉津島讃歌（九一七〜九一九）(30)の内容に似ており、その異伝歌とおぼしく、天子遊覧時の眺望歌の流れをくむ歌だった可能性も高い。

『万葉集』では行幸・遊覧歌は主に雑歌として扱われ、『文華秀麗集』では、上巻に遊覧の部があるが、下巻の雑部にもそれに準ずる詩がある。また『経国集』でも同様に雑部に遊覧に準ずる詩が見える。『古今集』雑歌でも四季や羇旅には収まりきれない遊覧歌を雑歌に取り込まねばならなかったという事情もあったと考えられる。しかし、『万葉集』や先行勅撰漢詩集の「遊覧」は必ずしも水辺に関するものであるとは限らない。また『千載佳句』「遊覧」には、「山頭落日催二帰馬一　河畔垂楊纜二酔舩一（鄭明「寒食陪諸公宴波中」）」のごとく山水対比の対句が四列採られている。よって一方では『古今集』雑歌に、遊覧のみを主題にした歌群を設けようとしたのならば、水辺以外の遊覧歌も当然含まれたはずであるのだが、それらを消去し、水辺に関するものに限った最大の要因は、月・老・水の歌群を構成しようとする意識にあったと思われるのである。

また、この歌群には補入歌が多い（914・915の忠房・貫之の贈答歌、919の大井川行幸和歌、920の宇多法皇が敦慶親王邸を訪れた時の歌）のだが、それらがみな水辺遊覧に関する歌であることも、この歌群が初めから水に関する遊覧歌を集めることを目的にして編まれたことを意味していると言えまいか。補入歌には宇多関係歌が多く、行幸・山踏みの多かった宇多上皇の補入歌が雑歌の当該部分に集中したのも当然であったと言えよう。

ところで、この歌群に現われる地名は淡路島（911）・玉津島（912）・難波〈潟〉（913・916・918）・田蓑島（913・918）・沖つの浜（914）・高師浜（915）・住吉（917）・西川（919）・唐琴（921）・布引滝（922・923・927）・吉野の滝（924）・龍門の滝（926）・音羽滝（928・929）のように、大和・山城・備前及び大阪湾周辺に限られており、921番歌の唐琴（備前）を除いて、京都を中心とした現代の距離感からしても遊覧として適当な地域である。

そもそも遊覧と羇旅との違いは、近日中に帰宅の目処がついている遊行であるか否かによるのだろうが、であるならば宮滝御幸時の手向山の歌（420道真・421素性）などが雑歌に入ってきてもよいのではないかと思われる。もとより『古今集』羇旅部が、(31)平板な「羇旅にして作る歌」を集めたものではなく、旅にのみ固有の情緒世界を主題にしているため、紅葉に圧倒された手向の心情を詠ずる道真・素性歌が羇旅部に入ることも納得できるが、一方では雑歌が水辺遊覧の歌に限定されていたことも、手向詠が羇旅部に収載された一要因だったのではないかと思われるのである。

持統天皇の吉野離宮行幸や聖武天皇の玉津島行幸など古代における帝王巡行は、望祭としての意義を持ちつつ、遊覧的性格が強いと言われる。(32) 宇多上皇の宮滝御幸も、情緒的レベルでの神仙老荘趣味とともに古代帝王の巡行への憧憬の念によろう。宮滝御幸が、左遷された道真との関連が深いことから、『古今集』の遊覧に関する歌では、素性法師と詠んだ手向山の歌に留めて羇旅部に収載し、『後撰集』巻十九「離別・羇旅」の道真の歌1356「水ひきのしらいとはへておるはたは旅の衣にたちやかさねん」のような水辺の滝の歌は収載しなかったとも考えられよう。但し、少なくとも持統天皇や宇多上皇の宮滝御幸が滝の歌群を設ける間接的な一要因でもあったとも考えられる。また一方、もし雑歌に水の歌群を作ろうとする意識がなかったならば、御幸に触発されて山路遊覧の歌も雑歌に収載する可能性もありえたはずだと考えられる。

先述した地名のうち殊に難波・住吉及び布引滝の下流にあたる海域は、『伊勢物語』八十七段や『源氏物語』(33)「須磨」「明石」の海神・竜王譚に関する地でもあり、貴種流離の海辺蘇生の話型の存在も認められそうな海域である。(34) また、住吉・田蓑なども禊祓と深く関連している。(35) ただ、水の歌群には禊や祓を直接詠んだり、暗示させたりする歌はなく、老の歌群とは対照的に作者判明歌を入れ（20首中14首）、縁語・掛詞・見立てによる当代の歌を多数収載している。もし祓の水の思想を前面に押し出す歌を収載したならば、呪歌的・神事歌的になってしまい、雑歌の真意から外れてこよう。それよりも、遊覧歌を収載しなければならないという制約を活用し、古今的表現のなされた斬新な水辺遊覧歌を収載することによって、再生復活を暗示させたほうが、月・老・水の歌群を構築しようとする撰者達の意に適っていたのではないかと思われるのである。

さらに加えるならば、『日本書紀』の一書に、「月読尊は滄海原の潮の八百重を治すべし」とあったことも月と水の思想に関連があろうし、水の歌群が海より始まる理由も首肯できよう。そして、月を視点にした「積陰之寒気為レ水、水気之精者為レ月（淮南子）」の思想、蘇生の水の思想との関連も十分考えられよう。

以上のように、水の歌群も単なる歌題意識によって生成されたものではなく、様々な条件を満たすべく編まれた歌群であったと言えるのである。

六　月・老・水の歌群配列と『伊勢物語』五十九段及び「哀傷」との関連

ここで、雑歌上巻頭863番歌「わがうへに露ぞおくなるあまの河とわたる舟のかいのしづくか」との関連で第一章第一節で検討した(36)『伊勢物語』五十九段を再び取り上げてみよう。

この段は、東山に遁世を希求した男が病死したので、面に水を注ぐと「わが上に（雑歌巻頭歌）」を詠んで蘇生したという話である。雑歌下の遁世希求歌(37)の世界と雑歌巻頭歌を利用している章段であることからも、話の中に月こそ出て来ないが、水をかけて蘇生させたという点、単なる気付けの水で割り切ることはできそうにない。やはりその背後には、月・老・水の歌群配列から『伊勢物語』の作者が不死の霊水、蘇生の水という発想を得、『古今集』巻頭歌を利用することによって、月の霊水から天の河の霊水に転化させた可能性は十分に考えられよう。また、雑歌の直前の部立が「哀傷」であることも、病死の男の蘇生譚のヒントになったとも考えられる。言わば第三次『伊勢物語』(38)に当たるこの章段は、『古今集』雑歌の世界の一端を巧みに取り込んで構成させた段であったのである。この五十九段が成立した当初は、恐らく『古今集』や『伊勢物語』享受者には、『古今集』の雑歌の世界をそのように捩って奇抜に鑑賞できる精神的土壌が残されていたと思われる。

月・老・水の歌群には、月と水と蘇生に関わる思想を詠み込んだ歌や配列の意味を暗示する歌はない。いや、『古今集』ではそうした直截性を嫌い、基盤となる精神を内包しつつ、日本の古代的なるものと漢土的なるものとの融合一体化のうちに洗練された今を具現しようとするものであったと考えられる。こうした内部に底流する思想は、時が経てばベールに包まれ易いのであるが、五十九段の作者は、雑歌下の特質の一端である遁世希求の精神と、恵みの露を象徴させた雑歌上巻頭歌の思想とともに、同じく上巻の配列が醸し出す蘇りへの希求を美事に掬い取って奇抜な章段を創作したと考えられるのである。

ところで、先にも触れたように、雑歌の部立の前には、如何なる主君とて如何なる官人とて悩み憂うる「恋」の歌に続き、愛別離苦の宿命たる「哀傷」の世界が展開されていた。しかし、一般の短歌体の部立を哀傷で締め括ることには、勅撰集としての抵抗があったであろう。雑歌を哀傷の次に置いたのも、そのためだったのではなかろうか。哀傷との対比を明確にし、その邪気を払うためにも、上巻には宴喜的な部類に属する歌を編む必要があった。そして、律令官人の心情である恩恵・所縁への慈愛・昇叙祝賀・参詣・節会・下賜等に関する明るい斬新な歌を配した後、月・老・水の歌群を置いて蘇りへの希望を暗示させ、哀傷の呪縛から逃れる術を提示したのではなかっただろうか。『後撰集』の最終部立が慶賀・哀傷であり、『拾遺集』も巻二十が哀傷であることからも異論はあろうが、『古今集』「仮名序」（力をも入れずして、天地を動かし、目に見えぬ鬼神をも哀れと思はせ、男女の仲をも和らげ、猛き武人の心をも慰むるは歌なり）において特に意識された言葉の霊力に対する思想を考慮すれば、むしろ当然の部立及び歌群の配列構成だったとは言えないだろうか。

『古今集』編者は様々な状況下における歌人の歌々を配列した雑歌上巻のみで雑の部立を終えることはなかった。雑歌上によって哀傷の部立を一旦呪的に相殺した後、下巻を設け、人々の心に最も底流する遁世・厭世・漂白・献白への述懐を、最早上巻のように背後から支える呪性をも消去して言葉の自立した姿として提示しつつ、その言葉の自立の危うさをいやがおうでも味わい彷徨し行く様相を提示したのであった。

ともあれ、月・老・水の歌群配列の背景には月を視点にした不老不死・復活・再生・水の思想が読み取れよう。そしてそれは、哀傷の呪縛を解き放ち、また一方では下巻との対比を明瞭にする作用を持つものであったとも考えられるのである。

折しも年中行事の世界では、八月十五夜仲秋観月宴の定着化を見る時期であり、また、物語の世界では、その祖たる『竹取物語』が成立した時期にも近かった。そうした文化的動向の中で、勅撰和歌集として『古今集』が選択した雑歌における月を視点にした文学化のありようも決して見逃してはなるまい。

注

（1）第二部第一章第一節～三節

（2）『古今集』雑歌上の月の歌群については、雑歌上下の構造との関係を漢詩文の「鏡」との関連から読み解こうとされる梶原久美子「古今集雑歌の構造に関する一考察—月の歌群をめぐって」（『国文』五七号　昭和57年7月）があるほか、月の歌群に特別の意味を見ようとする説は、ともすると強弁になりかねないとする菊地靖彦「『古今集』雑歌論」（『講座平安文学論究2』風間書房　昭和60年所収）がある。

（3）松田武夫『古今集の構造に関する研究』（風間書房　昭和40年9月）

（4）第二部の冒頭「『古今集』「雑歌」の位置と先行研究」を参照のこと。

（5）山中裕『平安朝の年中行事』（塙書房　昭和47年6月）、大曾根章介「八月十五夜」（山中裕・今井源衛編『年中行事の文芸学』弘文堂　昭和56年1月所収）などに詳しい。

（6）『万葉集』における月の歌は、その多くが雑歌の中にあり、恋歌の場合が多い。中嶋節「『万葉集』における「月」と「月夜」について」（「愛媛国文研究」三八号　昭和63年12月）によれば、『万葉集』においてすでに、出る月、夜渡る月、照る月、隠らふ月等々、月の運行を捉えて詠まれており、月に対しても、月の出を待ち望む心情や月の移動を惜しむ心情などが詠まれていて、『古今集』雑歌上の月の歌群の歌は、発想の面では『万葉集』に通ずるものであると言える。但し、『万葉集』では、月の出から隠れる月までの時間的推移によって配列した歌群はない。

（7）878番歌については片山剛「姨捨山の月」（『古今和歌集連環』和泉書院　昭和63年5月所収）がある。876番歌については、白詩「贈内」との関連が諸注釈で指摘されているが、『竹取物語』の「月の顔見るは、忌むこと」との関連からも論ぜられている。例えば熊谷直春「「月の顔見るは、忌むこと」私考」（「芸文東海」一号　昭和58年6月）、市村宏「月の顔は見るを忌むこと」（東洋大学大学院紀要8　昭和47年3月）、李家正文「月を忌む思想について」（「国学院雑誌」八七巻七号　昭和61年7月）、芳賀繁子「かぐや姫の昇天と不死の薬―その白詩受容の可能性―」（「日本文学」三九巻五号　平成2年5月）。但し、白詩「贈内」と「月を忌むこと」との関連は静永健（「特集　漢籍と日本人　平安文人たちと『白氏文集』」〈アジア遊学九三号　平成18年11月〉）によって否定された。

（8）訓読は国訳漢文大系（大正12年）による。

（9）後藤昭雄「古今集時代の詩と歌」（「国語と国文学」六十巻五号　昭和58年5月　後、『平安朝漢文学史論考』勉誠出版　平成23年4月所収）

（10）中野方子「雲隠せども光消なくに―『古今集』における日月を隠す喩と仏伝・『涅槃経』―」（「立正大学　国語国文」四七号　平成21年3月）

（11）川口久雄校注『菅家文草』（日本古典文学大系　岩波書店　昭和41年10月）

（12）注9前掲論文

（13）鈴木日出男・高田祐彦「竹取物語のキーワード」の「月」の項（「国文学」三八巻四号　平成5年4月）

（14）本間洋一「王朝詩「月」の比喩表現―資料ノート―」（「北陸古典研究」一号　昭和61年7月　後、『王朝漢文学表現考』和泉書院　平成14年3月所収）

（15）陽燧は銅製の凹面大盤で艾を置いて太陽から火を取る。方諸は大蛤の盤で満月の下で水滴を結ばせ水を取る。

(16) ニコライ・ネフスキー（岡正雄編）『月と不死』（東洋文庫　平凡社　昭和53年）、石田英一郎『月と不死』（石田英一郎全集第六巻　筑摩書房　昭和46年）、松前健「月と水」（『日本民俗文化大系二　太陽と月―古代人の宇宙観と死生観―』小学館　昭和58年所収）

(17) 「月夜見」については、森重敏『続上代特殊仮名音義』（和泉書院　昭和62年12月）に詳しい。

(18) 注16前掲書。沖縄の民話と同じ発想の話が特に南アジアに分布し、月と不老不死や月と水との関連も民俗学的に認められている。

(19) 『延喜式』巻四十　主水司「御井神一座祭春秋並同」に「御生気御井神一座祭中宮准レ比」とあり、「右随二御生気一。擇三宮中若京内一井堪レ用者一定。前冬土王。令二牟義都首《ムキツノオフト》渫《ヲキヨメ》治一畢祭之。至二於立春日昧旦一。牟義都首汲レ水付レ司擬二供奉一。一汲之後廃而不レ用。」とある。

(20) 注16の松前健前掲論文、新谷秀夫「「月夜見の持てるをち水」小考―立春「供若水」行事との関連から―」（『日本文芸研究』四三巻一号　平成3年4月）

(21) 大久保正「月夜見の持てるをち水」（『古代文学会研究論集（北海道大学）第二集』昭和47年8月）、注20の新谷秀夫前掲論文

(22) 　娘子、佐伯宿禰赤麻呂に報へ贈る歌一首
我がたもとまかむと思はむますらをはをち水求め白髪生ひにたり　（巻四　相聞　六二七）
　佐伯宿禰赤麻呂が和ふる歌一首
白髪生ふることは思はずをち水はかにもかくにも求めて行かむ　（巻四　相聞　六二八）
　美濃の国の多芸の行宮にして、大伴宿禰東人が作る歌一首
いにしへゆ人の言ひ来る老人のをつといふ水ぞ名に負ふ滝の瀬　（巻六　雑歌　一〇三四）

(23) 『万葉集』巻三　三三一、巻四　六五〇、巻五　八四七・八四八、巻六　一〇四六、巻十一　二六八九、巻十二　三〇四三、巻二十　四〇一一

(24) 第一章第四節「老の歌群をめぐって」参照のこと。

(25) 『白氏文集』1213「早朝思退居」・同2569「臨都駅答夢得六言二首」・同3268「老夫」など多数。

（26）『古今集』雑歌の老の歌群を翁歌の系譜から捉えたのは折口信夫である（「異人と文学と」折口信夫全集第七巻）。小林茂美は折口説を受けて、三人翁の歌（893〜895）を復演出《モドキ》の翁芸との関連で捉えられている（「おいらくの文芸」〈「国学院雑誌」62巻10号　昭和36年10月〉）。平成七年二月二十五日日本女子大学平安文学談話会における永井和子講演「あやしき語り手」に啓発されるところ多く、『古今集』雑歌の老の歌群によみ人不和歌が多数入集された要因も、古老に語らせる翁語りの系譜に属することを再認識した次第であった。後、永井和子『源氏物語と老い』（笠間書院　平成7年5月）。

（27）中野方子「積もれば人の老いとなるもの—業平歌の背景としての暦・『淮南子』—」（『水門　歴史と言葉』二三号所収　平成23年7月）

（28）中村璋八他　蕭吉撰『五行大義』（汲古書院　平成元年〜二年）

（29）本井淳「『古今集』雑歌上・海辺の歌群攷—宴歌としての視座から—」（「日本文学論究」五三号　平成6年3月）

（30）山部赤人の玉津島讃歌については、北山茂夫「神亀年代における宮廷詩人のあり方について—山部赤人、その玉津島讃歌の場合—」（「文学」四五巻四号　昭和52年4月）、坂本信幸「赤人の玉津島従駕について」（「大谷女子大学紀要」第一五号　昭和55年2月）、村瀬憲夫「神代よりしかぞ貴き玉津島山—山部赤人の玉津島讃歌—」（「美夫君志」四三巻一一号　平成3年10月）、同「赤人の玉津島讃歌と望祀」（『和漢比較文学叢書9　万葉集と漢文学』平成5年1月所収）に詳しい。『続日本紀』には、玉津島滞在中の聖武天皇の詔に玉津島が遊覧するに足るところであると書かれている。また村瀬は、玉津島讃歌の背景に『礼記』「王制篇」に見られるような天子巡守における望祀の投影を捉えられている。

（31）森朝男「「羇旅」の特色と構造」（『一冊の講座古今和歌集』有精堂　昭和62年3月所収）

（32）辰巳正明『万葉集と中国文学』（笠間書院　昭和62年2月）、村瀬憲夫注30前掲論文

（33）長谷川厚子「伊勢物語八七段の一つの解釈—海神の影をよむ試み—」（「中古文学論攷」十巻九号　平成元年12月）では、布引の滝を巡る伊勢物語八十七段前半（『古今集』雑歌922・923との関連）八十七段後半の検討を通して、海神との結び付きを考えている。『万葉集』巻三・388の「海神は　くすしきものか…明石の門ゆは夕されば潮を満たしめ　明けされば　潮を干れしむ……」、『竹取物語』で龍王の頸の玉を取りにいった大伴御行大納言

が暴風に打ち上げられたのは明石の浜であったこと、『源氏物語』の明石一族と龍王のイメージをも考慮され、その海域に流出する川の上にある布引の滝との関連を説かれる。

（34）高崎正秀「禊ぎ文学の展開―源氏物語の底流として―」（「国語と国文学」二八巻一号　昭和26年11月）、石原昭平「貴種流離譚の展開」（「文学・語学」一〇五号　昭和60年5月）、三谷栄一「長編と貴種流離譚」（『物語史の研究』有精堂　昭和42年所収）

（35）山根徳太郎「難波の朝廷と住吉大社」（『難波宮趾の研究』六　―昭和45年）

（36）拙稿「古今和歌集雑歌上巻頭歌小考」（「研究と資料」二七輯平成4年7月）、第一章第一節参照のこと。この稿では、巻頭歌が前部立の哀傷歌の「露」を受けつつも、「恵み露」を象徴させた歌で、勅撰集である『古今集』に相応しい雑歌の巻頭歌であったと述べた。また、伊勢物語五十九段との関連では、男の病死を語ることとはかない命の象徴の「露」が合致し、天の河の霊妙な露の恩恵により蘇生したという内容から「恵み露」の意味も確認できると述べた。

（37）59段の遁世希求歌「住みわびぬ今はかぎりと山里に身をかくすべき宿求めてむ」は『後撰集』雑一1083に業平歌として見える。但し、四句目が「つま木こるべき」となっている。後撰集歌の改変だろうが、内容は『古今集』雑歌下の遁世歌と同質。

（38）片桐洋一『伊勢物語の研究』（明治書院　昭和43年）・同『伊勢物語の新研究』（明治書院　昭和62年9月）

第六節　雑歌上巻末屏風関連歌について

一　はじめに

本節では、雑歌上巻末三首の屏風関連歌の意義を確認しておきたい。当該歌三首は次のような歌である。

田むら御時に、女房のさぶらひにて御屏風のゑ御覧じけるに、たきおちたりける所おもしろし、これを題にてうたよめとさぶらふ人におほせられければよめる

三条の町

おもひせく心の内のたきなれやおつとは見れどおとのきこえぬ　(930)

屏風のゑなる花をよめる

つらゆき

さきそめし時よりのちはうちはへて世は春なれや色のつねなる　(931)

屏風のゑによみあはせてかきける

かりてほす山田のいねのこきたれてなきこそわたれ秋のうければ　坂上これのり　（932）

各歌は古今集における屏風絵を題にした歌及び屏風歌の方向から従来より検討されてきているが、雑歌の観点からはその雑纂性を如実に示す歌として受け取られがちであった。(1)

確かに袍をはじめとした服飾・下賜関連の宴喜的な歌群から月・老・水の歌群が展開された後に、屏風関連歌が置かれていることには唐突の感を免れえない。しかし、前節までで確認した月・老・水の歌群配列の基盤となった再生・復活・不死の思想を考えた場合、屏風関連歌が巻末に位置する必然性もあったと思われる。それは、絵画と文学を通しての芸術の永遠性への希求であり、また一般に現世の無常観を詠じたと言われる下巻巻頭歌との対比の上から配されていることも確認できる。本節ではこの点について言及しておくこととする。

二　屏風関連歌が雑歌に収載された要因

先ず、雑歌に屏風関連歌が収載された要因について考えてみよう。『古今集』中には詞書から屏風絵を題にした歌と判断できる歌は、930・931番歌以外に四首（秋下293素性、294業平、305躬恒、賀351興風）あり、屏風に書きつけた屏風歌は932番歌以外に十首（賀352貫之、353・354素性、357素性、358躬恒、359友則、360躬恒、361忠岑、362是則、363貫之）(2)ある。したがって雑歌に集められた屏風関連歌は結局各部立に配属できなかった残りの歌という消極的理由から捉えることもできる。

しかし一方、先行勅撰漢詩集に目を向けると、唐絵屏風の題画詩として注目される『経国集』の「青山歌」「清涼殿画壁山水歌」は「雑詠」に収められていた(3)。また、蔵中しのぶ氏(4)がこの『経国集』の題画詩の嚆矢として位置づけられたところの『文華秀麗集』巻下の「冷然院各賦二一物一、得二澗底松一。」「冷然院各賦二一物一、得二曝布水一。」「冷然院各賦二一物一、得二水中影一。」の三詩も「雑詠」に収められている。それらのことを考えると、こうした勅撰漢詩集の先例から、『古今集』雑の部に屏風関連歌を入集することには抵抗がなかったものと思われる。また、三条の町の930番歌に限ってみても、諸氏(5)が指摘するように『経国集』「清涼殿画壁山水歌」の「嶺上流泉聴無レ響。潺湲触レ石落二渓隈一」を踏まえ、実物と画の相違を自身の心情と合わせて詠んだ先駆的表現をもつ歌であるから、他部立に分類できないこの歌が雑歌に収載されてくるのは当然であったと言えよう。否、むしろ、撰者達が勅撰漢詩集の先例を考慮し、唐絵に対する大和絵、題画詩に対する屏風絵題の歌及び屏風歌の生成の歴史を意識した場合、これら屏風絵関連の歌は、最初の勅撰和歌集の雑部に是非とも構成すべき歌群だったということも言えそうである。

三　滝の歌群から九三〇番歌への連続性の意味

ところで、このような唐絵・漢詩に拮抗しようとする意識は、雑歌の屏風関連歌が滝の歌群（水の歌群910〜929番歌のうち922番歌以降が滝の歌群）の直後に置かれていることにも示されていると言える。宮中や貴族の宅邸(6)の日常的調度品として用いられた十世紀初頭までの唐絵山水屏風の中には瀑布図が多数組み込まれていたことは容易に想像される。そうした唐絵山水図は漢風賛美時代から道真・長谷雄に至るまでの漢詩世界の老壮神仙思想への情調的傾向と相俟って享受された。一方、実景としての瀑布も神泉苑・冷然院行幸における漢詩中に詠まれ、時には、

巫山高且峻　　巫山高く且峻《さが》し、
瞻望幾　　　　瞻望すれば幾そたる。
積翠臨蒼海　　積翠蒼海に臨む、
飛泉落紫霄　　飛泉紫霄より落つ。
陰雲朝晻曖　　陰雲朝に晻曖《あんあい》たり、
宿雨夕飆飆　　宿雨夕に飆飆《へうえう》たり。
別有曉猿叫　　別に曉猿の叫ぶこと有り、
寒聲古木條　　寒聲古木の條《えだ》に。（『経国集』22「楽府」三品有智子公主「五言。奉レ和二巫山高一一首」）

と詠まれている。また、「梵門」部の嵯峨御製、

瀑布一辺一山寺　　瀑布の一辺一山寺、
高車訪道遠追尋　　高車道を訪ひ遠く追尋す。
空堂望崖銀河発　　空堂崖を望めば銀河発《おこ》る、
古殿看渓白虹臨　　古殿渓を看れば白虹臨む。（51「和下良将軍題二瀑布下蘭若一簡二清大夫一之作上」）

と詠まれるほか、雲林院行幸における道真の詩句、

青苔地有心中色　　青苔の地に心中色有り
瀑布泉遺耳下聲　　瀑布泉に耳下聲を遺す
猶恨春遊無御製　　猶し恨むらくは春遊に御製無かりしこと
僧房筆硯旧煙生　　僧房の筆硯旧煙生ず

（『菅家文草』巻六432「行幸後朝、憶二雲林院勝趣一、戯呈二吏部紀侍郎一」）

や、瀑布を観て詠んだ、

銀河倒瀉落長空　　銀河倒《さかさま》に瀉《そそ》きて長空より落つ
恰似霜紈颺晩風　　恰も霜なす紈《しらぎぬ》の晩《ゆふべ》の風に颺《あが》るに似たり
清濺寒声図不得　　清らに濺《そそ》く寒ゆる声は図すことを得ず
将聞二十八言中　　聞かんとす　二十八言の中(7)

（『菅家文草』巻三233「観二曝布水一」）

のように、遊覧・御幸の際に詠まれている。

これに対し和歌においては、深山悠久たる瀑布見学そのものを目的とした遊覧として行平・業平の布引の滝（922・923）の詠歌があり、それは『古今集』雑歌の滝の歌群の冒頭に据えられ、また、『伊勢物語』七十八段にも組み込まれている。また承均法師の吉野の滝（924）・神退法師の清滝（925）・伊勢の竜門（926）・忠岑や躬恒の音羽の滝（928・929）など『古今集』雑歌上の滝の歌群は、漢詩世界からヒントを得た様々な見立てを生み出した和歌を配列して、唐絵と漢詩の神仙的世界から和歌による和風化の妙を表したと言えよう。

このように滝の歌群は、漢詩から和歌文学生成への歴史的過程を少なからず意識して編まれたものと思われる。そして、これまた唐絵山水屏風から大和絵山水屏風への過渡期に当たる文徳朝における瀑布図を題とした930番歌を滝の歌群の次に置いたことも、そのような和歌文学の生成の過程を屏風関連歌において認識した上で行ったものであったと言うことができる。

四　九三〇・九三一番歌――絵画の恒常性

三条の町の930番歌のモチーフの基盤は、『経国集』「清涼殿画壁山水歌」嵯峨御製中の「嶺上流泉聴無レ響」で、昔の嵯峨帝ならぬ文徳帝の題詠を求める趣向に和するがごとく実物と画の相違を自身の心情に取り入れて詠ったものであった。また、931番歌も新日本古典文学大系『古今和歌集』[8]の脚注にある「清涼殿画壁山水歌」の嵯峨御製「画勝二真花一咲冬春一。四時常悦世人間」や渡辺秀夫氏[9]が指摘されるように菅原清公の「雑花冬不レ殫、積雪夏猶残（奉レ和二清涼殿画壁山水歌一）」を踏まえて絵画の不変性が詠まれており、930・931番歌の配列自体も「清涼殿画壁山水歌」の典拠部分の順序に則っていることに注意したい。

931番歌はもとより春部には分類できない歌である。『貫之集』でも巻九の巻頭に収められているが、このことは逆にこの歌が絵画の永遠性・不変性を讃えた歌として捉えられ、屏風歌作家としての貫之の面目躍如たる歌として高く評価されたことを意味しているのではあるまいか。

ところで、このような実物と絵画の相違や絵画の永遠性・不変性への着眼は、「清涼殿画壁山水画」の典拠が示すようにもとより漢詩世界の産物であった。安藤太郎氏[10]は、中国初期の題画詩の中では杜甫の詩などに絵と実物の相違に詩境を求めるものがあるとされ、本朝では先の「清涼殿画壁山水画」の他に、これに和して奉っ

た菅原清公・都腹赤の詩句、

繞レ棟軽雲未二曾出一、窺レ窓狎鳥経レ年止　(清公)
玄鶴雲中飛不レ去、白鷗水上浴猶乾　(腹赤)
羽客吹レ笙無二韻調一、幽人傾レ爵未二曾酺一　(腹赤)
人間気序幾廻転、壁上風光無二明年一　(腹赤)

や『田氏家集』「秋日諸客会飲、賦二屏風一物一得レ舟」の中の「風吹二鷁首一怪二帆留一」をあげ、画の中の事物の不変性を実際と比較している例としている。また、小西甚一氏(11)が指摘され、竹岡正夫氏『全評釈』(12)や渡辺秀夫氏(13)が引かれるように、『文鏡秘府論』の「即仮作二屏風詩《ノニ》一曰《ク》、緑葉霜中夏、紅花《ノ》雪裏《ノ》春、去馬不レ移《サ》レ迹《ヲ》、来車豈《ニ》動《カサムヤ》レ輪。唐《ノ》呉融《ガ》画山水《ノ》歌《ニ》云《ク》、経《ル》レ年《ヲ》胡蝶飛《テ》不レ去《ヲ》、累《ヌル》レ歳《ヲ》桃花結《テ》不レ成《ラ》。」や『菅家文草』第五「屏風詩云人馬無二来去一、煙霞不二始終一。」なども絵画の不変性をいったものとして挙げられる。

930・931番歌は明らかにこれら漢詩の影響を受けて詠まれたものであり、詠歌内容からして四季や賀部に収まりきれない屏風関係歌だったから雑歌に組み込まれたものと言える。しかし、単にそれだけの理由で絵画の恒常性・不変性を表した歌が雑歌巻末歌群に据えられたのではなかったようである。

五　月・老・水の歌群と絵画芸術論と

ここで注目したいのは、こうした絵画の恒常性・不変性は、月・老・水の歌群配列のバックに流れる再生・

復活・不死の理念に少なからず通じているということである。滝の歌群の末尾の音羽の滝を詠んだ躬恒の歌に、

風ふけど所もさらぬ白雲はよをへておつる水にぞ有りける　（929）

というのがあるが、この歌は風が吹いても不動の滝を白雲に見立てつつ、不変なる音羽の滝の水流を詠んだもので、再生・復活・不死を暗示する月・老・水の歌群配列の最後の歌として相応しい歌だと言える。実景の滝を視覚から捉えたのが、この929番歌であるのに対し、930番歌は実景を描写した不変なる画中の滝を聴覚にまで敷衍して、無音なのは心の裡の滝だからなのだと詠い、931番歌の画中の花の不変性を導くことになる。

このように再生・復活・不死から不変へと理念レベルでの連続相と具体的な歌語レベルとが相俟って展開されていくのであるが、それにしても雑歌巻末歌群に絵画の永遠性を文学で掬い取ったような歌を置いたのは何故なのだろうか。そこには雑歌に残ってきた屏風関連歌が、たまたまそのような趣向をもった歌だったという単なる偶然の結果としてだけでは捉えられない文学と絵画の出会いがあったものと思われる。

文学には『詩経』をはじめとした文学論があるように、絵画にもその効用や芸術的価値を論じた絵画論なるものがあり、勅撰集を編む場合にもある程度それが作用していたのではないかと想像されるのである。

当時絵画論なるものがどのくらい意識されていたかは、『日本国見在書目録』にもそれらしき書名が見当たらないので何とも言えないが、唐の張彦遠の『歴代名画記』十巻は有力であると言える。成立年は不明だが、長慶元年（八二一）頃、張彦遠が未だ幼少だったという記録があるので『歴代名画記』も九世紀後半には成立していたと思われる。その巻一「画の源流を叙ぶ」の冒頭には、(14)

夫れ画なるものは、教化を成し、人倫を助け、神変を窮め、幽微を測り、六籍と功を同じくし、四時と

並び運《めぐ》る。天然を発す、述作に繇《よ》るに非ず。（絵画は教化を成し、人倫を助け、『易経』『書経』『詩経』『礼記』『楽記』『春秋』の儒教経典と同じような功用があり、人智の述作によるものではなく、自然から発したものである。）

と、絵画芸術に対する基本的思想を打ち出している。また「図画なるものは有国の鴻宝・理乱の紀剛なり（図画は君主の至宝、治乱の根本である）」とあり、唐の憲宗の言として、

　朕は朝を視る余《いとま》を以つて、以つて寓目するを得たり。因つて知る、丹青の妙は造化の功に合するもの有るを。（朕は、政務終わりし後、これらを眺める余暇を得て、それをよすがに、絵画のすばらしさには造化の功用にも等しい働きが内在することを悟るであろう。）

と、天子自らが絵画の効用を讃えている。さらに山水については、

　嘗て自ら『画山水序』を為りて曰く、「聖人は道を含み物を暎《てら》す。賢者は懐を澄ませて像を味はふ。山水に至りては質は有、趣は霊なり。（中略）それ聖人は神を以つて道に法《のっと》り、而して賢者は通ず。山水は形を以つて道に媚び、而して仁者は楽しむ。また幾からずや。（かつて自ら『山水を画くの序』を作って次のごとくいう。「聖人は道を身につけて外物を照らし、賢人は心を澄ませて万象を賞味するが、山水の場合それは形而下の存在であるが、霊妙な精神性をそなえている。〈中略〉いったい聖人は霊妙な精神によって、道を規範化して、賢人がその法則を明らかにするが、山水は具体的な形で以って、道を芸術化すると、仁者がその美を楽しんでゆくのだ。これこそ理想的といっていいのではないか。」）

と山水画の理念を述べている。

『歴代名画記』が当時渡来し、読まれていたという確証はない。しかしこの書に限らずこうした絵画芸術論が多数の唐絵山水画とともに輸入されてきた可能性は高い。漢風賛美時代を経て、国風化の気運の中で『古今集』が勅撰集として編まれたのだが、もとより勅撰漢詩集には唐絵を詠んだ詩があった。従って、勅撰和歌集

にも、それに対応する大和絵を題材にした和歌、または大和絵に書かれた内容を詠んだ和歌を収載する必要があったと思われる。

こうした意識があればこそ、再生復活の普遍なるものへの希求として月・老・水の歌群を配列した後に、絵画の恒常性・不変性を讃えた和歌を据え、今、まさに発展しつつある大和絵屏風及び屏風歌の世界を雑歌上巻末に歌群として設定したのではないかと考えられるのである。

六　巻末九三二番歌の意義

さて、930・931番歌が屏風絵を題にした歌であるのに対し、実際屏風に書きつけた所謂屏風歌である巻末932番歌の意義を考えてみなければならない。931番歌は人の心を春の喜びに満たす画中の花の恒常性とその効用を詠った祝儀的な和歌であるが、932番歌は秋の憂慮を詠んだ歌[15]で、この二首が対比的な構成になっていることはすぐに分かる。

一方、詞書の「詠み合わせて書きける」の「詠み合わせて」の解釈には諸説がある。新日本古典文学大系『古今和歌集』の「絵に合わせて歌を詠んで」は無難な訳ではあるが、結局のところ「合わせて」をどのように解釈するかが問題となる。例えば詠者の心情を焦点にするならば、『打聴』の「絵に合わせておのが情をいふ也」という解釈や『打聴』を受けた竹岡正夫『全評釈』の「屏風の絵――おそらく山田の稲刈、稲こきのわびしい光景の絵であろう――の光景又はそのムードに合わせて、作者自信の述懐の歌」という解釈になる。

また、絵に焦点を絞って高野晴代氏[16]は「画材にかなり沿った詠みぶり」すなわち「絵をかなり復元できる詠みぶりであって、撰者もそれを認めるからこそ、雑歌の屏風の部分に位置させているのではなかろうか。」と述べられている。932番歌はこれも高野氏が指摘されるように秋歌上の「悲愁」や秋歌下の「秋田」に配列してもよいような内容の歌である。よって、『打聴』や高野氏の見解を折衷して、画材に沿って詠まれた述懐歌と捉えたいところである。

このような秋部にも収載可能な屏風の述懐歌を雑歌上巻末に置いたのは、下巻巻頭「世中はなにかつねなるあすかがはきのふのふちぞけふはせになる」との関連からではなかったろうか。すなわち931・932番歌において春秋対比をし、絵画・芸術・文学における普遍性を歌った後、巻を改めて、果てしなく変わり続ける世の無常を見事に対比させたのが雑歌下巻の巻頭歌だったと考えられるのである。

以上のように一見雑歌の雑纂性を示しているかに見える屏風関連歌群は、漢詩に拮抗した和歌文学の生成を認識した上で配されていると言える。そしてその理念は絵画の不変性・恒常性・永遠性といった普遍なる芸術への希求において、再生・復活・不死を暗示する月・老・水の歌群に相通じ、さらに下巻巻頭の現世の無常を詠んだ歌との対比においても、かなり意識的に構成されたものであったと考えられるのである。

注

（1）松田武夫『古今和歌集の構造に関する研究』では、この屏風関連歌群を水の歌群の中に一括してしまっている。これに対し、菊地靖彦（「『古今集』雑歌論」『講座平安文学論究　2』風間書房　昭和60年3月所収）は、松田説を批判し、「雑歌」という部立そのものが元来雑纂であるとするならば、屏風関連歌三首は水の歌群に入れる必要はないとする。

（2）屏風に書きつけたのが素性法師であったため、357番歌～363番歌の作者名が表記されていないが、『古今集』の伝本や私家集を見ると、作者名が分かる。平沢竜介『王朝文学の始発』（笠間書院　平成21年2月）に詳しい。

（3）小島憲之（『上代日本文学と中国文学　下』昭和40年9月　塙書房）は、「この「清涼殿画壁山水歌」は、中国文学的空想を描きながら、この山水壁画を鑑賞した風がみられ、この絵画と文学との交流は、唐詩人の模倣とは云へ、そこにわが絵画史の上に及ぼした詩文学の大きな役割が考へられる」と言われる。

（4）蔵中しのぶ「題画詩の発生—嵯峨天皇正倉院御物屏風沽却と「天台山」の文学—」（『国語と国文学』六五巻一二号　昭和63年12月）

（5）渡辺秀夫『平安朝文学と漢文世界』（勉誠社　平成3年3月）、新日本古典文学大系『古今和歌集』（岩波書店　平成元年2月）。

（6）秋山光和『本朝世俗画の研究』では、文徳朝の930番歌の滝の絵は、日本の風景として描かれていたのではないかとする。いずれにしても、唐絵のなごりのある絵であろう。

（7）「清濺寒声図不得」の傍点部分（滝の落下する清い寒げなひびきは、図画に描き写すことはできない）に見るように道真によっても瀑布図と音の関係が捉えられている。

（8）小島憲之・新井栄蔵校注　新日本古典文学大系『古今和歌集』（岩波書店　平成元年2月）

（9）注5渡辺前掲書の「古今集歌にみる漢詩文的表現」に詳しい。

（10）安藤太郎「題画詩と屏風歌—平安初期の屏風歌の一考察—」（「東京成徳短期大学紀要」一一号　昭53年4月）

（11）小西甚一「古今集的表現の成立」（日本文学研究資料叢書『古今和歌集』有精堂　昭和51年所収）

（12）竹岡正夫『古今和歌集全評釈』（右文書院　昭和51年11月）

（13）注5の渡辺氏前掲書。

（14）平凡社東洋文庫『歴代名画記』1・2長廣敏雄氏訳注による。但し、訓読文の促音は旧仮名遣いに改めた。

（15）竹岡正夫『古今和歌集全評釈』（右文書院　昭和51年11月）による。

（16）高野晴代「大和絵屏風と歌材の開拓」（「国文学」四〇巻一〇号　平成7年3月）

第一章まとめ　雑歌上の構成と生成要因

ここで、これまで述べてきた第一節から第六節を基に、「雑歌上」の歌群構成と生成要因について纏めておくこととする。

雑歌上の歌群は、『古今集』の勅撰性を基調にし、袍をはじめとした服飾、所縁への慈愛、昇叙祝賀、参詣、節会、享楽、夜の衣など、その背後に服飾関連や下賜や宴の背景のある歌群（863～876）を初めに配列し、次に月の歌群（877～885）で聖政の喩としての月の運行を表し、さらに再生・復活の思想を背景にした月に続く老（886～909）・水の歌群（910～929）を配し、最後に、和歌と絵画の普遍性を提示する屏風関係歌群（930～932）を置いて構成されていると言える。

それぞれの歌群内の配列は主題・語句・歌材のみならず、時にはその歌の成立の背景・人事的関係等によって配列の妙が考慮されている。これらの歌群構成を概観すると、「水」と「月」の歌群を、その歌群として成立する基盤を「自然」と捉えたならば、おおよそ次のような構成になると思われる。

人事（袍をはじめとした服飾・所縁への慈愛・昇叙祝歌・参詣・節会・享楽・夜の衣）
自然（月）―天
人事（老）

自然（水）―地

抽象（屏風絵関連歌―芸術の普遍性）

この歌群構成は、皇恩や賜物を頂き、聖政を称え、再生・復活の思想に憧れつつ普遍性を希求する律令官人たちの理想的な心の有り様を表現したものであったとも言えよう。そしてそれは、「無常」の世の中や官人の私的な嘆訴を詠んだ歌々を集めた下巻とも対比させていたと言え、『古今集』独自の高い文芸性を読み取ることができる。

第二章　雑歌下の生成

本章では、雑歌下の生成において検討すべき歌や歌群について、その生成要因や様相を考察し、雑歌下の構成について述べることにする。

第一節「世の中」歌群の生成について

一　はじめに

『古今集』には、「世」や「世の中」が詠み込まれた歌が多いことはよく知られている。「世」「世の中」は、狭義の意味で男女の仲を指すが、ここでは「世間」「現世」「人生」などの意で用いられたものを対象とする。若干の例歌を挙げてみても、

なぎさの院にてさくらを見てよめる　　在原業平朝臣

世中にたえてさくらのなかりせば春の心はのどけからまし　（53春上）

題しらず　　小野　小町

花の色はうつりにけりないたづらにわが身世にふるながめせしまに　（113春下）

あひしれりける人の身まかりにければよめる　　紀つらゆき

夢とこそいふべかりけれ世中にうつつある物と思ひけるかな　（834哀傷）

などのように人口に膾炙された歌が多い。これらの歌の思想を、窪田空穂は(1)「時の推移」と指摘し、吉川幸次郎(2)は「推移の悲哀」、野村精一氏は「絶望の美学(3)」などと指摘したように、古今集歌の特質の一端を担っていることは確かである。

こうした中で、巻第十八雑歌下の巻頭から二十八首は、新日本古典文学大系『古今和歌集(4)』が脚注で示すように、「世の中」を詠んだ歌を歌群として提示した部分であると言える。

一般に雑歌下は「無常」「失意逆境(5)」などと総称されており、世の中・流罪・蟄居・解任・沈淪・友情・信頼・宿・漂泊・故事・国史関連歌・詠進（献上の歌）などに関する歌々が収められているが、そもそもその巻

の初めに「世の中」詠が歌群として設定されたのは何故なのだろうか。

従来、この歌群中の歌は、『万葉集』以来の無常歌の系譜を辿る例歌として取り上げられたり、律令体制解体期における精神史的背景と文学との関わりという大枠の中で捉えられたり、また後世の歌や物語、特に『源氏物語』への影響などが論議されたりしてきた。(6) しかし、雑歌の部立の中での、編纂レベルでの歌群の意義が必ずしも明らかにされていたわけではなかった。そこで、本節では、最初の勅撰和歌集である『古今集』において、雑歌下の部立の巻頭に「世の中」歌群が生成されてくる要因について考察を加えておきたい。

二 「世の中」歌群二十八首の雑歌における位置

まず、「世の中」歌群の歌々の概要と特質を摑み、雑歌上とも関連させて、その「雑歌」における位置を確認しておこう。紙数を割くが次に二十八首をあげる。

題しらず　　　　よみ人しらず

933 世中はなにかつねなるあすかがはきのふのふちぞけふはせになる

934 いく世しもあらじわが身をなぞもかくあまのかるもに思ひみだるる

935 雁のくる峰の朝霧はれずのみ思ひつきせぬ世中のうさ小野たかむらの朝臣

936 しかりとてそむかれなくに事しあればまづなげかれぬあなう世中

かひのかみに侍りける時、京へまかりのぼりける人につかはしける

おののさだき

937宮こ人いかがととはば山たかみはれぬくもゐにわぶとこたへよ

文屋のやすひでみかはのぞうになりて、あがた見にはえいでたたじやといひやれりける返事によめる

小野　小町

938わびぬれば身をうき草のねをたえてさそふ水あらばいなむとぞ思ふ

題しらず

939あはれてふ事こそうたて世中を思ひはなれぬほだしなりけれ

よみ人しらず

940あはれてふ事のはごとにおくつゆは昔をこふる涙なりけり

941世中のうきもつらきもつげなくにまづしる物はなみだなりけり

942世中は夢かうつつかうつつとも夢ともしらず有りてなければ

943よのなかにいづらわが身のありてなしあはれとやいはむあなうとやいはむ

944山里は物の憯慄《わびし》き事こそあれ世のうきよりはすみよかりけり

これたかのみこ

945白雲のたえずたなびく岑にだにすめばすみぬる世にこそ有りけれ

ふるのいまみち

946しりにけむききてもいとへ世中は浪のさわぎに風ぞしくめる

947いづこにか世をばいとはむ心こそのにも山にもまどふべらなれ
そせい
948世中は昔よりやはうかりけむわが身ひとつのためになれるか
よみ人しらず
949世中をいとふ山べの草木とやあなうの花の色にいでにけむ
950みよしのの山のあなたにやどもがな世のうき時のかくれがにせむ
951世にふればうさこそまされみよしののいはのかけみちふみならしてむ
952いかならむ巌の中にすまばかは世のうき事のきこえこざらむ
953葦引の山のまにまにかくれなむうき世中はあるかひもなし
954世中のうけくにあきぬ奥山のこのはにふれる雪やけなまし
おなじもじなきうた
もののべのよしな
955よのうきめ見えぬ山ぢへいらむにはおもふ人こそほだしなりけれ
山のほうしのもとへつかはしける
凡河内みつね
956世をすてて山にいる人山にても猶うき時はいづちゆくらむ
物思ひける時いときなきこを見てよめる
957今更になにおひいづらむ竹のこのうきふししげき世とはしらずや
題しらず

よみ人しらず

958世にふれば事のはしげきくれ竹のうきふしごとに鶯ぞなく

959木にもあらず草にもあらぬ竹のよのはしにわが身はなりぬべらなり

ある人のいはく、高津のみこの歌なり

960わが身からうき世中となづけつつ人のためさへかなしかるらむ

以上を見てみると、「世」が十二首、「世の中」が十三首、「世」「世の中」が詠み込まれていないもの三首(937・938・940)となる。この三首は、後述するように「わぶ」と「あはれ」をキーワードとした四首中の歌で、その内容を見ても「世の中」歌群から外れるものではない。

「世」と「世の中」についてては、片桐洋一氏(7)は、「世」は「自分の置かれている情況」を言っている場合が多く、「世の中」は、「この人生において」の意であって、「自己を中心に範囲を限定するのではなく、むしろ外枠から限定している」と述べられる。また、笹川博司氏(8)は、片桐氏の説を受けて、「世」は自分が置かれている状況を言っている場合が多いが故に、自分一人の判断で、世を捨てたり背いたりすることがありえるのに対し、「世の中」は、「思うようにならず、逆に、そこには生きている人間が『世の中』から捨てられたり、背かれたりする場合も多いと言えるかもしれない」と言われる。いずれも首肯できる見解である。

「世」と「世の中」を折りまぜたこの「世の中」歌群は、ともかく個別の主観が捉えた「世」と大方の見解として概念化できる「世の中(というもの)」とを詠んだ歌を歌群として表出させたものであったと言える。また、笹川氏(9)が既に指摘されているように、『万葉集』では、「世」が「常無し」「憂し」「空し」「術無し」「つらし」などと様々に捉えられていたのに対し、『古今集』では、専ら「憂し」で表現されており、当該歌群においても十七首が数えられる。

さて、巻頭歌からこの二十八首を配列に従って見てみよう。

933番歌は、「世の中は」という命題に対して、「一定不変のものではなく、無常である」という観念を具象によって提示した歌である。次の934は、その常無きものの第一として人の命を挙げ、短い命であるのに何故に心は思い乱れるのかと、無常を悟り超越できぬ人の心に対象を当てる。そしてさらに、思いが晴れないほどの世の中の憂さを（935）いい、また、そうかと言って背けないのに嘆いてしまうのが世の中なのだ（936）と言うように、悟りの心域にまで達せない人間にとっては、悲嘆せざるを得ない「憂き世の中」を提示している。

次の937〜941はキーワードで纏められた一連である。937・938は「わぶ」をキーワードに都と鄙を対比的関係において提示し、939・940は「あはれ」をキーワードに、割り切ろうとしても割り切れない絆《ほだし》（939）[10]と、逆に割り切れずに恋ふる心の象徴としての涙を詠じ（940）、941ではその涙が世の中の痛苦の象徴であることを念押しする。

また、942では、存在しているように見えても存在していない「世の中」を提示し、943は同様にあってなきに等しいわが身に対する切なさを「あはれ」「憂」で表現している。944・945は、現世に存在する身の置き処として山里（944）や山岳（945）を志向した歌。946〜949では、追い打ちをかける世の非常を波と風で表現し（946）、現実の身をそのような世から遠避けてもさらに迷う心を「野や山に迷う」（947）と述べ、再び世の仕打ちへの憂さ（948）と遁世してもなお憂い心（949）を述べている。つまり、非情な世を避け、遁世しても平安が得られるのかという疑問をリフレインしていることになる。

次の950〜958は、948の「憂」を詠み継いでいる。そのうち950〜954は遁世願望を、なかでも953、954は世の中での存在意義を見失い、消え入りたいほどの絶望感を歌った歌である。次の955〜960には、このような遁世願望が頂点に達した後、再び現実的に詠まれた歌を配している。すなわち955では遁世を躊躇う原因の絆を、956では遁世してもさらに憂い時はどうすればよいかを、957は憂き世に成長する子供への同情を、958は噂繁き世への辛さ、959は遁世もできず、さりとて世を肯定できぬ半端者の心情を、そして最終の960には、憂き世の中と自覚しつつ人の不幸をも悲しむことのできる誠実な人間の心情を詠んだ歌を置き、迷いながら嘆訴する人間性を肯定的に受け止めていると言えよう。

以上のように雑歌下の「世の中」歌群二十八首は、巻頭に無常の世を提示し、しかしその無常を悟り、超越する心にまで達せぬ人間的感情を様々なアプローチの仕方で綴った歌々であったと言え、ここには撰者達の編纂意識が強く働いていたと考えられる。「世の中」歌群以下の流罪・蟄居・解任・沈淪などの歌群が、具体的な場における嘆訴の歌々をベースにしているのに対し、「世の中」歌群は、「世の中」という命題に対する様々な角度からの把握であり、雑歌下の全体の内容からしても、総括的歌群と言うことができる。

ところで、雑歌上は、律令政治の規範となる袍をはじめとした服飾関連・所縁への慈愛・昇叙祝賀・参詣・節会・下賜などに関する歌群(11)、聖政の喩としての月の歌群から嘆老を経て、再生・復活の思想を暗示する月・老・水の歌群、芸術の普遍性を希求する屏風関連歌群(12)の順序で配列されており、律令官人の理想的な心の有り様を示した歌を集めた巻であった(13)。

下巻はこうした上巻に拮抗する形で、官人の嘆訴の種々相を詠じた歌々を集めた巻であると言える。殊に現世の無常をテーマにした下巻巻頭933番歌は、芸術の普遍なることを希求した雑歌上巻末屏風関連歌群と意識的に対峙させて配列したものであったと考えられ、以下の「世の中」詠の総括であると言える。すなわち、「世の中」歌群は、雑歌下に集められた歌々の総括としても、また、上巻との対比の上でも下巻の歌群の初めに位置付けられたと考えられるのである。

三　先行漢詩文における「世」・「世の中」

さて、『古今集』ではなぜこのような「世の中」詠が、歌群として構成されたのだろうか。この問題の考察に当たっては、まず、古今集歌の成立に多大な影響を及ぼした先行漢詩文において、「世」「世の中」がどのように扱われていたかを無常感（観）の表出をも合わせて押さえておく必要がある。

和語「世の中」に対する漢語は「世間」である。「世間」はもともと仏教語で、①壊れゆくもの。②特に山河大地など自然環境としての器世間。③俗世界。④世間一般の人（『岩波仏教語辞典』）の意である。

奈良朝の『懐風藻』には、吉野宮や比叡が俗塵から隔絶された静寂の地として尊ばれ、神仙的情緒で詠じられはするが、厭世観や遁世を希求する悲嘆とは異なる。すなわち奈良朝の知識人たちの漢詩文には、老荘神仙思想は投影されるものの、仏教的無常観の影は落とされていないと言える。(14) これは同時代の『万葉集』に無常や世の中の不条理を嘆く歌が散見しているのと対照的である。

平安勅撰漢詩集のうち『文華秀麗集』では、俗世間の意で「世」が用いられている例が四例あるのみであるが、『凌雲集』には、

禪関近日消息断
京邑如今花柳寛
菩薩莫嫌此軽贈
為救施者世間難

禪関近日消息断ゆ、
京邑如今《いまし》花柳寛《ゆた》けし。
菩薩嫌ふことなかれ此の軽贈を、
為めに救へ施者世間の難を。

（24「贈綿寄空法師」）

という嵯峨御製の詩句や、

空手飢方至　　空手飢方《まさ》に到らむとす、
低頭日已昏　　低頭日已に昏れぬ。
世途如此苦　　世途此の如く苦し、
何処遇春恩　　何れの処にか春恩に遇はむ。

（55従五位上行大外記兼因幡介上毛野朝臣穎人一首「春日帰田直疏」）

のように世間の苦難を前提にした詩が見える。また、『経国集』では、「梵門」部に、

孤峰仰與白雲同　　孤峰仰げば白雲と同じ、
到暁深寒満院風　　暁に到りて深く寒し満院の風。
雁影吹来古塔上　　雁影吹き来る古塔の上、
泉聲纔定近渓中　　泉聲纔《わづか》に定まる近渓の中《うち》。
侵窓老樹雖鳴葉　　窓を侵す老樹葉を鳴らすと雖も、
閑戸紗燈猶護虫　　戸を閉《さ》す紗燈《さとう》猶し虫を護る。
百藾相和山更静　　百藾相和し山更に静けし、
禪心彌観世間空　　禪心彌観ず世間の空しきことを。

（74滋貞主「和㆓光禪師山房暁風㆒一首。」）

とあり、俗界を隔てた清浄な山寺で、仏道三昧の境地で観ぜられた「世間空」が詠まれる。梵門詩は、平安初期山岳仏教の隆盛の中で、天皇及び宮廷漢詩人たちに流行した主に寺院や高僧を称讃する詩である。(15) この滋野貞主の詩も高僧光禅師の仏道修行に感嘆し、「世間空」の体得者としての禅師を称えている詩である。梵門詩にはその性質上世間を嘆ずる詩は見られないが、『経国集』「雑詠」部には、

遁世雲山裏　　遁世す雲山の裏、
秋深掩弊廬　　秋深くして弊廬掩ふ。
渓厨乍酌濁　　渓厨乍いは濁を酌む、
野院且焚枯　　野院且枯を焚く。
詠興逍遙事　　詠興逍遙の事、
琴聲語笑餘　　琴聲語笑の餘。
欣将軒冕客　　欣ぶらくは軒冕の客と、
倶酔晩林虚　　倶に酔ふ晩林虚しきに。

（143太上天皇「和良納言秋山閑飲。一首」）

という秋山に遁世して酒を飲む中納言良岑安世の詩に和した嵯峨上皇の詩がある他、

欲眠不眠坐除夜　　眠らむとして眠られず除夜に坐す、
雲天此夜秀芳春　　雲天此の夜芳春に秀づ。

啓祥孤燭迎献節　　啓祥の孤燭献節を迎ふ、
遁世詩情放隠淪　　遁世の詩情隠淪を放《ほしきまま》にす。
山雪暮光寒気盡　　山雪暮光寒気盡く、
庭梅暁色暖煙新　　庭梅暁色暖煙新し。
生涯已見流年促　　生涯已に見る流年の促《せま》ることを、
形影相随一老身　　形影相随ふ一老身。
（168太上天皇「除夜一首。」）

のように、嵯峨上皇が除夜に眠られず、遁世の詩情に浸っているうちに歳月が経ち、老身を厭うという詩がある。またこの詩に和した惟氏の詩の句には、

幽心獨對上陽新　　幽心獨り對ひて上陽新し。
煙嵐向暖迎年色　　煙嵐暖に向かひて年を迎ふる色、
山燭閑燃避世人　　山燭閑かに燃えて世を避くる人。
（171惟氏「奉㆑和㆓除夜㆒。一首。」）

とあるように、遁世は叙情的に詠じられている。これらの詩は嵯峨上皇を中心とした君臣一体の詩作[16]の一端で、その文芸共同体がそのまま国家経営の重要な手段となりえた時代であった。したがって、これらは、俗塵を離れた時の情趣を詠ずるに止まり、官人の切なる遁世希求とは異なっている。
　また当時、嵯峨上皇とともに梵門詩に傑出していたのは空海である。彼は、仏教的無常観を多くの漢詩文に残している。無常を様々なものに比喩した『三教指帰（聾瞽指帰）』下巻の「観無常賦」や『性霊集』の「遊

山慕仙詩」をはじめ数々の願文にその思想が表出されており、当時の知識人に多大な影響を与えたと思われる。
空海が帰国した三十余年後の承和五（八三八）年、『白氏文集』が初めて日本に渡来し、以後、俄に白詩が流行しはじめる。この白詩にも、「世」「世間」はよく詠じられている。たとえば、

今日看嵩洛
回頭歎世間
栄華急如水
憂患大於山
世間生老病相随
世間老苦人何限

今日嵩洛《すうらく》を看、
頭を回らして世間を歎ず。
栄華は急なること水の如し、
憂患は山よりも大なり。（3231「看二嵩洛一有レ歎」）
世間には生老病に相随ふ。（3411「病中五絶句」）
世間老いて苦む人何ぞ限らん。（3482「心重答レ身」）

などは、現世の無常の道理や生老病死の人生苦を吐露しており、それは太行山への路と世路を比べた、

若此世路難
猶自平於掌
行路難
難於山険於水

若し世路の難きに比せば、
猶ほ自ら掌よりも平なり。（43「初入太行路」）
行路難《かうろなん》、
山よりも難く、水よりも険し。（134「太行路」）

などにも表現される。また、

天上歎娯春有限　天上の歎娯春限り有り、
世間漂泊海無辺　世間の漂泊海辺無し。　（953「寄二李相公崔侍郎銭舎人一」）
始悟身易老　始めて老い易き身を悟り、
復悲世多艱　復た世の艱多きを悲しむ。　（311「閉レ関」）
世間無用残年処　世間無用残年の処、
祇合逍遙坐道場　祇合に逍遙として道場に坐す。　（3629「道場独坐」）
世間尽不関吾事　世間尽く吾が事に関せず、
天下無親於我身　天下我が身より親しきはなし。　（3660「読二道徳経一」）

などのように、閑居・漂白・遁世の思想は閑適詩のテーマでもある。白居易は、儒教精神に則り、諷諭詩をも書き、時に左遷されもした。しかし、彼の信念は、体制側に阻まれることによって、かえって隠逸の境地として表出され、人間の有限性を詠じ、世間を嘆じる。そしてさらに、いかにして煩悩を去り、安静な境地に辿り着くかを追求したものであったと言われている。[17]

わが国に白詩が渡来した承和期は、藤原摂関政治により、律令体制が歪められ、君臣唱和の文章経国思想が既に崩壊していた。よって承和期の律令官人たちに、白居易の詩精神がたちまち受容されることとなり、[18]以後、日本漢詩にも嘆訴の発想が多くなったのであった。その白詩受容の早い例としては小野篁があげられる。「江談抄第四」に残る嵯峨上皇と篁の逸話はそれを物語るものだが、承和期以後の篁の詩「近以二拙詩一寄二王十二一適見二惟十四和レ之之什一因以解答」・「重酬」（共に『扶桑集』所収）には、承和の変（承和九年）や法隆寺僧善愷の訴訟（承和十二年）を体験した小野篁自身の「世路難」[19]が嗟嘆されている。また、次世代の嶋田忠臣も白詩を享受し、[20]

身厭世網入深山　　身は世網を厭へば　深山に入る、
仏像参差古殿間　　仏像参差たり　古殿の間。　（「拝二仏像一」）
遊蕩不蒙世事侵　　遊蕩して世事の侵すを蒙らず、
起於苔面倚松陰　　苔面より起ちて　松陰に倚《よ》る。
無人独遇真僧語　　人無く　独り真僧遇ひて語れば、
忽有煙霞物外心　　忽ちにして　煙霞物外《もつげ》の心有り。　（「遊二山寺一」）

のごとく、世俗の煩しさを厭い、遁世的心情で深山に入り、仏道三昧の生活に憧れる心を詠ずる。
道真の『菅家文草』には、夭折した安才子を傷んだ詩に、

誰疑世俗是風波　　誰か疑はむ世俗是れ風波なりといふことを　（72「傷二安才子一」）

とある他、その讃岐時代の詠にも、

世路難於行海路　　世路は海路を行かむよりも難し
飛帆豈敢得明春　　飛帆　豈敢へて明春を得むや

向背優遊去　　向背　優遊し去る　（240「三年歳暮、欲二更帰一レ州、聊述レ所レ懐、寄二尚書平右丞一。」）
形体一世間　　形体　一世の間　（335「堯譲章」）

と、世路難を嘆じ、時世の運に任せようと詠じる。殊に『菅家後集』の、

生涯無定地　　生涯定れる地なし
運命在皇天（中略）　　運命皇天に在り
世路間彌険　　世路間みて彌険し
言之涙千行　　言へば涙し千行《ちつら》ながる　（484「叙意一百韻」）
生路今如此　　生路今し此の如し　（486「哭二奥州藤使君一」）

などは白居易の体験(21)を遙かに越えて、絶唱となっている。また、神仙的仮構世界の物語を創作して、精神の解放を味わっていた紀長谷雄も、

人間誰與世無窮　　人間誰か世の無窮を与《とも》にせん　（3「落花歎」）
懐明難照世多艱　　懐明にして照らし難し世の多艱
直道如諛十主間　　直道にして諛《へつら》ふが如し十主の間　（24「北堂史記竟宴　各詠史　得叔孫通」）
世間惣是虚偽　　世間は惣て是れ虚偽

何処為常住之栖　　何れの所が常住の栖為らんや　　（97「仁和寺円堂供養願文」）

と、無常の世を詠じ、世路難を訴える。道真をはじめとしたこれらの詩の背景には、いうまでもなく仏教的無常観があり、それによって裏打ちされた無常の現象世界への嘆訴が様々な表現で詠じられていると言える。

以上のように、山岳仏教を中心とした平安初期仏教界の動向が、知識人達に影響を与えたこと、儒・仏・道三教の調和の中に隠逸の精神を吐露する白詩が律令体制弱体化の中で盛んに受容されたことなどから、世の無常を提示したり、世の中を嘆訴する詩心が漢詩世界の中で急速に育まれていったと言うことができる。『古今集』の各巻に散見する無常迅速への愁いや嘆訴の歌々も、仏教界や漢詩世界のこうした動向に少なからず影響を受けたものであったと言える。その中にあって、とりわけ雑歌下の巻頭に「世の中」歌群を提示したことは、まさに漢詩に拮抗する和歌文学の可能性を具現するためであったとは言えまいか。白詩を早期に受容した詩人である篁の歌（936）を四首目に置いていることもその意識の現われであろう。

また、先述したように、この二十八首の配列構成は極めて巧みである。それは、和歌が漢詩に匹敵する文学足りえるための撰者達の営為であったと思われる。小嶋菜温子氏(22)は、巻十八雑歌下を中心とするくさぐさの歌について、「おほやけの性格から最も遠くそれていきうる可能性をはらみうる、つまり異端となる危うさを本質に秘めえているものではないか」と指摘されたが、それはまた裏を返せば、こうした官人の嘆訴の歌々が、勅撰の一大アンソロジーの中に存在することそのものが、聖帝の偉大さを示すものであったと言うことになろう。

風諭の精神が抑制された形で展開した隠逸詩であったが、この隠逸詩の系譜の上からも捉えることのできるこれら「世の中」詠の歌々を、逆に勅撰集の中に包含することによって、臣下の嘆訴をも受容することのできる聖代を表明することになるのである。また、逆に臣下側からすれば、聖帝への謙遜の辞を表明して、帝に総覧する勅撰集たりえることにもなろう。まさに、「世の中」歌群は、聖代の和歌文学の可能性を具現したものであったと言えるのである。

四 『万葉集』への意識

さて、この「世の中」歌群と『万葉集』との関連はどうなのであろうか。『万葉集』では、歌群こそ編まれなかったが、「世」「世の中」がかなり詠まれている。『万葉集』の「世の中」は「世間」表記が圧倒的で、「世の中」を意味するものが四五首(23)、「世(「世」の意味の「代」表記のものも含む)」が三一首ある。

挽歌としては、長屋王の変に殉じた長子膳部王の死を悲しむ、

世間は空しきものとあらむとぞこの照る月は満ち欠けしける　（巻三　四四二　作者未詳）

や家持の亡妾歌、

うつせみの世は常なしと知るものを秋風寒み偲ひつるかも　（巻三　四六五）

わがやどに　花ぞ咲きたる　そを見れど　心もゆかず（中略）世間にあれば　為すすべもなし　（巻三　四六六）

や家持の安積皇子の挽歌、

かけまくも　あやに畏し（中略）世間は　かくのみならし（後略）　（巻三　四七八）

などがあり、また、雑歌としては、沙彌満誓の、

世間《よのなか》を何に譬へむ朝開き漕ぎ去にし船の路なきごとし　（巻三　三五一）

や、旅人の巻五の雑歌、

凶問に報《こた》ふる歌

世間《よのなか》は空しきものと知る時しいよよますます悲しかりけり　（同　七九三）

や、憶良の、

世間の住みかたきことを哀しぶる歌一首并せて序

集まりやすく排《はら》ひかたきものは八大の辛苦なり、遂げかたく尽しやすきものは百年の賞楽なり。古人の嘆くところ、今にも及ぶ。このゆゑに、一章の歌を作り、もちて二毛の嘆を撥ふ。その歌に曰はく、

世間の　すべなきものは　年月は　流るるごとし　とり続き　追ひ来るものは（以下略）

反歌

常磐なすかくしもがもと思へども世の事理《こと》なれば留みかねつも　（巻五　八〇四）

熊凝のためにその志を述ぶる歌に敬和する六首并せて序（序省略）

（前略）国にあらば　父とり見まし　家にあらば、母とり見まし　世間は　かくのみならし　犬じもの　道に伏してや　命過ぎなむ　（同　八〇五）

貧窮問答の歌一首并せて短歌

（前略）里長が声は　寝屋処まで　来立ち呼ばひぬ　かくばかり　すべなきものか　世間の道　（同　八八六）

世間を厭しと恥《やさ》しと思へども飛び立ちかねつ鳥にしあらねば　（同　八九二）

がある。また、家持の、　（同　八九三）

世間は数なきものか春花の散りのまがひに死ぬべき思へば　（巻十七　三九九三）

世間の無常を悲しぶる歌一首并せて短歌

天地の　遠き初めよ　世間は　常なきものと　語り継ぎ　流らへ来れ　天の原　振り放け見れば　照る月も　満ち欠けしけり（以下略）　（巻十九　四一六〇）

うつせみの常なき見れば世間に心つけずて思ふ日ぞ多き　（巻十九　四一六二）

などにも「世間」が頻繁に詠まれている。また、作者未詳の、

世間を厭しと思ひて家出せし我れや何にか還りてならむ　　（巻十三　三二六五）

など出家の歌もある。これらを見ても、世間そのものの非情さや無常観を嘆訴する姿勢は、奈良朝の漢詩文『懐風藻』には見られなかったが、和歌においては盛んに詠まれていたと言える。

『古今集』の撰者たちが、これら『万葉集』の「世間」を見逃すことはなかろう。彼らは、白詩受容によって俄に高まった漢詩文世界の嘆訴的発想に拮抗するものとして、和歌文学による「世の中」詠も是非歌群として収載しようとしたのである。

『万葉集』で「常なし」「空し」「すべなし」「厭し」などと捉えられていた「世間」を、『古今集』では、主として「うし」と捉え（二十八首中十七首）、雑歌下に周到な「世の中」詠歌群を編むことが、撰者らに課せられた課題であったと思われる。

この「世の中」歌群二十八首のうち、よみ人知らず歌は、過半数の十七首ある。「世の中」歌群以下の雑歌六七首中では、よみ人知らず歌が二九首あるので、雑歌下巻全体の中でも「世の中」歌群におけるよみ人知らず歌の比率が高いと言える。これら「世の中」歌群中のよみ人知らず歌が「古歌集」から採られたものとすれば、『万葉集』以後も脈々と創作され続けて来た「世の中」詠に脚光を浴びせたことになろう。しかし、心と言葉による周到な配列を考えると、よみ人知らず歌の一部が編者達の創作であったとも考えられなくもない。いずれにしても「世の中」歌群は、編者達による和歌文学再興の成果であったことは確かであろう。

五　結び

以上のように、『古今集』雑歌下の「世の中」歌群は、先行漢詩文の流れや『万葉集』への意識を基調に、「雑歌上」との対比の上からも、また「雑歌下」の総括としても、巻頭から二十八首の歌群として提示されたものであったと言えよう。そしてそれは、古今集歌の思想の一端を担うものであり、和歌文学の再興を目指すものであった。また、官人の嘆きをも受容する聖代の勅撰集としてのあり方を示すものであったと言えよう。

注

（1）窪田空穂『古今和歌集評釈』（『窪田空穂全集』二一・二二巻　角川書店　昭和40年）

（2）吉川幸次郎『詩と永遠』（京都雄渾社　昭和42年）

（3）野村精一「古今和歌集歌の思想―文体史的考察―」（『日本文学』一五巻一一号　昭和41年2月　後、『源氏物語の創造』桜楓社　昭和50年5月所収）

（4）小島憲之・新井栄蔵校注　新日本古典文学大系『古今和歌集』（岩波書店　平成元年2月）の脚注では、雑歌下巻頭二十八首を「世の中」としている。松田武夫『古今集の構造に関する研究』（風間書房　昭和40年9月）では、「厭世」（933〜943）・遁世（944〜956）・厭世（957〜980）」、久曾神昇『古今和歌集成立論研究編』（風間書房　昭和36年12月）では「憂き世（詫しき世（933〜939）・厭はしき世（940〜947）・憂き世（948〜957））」とし、958〜960を「沈淪」としているが、960まで「世」「世の中」が詠み込まれており、961からは解任の歌であるから、巻頭933〜960までを一連の歌群と捉えてよいであろう。なお片桐洋一『古今和歌集全評釈』（講談社　平成10年2月）では、（1）人の世の無常、無常ゆえの「憂さ」を歎く歌を並べる（九三三〜九三六）、（2）都を離れるつらさ（九三七～九三八）、（3）人間的であればあるほど「憂き世の中」を実感することだ（九三九～九四三）、（4）山里への隠遁を肯定し志向する（九四四～九四五）、（5）やはり「憂き世の中」を厭う（九四六～九四九）、（6）奥山への隠遁を志向（九五〇～九五六）、（7）あらためて「憂き世」を歎く（九五七～九六〇）とする。

（5）松田武夫『古今集の構造に関する研究』では「無常」、久曾神『古今和歌集成立論』では「失意逆境」と総称している。

（6）小嶋菜温子「源氏物語と和歌―古今集・雑下の構造から―」（「物語研究」三号　昭和56年10月）、鈴木宏子「三代集と源氏物語―引歌を中心として―」（小嶋菜温子・加藤睦編『源氏物語を学ぶ人のために』世界思想社　平成19年10月　後、『王朝和歌の想像力　古今集と源氏物語』平成24年10月所収）

（7）片桐洋一『歌枕歌ことば辞典増訂版』（笠間書院　平成11年6月）

（8）笹川博司「万葉集と八代集の『世の中』―遁世思想との関連を中心に―」（「王朝文学研究誌」第四号　平成6年3月　後、『深山の思想―平安和歌論考』和泉書院　平成10年4月所収）

（9）注8前掲論文

（10）「ほだし」については、笹川博司「源氏物語「ほだし」淵源考―詩語・歌語・仏教語」（「国語と国文学」七五巻七号　平成10年7月　後、『隠遁の憧憬―平安和歌論考』和泉書院　平成16年1月所収）

（11）拙稿「蟬の羽の夜の衣は薄けれど―古今和歌集雑歌上876番歌の位置―」（「和歌文学研究」第七八号　平成11年6月）・第一章第三節において、雑歌上巻頭863番歌から876番歌までの歌群の意味を探った。

（12）拙稿「古今和歌集雑歌上　月・老・水の歌群配列をめぐって」（「瞿麦」創刊号　平成7年4月）第一章第五節、拙稿「古今和歌集雑歌上巻末屛風関連歌群について」（「瞿麦」三号　平成8年4月）第一章第六節において述べた。

（13）注11と同じ。

（14）波戸岡旭「空海―その文学性と同時代への影響―」（「国文学解釈と鑑賞」五五巻一〇号　平成2年10月　後、『奈良・平安朝漢詩文と中国文学』笠間書院　平成28年3月所収）

（15）注14前掲論文及び波戸岡旭「空海の詩文と宮廷漢詩」（「日本学」一九号　平成4年5月　後、『奈良・平安朝

漢詩文と中国文学』笠間書院　平成28年3月所収）

（16）津田潔「九世紀に於ける白詩受容の基盤（下）」（「野州国文学」三三号　昭和59年3月）

（17）注16前掲論文及び堤留吉『白楽天研究』（春秋社　昭44年12月）、太田次男編『白居易研究講座』第一・二巻（勉誠社　平成5年6月・7月）

（18）注16前掲論文及び太田次男「白居易及びその詩文の受容を繞って」（『白居易研究講座』第三巻「日本における受容（韻文篇）」勉誠社　平成5年10月所収）、藤原克己「世路難と風月」（同書所収）

（19）藤原克己「小野篁―承和期の文人の一典型として―」（『中古文学と漢文学Ⅰ』和漢比較文学叢書3　汲古書院　昭和61年5月　後、『菅原道真と平安朝漢文学』東京大学出版会　平成11年5月所収）

（20）三木雅臣「嶋田忠臣と白詩」（『白居易研究講座』第三巻　勉誠社　平成5年10月）に忠臣と白詩の関連を詳解している。

（21）後藤昭雄「菅原道真の『近院山水障子詩』をめぐって」（『平安漢文学論考』桜楓社　昭和56年所収）では、道真の世路難と白詩の関連が述べられている。

（22）注6の小嶋菜温子前掲論文。

（23）注8前掲論文

第二節　菅原の里・三輪の山もと・宇治山の歌
――雑歌下九八一～九八三番歌をめぐって――

一　はじめに

題しらず　　　　　　　　　　　　よみ人しらず
981 いざここにわが世はへなむ菅原や伏見の里のあれまくもをし
982 わがいほはみわの山もとこひしくはとぶらひきませすぎたてるかど
　　　　　　　　　　　　　　　　きせんほうし
983 わがいほは宮このたつみしかぞすむ世をうぢ山と人はいふなり

『古今集』雑歌下に見える右の三首は、後世にも多大な影響を与えた歌である。それは単に和歌表現への影響に留まらず、作者やそれに纏わる説話への興味から、古注や歌論書、古今伝受へと様々な伝承を生み出した歌でもあった(1)。

近世の『余材抄』『打聴』『正義』(2)(3)などでは、これらの説話の根拠に疑問を抱き、この三首は、概ね俗世から離れ、遁世している人の歌であると捉えた。以後、近代の諸注釈書も隠棲の事情については様々な想定をしているが、基本的には遁世者の歌(4)と考えており、稿者もそれに異論を唱えるものではない。しかし、なぜ菅原伏見・三輪の山もと・宇治山の地を詠み込んだ三首がここに選ばれて来たのか、疑問の残るところである。そこで、自己の居住地を述べたこの三首を、地名やその史的背景、和歌表現、および後続（984〜990番歌）の歌群（以後、当該三首を含めた981〜990番歌を「宿」歌群と呼ぶ(5)）をも範囲に入れて考察してみると、その勅撰集としての意義や三首の一貫した配列構造がさらに明確になってくると思われる。以下、それぞれ検討していくが、初めに後続の990番歌までを次にあげておくこととする。

　　　　　　　　　　　　よみ人しらず
984 あれにけりあはれいくよのやどなれやすみけむ人のおとづれもせぬ
　　ならへまかりける時に、あれたる家に女の琴ひきけるをききてよみていれた
　　りける　　　　　　　　よしみねのむねさだ
985 わびびとのすむべきやどと見るなへに歎きくははることのねぞする
　　はつせにまうづる道にならの京にやどれりける時よめる
　　　　　　　　　　　　二条
986 人ふるすさとをいとひてこしかどもならの宮こもうきなりけり
　　題しらず　　　　　　　よみ人しらず
987 世中はいづれかさしてわがならむ行きとまるをぞやどとさだむる
988 相坂の嵐のかぜはさむけれどゆくへしらねばわびつつぞぬる
989 風のうへにありかさだめぬちりの身はゆくへもしらずなりぬべらなり

家をうりてよめる　伊勢
990あすかがはふちにもあらぬわがやどもせにかはりゆく物にぞ有りける

二　菅原や伏見の里の

さて、981番歌は、『打聴』が、「此歌は、桓武の都うつしの後に、宮づかへを辞して、菅原の里によせるある人の、すむとてよめるなるべし、歌の体も古めいたり」と述べるように、平安遷都後に隠棲しようとした人の歌と思われる。が、なぜここで菅原伏見の歌が選ばれたのかという疑問が起こる。そこで、981番歌に詠まれている地名「菅原伏見」の歴史的背景を、まず確認しておこう。

この菅原伏見は、平城京右京三条四坊の辺の地で、今の菅原町であると言われる(6)。垂仁天皇の菅原伏見東陵、安康天皇の菅原伏見西陵がある。新日本古典文学大系『古今和歌集』(7)の981番歌の脚注が示すように『日本書紀』垂仁紀には、天皇自らの求めに応じて常世より非時《ときじく》の香菓《かくのみ》を持ち還った田道間守《たぢまもり》が、天皇の崩御を知り、生きがいを失って悲嘆のうちに自殺したという伝承を載せている。981番歌の「いざここにわが世は経なむ」という表現は、この地で朽ち果てようという意味になるから、田道間守の伝承に確かに通じている。『古今集』が勅撰であることを考えれば、正史の伝承を踏まえた歌を、居住地を宣言した三首（981〜983）の冒頭に据えた理由も頷ける。

ところで、菅原伏見は、その後も史書の中に時折登場する。『日本書紀』推古天皇十五年（六〇七）には、倭国に菅原池を作るとあり、『続日本紀』和銅元年（七〇八）九月十四日の条には、元明天皇が行幸、同年十一月七日に「遷菅原地民九十余家給布穀」とある。また、天平十九年（七四七）年の「法隆寺迦藍縁起並流記

資材帳」に「添下郡菅原郷」とある。さらに、『万葉集』の、

真玉つく越智の菅原我れ刈らず人の刈らまく惜しき菅原　（巻七　一三四一　作者不詳）

の菅原は、菅原伏見と考えられており、

大き海の水底深く思ひつつ裳引き平《なら》しし菅原の里　（巻二十　四四九一）

右の一首は、藤原宿奈麻呂朝臣が妻石川女郎、愛を薄くし離別せられ、悲しび恨みて作る歌なり。年月いまだ詳らかにあらず。

のように宿奈麻呂の家もここにあったと思われる。また、西大寺と垂仁天皇菅原伏見東陵の間には、「延喜式神名帳」にも見える菅原神社があり、殉死に代わって直輪を陵墓に立てることを進言した土師氏の祖神を祭る（『続日本紀』天応元年条）。土師氏は、天武朝の時、大唐学生甥《もろこしはかせおい》が出てから代々入唐する人が出る家系で、桓武朝の時、土師古人が侍読を勤め、大学頭・文章博士になって菅原朝臣の姓を与えられる。(8) 道真の曾祖父である。この神社の西南にある菅原寺は、天平二十一年（七四九）二月二日に行基が入寂した所でもある。（『扶桑略記』）。また、延暦四年（七八五）の早良親王廃太子の折、興福寺沙門善殊が親王を菅原寺に出迎えた（『扶桑略記』）ともある。

このように田道間守の伝承から道真左遷を通してみても、十世紀初頭までの菅原伏見には、旧都の右京にあって、どちらかと言えば歴史の陰の部分に登場する地というイメージが強かったのではないかと思われる。

殊に道真の事件は、当時の人々の記憶に新しく、981番歌は、「栄えていた菅原氏の先祖の地が荒れるのが惜しいからあえて定住しよう」という意味に詠み取られなかったとは言い切れまい。父帝の寵臣を追放した醍醐天皇とその片腕藤原時平の体制の中で編まれた『古今集』に、極めて暗示的になりかねないこの一首を歌群の冒頭に据えたのはなぜなのだろうか。その理由を探るためにも、今度は視点を変えて、荒廃地を詠じた歌という方向から考えてみたい。

荒廃地への懐旧の情を歌った歌は、『万葉集』では周知のように、雑歌として扱われ、多くの秀作を残している。しかし、人麻呂や黒人の近江荒都歌の「…天皇の　神の命の　大宮は　ここと聞けども　大殿は　ここと言へども　春草の　茂く生ひたる　霞立つ　春日の霧れる　ももしきの　大宮ところ　見れば悲しも（巻一　二九　人麻呂）」や「楽浪《ささなみ》の国つ御神のうらさびて荒れたる都見れば悲しも（巻一　三三　黒人）」を見ても、また寧楽《なら》の故郷を悲しびて作った田辺福麻呂歌集中の「…さす竹の　大宮人の　踏み平し　通ひし道は　馬も行かず　人も行かねば　荒れにけるかも（巻六　一〇四七）」などを見ても、荒廃地の描写や荒廃を悲嘆する表現が主で、当該981番歌のように、荒れるのが惜しいのでその地に定住しようという内容を歌ったものは見当たらない。これは、『万葉集』の荒都歌がほぼ鎮魂の儀礼歌であるため、新体制に反して旧都に定住するという個人的意志まで歌う余地がなかったからだと言えよう。

『古今集』の旧都の歌には、奈良を捨てがたかった平城天皇の、

ふるさととなりにしならのみやこには色はかはらず花はさきけり　（90　春下）

があるほか、先に掲げた当該歌群985・986番歌があり、平安遷都後から『古今集』編纂当時までの約一世紀余の

旧都奈良への意識を読み取ることができる。それらは変わらず咲く桜（90番歌）、女の茅屋（985番歌）、ふるさととしての意識の確認（986番歌）など、安定した平安京に在住する側からの発想にほかならない。したがって、荒廃地への詠嘆という観点からも、荒廃を惜しむゆえに定住しようと詠む981番歌は、かなり特異な歌だったと言うことができる。

ところで、この歌は、歌ことばや和歌表現レベルではどうだったのだろうか。まず、「里」に注目してみよう。ここでは地名が不随した里に関わらず、広く「里」が歌語としてどのようなイメージのもとに詠まれていたのかを確認しておくこととする。（「古里」「山里」には別の意味も付随するので、今ここでは含めない。）

歌ことばとしての「里」は、川平ひとし氏が述べられるように(9)、暮らしを営む上で最も基本的な土地であるゆえに、外界から齎される災厄や危険から守られ、安らげる場所でもあった。『万葉集』では、

橘の花散る里に通ひなば山ほととぎす響《とよ》もさむかも　（巻十一　一九七八　作者未詳）

のように自然と密接な里の情景が詠まれ、また、先の宿奈麻呂の妻石川女郎の歌（巻二十　四四九一）や、

はしきやし間近き里の君来むとおほのびにかも月の照りたる　（巻六　九八六　湯原王）

里中に鳴くなる鶏《かけ》の呼び立てていたくは泣かぬ隠り妻はも　（巻十一　二八〇三　作者未詳）

のように、時に女性を住まわせる場所でもあった。こうした里が遷都と同時に荒れていくのを詠んだ長歌に、

三香の原　久邇の都は　山高み　川野瀬清み　住みよしと　人は言へども　ありよしと　我れは思へど
古りにし　里にしあれば　国見れど　人も通はず　里見れば　家も荒れたり……
（巻六　一〇五九　田辺福麻呂歌集）

がある。里が都周辺の安らぎの場であればこそ、荒廃への嘆きはより切実だったと思われる。『古今集』に見える「里」[10]も、『万葉集』の自然と密接な里、親しい人が居住する場所、荒れた里という三つの傾向を概ね踏襲している。たとえば、

このさとにたびねしぬべしさくら花ちりのまがひにいへぢわすれて　（72春下　よみ人しらず）

のように、自然の溢れる里が詠まれるとともに、

あまのすむさとのしるべにあらなくに怨みむとのみ人のいふらん　（727恋四　小野小町）
月おもしろしとて凡河内躬恒がまうできたりけるによめる
きのつらゆき
かつ見れどうとくもあるかな月影のいたらぬさともあらじと思へば　（880雑下）
紀のとしさだが阿波のすけにまかりける時に、むまのはなむけせむとてけふといひおくれりける時に、ここかしこにまかりありきて夜ふくるまで見えざりければつかはしける
なりひらの朝臣

今ぞしるくるしき物と人またむさとをばかれずとふべかりけり　（969雑下）

と、親しい人物が居住する場としての里が詠まれている。また、里の荒廃を嘆じたのには、当該981番歌のほかに、次の遍昭の歌もある。

仁和のみかどみこにおはしましける時、ふるのたき御覧ぜむとておはしましけるみちに遍昭がははの家にやどりたまへりける時に、庭を秋ののにつくりておほむ物がたりのついでによみてたてまつりける

僧正遍昭

さとはあれて人はふりにしやどなれや庭もまがきも秋ののらなる　（248秋下）

この歌のキーワード「里」「荒る」「ふる」「宿」は、当該歌の「ふしみの里のあれまくもをし」と984番歌「あれにけりあはれいくよのやどなれや」・986番歌「人ふるす里」に見える。また、同じく遍昭の、

わがやどは道もなきまであれにけりつれなき人をまつとせしまに　（770恋五　題しらず）

や、よみ人知らず歌の、

あきはきぬ紅葉はやどにふりしきぬ道ふみわけてとふ人はなし　（287秋下）

も存在することから考えても、荒れた里や宿が当時の歌材やテーマとして六歌仙の頃から意識され始めたことが想像される。また、この「荒る」には、「離る」が掛けられており、後に閨怨の情を込めた歌語「荒れたる宿」が形成されることとなる。(11)

さて、当該981番歌のもう一つのキーワードは「ふしみ」である。『顕昭古今集註』は、教長注の「菅原ト云テ臥見トツヅクルハ、菅原ハシキモノニスレバソレニヤガテ伏見トツヾクルハ、フス心也。」を引いているが、これに疑問を持ち、大和国の菅原伏見であると述べている。また、諸註釈書の多くは、『余材抄』が引いた『伊勢集』の「名に立ちてふしみの里といふことは紅葉を床にしけば也けり」を例歌として踏襲するものの、981番歌の「菅原伏見」に「臥し身」を掛けて訳出しているものはない。しかし、次の『後撰集』の歌や当該歌群982番歌との配列関係を見てみると、積極的に「臥し身」を掛けて解釈すべきではなかろうか。すなわち、

菅原のおほいまうちぎみの家に侍ける女にかよひ侍けるをとこ、なかたえて又とひて侍りければ

菅原や伏見の里のあれしよりかよひし人の跡もたえにき　（後撰集1024　恋六　よみ人しらず）

は、当該981番歌を本歌としながら、全く逆の内容を詠んでいるのだが、先に挙げた遍昭の248・770番歌やよみ人知らずの287・984番歌及び当該歌群の特に981〜986番歌の影響を受けて詠まれた歌であると言える。この『後撰集』1024番歌ではもちろん「菅原ふしみ」に「臥し身」が、「荒る」に「離る」が掛けられ、閨怨の情が暗示されている。また、後述するように、982番歌が三輪山神婚伝承を背景とし、居住者が他者に向かって「恋しくはとぶ

らひきませ」と勧誘している歌ととれることから考えても、981番歌の「ふしみ」には、「臥し身が荒れる」を暗示させていると解釈してもよいと思われる。もとは里の荒廃が惜しいから永住しようと宣言した歌であったのだろうが、少なくとも981・982番歌を配列した時点では、このような恋情を仄めかす趣向が配慮されていたと考えられる。このように解釈すれば、一読しただけでは摑みにくかった里の荒廃を惜しむ981番歌と杉という目標を示して勧誘する982番歌の配列の必然性についても納得がいく。

また、ここで、「宿」歌群の冒頭にあたる981番歌と末尾の990番歌を比べておくと、981番歌が、荒廃を惜しみ永住を決意した歌であるのに対し、990番歌は扶持《ふち》（舅姑の葬礼のための妻からの援助）のために荒廃していない居宅を手放さねばならなかった時の歌というように、互いに対比的関係にあることが分かる。

このように、981番歌は、田道間守伝承を初めとした歴史的背景を負った菅原伏見の地に永住しようと宣言する歌で、道真事件を連想させる可能性はありながらも、菅原伏見の地名と「臥し身」、「荒る」と「離る」を掛け、閨情を髣髴させる和歌表現を暗に含めながら、次の982番歌との連続相を醸し出し、歌群巻末との対応関係をも考慮して、「宿」の歌群の冒頭に据えられたと言うことができよう。

三　三輪の山もと

次の982番歌は、『古今和歌六帖』第二「門」の項にも採られ、そこでは、「みわの御」と作者名が書かれている。「みわの御」は、三輪明神のことで、この作者名が六帖成立当初から付されていたかは疑問だが、かなり早い段階から三輪明神の歌と解されていたようである。『枕草子』に「歌は、杉立てる門　神楽歌もをかし。今やうはながく、くせづきたる。ふぞく　よくうたひたる」とあるほか、『栄華物語』『梁塵秘抄』(12)からもこの歌が歌われたものであったことが分かる。(13) 但し、『古今集』収載以前から三輪の神の歌として歌われていたのかどうかは定かではない。しかし、『万葉集』の、

味酒を三輪の祝がいはふ杉手触れし罪か君に逢ひがたき　（巻二　七一二　丹波大女娘子）

の例から見ても、万葉時代から三輪の杉は神聖なものとして畏怖されており、

仲平朝臣あひしりて侍りけるをかれ方になりにければ、ちちがやまとのかみに
侍りけるもとへまかるとてよみてつかはしける
伊勢
みわの山いかにまち見む年ふともだづぬる人もあらじと思へば　（古今集　780恋五）

雪中のすぎのおなじおほせ
ゆきのうちにみゆるときはみわやまのやどのしるしのすぎにぞありける（躬恒集　156）
尋ぬれば杉ののこえてみわやまのすゐこす松ぞおひかはりける　（夫木抄　8862　松、六帖　素性）

などのように、三輪山の杉の歌は982番歌を本歌として撰者時代にはしばしば詠われ、「三輪山（の神）が人を待っており、その宿の目印が杉である」という意味で享受されていたことが窺える。

ところで、ここで三輪山の地が『古今集』成立前夜においてどのように捉えられていたかを確認しておこう。三輪山一帯は先史以来の遺跡の宝庫であるが、記紀によれば、大物主神の山で、その背景には古代豪族三

輪氏と天皇家との関連の深さが推察できる。(14)『古事記』崇神紀に見える三輪山神婚伝承は、『古今集』編集当時でも三輪山に関する最もポピュラーな説話であっただろう。

また、『延喜式』神名帳には、「大神大物主神社《オホムチオホモノヌシ》」とある。後の通称、大神神社、三輪明神である。『文徳実録』によれば、嘉祥三年(八五〇)十月辛亥正三位、仁寿二年(八五二)十二月乙亥従二位、さらに『三代実録』によれば、清和天皇貞観元年(八五九)正月甲申に従一位、同二月丁亥朔正一位、七月丁卯右兵衛頭藤原朝臣四時をして神宝幣帛を奉り、九月庚申幣使を遣わして雨風を祈らせ、十二年七月壬申、河内堤を築く時、重ねて水労の患なからしむを祈ったとある。また、毎年四月と十二月の上卯日に大神祭と称した祭礼があり(延喜式)、中宮職・春宮坊からの奉幣があったという。貞観十八年(八七六)・元慶四年(八八四)の四月上卯日が灌仏会と重なったのに会を停止して神事を行っており(三代実録)、醍醐天皇冒泰元年(八九八)三月丙子に勅して夏冬の祭りを行はしむ(諸社根元記・諸神記・大三輪神社鎮座次第)とある。(15)

以上のことから見ても、大神神社は『古今集』成立の数十年前から俄に神位が昇格し、注目を集めたことが分かる。この982番歌が、『古今集』に収載されたのも、また、本歌となって発展していったのも、こうした三輪への関心があったからではなかろうか。(16)

以上のように、982番歌が、後世三輪明神の歌と言われるような基盤がすでに『古今集』成立当初からあったと言えるのであるが、撰者達自らが三輪の神事歌として扱ったならば、雑歌には入れず、巻二十「大歌所御歌」あたりに収められる可能性もあったろう。また、先の伊勢の歌(『古今集』780)のように恋歌の本歌として利用されているのだから、元来は男を持つ女歌だった可能性も考えられようが、撰者達があくまでも雑歌として扱い、しかも当該歌群の二首目に置いた意味こそ重視する必要があろう。

さて、982番歌の初句「わが庵は」が「わがやどは(基俊本、建久二年俊成本の異本書入れ)」「我いへは(本阿弥切)」となっている本文もあるものの、大方の本文は「わが庵は」である。しかも『古今集』の中で、「庵」を詠んだものは、当該歌と次の983番歌の二首のみである。『万葉集』では「いほ(仮小屋)」「いほりす(小屋がけする)」が散見され、島陰、御崎、田、旅などで仮の宿りをする意に用いられていたが、平安初期漢詩文では、

結庵居三徑　庵を結ひて三径に居、
灌園養一生　園を灌《そそ》ぎて一生を養ふ。
糟糠寧滿腹　糟糠寧《なに》ぞ腹を満たさむ、
泉石但歡情　泉石ただ情を歓ばしむるのみ。
水裏松低影　水裏松は影を低《た》る、
風前竹動聲　風前竹は聲を動かす。
聊輸大平稅　聊に太平の税《ちから》を輸《をさ》め、
獨守小山亭　独り守る小山の亭を。

(『凌雲集』73　野朝臣氷見「田家」)

のように、田園に庵を結び、自適に閑居する理想が詠まれるようになる。また、奈良朝末期以降、山林修業僧が多くなると、桓武天皇はこれを、「山林に座して道を求め、或は松栢に蔭《かく》れ禅を思う山居の僧は、世を避け塵を出ずるの操ありとも国を譲り人を利するの行を忘れず」とその徳を称え、山中苦行僧に本寺からの供を与えたり、国稲を給して賞する政策をとっている。(17) これらを見ても、世俗を離れて、悠悠自適な生活を送る者と山家した修行僧らが庵を結んでいたことが分かる。

さて、このような僧の一人に、法相宗屈指の学僧玄賓がいる。彼は桓武天皇の疾病平癒のために祈願して大

僧都に任ぜられたが、それを辞退し、伯耆に隠遁した。後、殊に嵯峨天皇に親任され、玄賓が逝去した折の弘仁九年（八一八）六月の嵯峨天皇御製の詩句には、

大士古来無住著　　大士は古来住著無く、
名山晦跡老風霜　　名山に跡を晦《くら》めて風霜に老ゆ。
随縁化體厭塵久　　随縁化體塵を厭ふこと久しく、
帰正真機忽滅亡　　帰正真機忽ちに滅亡す。
松掩旧庵猶鬱茂　　松は旧庵を掩ひて猶し鬱茂し、
草暗新塔漸荒涼　　草は新塔に暗く漸くに荒涼なり。

（『文華秀麗集』85　御製「哭賓和尚一首」）

とあるように、彼が庵を結んで仏道に帰依する様が詠じられている。

後の『江談抄』『故事談』[18]には、この玄賓が三輪川辺に厭世し、大僧正（『江談抄』では律師）を辞した時、「三輪川ノ清キ流ニ洗テシ衣ノ袖ハ更ニケガサジ」と詠んで献歌したという説話が載っている。『日本後紀』『類聚国史』その他の史書にも、また鎌倉期の仏教書『元亨釈書』にも玄賓と三輪との関連が記されていないので、この説話は後世の玄賓追慕の風潮から生まれたものかもしれない。が、玄賓は、平城天皇の病気平癒も祈願しているから、現在の奈良県桜井市、三輪山近郊にある玄賓庵（真言宗醍醐寺派）辺りに居た可能性もあり、玄賓と三輪が全く無関係であったという決定的な根拠もない。少なくとも、説話が生まれた時点では、三輪山麓に高僧が庵を結んだ例が人々に知られていたということは言えそうである。先の玄賓の説話の中には、この982番歌は登場しない。それは、この歌が早くから三輪明神の歌として三輪山神婚伝承とともに享受されていたか

らだろうが、玄賓のような例をみると、この歌が高僧や山中修行僧、官界を嫌った隠棲者などが、居住地とその庵の目印を詠んだ歌であった可能性も視野に入れてよいと思われる。

四　宇治山

さて、983番歌は、その存在自体がベールに包まれている喜撰法師の歌。宇治に「憂し」を掛けているが、その先例は、

わすらるる身をうぢばしの中たえて人もかよはぬ年ぞへにける　（古今集825　恋五　よみ人しらず）

のみで、喜撰の983番歌以後、「宇治」に「憂し」を掛ける例が多くなる。

『山城国風土記』によれば、宇治[19]は、応神天皇の皇子菟《う》道《ぢ》稚郎子《わきいらつこ》が宇治川谷口部の桐原日桁宮《ひげたのみや》に住んだことにより、宇治と呼ばれるようになった地で、古来より交通の要衝である。『日本書紀』仁徳紀には、この菟道稚郎子が兄の大《おほ》鷦《さ》鷯《さぎ》尊（後の仁徳）に太子を譲ったのに、三年経っても即位しなかったので、自ら「豈久しく生きて、天下を煩さむや」と言って自殺し、即位を促したという伝承が見える。先帝の応神紀に、儒教伝来のことが見えるから、この兄弟の美談に長子相続や長幼の序などの儒教的背景を見ることができる[20]。

ところで、新日本古典文学大系『古今集』では、983番歌の脚注に、「辰巳（巽）は漢語「巽位」に当たる」とし、「巽」については、『論語』「子罕」の「巽与之言」を挙げ、さらに「何晏集解」の「馬曰。巽　恭也。謂㆓恭遜謹敬之言㆒。」を挙げて、「しかぞすむ」は「慎ましく生きている」という恭遜の意であると解している。

この説は卓見であるが、新日本古典文学大系『古今集』自体が、先の981番歌の脚注に『日本書紀』の田道間守の説話を出しているのだから、この983番歌においても、『日本書紀』の莵道稚郎子の伝承と結びつけて考えてもよいのではなかろうか。すなわち、宇治に住んだ喜撰が、「自分の庵は、京の王城のちょうど辰巳である。昔、長兄に皇太子の位を譲り、恭遜の意をもって自殺し、即位を促した莵道稚郎子が慎ましく生きていた宇治の地なのだよ。私も稚郎子のように慎ましく住んでいるのに、世間の人は私が世を憂いものと思って嫌っているのだと言っているよ。」という意に解釈できると思われる。

古今集中にも様々な地名が出て来るが、殊に居住地を宣言する歌には、その土地に対するそれなりの歴史的重みも充分配慮されていたはずである。喜撰法師がどういう人物なのか伝承が全くないだけに、彼が当初から正史を踏まえて詠んだのかどうか疑問も残ろう。しかし、同じく『日本書紀』を踏まえていると思われる981番歌と当該歌の伝承内容とを比べてみると、981番歌が、臣下が天皇を生かすために常世まで行ったのに、その死を知って殉死した伝承を踏まえるのに対し、983番歌は、前皇太子が天皇を即位させる（生かせる）ために自殺したという内容になっており、両者が対応していることに気づく。

また、さらに付言すれば、982番歌が記紀にもしばしば登場し、天皇とも関係が深い大物主神の三輪山であった[21]ことも重要であろう。すなわちこの三首のちょうど中央にある982番歌を中心に、981・983番歌が対応していることになるのである。『古今集』の配列構造は、対比的関係として時に様々な背景にまで及ぶ場合がしばしば指摘されている[22]が、この三首にもそれが当てはまるのではなかろうか。したがって、983番歌は少なくとも当該部分に配列された時には、莵道稚郎子の伝承を踏まえて恭遜の意として解釈されていたと考えられるのである。

『古今集』は勅撰である。よって自己の居住地を帝に向かって奏上する形をとる歌に詠み込まれる土地は、

『日本書紀』に見える由緒ある地であったほうがよかろう。しかも、官人の嘆きの種々相を扱った歌の多い雑歌下で、生々流転の現世を象徴する「宿」歌群の中の歌であれば、そこに詠み込まれる土地は、永遠不滅の神の山（982番歌）を中心に、生死の対応を暗示させる土地（菅原伏見・宇治）であった必然性も理解できるのである。さらに翻って言及すれば、道真を想起させかねなかった981番歌は、かくして正史や和歌表現という正統な方向付けによって難なく配列構成の中に組み込まれていくことになるのである。(23)

五　三首の一貫性と「宿」歌群における位置

以上述べてきたことに些か付言し、ここで三首の一貫性を整理しておこう。

まず、981〜983番歌は、菅原伏見・三輪の山もと・宇治山といった京都の王城より南の、かつて栄えていた土地を扱っており、後続の廃屋（984番歌）・奈良の荒れたる家（985番歌）・故郷奈良（986番歌）といった歌材にスムーズに繋がっている。

また、これまで述べてきたことに加えれば、981番歌が「臥見の里」が荒れるのが惜しいという閨怨の情を詠む女の述懐歌ともとれ、その連続として982番歌の女性が勧誘し挑発する歌があり、またそれらに対して983番歌の男性の謙遜の辞の歌が配されたとも捉えることができる。さらに、三首の感情語を取り出してみると、「惜し（981）」「恋し（982）」「憂し（983）」と微妙な心情の展開を狙っているとも言える。以上を整理すると次のようになり、三首の一貫性が確認できよう。

981菅原伏見　　臣下　　殉死　男（述懐）臥し身　　惜し

982三輪の山もと　大物主神　女（勧誘）とぶらひ来ませ　恋し
983宇治山　皇子　自殺　男（謙遜）しかぞ住む　憂し

最後に、この三首の、「宿」歌群における位置を確認しておこう。先述したように、荒廃を惜しんで永住を決意した981番歌と、荒廃していない居宅を手放さねばならなかった宿歌群の末尾の990番歌は内容上対応していた。同様に自己の庵の場所を力強く宣言した982・983番歌と、「行くゑ知らぬ」をキーワードに漂泊の思いを述べた988・989番歌はやはり内容上対比的関係になっていると言える。また、982番歌の三輪山及びその背景にある神婚伝承は、988番歌の逢坂（山）・及び「逢ふ」にも通じ、「宿」歌群内における981〜983番歌と988〜990番歌の配列上の対応関係にも周到な配慮がなされていたことが指摘できる。

六　結び

以上のように、自己の居住地を述べた981〜983番歌は、地名の史的背景、正史との関連、和歌表現における連続相、「宿」歌群全体との関わりなどの様々な要素を考慮して、練り上げられ、配列されたものであったと言えよう。古来より人口に膾炙されながら、個々に享受されて来た三首であったが、『古今集』における配列を見極めることによって、新たにその文学性を読み取ることができよう。

注

（1）殊に981・982番歌の作者に纏る説話が多い。981番歌については、『顕昭古今集注』の「臥身仙人が詠」、『両度聞書』の「日神の御詠」、鎌倉末期成立『玉伝深秘巻』（片桐洋一『中世古今集注釈書解題（五）』所収）に見える大照大神の歌などがあげられる。982番歌については、『俊頼髄脳』の三輪明神の神歌とする説や、三輪山神婚伝承にあたる所謂「をだまき説話」が挙げられる。

（2）契沖『古今余材抄』元禄五年（活）『契沖全集八巻』（岩波書店　昭和48年3月）・賀茂真淵『古今和歌集打聞（聴）』明和元年（活）『賀茂真淵全集第九巻』（群書類聚完成会　昭和53年9月）・香川景樹『古今和歌集正義』天保三年（活）（勉誠社　昭和53年12月）

（3）但し、982番歌については、『余材』や『正義』は、三輪明神の風格があると言う。しかし、『打聴』は、「前後の歌もておもへば、ただ三わ山のほとりに世をさけたる人のしたしき友にいひおくりし」と捉えている。

（4）特に配列構造の面から分析した先学の例を挙げれば、松田武夫『古今和歌集の構造に関する研究』（風間書房　昭和40年9月）では、この三首を「遁世」の中に入れ、久曾神昇『古今和歌集成立論　研究編』（風間書房　昭和36年12月）では、「庵住」、片桐洋一『古今和歌集全評釈』（講談社　平成10年2月）では「この世に住み果てようとした仙人や神や法師の歌」とする。その他いずれも、基本的には、それぞれの土地に居住したり隠遁したりしていた者の歌としている。

（5）小島憲之・新井栄蔵校注　新日本古典文学大系『古今和歌集』（岩波書店　平成元年2月）では、981〜990番歌を「宿」の歌群としている。本稿もそれに従う。

（6）吉田東伍『増補大日本地名辞書』（冨山房　昭和44年）・『日本歴史地名大系　30　奈良県の地名』（平凡社　昭和56年6月）

（7）小島憲之・新井栄蔵校注　新日本古典文学大系『古今和歌集』（岩波書店　平成元年2月）

（8）川口久雄校注　日本古典文学大系『菅家文章』（岩波書店　昭和41年10月）の解説。

（9）久保田淳・馬場あき子編『歌ことば歌枕大辞典』（角川書店　平成11年5月）の「里」の解説。

（10）川平ひとしは、注9の前掲書において、平安時代になって、京都の王城を中心とする空間が固定されると、都中心の視線が都に定住する人々の共有する視座として定着していくと述べる。

(11) 平野美樹「荒れたる宿考―『蜻蛉日記』における「主題的真実」の背景―」(「中古文学」第六三号　平成11年5月)、中野方子「廃屋と琴―『古今集』の歌語と閨怨詩―」(「立正大学国語国文」四二号　平成16年3月　後、『平安前期歌語の和漢比較文学的研究―付　貫之集歌語・類型表現事典』笠間書院　平成17年1月所収)

(12) 『栄華物語』「初花」に「三輪の山もとうたひて御遊さまかはりたれど」とあり、『梁塵秘抄』では、「恋しくは迅う〳〵おはせ我が宿は大和なる、三輪の山本杉立てる門」とある。

(13) 竹岡正夫『古今和歌集全評釈』(昭和51年　右文書院)では、竟宴などで歌われた歌で、自分を大物主命めかして滑稽味を醸し出しているとする。なお、「諸説整理、古今和歌集名歌解釈」(「国文学」四十巻十号　平成7年8月)に当該歌の解釈が整理されている。

(14) 神武天皇妃比売多多良伊須気余理比売や大田田根子命などは大物主神の神婚による出目。一ノ宮英生は、『日本書紀』によれば、三輪山の神は天皇霊であり、皇位継承を決定するほどの権威を持っていた(崇神紀)と述べる(「上代文学会報」四号　昭和51年12月)。

(15) 注6前掲書に詳しい。

(16) 『古今和歌集』春下94の貫之の歌、

はるのうたとてよめる

三わ山をしかもかくすか春霞人にしられぬ花やさくらむ

も周知のように額田王の歌(万葉集　巻一18)を本歌とした歌で、三輪山への関心の高さを示す。

(17) 速水侑『日本仏教史　古代』(吉川弘文館　昭和61年2月)、『類聚国史』仏道部十四　度者。

(18) 玄賓については、その他『撰集抄』『古今著聞集』に説話が見える。

(19) 宇遅(古事記)、莵道(日本書紀)、莵道・氏・是(万葉集)、宇治(播磨国風土記)などから、「宇治」に固定したのは平安前期という。(『日本歴史地名大系　26　京都府の地名』〈平凡社　昭和56年3月〉による。)

(20) 坂本太郎・家永三郎・井上光貞・大野晋校注　日本古典文学大系『日本書紀　上』(岩波書店　昭42年3月)

(21) 注14と同じ。

(22) 福田良輔「古今和歌集の排列規準としての美意識」(『古代語文ノート』昭和39年6月)、新井栄蔵「古今和歌集四季の部の構造についての一考察―対立的機構論の立場から―」(「国語国文」四五六号　昭和47年8月)、同「古今和歌集部立攷―「千うた、はたまき」の構造―」(「国語国文」四九巻七号　昭和55年7月)、平沢竜介『古今歌風の成立』(笠間書院　平成11年1月)

(23) 次節の第二部第二章第三節参照のこと。拙稿「古今和歌集における『宿』の歌について」(東洋女子短期大学紀要32号　平成12年3月)

第三節　雑歌下「宿」の歌群と『古今集』における「宿」の歌について

一　はじめに

この節では、前節で扱った「宿」の歌群の冒頭三首をも含め、それ以降の七首について考察しておこう。『古今集』において、「宿」が詠まれている歌を探ってみると、「宿」を客観的抽象的に認識していく過程をみることができる。またさらに、『古今集』編纂時点における撰者達の「宿」を視点にした文学的営為も知ることができる。本節では、この点を明らかにし、そのような認識を齎した要因を探っておくこととする。また併せて後代の『源氏物語』に与えた影響を視野に入れて考察を加えておきたい。

二　『万葉集』の「宿」と『古今集』の「宿」

『古今集』における「宿」を追う前に、『万葉集』では「宿」がどのように詠まれていたかを確認しておこう。「ヤド」の万葉仮名表記には様々ある。まず、「宿」表記のものは、

あしひきの山行き暮らし宿借らば妹立ち待ちて宿貸さむかも　（巻七　一二四六　作者未詳）

のように「借る」を伴って、宿泊する建物それ自体を指すが、用例は五例のみである。また、動詞「ヤドル」の「ド」は乙類表記、名詞「ヤド」の場合は甲類表記だったが、後に混同されるようになる。「宿」（5例）以外の「ヤド」の表記を多い順にあげると、「屋戸」（58例）」・「屋前（34例）」・「夜度（14例）」・「屋外（4例）」・屋度（3例）」のほか、「夜杼」「夜等」「耶登」「家門」「屋所」「室戸」「室」（各1例）である。(1)「屋戸」「屋前」の例が多いことから、元来は家の戸、戸口を入った所、建物の外側、庭前の意で用いられていたと言える。(2)また、

秋萩は咲くべくあらし我がやどの浅茅が花の散りゆく見れば　（巻八　一五一四　穂積皇子）
我がやどの花橘は散りにけり悔しき時に逢へる君かも　（巻十　一九六九　作者未詳）

などのように、「わが」を伴って用いられる例が六八例（全体の約57％）あり、萩・浅茅・花橘・梅のほか、桜・山吹・瞿麦・藤・紅葉・群竹・松・籬などの庭前の様々な植物や雪・露・鶯・雁なども詠まれている。『古今集』における「宿」は、三六例（うち「わが」を伴うものは十三例）である。その中でも、

やどちかく梅の花うゑじあぢきなくまつ人のかにあやまたれけり　（34春上　よみ人知らず）
家にふぢの花のさけりけるを、人のたちとまりて見けるをよめる
わがやどにさける藤波たちかへりすぎがてにのみ人の見るらむ　（120春下　躬恒）

朱雀院のをみなへしあはせによみてたてまつりける
ひとりのみながむるよりは女郎花わがすむやどにうゑて見ましを　（235秋上　忠岑）

のように庭前をも含んだ宅地や建物を指している場合が多い。詠み込まれる景物も、『万葉集』以来のものが多いが、特に平安になってから珍重された女郎花・藤袴・郭公のほか、松虫なども見える。これらの例は、言うまでもなく一般に四季歌に散見するが、秋歌・冬歌・雑歌に属する次のよみ人知らず歌、

あきはきぬ紅葉はやどにふりしきぬ道ふみわけてとふ人はなし　（287秋下）
わがやどは雪ふりしきてみちもなしふみわけてとふ人しなければ　（322冬）
あれにけりあはれいくよのやどなれやすみけむ人のおとづれもせぬ　（984雑下）

のように、寂寥感・孤独感を歌い、「宿」を外界とは隔絶した地として客観的に捉えるものも出て来る。そして、これをさらに発展させたのが遍昭の歌である。

仁和のみかどみこにおはしましける時、ふるのたき御覧ぜむとておはしましけるみちに遍昭がははの家にやどりたまへりける時に、庭を秋ののにつくりておほむ物がたりのついでによみてたてまつりける
僧正遍昭
さとはあれて人はふりにしやどなれや庭もまがきも秋ののらなる　（248秋下）

右は、光孝天皇の東宮時代、大和の布留の滝まで供奉した折、遍昭の母の家の庭前を秋の風情に仕立てて東宮を迎えた時の歌である。「人はふりにし」は、母が年老いたことを指し、折から秋の野になって荒れゆく様を詠んでいる。このような発想を開拓した遍昭は、先の287・322番歌の「とふ人はなし」や「道もなし」という表現からも影響を受けて、

わがやどは道もなきまで荒れにけりつれなき人を待つとせしまに　（770恋五　遍昭）

ならへまかりける時に、あれたる家に女の琴ひきけるをききてよみていれたりける　良岑宗貞（遍昭）

わびとのすむべきやどと見るなへに歎きくははることのねぞする　（985雑下）

とも詠んでいる。(3) いずれも「宿」の置かれた情況を、外側から客観的に把握していると言える。また、

ものへまかりけるに、人の家にをみなへしうゑたりけるを見てよめる　兼覧王

をみなへしうしろめたくも見ゆるかなあれたるやどにひとりたてれば　（237秋上）

は、秋歌だが、女郎花に女を髣髴させ、男が訪れなくなったことを暗喩し、後に歌語「荒れたる宿」(4) が成立するもととともなっている。

このような恋歌に繋がる「宿」の歌がある一方、

河原のおほいまうちぎみの見まかりての秋、かの家のほとりをまかりけるに、もみぢのいろまだふかくもならざりけるを見てかの家によみていれたりける
近院右のおほいまうちぎみ

うちつけにさびしくもあるかもみぢばもぬしなきやどは色なかりけり（848哀傷）

題しらず
よみ人しらず

なき人のやどにかよはば郭公かけてねにのみなくとつげなむ（855哀傷）

などは、主が亡くなっても残っている宿に、故人を偲び、色付きが悪い紅葉や冥界を行き来する郭公に思いを託して詠んでいる。また、

みよしのの山のあなたにやどもがな世のうき時のかくれがにせむ（950雑下　よみ人知らず）

のように、遁世を志向し、都と隔絶した土地に宿を求める歌も出て来る。さらには、

たちばな

葦引の山たちはなれ行く雲のやどりさだめぬ世にこそ有りけれ（430物名　をののしげかげ）

題しらず

世中はいづれかさしてわがならむ行きとまるをぞやどとさだむる　（987雑下　よみ人しらず）

のように、漂泊の思いを述べる歌も見える。また、

家をうりてよめる　伊勢

あすかがはふちにもあらぬわがやどもせにかはりゆく物にぞ有りける　（990雑下）

では、生々流転の象徴である「飛鳥川」の「淵」に「扶持（舅姑の葬礼のための妻からの援助）」を、また「瀬に」に「銭」を掛け、現実に即して無常感を表明している。

このように見て来ると、『万葉集』に引き続き『古今集』でも、庭園をも含めた貴族の邸宅における嘱目詠に「宿」が詠み込まれてはいるものの、次第に「宿」自体を客観的に把握し、秋冬の寂寥感や閨怨の情を詠ずるときの素材になっていったと言うことができる。

三　雑歌下の「宿」の歌群

さて、このような「宿」への客観的な把握を歌群として具現させたのが『古今集』雑歌下の981～990番歌である（第二章第二節参照）。この歌群を分析した先学の見解を挙げると、松田武夫氏(5)は、「遁世（981～983）・漂泊（984～990）」、久曾神昇氏(6)は、「庵住（900～983）・廃屋（984～986）・無宿（987～990）」、小島憲之氏・新井栄蔵氏(7)は「宿」、片桐洋一氏(8)は、981～983番歌を「この世に住み果てようとした仙人や神や法師の歌」、984～990番歌は「住

むべき『宿』を詠み、所詮は『仮の宿』であると言う」とする。また、竹岡正夫氏(9)は、特にこれらを歌群として規定してはいないが、981番歌の注に「『千載佳句』上巻、人事部の閑居・閑意・閑放・閑適・閑興・閑遊・閑官・閑散あるいは下巻の隠逸部と同類である」とする。このような諸氏の構造分析は一応は納得がいくのだが、さらにこの歌群内を検討していくと、より周到な構成意識をもって配列されていることが分かる。

まず、981〜983番歌は、第二章第二節で検討したように、菅原伏見の里・三輪の山もと・宇治山の地に居住することを宣言した歌で、正史である『日本書紀』におけるそれぞれの伝承を基盤に、和歌表現や言葉の配列の妙を醸し出した文学的営為であったと言える(第二章第二節の配列の図示を参照のこと)。981〜983番歌が、遁世者が自分の居住地を述べる歌であったのに対し、次の984〜986番歌は、廃屋を外面から捉え、旧都奈良への感慨を述べた歌である。この三首の構成を詠歌内容や歌語から考えて示すと次のようになる。

984　荒廃した住人のいない家　　特定の地名なし　　あはれ
985　かろうじて住人がいる家　　奈良又は京と奈良の間　　嘆き
986　住人がいる旧都全体　　初瀬詣で途中の奈良　　憂し

廃屋に住む雅な女との交流という話型に類似した中ほどの985番歌を中心に、住人がいるかいないか、家屋を対照にしているか旧都全体を指しているかで、984と986番歌が対応していると言える。また、984番歌は土地を特定してはいないが、985番歌は奈良もしくは京と奈良の間、986番歌は初瀬詣の途中の奈良というように、都から南下する土地の順に配列されていると言える。さらに、「あはれ」「嘆き」「憂き」という感情を表出した言葉も配列上考慮されていたと言えよう。

985・986番歌は、羇旅歌としても扱えるが、「羇旅」部での京都近郊の旅の歌では、狩りに供奉した業平の歌と宇多院の奈良行幸時の道真と素性の歌に限定したので、雑歌には、それ以外の985・986番歌が集められたのだろう。が、雑歌下にこれらの歌を収載したのは、もう一方で撰者達に「宿」の歌群を構成しようとする意図があったからだと言えよう。

次の987～989番歌は、984～986番歌までの廃屋や遷都の実態を通して得られた生々流転の世の理を認識する境地を歌った歌である。図示すると次のようになる。

987 世の中　いづれ　行きとまる　宿
988 相坂　嵐の風　行くへしらず　寝る
989 風の上　ちりの身　行くへしらず　有りか定めぬ

987番歌の「行きとまる」を受けて、988番歌では、人に逢えるはずの逢坂山なのに会えずに行く方が分からず侘びて寝ることを歌い、989番歌では、988番歌の「風」を受けて空しい塵の如き身を想起し、行く方も分からぬ身の切なさを歌っている。殊に987番歌は初句が「世の中」から始まるので、雑歌下の「世の中」詠二十八首の中に組み入れることも可能であったろうが、結局、当該歌群に収めたのは、編纂の行程で、雑歌の部に「宿」の歌群を構成しようとする意図があったからであろう。(11)(12)

さて、歌群最後の伊勢の990番歌は、永住できずに家を売却したことを歌った歌で、永住を宣言した当該歌群冒頭の981番歌とは対応関係にあると言える。また、自己の庵の場所を宣言した982・983番歌と、漂泊の思いを歌った988・989番歌は、やはり内容上対比的関係になっていると言える。さらに982番歌の三輪山及びその背景にある神婚伝承は、988番歌の逢坂（山）の「逢ふ」にも通じていることも指摘できよう（第二部第二章第二節参照）。
以上のように当該歌群を詳しく分析してみると、詠歌事情や背景、和歌表現や歌語などから綿密な構成意識をもって編まれていたことが分かるのである。

四　「宿」歌群の生成要因

それでは次に、「宿」に対する客観的抽象的認識が発達した要因やそれを歌群として構成しようとした背景について考えたい。
古今集歌の表現は、漢詩文隆盛の時代を経て獲得されたものである。この「宿」の歌の場合にも、先行漢詩文からの影響が考えられる。例えば、次のような詩がある。

林泉旧邸久陰陰
今日三秋錫再臨
宿殖高松全古節
前栽細菊吐新心
荒涼霊沼龍還駐
寂歴稜岩鳳更尋
不異沛中聞漢筑
謳歌濫続大風音

林泉旧邸久しく陰陰なり、
今日の三秋再臨を錫《たま》ふ。
宿殖の高き松古節を全くす。
前栽の細き菊新心を吐く、
荒涼なる霊沼に龍還駐《またとどま》る。
寂歴なる稜岩に鳳更尋ぬ。
沛中の漢筑を聞くに異ならず、
謳歌濫に続く大風の音。

（『凌雲集』32　藤原冬嗣「奉和聖製宿旧宮応製一首」）

君王一去池館廃
四海為家感旧来
昔従鯵駕曳裾出
今配龍輿鏘佩廻
簷前枯柳看後樹
岸曲長松聴初栽
漢筑□□□□尽
況乎沛唱復相催

君王一たび去つて池館廃る、
四海を家と為し旧に感《かま》けて来たまふ。
昔は鯵駕に従ひ裾を曳きて出で、
今は龍輿を配り佩を鏘《ゆる》がして廻る。
簷前の枯柳後樹を看、
岸曲の長松初栽を聴く。
漢筑□□□□尽、
況や沛唱復相催すをや。

（『文華秀麗集』47　野岑守「奉和宿旧居之什。一首」）

右の詩からは、嵯峨帝の旧邸行幸における君臣和楽の詩作の場が想定できる。君主が去ってから荒廃してゆく邸宅に天子が再来して、旧邸が賑わいを取り戻す光景が詠まれており、天子が在住の時と不在の時の落差を表している。また、

遁世明皇出帝畿
移居旧邑遺歳時
忽従此地昇雲後
唯有空居恋寵姫
訪道初停羅綺艶
剃頭新作比丘尼

遁世の明皇帝畿を出で、
旧邑に移居して歳時を遺りたまふ。
忽ちに此の地より昇雲せし後に、
唯だ空居に寵姫を恋ふこと有るのみ。
道を訪ひて初めて停む羅綺の艶、
頭を剃りて新たなる比丘尼。

嬌心欲識乖□縛　　嬌心識らむとす□縛に乖くことを、
弱体那堪著草衣　　弱体那ぞ堪へむと草衣を著《き》ることを。
山殿風聲秋梵冷　　山殿の風聲秋梵冷やかなり。
溪窓月色曉禅悲　　溪窓の月色曉禅悲し。
焚香持誦寒林寂　　焚香持誦し寒林寂し、
坐向蒼天怨別離　　坐に蒼天向ひて別離を怨む。

（『経国集』32「梵門」太上天皇　和二藤是雄旧宮美人入道詞一。一首。）

は、美女の出家遁世を詠じた詩である。旧邑に移り住んで仏道に徹する美女の寂しさは、この世を侘びて住む女の茅屋を歌った985番歌に通じていよう。

以上のような詩想は、奈良朝の『懐風藻』には見当たらず、平安勅撰漢詩集において発展した発想である。よって、このような発想が和歌世界にも取り込まれていったということができよう。

ところで、唐絵屏風の絵柄にも人家が描かれていたことも忘れてはなるまい。

縁柳紅桜繞小廊　　縁柳紅桜小廊を繞《めぐ》る
不見家中他事業　　家中他の事業を見ず
茅屋三間竹数竿　　茅屋三間　竹数竿

（『菅家文章』巻四319「僧房屏風　野庄」）

便宜依水此生安　　便宜水に依りて此の生安かなり
不為幽人花不開　　幽人のためならざれば花開かず

（同右　321「閑居」）

万株松下一株梅　万株の松の下　一株の梅
（『菅家文章』巻五362「田家閑適　屏風画也」）

などにみるように、唐絵屏風の画讃としての漢詩では、絵柄を客観的に詠ずる視点が獲得されていったと言えよう。こうした視点が、『古今集』成立前後から台頭してくる大和絵屏風及びその画讃としての屏風歌にも継承され、

うみづらなるいへに、ふぢのはなさきたり
わがやどの影ともたのむふぢの花うちよりくともなみにをらるな
（伊勢集65）

山辺近く住む女どもの、野べに遠くあそびはなれて、家のかたをみやりたる
のべなるを人もなしとてわがやどに嶺の白雲おりやゐるらん
（貫之集220）

など、人家や山里の家の絵柄を詠んだものが散見するようになる。屏風絵という独自な視覚的な広がりをもった世界を、外側から客観的に把握して捉える文学的視座が築かれたのである。(13)『古今集』の撰者達も、唐絵とそれを題材にした漢詩に多大な影響を受けていたことは、第一章第六節で見てきた。(14)よって、唐絵から大和絵が台頭し始める文化的気運の中で、撰者達が「宿」の歌を見逃さず、「宿」の歌群を提示しようとしたのではないかと思われる。

このように「宿」への客観的抽象的把握を捉した社会的・精神史的背景としては、知識人の間に浸透していた仏教思想との関連が考えられよう。奈良朝後期の仏教界と政界との癒着を一掃するためにも遷都を決意した(15)桓武帝であったが、山林苦行僧には本寺からの給を奨励したり、国稲を給する政策をとるなど、依然、仏教を

手厚く保護していた。また、最澄、空海が天台・真言密教を広め、鎮護国家の修法を確立するに至っては、新たな平安仏教が貴族層にも及んでいった。

こうしたなかで生々流転を悟る無常観は、戦乱の中世ほどの切迫感はないものの、平安知識人の心の底に確実に根づいていたと言えよう。このような無常の世への思いは、雑歌下の巻頭から二十八首目までの「世の中」詠歌群に纏められていた。(16) そして、「世の中」詠歌群以下の歌（962〜980番歌）には、配流・謫居・解任・流離・疎遠・交友という「世の中」という命題を具象化した歌を置き、その後に、人の居住地の変転に無常を重ねた「宿」の歌群を構成したのである。先に挙げた『古今集』981〜983番歌などは、俗世から離れた隠逸の生活を求める遁世者や山林修業僧のものであった可能性は高い。また、［三］で挙げた984から986番歌などは、平安遷都から百年余りの旧都奈良の荒廃ぶりを目のあたりにした正に生々流転の現実を実感した者らの歌であった。さらには定めがたいこの世の宿りや寒風を忍ぶ漂泊の身、風前の塵の如き身、親からの財を手放さねばならなかった身など、時代や物事の流れに押し流される人心を詠んだ歌々が編纂当初「雑」部に集められてきていたであろう。そして、それらの歌々を「宿」を中心にした歌群として収斂させることによって、『古今集』独自の文芸性を生み出したのである。

『古今集』は、長い漢詩文台頭の時代を経て、和歌を公的な場の文学として高めようとした勅撰集である。平城京を離れて百余年、奈良の都をこよなく愛した平城天皇の歌、

ふるさととなりにしならのみやこには色はかはらず花はさきけり　（90春下）

をも収載する。限りなく流転する民の居所への嘆きを帝の前に嘆訴することは、その流転を自らも悟りつつ普

く受容する聖帝の偉大さを示すこととなるのである。そしてまた、これを逆に言えば、一世紀も安泰な平安の王城そのものを讃美することに継がるのである。

五　「宿」歌群と『源氏物語』

ところで、『古今集』の雑歌が『源氏物語』に投影されていることはすでに指摘されているが、[17]「宿」の歌群の歌も『源氏物語』に影響を与えていると言うことができる。

『源氏物語』「夕顔」の巻で、光源氏は大弐の乳母を見舞うべく五条の乳母の家を訪れる。その隣家が、かの夕顔の隠れ家なのだが、次の引用文は、光源氏が垣間見たその粗末な隠れ家の描写である。

御車もいたくやつし給へり、前駆も追はせたまはず、誰とか知らむと、うちとけたまひて、すこしさしのぞきたまへれば、門は蔀のやうなる押し上げたる、見入れのほどなくものはかなき住まひを、あはれに、①いづこかさしてと思ほしなせば、②玉の台《うてな》も同じことなり。

傍線部は引歌表現で、①が『古今集』雑歌下　987番歌「世中はいづれかさしてわがならむ行きとまるをぞやどとさだむる」[18]を踏まえ、②が『古今六帖』第六「むぐら」「なにせんにたまのうてなも八重むぐらいづらんなかにふたりこそねめ」を踏まえている。[19]どちらも「宿」を詠み込んでいる歌である。

この二つの引歌表現は、これから展開される光源氏と夕顔の物語のプロットを暗示する役割を持つ。但し、六帖歌の方は、場末の家や荒廃した某の院で、夕顔と逢瀬を遂げる光源氏のアバンチュールを主に暗示するが、古今集歌の方は、その先の物語の展開にまで作用していると言える。すなわち、右大臣家の四の君のうわなりうちに合って身を潜めていたところを、光源氏と出会い、其の院で物怪に取り殺されるという、よるべない夕顔の運命を象徴するだけでなく、夕顔の遺児玉鬘の筑紫漂泊や、六条院に迎えられてもなかなか父子対面を果たせず、さりとて六条院の住人にもなりえない玉鬘の漂泊の身をも暗喩しているのである。まさにスケールの大きい引歌表現と言うことができる。

また、最愛の紫の上を喪った次の年の正月に、光源氏は、

わが宿は花もてはやす人もなしなににか春のたづね来つらむ　（幻）

という歌を詠む。己が王権の宿と定めたはずの六条院が崩壊していく果てにあったものは紫の上の死であった。宿はあれども主たる紫の上はいない。春の到来は、主の喪失を物語るにすぎない。そして、この年をもって光源氏は物語の舞台から消えていく。「いづこかさして」の引歌のテーマは、夕顔の物語に留まらず、光源氏自身の生にも回帰し、さらに続編の浮舟へと継承されていくことになる。『源氏物語』の作者は、『古今集』雑歌下を正統に享受し、物語を展開したのであった。

六　結び

以上、本節では、『万葉集』と『古今集』の「宿」の歌を比較し、雑歌下の「宿」の歌群の意義と配列とを検討してみた。そして、その生成要因を、先行漢詩や屏風絵との関連や時代的動向を中心に探り、『源氏物語』への影響にも些か触れてみた。このような作業からも、これまで取り立てて論じられることのなかった『古今集』の歌群の文学性の一端を窺うことができよう。

注

（1）正宗敦夫篇『萬葉集総索引　単語篇』平凡社　昭和49年5月による。「夜杼」「夜等」「耶登」が乙類表記。

（2）片桐洋一『歌枕歌ことば辞典増訂版』（笠間書院　平成8年6月）

（3）この歌については、岩井宏子「古今集九八五番の歌「わび人の」歌の背景」（『甲南大学古代文学研究』三号平成8年12月　後、『古今的表現の成立と展開』和泉書院　平成20年所収）に詳しい。また、中野方子「廃屋と琴―『古今集』の歌語と閨怨詩」（『立正大学「国語国文」第四七号　平成16年3月　後、『平安前期歌語の和漢比較文学的研究―付 貫之集歌語・類型表現事典』笠間書院　平成17年1月所収）は、廃屋で琴を弾く女性が漢詩に詠まれ、それが和歌にも投影されていることを説く。『古今集』の「宿」の歌を考察するときの参考になる。

（4）歌語「荒れたる宿」については、平野美樹（「荒れたる宿考―『蜻蛉日記』における『主題的真実』の背景―」（『中古文学』第六三号　平成11年5月）や注3の中野方子前掲論文がある。

（5）松田武夫『古今集の構造に関する研究』（風間書房　昭和40年9月）

（6）久曾神昇『古今和歌集成立論　研究編』（風間書房　昭和36年月12）

（7）小島憲之・新井栄蔵校注　新日本古典文学大系『古今和歌集』（岩波書店　平成元年2月）筆者も、「宿」の歌群と考える。

（8）片桐洋一『古今和歌集全評釈』（講談社　平成10年2月）

（9）竹岡正夫『古今和歌集全評釈』（右文書院　昭和51月11月）

（10）『日本書紀「崇神記」』では、三輪山の神は天皇霊であり、皇位継承を決定するほどの権威を持っていた。（一ノ宮英生「三輪山考」「上代文学会報」四号　昭和51年12月）。

（11）新日本古典文学大系注7の脚注に示すように、『経国集』「奉和詠塵」詩群の影響も考えられる。

（12）拙稿「古今和歌集雑歌下「世の中」歌群の生成について」（「研究と資料」四一輯　平成11年7月）第二章第一節参照のこと。

（13）増田繁夫「古今和歌集と屏風歌」（『一冊の講座『古今和歌集』有精堂　昭和63年3月所収』）

（14）第二部第一章第六節「雑歌上巻末屏風関連歌について」参照のこと。

(15) 速水侑『日本仏教史　古代』(吉川弘文館　昭和61年2月)、『類聚国史』仏道十四　度者

(16) 注12に同じ。

(17) 小嶋菜温子「源氏物語と和歌―古今集・雑下の構造から―」(「物語研究」三号　昭和56年10月)、鈴木宏子「三代集と源氏物語―引歌を中心として―」(小嶋菜温子・加藤睦編『源氏物語を学ぶ人のために』世界思想社　平成19年10月　後、『王朝和歌の想像力　古今集と源氏物語』平成24年10月所収)

(18) 「いづこ」の本文をとるものは、基俊本・元永本・伝公任本・稚俗山庄本。「いづく」の本文をとるものは建久二年俊成本。「世の中はどこを指してわが宿と言えるのだろうか。行き着いたところをわが宿と定めるまでだ。」の意ととれる。

(19) 恋歌における「葎の宿」では、『伊勢物語』三段「思ひあらば葎の宿に寝もしなむひじきものには袖をしつつも」が、『源氏物語』が書かれた当時としても最も人口に膾炙されていたと考えられる。但し、『古今集』にはない。なお、①②の引歌表現の指摘は、伊井春樹編『源氏物語引歌索引』(笠間書院　昭和52年9月)に見える。

第四節　「魂」の歌ことば「袖に包む魂」・「夢のたましひ」
――『古今集』時代の歌ことば表現の一考察――

一　はじめに

『古今集』雑歌下の巻末から九首目にある992番歌は、次のような歌である。

女ともだちと物がたりしてわかれてのちにつかはしける　　陸奥
あかざりし袖のなかにやいりにけむわがたましひのなき心ちする

この歌は、片桐氏『全注釈』[1]や小島憲之・新井栄蔵校注「新日本古典文学大系」[2]が指摘するように、『法華経』巻四の「五百弟子受記品」の「衣珠喩説話」（「衣裏明珠」「衣裏宝珠」）を踏まえた歌であると言える。

本節では、この992番歌の「雑歌下」に収載された要因と配列上の位置を確認し、併せて古今集歌やその周辺の歌で、従来指摘されなかった「衣珠喩説話」が確認できると思われる歌を検討しておくこととする。また、『古今集』時代に成立したが、『古今集』には収載されなかった歌ことば「夢のたましひ」と「衣珠喩説話」を基にした「袖に包む魂」を比較し、それぞれが後代に与えた影響を考察する。

二　『古今集』雑歌下における九九二番歌「飽かざりし」の歌の位置

この992番歌の前には、

つくしに侍りける時にまかりかよひつつ碁打ちける人のもとに、京にかへりまうできて、つかはしける　　きのとものり

ふるさとは見しごともあらずをののえのくちし所ぞこひしかりける　（991）

がある。

この友則の991番歌「斧の柄の朽ちし所」については、早くから『顕註蜜勘』が『述異記』の晋王質の所謂柯爛の故事（薪を採りに山に入ったところ、二人の仙人が碁を打っていた。その一局を見ていたら、斧の柄が朽ちてしまい、帰宅すると元の人は皆いなくなっていた。）を挙げており、『古今集』以後「斧の柄」は歌語となって和歌や日記・物語など後の平安文学にもたびたび引用された。

一方、992番歌は、先に指摘したように『法華経』巻四の「五百弟子受記品」の一節を踏まえている。その一節とは、「親友が友の衣の内に宝玉（仏性）を入れて官事のために酒宴の席を退出した。しかし、宝珠を貰った本人は酔ってそのことを忘れ、他国を放浪して困窮した。やっと宝珠を呉れた友人に再会することによって、癡であったことを悟され、宝珠を持って安楽な生活を送った」という話である。

したがって、この992番歌の歌意は、「あなた（女友達）とお別れしてきましたが、『法華経』の喩のように、

名残尽きないあなたの袖の中に私の魂（宝珠）を入れてきたのでしょうか。私の魂が全くなくなってしまったように呆然としております。」ということになる。

『古今集』の撰者が991・992番歌を並べたのは、991番歌が漢籍の故事から、992番歌が仏典から着想を得た歌で、二首とも別離によって友情を確認し合う歌であったことによろう。また、この二首の内容は、京から離れていく人に贈った歌を主に収載した「離別」部には収めることが出来なかったため「雑歌」に収載したとも言える。(3)

ところで、当該二首の歌は、雑歌下の「宿」の歌群（981〜990番歌）に続けて収められた歌である。その「宿」歌群の最後の歌で、991番歌の直前の歌は、伊勢の、

あすかがはふちにもあらぬわが宿もせに変わりゆくものにぞありける　(990)

である。この歌については、第二章第二節〜三節でも触れたが、「ふち」に「淵」と「扶持（舅姑の装礼に対する妻からの援助）」を掛け、「せに」に「瀬」と「銭」を掛ける技巧的な一首ながら、内容は「世の中はなにか常なるあすか河きのふの淵ぞけふは瀬になる」を踏まえ、親から相続した家を売るという無常感を詠った歌と解することができる。「宿」歌群の最後に当たる伊勢の歌の次に991番歌を置いたのは、991番歌が人の手に譲渡されていない家でも久しぶりに訪れると、変わり果てて無常を感じるという意の歌であったからであろう。

また、992番歌の次には、

寛平御時にもろこしのはう官に召されて侍りける時に、東宮のさぶらひにてをのこどもさけ賜べけるついでによみ侍ける

なよ竹の夜ながきうへにはつしものおきゐて物を思ふころかな　（993）

藤原　忠房

がある。この歌は、寛平六年（八九四）の遣唐使任命の時のもので、忠房が遣唐使の判官（三等官）に任命された名誉とともに、命懸けの使命を果たさなければならない複雑な心境を詠んだ歌である。但し、この時の遣唐使は菅原道真の建議によって中止となり、以後廃止となったという政治的背景があったから、勅撰集である『古今集』にも収載すべき歌であったと思われる。また、漢籍・仏典は唐から齎されるものである。よって遣唐使の歌を故事や仏典を典拠として詠んだ991・992番歌の次に置き、993番歌を含めた国史関連の歌（993〜997）[4]に繋げたものと思われる。

以上のように見てくると、992番歌が、『古今集』雑歌下の所定の位置に収載された理由が確認できよう。

三　「衣珠喩説話」を踏まえた『古今集』歌の諸相と「魂」の歌

次に、稿者が新たに『法華経』「衣珠喩説話」の影響を受けている歌を挙げようと思うが、まず先行研究[5]において明らかにされている『古今集』で『法華経』「衣珠喩説話」を踏まえた歌を見ておこう。

しもついづもでらに人のわざしける日、真せい法しのだうしにていへりける事を歌にみて、をののこまちがもとにつかはしける

あべのきよゆき朝臣

つつめども袖にたまらぬ白玉は人を見ぬめの涙なりけり　（556恋二）

返し　　　　　　　　　　　　　　　　小野　小町

おろかなる涙ぞそでに玉はなす我はせきあへずたきつせなれば　（557恋二）

詞書にある「下出雲寺で導師であった真静法師の説法」が『法華経』「衣珠喩説話」であったことは二首の応酬から明らかで、清行の「包んでも袖に溜まらない白玉はあなたに逢えない私の涙なのです。」という歌に対して小町が「真心を知らないあなたの涙が袖に玉を作るのです。私の涙は止まりません。湧き上がって急流になるのです。」と切り返した歌である。

また、『古今集』には採られていないが、「寛平御時后宮歌合」の興風の、

白玉のきえて涙となりぬれば恋しきかげを袖にこそみれ　（160）

について、岩井宏子氏[6]は「涙はなんといっても水分であることから、袖に溜まり、鏡の作用をなし、恋しい人の姿が見えると詠む。一方、〈玉の涙〉は元は白玉・真珠であることから、〈衣裏宝珠〉の説話を踏まえ、それ故に〈袖に溜まるのだ〉の意も込める。」と指摘された。この興風の歌は、先に挙げた阿部清行と小町の贈答表現を意識して詠んだものと言える。

また、『古今集』「離別」部の題しらずよみ人しらず歌、

あかずしてわかるるそでのしらたまを君が形見とつつみてぞ行く　（400）

も992番歌との先後関係は定かではないが、『法華経』「衣珠喩説話」を踏まえていることは明らかで[7]、いずれにしても、『法華経』「衣珠喩説話」の「袖の宝玉」が「白玉」「玉」と掛けて詠まれたり、「白玉」を「涙」に見立てたりして詠まれていると言える。これらの歌は、当時の和歌表現に『法華経』「衣珠喩説話」が浸透していたことの証左になろう。

なお、「魂を袖に包む」という表現は、『万葉集』には見当たらないことに[8]も注意される。右の例を見ても、恐らく六歌仙時代頃に開拓された歌ことばであったと言えよう。

それでは次に、『古今集』中で「袖に包む魂」「袖の魂」のように「袖」と関連なく「魂」を詠み込んだ歌を挙げてみよう。まず、

からはぎ　　よみ人しらず

空蟬のからは木ごとにとどむれどたまのゆくへを見ぬぞかなしき　（448物名）

のように蟬の抜け殻そのものを指す「空蟬」は、それが魂が抜けた状態で行方も分からないことを嘆いていることになる。[9]また、「寛平御時后宮歌合の歌」の187番歌で『古今集』にも採られた、

恋しきにわびてたましひまどひなばむなしきからのなにやのこらむ　（571恋二　よみ人しらず）

も、魂が遊離する現象を詠んでいる歌である。

また、『古今集』の墨滅歌の、

かけりてもなにをかたまのきても見むからはほのほとなりにしものを　（1102　勝臣）

をがたまの木　友則の下

は、431番歌「み吉野のよしのの滝にうかびいづるあはをか玉の消ゆと見つらむ」の次にあった歌が墨滅になったもので、魂が炎となる人魂を詠んでいる。

右のように『古今集』の「袖」とともに詠み込まれていない「魂」の歌は、離魂によって、魂自体が行き先を決めかねてまどうことを歌っていると言える。しかし、こうした「魂」を中心に歌う歌は、右に見る程度でかなり少ない。

ところで、前述した『法華経』「衣珠喩説話」を典拠とする歌以外の歌にも『法華経』「衣珠喩説話」の投影を認めてもよい歌があるので、次に挙げてみよう。、

うつせみ　在原しげはる

浪のうつせみればたまぞみだれけるひろはばそでにはかなからむや　（424物名）

返し　壬生　忠岑

たもとよりはなれて玉をつつまめやこれなむそれとうつせ見むかし　（425物名）

424番歌では、「打つ瀬見」に「うつせみ」を、425番歌では、「移せ見」に「うつせみ」を掛けて、「袖」が「た

もと」となっているが、424番歌の「波の立つ浅瀬を見ると水の珠が乱れているが、それを拾ったら袖の中ではかなく消えてしまうだろうか」と言ったのに対して、425番歌では「袂以外でその珠を包めようか。包めない。これがその珠だよと移して見せてほしい」と答えた歌である。一見、この歌は『法華経』「衣珠喩説話」の投影と考えなくても解釈できそうだが、撰者である忠岑と在原業平の三男滋春（延喜五年没か）の贈答歌であることを考えれば、「袖（袂）」「玉」「包む」という言葉自体が用いられていることからも、二首の底流には『法華経』「衣珠喩説話」があった可能性は高いと思われる。

次に、『古今集』には、水流を白玉と見立てた歌や涙を玉と見立てた歌が多いが、その中でも、[10]

ぬのひきの滝にてよめる　　在原行平朝臣
こきちらす滝の白玉ひろひをきて世のうき時の涙にぞかる（922雑歌上）
布引の滝の本にて人人あつまりて歌よみける時によめる　　なりひら朝臣
ぬきみだる人こそあるらし白玉のまなくもちるか袖のせばきに（923同）

の二首は、布引の滝の前で催した宴席で詠んだ時のものであろう。『法華経』「衣珠喩説話」も酒宴の途中で友の袖に珠を入れたという逸話であるから、右の二首も『法華経』「衣珠喩説話」を意識して詠んだ可能性はあると思われる。

すなわち、行平の922番歌では、「滝から落ちてくる水滴の白玉を拾っておいて、私があの〈衣珠喩説話〉に出てくる零落した男のようになったとき、世を嘆く涙（実は宝玉）として取っておくことにしよう」という解釈も成り立つと思われる。

また、業平の923番歌では、「滝の上から糸を抜いて玉を散らしている人がいるらしいよ。私の袖はこんなに狭いのに。玉を袖に沢山入れて、不遇のときでも幸せでいたいことよ。」という意味で解釈できよう。『古今集』では、『述異記』の「斧の柄」の故事の歌（991番歌）の次に『法華経』「衣珠喩説話」の992番歌が置かれていたことを思えば、「斧の柄」も「衣珠喩説話」も当時の歌人達には、かなりポピュラーな歌材として浸透していたと考えられるのである。

四　『古今集』周辺に見える『法華経』「衣珠喩説話」関連歌

さて、『古今集』の歌人で『法華経』「衣珠喩説話」との関連の歌をよく詠んだのは、伊勢である。高野晴代氏(11)は、『伊勢集』の次の二首を「衣珠喩説話」関連歌とされている。まず、一首目は、藤原満子四十賀の折の屏風歌、

藻刈りたる海人
心して玉藻は刈れど袖ごとに光見えぬは海人にざりける　(70)

で、もう一首は、「春、もの思ひけるころ」という詞書を持つ歌の二首目である。

白玉を包む袖のみなかるゝは春は涙のさえぬなるべし　(『伊勢集』114・『後撰集』春上20)

高野氏は、次の物名の、

紫苑

うけたむる袖をし緒にてつらぬかば涙の玉も数は見てまし　（137）

には、「衣珠喩説話」の注は付していないが、「うけたむる袖」とあるので、これも［四］で挙げた「寛平御時后宮歌合」の興風の「白玉のきえて涙となりぬれば恋しきかげを袖にこそみれ」のように、「衣珠喩説話」を意識しながら「涙の玉」と表現したと考えてもよいと思われる。(12)

その他、平安私家集の中から、「衣珠喩説話」を意識していると思われる歌を挙げてみよう。

いまはとてわかるるそでのなみだこそくものたもとにおつるしらたま　（元真集　266）

ほしわぶるそでのなかにやとめてけんそれをぞたまのをにはよらまし　（小大君集　57）

十五日、月いといみしうすみてあかし、進のいとどしきそでにうつりてたまのやうにみゆれば　宰相

あかずとふたまこそそでにかよふなれうはのそらなる月もいりけり

進

人こふるそでにもるべきあふ事をなみだのたまのかずにいれてむ　（大斎院前の御集　220〜221）

などは、『法華経』「衣珠喩説話」から引き出されるキーワード「玉（白玉）」「袖」「袖の中」「別れ」「包む」「止める」などが詠み込まれているので、『古今集』992番歌から派生したバリエーション豊かな歌であると言えよう。

五　「惑ふ魂」と「夢のたましひ」

ここで視点を変えて『古今集』以降の「魂」が「惑ふ《まど》」という表現について検討しておこう。はじめに『万葉集』を見ると、「惑ふ（迷ふ）」という語が散見される。

埴安の池の堤の隠り沼のゆくへをしらに舎人は惑ふ　（巻二　二〇一　柿本人麻呂）
月読の光りは清く照らせれど惑へる心思ひあへなくに　（巻四　六七一　作者未詳）
春山の霧に惑へるうぐひすもわれにまさりて物思はめやも　（巻十　一八九二　作者未詳）
夢にだに何かも見えぬ見ゆれども我れかも惑ふ恋の繁きに　（巻十一　二五九五　作者未詳）
うつつにか妹が来ませる夢にかも我か惑へる恋の繁きに　（巻十二　二九一七　作者未詳）
（前略）うちひさす　宮の舎人も　栲のほの　麻衣着れば　夢かも　うつつかもと
曇り夜の　惑へる間に（後略）　（巻十三　三三二四　作者未詳）

など「惑ふ」は、[13]挽歌や相聞において「行く先を見定めかねて混乱する」「どうすればよいか決めかねて心が混乱する」の意であるのだが、「夢」は詠み込まれているものの、直接「魂」と結びついて詠まれているわけではない。
ところが、先の［四］でも挙げた「寛平御時后宮歌合の歌」で『古今集』にも採られた、

恋しきにわびてたましひ迷ひなばむなしきからのなにやのこらむ　（571恋二　よみ人しらず）

の歌のように『古今集』周辺では、「魂」が「迷う（惑ふ）」と言う表現が、主に恋歌において散見されるようになる。

逢ふ事をいづくなりともしらぬ身の我がたましひの猶まどふかな　（寛平御時中宮歌合　26）

わが恋はしらぬ山路にあらねどもなどたましひのまどひけぬべき
（新編国歌大観　貫之集　577〈私家大成　貫之集Ⅰ「まとふ心そわひしかりける」〉）

ひとしれぬなかの女、をとこのつかさえてくだるにあはれと思ひて
たぐへやるわがたましひをいかにしてはかなきそらにゆきまどふらん　（朝忠集　20）

むすめは京にて、おやはひとのくにになるに
めにちかくつらきにまどふたましひをいとどはるかにたのめつるか　（元真集　271）

右の歌を見ても万葉歌と比べると、『古今集』以後では「たましひ」という言葉自体を意識的に用いるようになってきたことが分かる。これは、唐代伝奇小説や長恨歌などの影響から、恋い焦がれる魂が身から遊離する現象に関心が高まったからではないかと思われる。(14)

られる。

「夢のたましひ」という歌ことばは、その「たましひ」への関心から生み出された歌ことばであったと考え

よひよひの夢のたましひあしたゆく有りてもまたんとぶらひにこよ　（小町集29・小大君集144では、三句・四句目が「あしたかくありかでまたん」となっている。）

別後相思夢魂遥（別れて後、相思ふ、夢の魂遥かなり）

別れにし君をおもひてたづぬればゆめのたましひはるかなりけり　（千里集　95・赤人集　22では、「別れにしときをおもひて」となっている。）

しきたへのまくらをだにもかさばこそゆめのたましひしたこがれせめ　（素性集　35）

とり入れず返して、かくなんといひければ、かしこうしてまたまた行きてみれば、三四日物もくはで物おもひければ、いとくちをしういきもせず、いかがおはしますといひければ

消えはてて身こそはるかになりはてめゆめのたましひ君にあひそへ　（篁集　26）

きみこふるゆめのたましひ行きかへりゆめぢをだにもわれにをしへよ　（元真集　297）

つらさのみまさりゆくかなおもひやるゆめのたましひいかにつくらん　（元真集　324）

右に見るように「夢のたましひ」は、自分が相手を思っている夢の中から遊離する魂、または相手が自分のことを思って見る夢の中から遊離する魂の両様がある。目覚めている時よりも夢を見ている時のほうが魂は、身体から遊離しやすいからである。

この「夢のたましひ」は、「千里集」の句題に見るように「夢魂」の翻案と言える。千里集の句題の出典は不明だが、同様な表現は漢詩の中に見出すことが出来る。(15)

會面不可得　　面を会はすること得べからず。
夢魂雖飛来　　夢魂飛来すと雖も、
夢魂不到関山難　　夢魂関山に到らざること難し。
天長路遠魂飛苦　　天長く路遠くして魂飛ぶこと苦し、　（李太白詩集巻二「長相思」）

（李太白詩集巻十二「聞丹兵子於城北営石門幽居有高鳳遺跡僕離羣遠懐亦有棲遁之志因叙旧以寄之」）

夢魂帰未得。　　夢魂帰すこと未だ得ず、
不用楚辞招　　楚辞を用ひず招く。　（杜少陵詩集巻二十三「帰夢」）
五年生死隔　　五年生死を隔たり、
一夕夢魂通　　一夕夢魂通ず。　（『白氏文集』460「夢裴相公」）
悠悠生死別経年　　悠悠たる生死　別れて年を経たり、
魂魄不嘗来入夢　　魂魄嘗て来たりて夢に入らず。　（『白氏文集』596「長恨歌」）

以上の例から見ても、「魂」や「夢魂」は自由に飛ぶことができ、相手の夢に現れるのだが、それが本当にその人の夢に現れたか否かが詠われることが多いと言える。(16)
ところで、このような詩語に見られる「夢魂」は、もともと仏典の言葉であった。「長恨歌」の「魂魄」を引くまでもないが、周知のように仏教でも「人が生きている間は魂魄はその身体に留まっているが、死ぬと身

体から遊離して、魂は天に帰り、魄は地に帰る」と考えられていた。(17)

「夢魂」を大正新脩大蔵経データーベースで検索すると二十件あり、諸宗部・史伝部・続諸宗部に集中している。また、中華電子佛典協会で検索すると四十二件の例があがる。それらの中から夢魂の特色を探ると、夢魂は深々した処に常にあるが、睡眠中に夢魂が遊離し、万里を飛び遊び、時には鏡の中の人に対することもある。また、夢魂は、地にはなく、暁に多く出、連なっている場合もある。なかには『荘子』の「蝴蝶の夢」に匹敵する例も散見できる。(18)(19)

したがって、こうした夢魂の特性が中国漢詩に詠み込まれ、それを享受した小町や千里が「夢のたましひ」という歌ことばを生み出したと推測される。

しかし、この歌ことば「夢のたましひ」は「袖に包む魂」の歌よりも後代まで続かなかった。「夢のたましひ」に近い歌としては、定家の、

よひよひはわすれてぬらん夢にだになるとをみえよかよふたましひ　（拾遺愚草　579）

があり、また、小沢蘆庵の、

まどろみもあへず蝶のとぶをみて
をしみかねまどろむ夢のたましひや花の跡とふこてふとはなる　（六帖詠草　169）

があるが、この歌は『荘子』の「蝴蝶の夢」を踏まえている。このように歌ことば「夢のたましひ」が後代ま

で詠み継がれなかったのは、「夢のたましひ」を含む歌が『古今集』に収載されなかったこととも関連しよう。また、和泉式部の「沢の蛍」の歌に先立って貫之も、

夏の夜はともすほたるの胸の火をおしもだえたる玉とみるかな　（『古今六帖』4012）

と詠んでいたように、蛍の方が遊離した魂の具象化として恰好の歌材となったからであろう。また、和泉式部が、

よひのまあひて物などいひたる人のもとより、つとめていひたれば、
人はいさわがたましひははかもなきよひの夢ぢにあくがれにけり　（和泉式部続集406）

と詠んでいるように、遊離する恋の情熱を表出するには、歌ことば「夢のたましひ」だけでは、物足りなかったからではないかとも思われる。

六　「袖に包む魂」の歌と『源氏物語』との関連

ところで、『古今集』に見られた『法華経』「衣珠喩説話」の歌は、『源氏物語』「夕霧」でも引歌とされている。落葉の宮の裾を取り押さえて一夜を明かした夕霧が、翌朝、落葉の宮に贈った文には、

たましひをつれなき袖にとどめおきてわが心からまどはるるかな

外なるものはとか、昔もたぐひありけりと思たまへなすにも、さらに行く方知らずのみなむ。

とあった。夕霧の「たましひを」の歌は、『古今集』雑歌下992番歌を踏まえ、文面の「ほかなるものは」は、同じく『古今集』雑歌下977番歌、

人をとはでひさしくありけるをりにあひうらみければよめる　躬恒

身をすてて行きやしにけむ思ふより外なる物は心なりけり

を、さらに「行く方知らず」は『古今集』恋一488番歌（題しらず　よみ人しらず）の、

わがこひはむなしきそらにみちぬらし思ひやれどもゆく方もなし

による引歌であることはよく知られている。当時の読者にも周知である『古今集』の三首を短い文面の中に織り込んだ夕霧の文は却って無粋で、後朝の歌や恋文を書き慣れていない夕霧の実直で堅物な人柄を表していることになる。(20)

また、『源氏物語』の「若菜下」で、柏木が女三の宮と密通した後の別れの場面でも、『古今集』雑歌下992番歌が引かれていることもすでに指摘されている。

起きてゆく空も知られぬあけぐれにいづくの露のかかる袖なり

と、ひき出でて愁へきこゆれば、出でなむとするにすこし慰めたまひて、

あけぐれの空にうき身は消えななん夢なりけりと見てもやむべく

とはかなげにのたまふ声の、若くをかしげなるを、聞きさすやうにて出でぬる魂は、まことに身を離れてとまりぬる心地す。

一方的に逢瀬を求めた柏木は、一行に靡かない女三の宮に対して、行く先も分からずに明け方の薄暗がりに出てゆく自分の悲しみの涙を、袖を濡らす露に譬えて歌を詠む。一方、柏木が帰ってゆくことに安堵した宮はやっとの思いで、「明け方の空にわが身は消えてしまいたい、夢だったと思えるように」と儚げに詠み返すと、柏木の魂は身から抜け出て宮のそばに残ってしまうような心地だというのである。恋のために身から魂が遊離して相手の所に留まるという柏木の歌は、先の『古今集』の雑歌下992番歌、『古今集』「離別」部のよみ人しらずの400番歌、

あかずしてわかるるそでのしらたまを君がかたみとつつみてぞ行く

からも影響を受けている表現と言える。(21)

柏木の密通の場面における『古今集』の引歌は、先に挙げた夕霧の落葉の宮への後朝の歌よりも深刻に機能している。魂の遊離が、身の破滅を導く結果になるからである。いずれにしても『源氏物語』の作者は、『法華経』「衣珠喩説話」を和歌と地の文に見事に生かしたことは確かである。

このように「袖に包む魂」の歌は、『源氏物語』の引歌として用いられたことからも後代に長く詠み継がれたと言えよう。

たましひは君があたりにとめてきぬわすれむほどにおどろかせとて[22]（九条右大臣 15）
たましひの入りにし袖の匂ゆゑさもあらぬ花の色ぞかなしき（拾遺愚草 2576）
袖のうちに我がたましひやまどふらんかへりていける心ちこそせね（風葉集 928＝有明の別れ）

袖浦

たましひは中にや入りし袖のうらあかぬひとよはなみのまくらに（雪玉集 5181）
たましひの入野のすすき初尾ばなわがあかざりしそでとみしより（晩花集 205）
別れこし袖の中なるたましひは今も又ねの床にかへらじ（新明題集 3493）

なお、平安中期から、

思ふにもいふにもあまる事なれやころもの玉のあらはるるひは（伊勢大輔集 97）
さきがたき御法の花に置く露ややがて衣の玉となるらん（康資王母集 150）

のように詠まれた歌ことば「ころものたま」が成立したのも『法華経』「衣珠喩説話」に拠ると言えよう。

以上、『法華経』「衣珠喩説話」を踏まえた992番歌が収載された背景を検討し、992番歌の「袖に包む魂」と、歌ことば「夢のたましひ」を中心に比較検討してみた。何れも離魂への関心が高まってきたこと、歌ことばの生成に仏典が関与していたことの証左にはなる。そして、それが最初の勅撰集に採られたか否かによって、また、『源氏物語』に反映されたかによっても、後代への影響が異なることを如実に示している例と言えるのである。

注

（1）片桐洋一『古今和歌集全評釈』（講談社　平成10年2月）
（2）小島憲之・新井栄蔵校注　新日本古典文学大系『古今和歌集』（岩波書店　平成元年2月）。なお、この『法華経』巻四の「五百弟子受記品」が典拠である指摘は、新井栄蔵「〈おろかなる涙〉をめぐって―古今和歌集考」（「仏教文学」一三号　平成元年3月）、中野方子『平安前期歌語の和漢比較的文学研究―付　貫之集歌語・類型表現事典』（平成17年1月）の第五章第一節「法会の歌」、岩井宏子『古今的表現の成立と展開』（和泉書院　平成20年8月）の「〈涙の玉〉考」などに発展的に論及されている。
（3）拙稿「『古今集』における宿の歌について」（「東洋女子短期大学紀要」三二号　平成12年3月）第二章第三節参照のこと。
（4）但し、997番歌は献上の歌。
（5）注1及び注2前掲諸氏の論文
（6）注2の岩井宏子前掲論文
（7）注2の新日本古典文学大系及び岩井宏子前掲論文。
（8）遠藤寛一「魂魄の思想と文学」（「江戸川女子大学紀要」一一号　平成8年3月）では、漢籍及び『万葉集』の例が詳細に検討されている。また、『万葉集』において「魂」を詠んだ歌には、狭野弟上娘子が中臣宅守を思って詠んだ歌、

たましひはあしたゆふべに賜ふれど吾が胸痛し恋の繁きに　（巻十五　三七六七）

があり、この魂は、「中臣宅守が狭野弟上娘子を思う心」であると解されている。

また、よく引き合いに出される「人魂」では、難読歌の、

人魂のさ青なる君がただひとり逢へりし雨夜の葉非左し思ほゆ　（巻十六　三八八九）

がある。結句「葉非左し思ほゆ」は難読箇所。「怕《おそ》ろしい物の歌」の中の一首で、『琱玉集』に「恠異篇」、また類書に「怕物篇」とあるものの影響により編まれたと言われている。

（9）上代での「うつせみ」は「現身」、「うつしおみ」で、「うつそみ」から「うつせみ」に転じた語で、現世、人の世の意味で用いられ、はかないイメージはなかった。

（10）注6の岩井宏子前掲書に詳しい。

（11）高野晴代校注「伊勢集」（『和歌文学大系18』明治書院　平成10年10月所収）引用本文も同書による。

（12）注6の岩井宏子前掲書では、伊勢が長恨歌の屛風を見て詠んだ歌「かへりきて君をおほゆるはちすばに涙の玉とおきゐてぞみる」が歌語「涙の玉」の初例で、特に古今集歌人に用例が集中していると述べる。

（13）大野晋・佐竹昭広・前田金五郎編『古語辞典』（岩波書店　昭和49年12月）

（14）玄宗皇帝が死んだ楊貴妃の魂魄を道士に探させる白楽天「長恨歌」は言うまでもないが、それを小説にした『長恨伝』、死んで魂魄となった女性が現世に現れて、かつての恋人と逢う『李章部伝』などの唐代伝奇小説からの影響があったと考えられる。

（15）平野由紀子・千里集輪読会『千里集全釈』風間書房（平成19年2月）では、『李太白詩集』巻二「長相思」・『杜少陵詩集巻』二十三「帰夢」・『白氏文集』巻十二「長恨歌」の「悠悠生死別経年。魂魄不會来入夢」を引くが、本稿ではその他の詩も挙げた。

（16）「魂夢」の例もある。宗詩だが、「嫁来不省出門前　魂夢何因識酒泉（嫁来たりて門前を出るを省みず。魂夢は何に因りて酒泉を識る）『凌放翁詩鈔』」・「吾行正無定。魂夢豈忘帰」（吾が行正に定無く　魂夢豈帰るを忘れんや）『宗詩別裁集』五言律」などがある。

（17）中村元・福永光司・田村芳朗・今野達編『仏教辞典』（岩波書店　平成元年12月）

(18)大正新脩大蔵経データーベース研究会

(19)CBEYA中華電子佛典協會

(20)伊井春樹編「源氏物語の鑑賞と基礎知識」(至文堂　平成14年6月)

(21)高田祐彦「柏木の離魂と和歌」(「日本文学」四八巻二号　平成9年2月)において氏は、「浮舟」で匂宮が浮舟と契りを交わした後、宇治の邸から出て行く時の語り手の表現として「出でたまひなむとするにも、袖の中にぞとどめたまひつらむかし。」をも挙げて論じている。

(22)「九条右大臣師輔集」は、『源氏物語』成立以前であるから『法華経』「衣珠喩説話」を典拠としている。

第二章まとめ　雑歌下の構成と生成要因

一　はじめに

「雑歌下」は、第二部の冒頭「『古今集』「雑歌」の位置と先行研究」で挙げた久曾神氏『古今集和歌集成立論研究編』[1]や松田武夫氏『古今集の構造に関する研究』[2]の説のように無常感を詠った歌が多いが、主従や朋友への信頼関係の歌もあり、それらは一見「暗」に見える内容に「明」を醸し出していると言える。小町谷照彦氏が[3]、『古今集』の雑歌下について、「無常・厭世・憂愁・隠遁・籠居・不遇・孤独・流転・変転など不如意な現実を絶望的にうたいあげた歌を収め、そこから逃れ脱しようとする期待を込めた歌を最後に据えている。」と指摘されるように、また、小嶋菜温子氏が[4]、無常観とは異質な「まどふ」心、即ち「完全な遁世など不可能だという認識」があると言われるように、雑歌下は一概に無常の巻とは言い切れない側面を持つ。

そこで、第一節～第四節を踏まえつつ、さらにこれまで触れなかった歌の意義についても言及し、「雑歌下」が具体的にどのように構築されているかを考察して行くこととする。

二　雑歌下の具体相と生成要因

「雑歌下」は、「雑歌上」と比べてテーマや配列構成の意義が比較的分かりやすい。また、すでに論じられている歌もあるので、既説も検討しながら、次に「雑歌下」の構成を考察していくことにする。なお、論の都合上、第一節から第四節までの内容と重複するところもある。

まず、巻頭933番歌から961番歌までの二十八首は、「世の中」という言葉を使い、世の無常や住みにくさ、遁世を希求するが、「ほだし」によって踏み切れない人心を詠った歌を集めている。新日本古典文学大系『古今集』(5)が「世の中」と区分するように「世の中詠」の歌群と捉えられる。第二章第一節でも触れたが、ここでは歌語や人事的背景のレベルで詳しく見ておくこととする。

巻頭から936番歌までは「世の中詠」歌群の無常歌の序章である。巻頭933番歌は「世の中は何かつねなる」という観念の例証として飛鳥川を引き、明日・昨日・今日と滔々と流れる無常の世を表出させる。次の934番歌は初短命である人が煩悩を持たねばならない嘆きを、935番歌は煩悩に執する世の中の憂さを、また篁の936番歌は初句「しかり」が前歌の「思ひ尽きせぬ世の中の憂さ」を受け、そうだと言っても背くことのできない人の世の嘆きを詠んでいる。

936番歌の篁の歌に続き、937〜939番歌も小野氏（貞樹・小町）の歌である。937・938番歌には詞書があり、嘆きの事情がある程度明らかである。937の「わぶ」が938の「わびぬれば」、937の「山」に対し、938が「水」となっている。また、937が鄙における嘆きを都人に訴えるものであるのに対して938では都における嘆きが鄙に向かわせる結果であるということになる。小町と貞樹には恋歌五に贈答歌（782・783）があるが、ここではその二人の交渉をも意識して配列したのではないかと思われる。938番歌の詞書では、康秀が小町を三河に誘ったとあるが、康秀は当時五十代、小町は四十代半ばであったから恋情からではなく、挨拶の歌で、二人には共通理解が出来る精神的基盤があったと思われる。(6) このような小野氏歌人の配列は、雑歌下のこの部分にのみ見られる異例のもので、しかも「世の中詠」歌群であることを考えると、中流貴族以上に昇進できなかった小野氏の人事的背景も考慮して歌を収載し、配列したものと考えられる。

小町の939番歌は、「あはれ」という煩悩に低迷する人の哀しみを詠んでおり、939〜943番歌は「あはれ」「なみだ」「世の中」「ありてなし」等の類義語の関連によって配列され、世の中の憂さ、辛さを専ら詠じた歌を並べ、次の山里遁世の歌944番歌に繋がっていく。

944〜949番歌まで侘しい憂き世を厭い、950番歌からの遁世希求歌を導く歌群となっている。944・945・947番歌は殊に厭わしい世を逃れる遁世の心境に繋がるが、世の中の冷酷なまでの辛さをいった946番歌、世の中の憂さを昔からのものであったのかと嘆く948番歌、卯の花に掛けて世を厭う949番歌など変化に富ませて配列している。

950〜956番歌までは遁世希求歌が続く。吉野山への遁世を願望する950・951番歌、巌の中や山中に入ろうとする952・953番歌、さらに奥山に入って消えようとする954番歌、入山する時に「ほだしとなる人」(7) の存在を嘆く955番歌、入山しても憂い時は何処に行くのかを問う躬恒の956番歌へと心理を追って配列されている。

957〜959番歌には、憂き節の世の嘆きを呉竹に掛けて詠った歌を配し、960番歌の自己及び他を含めて憂き世を嘆く歌を置いて、次の流罪・謫居・解任の歌群を導いている。

961〜967番歌までは流罪・謫居・解任に関する歌で、すべて作者判明歌である。

小野篁の961番歌は、一流漢詩人が余技として創作した和歌を歌群の冒頭に置くことによって、漢詩の一分野である隠逸・謫居詠に拮抗する和歌の存在を提示したものと思われる。961番歌の「あまの釣舟」は、嵯峨朝の漢詩世界でよく詠まれた「漁父釣舟」に拠っており、小野篁自身が屈原を重ね合わせて詠んだと考えられると(8)ころからも流罪・謫居・解任の歌群の巻頭として相応しい歌である。

また、963番歌の在原行平の歌は、正史には見えないため、自ら須磨に蟄居したときの歌と考えられている。この963番歌が、蟄居した者が宮中に居る者に詠んで送ったのに対して、小野春風の964番歌は左近将監を解任された時、女が春風を見舞う歌を詠んだときの返歌であるから、963番歌と逆の関係の歌を配列したことになる。(9)

次の平貞文の964・965番歌は、解任された職は書かれていないが、解任を世の中に出る門が鎖された状態に喩えた憂き身を嘆く歌となっている。宮道潔樹の966番歌は、帝ではなく東宮の護衛の帯刀舎人の解任の歌で、主君に向かって丁重に敬慕の念を詠った歌である。(10)

967番歌の深養父の歌は、謫居・解任の歌群の最後に置かれ、歌群の総括として、また公に見放された不遇の嘆きを以て、主君を頼む意を表明した968番歌に繋げていると言える。961〜966番歌までは仁明・文徳・清和・宇多の御代と、年代順に配列されており、967番歌は、殊に年代は示されていないが、「時なりける人の、にはかに時なくなりてなげくをみて」という詞書から、延喜元年の道真の左遷を想起することもできる。

968〜980番歌は主従や友との信頼関係に関する歌群である。

伊勢の968・業平の969・970番歌の三首は、居住地が離れていても心は離れないという信頼に支えられた歌であるのに対し、971〜974番歌の二組の贈答歌は居住地が離れ、問わなくなることによって起こる不信の心を詠っている。人の心の無常としてこれらの歌は捉えられ、雑歌下に収載されたものと思われる。

975番歌は、『拾遺集』では恋二に入っている。男が離れて久しい女を訪ねようと使いを遣ったときの女の返歌だが、雑歌下に入れたのは孤独の人間不信・自己閉鎖的な憂いを持った歌だったからであろう。(11)

躬恒の976番歌は無沙汰に対する恨み、反対に977番歌は詫びの歌である。978・979番歌の躬恒と宗岳大頼の贈答歌は厚い信頼関係に支えられたもので、再会の宴での余興に詠まれたものかもしれない。「越の白山」に引かれて980の貫之の歌が配されるが、これも信頼の心を詠ったものである。このように968〜980番歌までの歌群は、主従間・友人間或いはまた夫婦間の心の有り様を提示し、無常を詠んだ歌が多い巻にメリハリを付けている。

以上961〜980番歌の流罪・謫居・解任・主従や友との信頼関係に関する歌群の生成要因には、雑歌に友情や信頼関係の歌が入りやすかったということもあるが、同時に漢詩、殊に『白氏文集』や『白氏長慶集』に見られる白居易と元稹を中心とした所謂元白文学集団の送別や友情を詠った詩の影響があったものと思われる。(12)

981〜990番歌までは、また別のテーマによる歌群である。981〜983番歌までは庵住の歌であるが、この三首の配列の背景には国史関連記事が関わっている（第二章第二節参照）。

987〜989番歌までの三首は漂泊の思いを詠った歌、990の伊勢の歌は、家を売却した後の無常感であり、この歌群は「宿」に関わる歌を収載したものと言えよう（第二章第三節参照）。

991〜996番歌は、「離別」部に入集できなかった人との別れをテーマにしながら、『新日本古典文学大系』(13)の脚注に示すように、故事・仏典・国史に関する歌を集めた歌群と捉えられ、歌意を微妙に展開させて次の詠進（献上の歌）の歌群を導く。

991番歌は『述異記』の所謂「斧の柯」の故事を、992番歌は『法華経』「五百弟子受記品」の「衣珠喩説話」を基に詠まれた歌で、故事と仏典を典拠とし、友と別れた後の友情を歌った歌を置いたものと思われる。（第二章第四節参照）

993番歌は遣唐使、994番歌は『日本書紀』神武即位前紀の竜田越え、995番歌は同じく『日本書紀』天武紀の竜田の関の設置、996番歌は鳥の足跡を見て文字を作った蒼頡の故事、997番歌は『万葉集』に関する歌で、これら五首を、『新日本古典文学大系』(14)の脚注では「天皇を頂点とする王朝律令思想による歌群であり、次いで天皇への献上の歌（九九八―一〇〇〇）の歌群」になるという説を取っている。先述した981～983番歌についても国史の背景が窺われる（第二章第二節参照）ことからも、首肯できる見解である。

前述したように991～996番歌は、「人との別れ」をテーマにした歌群でもある。この観点から配列をみると、991・992番歌は、990番歌の家を売却した後の感概を受けて、離別後の空虚な心を、離れて来た者の立場から詠んだものであり、993番歌は遣唐使となって別れゆく者の述懐である。また、994番歌は離別後の相手を思いやる歌で、この歌の「竜田山」を受けて995番歌が導かれる。995番歌は、特殊な禊の歌であった可能性はあるが、前歌の関連から竜田山を見て詠んだ歌として扱われ、これらは、地名や歌語の関連も考えて配列していると言える。

次の996番歌は、別れゆく男が女に書き置きする時の詠、又は男が書き置きを見ての女の詠ともとれ、995番歌の「ゆふつけどり」を受けて「浜千鳥」が詠み込まれている。また、997番歌からの詠進（献上の歌）の歌との関連から見ると、996番歌の文字の創造を記した蒼頡の故事は、『万葉集』の編纂という文学的な事業を意味する997番歌に繋げた歌として配列され、『古今集』の編纂を暗示する歌と言うことが出来よう。

997番歌以下四首は詠進歌である。『新日本古典文学大系』[15]では998～1000番歌までを「献上の歌」とするが、997番歌は、『万葉集』の成立時期を清和天皇に答える歌であるから、「詠進（献上の歌）」歌群に入れるのが妥当である。

『万葉集』に関する997番歌は、996番歌を受けて導かれ、次の詠進における嘆願・述懐に繋がっていく。998番歌は大江千里の「句題和歌」の後に付けられた述懐歌である。勝臣の999番歌は、題知らずの詞書を持つ諸本もあるが、998番歌の詞書をそのまま受けるとすれば、勝臣にも献歌が要求されたのであろう。伊勢の1000番歌は、[16]『古今集』編纂のための前詔であったかどうか論議を呼ぶところであり、雑歌下巻巻頭の「飛鳥川」に呼応して、生々流転の世を提示している。これら四首は年代順に配列され、『万葉集』から始まって、貞観期の和歌再興の気運、寛平期の動向を経て『古今集』編纂に至るまでを暗示していると言えよう。

一般の短歌体の最終巻雑歌下の巻末に詠進を置いたのは、いうまでもなく勅撰集という性質に則ってのことである。また、身を述懐し、陳上したこれらの詠歌は、「世の中」の種々相を追ってきた下巻の巻末に相応しい歌と言える。

三　雑歌下の構成

以上、「雑歌下」において撰者達は、「雑歌上」と同様に語句や人事的背景、歌意の微妙な展開等々の観点から配列し、文学的効果を狙って、『古今集』独自の「雑歌」下を構築したということができよう。

ここで、詠歌の内容や事情を鑑みて「雑歌下」の配列構成を示すと次のようになる。

世の中詠　（933～960）
流罪・蟄居・解任・沈淪　（961～968）
友情・信頼　（969～980）
宿・漂泊　（981～990）
故事（友との別れ）・国史関連歌　（991～996）
詠進（献上の歌）　（997～1000）

なお、雑歌下には日常の心の機微に触れる歌が多いため、後世の和歌や物語に与えた影響が大きかった。

注

（1）久曾神昇『古今和歌集成立論研究篇』（風間書房　昭和35年）では、雑歌上を「明」、雑歌下を「暗」の対比で捉えている。

（2）松田武夫『古今集の構造に関する研究』（風間書房　昭和40年12月）

（3）小町谷照彦訳注『古今和歌集』（ちくま学芸文庫　平成22年3月）

（4）小嶋菜温子「源氏物語と和歌―古今集・雑下の構造から―」（「物語研究」三号　昭和56年10月）、鈴木宏子「三代集と源氏物語―引歌を中心として―」（小嶋菜温子・加藤睦編『源氏物語を学ぶ人のために』世界思想社　平成19年10月　後、『王朝和歌の想像力　古今集と源氏物語』平成24年10月所収）

（5）小島憲之・新井栄蔵校注　新日本古典文学大系『古今和歌集』（岩波書店　平成元年2月）

（6）片桐洋一『小野小町追跡』（笠間選書　昭和50年4月）

（7）笹川博司「源氏物語「ほだし」淵源考―詩語・歌語・仏教語」（「国語と国文学」第七五巻七号　平成10年7月　後、『隠遁の憧憬 平安文学論考』平成16年1月所収）

（8）泉紀子「小野篁流謫の歌「わたの原八十島かけて」考」（「羽衣国文」平成元年3月）・梅谷繁樹「小野篁論―史実と説話から見た―」（『古今和歌集連環』和泉書院　平成元年5月所収）

（9）中村康夫「歌と伝記―小野春風の場合―」（『古今和歌集連環』和泉書院　平成元年5月所収）

（10）松田喜好「『古今和歌集』巻十八と『平中物語』第一段との関係」（『伊勢物語攷』笠間書院　平成元年9月所収）、金沢朱美「平貞文の文芸活動について―その歌の特質を中心に―」（「筑波大学平家部会論集六集　平成9年6月）、「平貞文〈ありはてぬ〉ならびに在疑歌〈花の雫に〉小考」（「筑波大学平家部会論集十二集」平成19年3月）

（11）武井和人「『古今集』雑下・九七三〜九七五番歌小攷―《勅撰集》の全き理解のために」（「芸文東海七号」　昭和61年6月）では、定家本以前の古写本には975番歌の前に「題知らず」と記載されていることから、975番歌は、本来は973・974番歌の贈答歌とは別のものだったが、定家が「題知らず」を外したのではないか、定家が何故外したかは不明であり、「二条家歌学に連なる末裔達も、幾分存疑を抱きながらも、その本文を伝えかつ合理的に説明しようと努力した」と言う見解を出している。

（12）因みに『藝文類聚』人部には「交友」「諷諫」がある。また、『懐風藻』には、大津皇子の「臨終一絶」や藤原宇合が任国常陸に居た時に都で判官職を得た友に贈った「七言。在常陸贈倭判官留在京（89）」、石上乙麻呂が天平十一年三月（続日本紀）に土佐に配流になった時の「五言。飄寓南流、贈在京故友。一首。（118）」などの詩もある。『文華秀麗集』にも、餞別や交友の詩も散見する。また、『白氏文集』や『白氏長慶集』が齎されると、白居易が江州に左遷された時の詩、白居易・元稹・劉禹錫らの友情や送別の詩なども文人達に持て囃されるようになった。

天野紀代子は、『源氏物語』「須磨」における光源氏と頭中将の交友を、「和歌集の部立にはなかった漢詩集の〈交友〉をたぐり寄せ」、「元稹白居易圏の詩の一端を借りて、二人の連帯とその置かれている状況を浮かび上がらせようとした」と述べた（「文学」五十巻八号　昭和57年8月）。すなわち部立にはされていないものの所謂「元白文学集団」とも呼ばれる詩人達の交流が、『古今集』の当該歌群にも影響を与えたと考えられるのである。

（13）（14）（15）は注5と同じ。

（16）高野晴代「『古今和歌集』の撰集―女流歌人伊勢の歌はなぜ選ばれたか―」（森正人・鈴木元編『文学史の中の古今和歌集』平成18年7月所収）では、醍醐天皇が女性歌人として唯一家集献上の命を伊勢に下したかを考察されている。

『古今集』雑歌上下の生成

以上、第二部第一章から第二章まで『古今集』の雑歌について考察してきた。第二部の冒頭で述べたように『古今集』の先行文学や周辺文学の「雑」部に収められてくる内容は、『古今集』の雑歌上下の内容と類似しているので、雑歌に集められてくる歌は、自ずから絞られてくる傾向にあったということができる。撰者達は、こうした雑部に集められやすい歌をどのように取捨選択し、どのような歌群を作って、どのような構想のもとに配列していき、『古今集』雑歌上下としての独自性を出していったかについては、第一章と第二章の各節と各まとめの項で述べた。

そこで、最後にこのような『古今集』独自の「雑歌」上下が構築された背景について纏めておくことにする。『古今集』編纂途上においては、様々な内容の歌が多数「雑」部に集められてきたであろう。それらはもとより一巻に収められる数ではなかった。

そこで、雑歌を上下二巻に分けることにしたのだが、その分ける基準は、「雑歌上」には、律令官人としての公私の場に関わる歌々、具体的には袍をはじめとした服飾・賜物関連の歌・所縁への慈愛・昇叙祝歌・参詣・節会・享楽・夜の衣、並びに再生復活の思想の月・老・水の歌群、芸術の普遍性を希求した屏風絵関連歌を収載した。また、「雑歌下」には、律令官人としての私的な心情を詠った歌々、具体的には世の中の無常や遁世を希求する歌・流罪・蟄居・解任・沈淪友情・信頼・宿・漂泊、故事に関わる歌や公に関わる国史関連歌・詠進（献上の歌）などの歌を収載するという二分類を考案したのであった。

撰者達がこの二分類に到達するまでには、相当の試行錯誤があったものと思われる。雑歌にも離別や羇旅など他部立に分類可能な歌が存在した。これらは編纂の過程において、一旦は他部立に分類されていたかもしれないが、それぞれの部立の内容を考えつつ、撰歌し、配列していくうちに、雑歌に回されたものと思われる。雑歌は他部立成立後に編まれたものではなく、このように他部立と並行して編纂されていったからこそ、より豊かな文芸性を持ち得たのではあるまいか。

ここで、雑歌の作者について見てみると、「雑体」「恋」についでよみ人知らず歌が多い巻（一三八首中六三首）であることが分かる。[1] 上巻がよみ人知らず歌三二首に対し作者判明歌が三七首、下巻がよみ人知らず歌三一首に対して作者判明歌三六首といったように、上下巻とも作者判明歌とよみ人知らず歌の割合は、「雑体」と同様に比較的均等になっている。

また、作者判明歌では、業平の九首（雑上6首、雑下3首）が最も多く、次に貫之八首、躬恒六首、伊勢五首である。業平の歌は恋歌五巻で十一首も採られているが、比率からいうと雑歌の方が上回る。貫之歌は上巻（七首）で、下巻では躬恒の歌（五首）が目立つ。また、物名・離別の巻ほどではないが、主要歌人以外の人の歌も比較的多く取り込もうとしている傾向があるように、作者の面でも均衡を取って「雑歌」を編纂しようとした意識が見られる。

さて、『古今集』の編纂が国風文化樹立の一環としてなされ、その精神基盤が律令精神にあることは従来より指摘されていることであるが、雑歌の内容の決定にも少なからずその影響が考えられる。袍をはじめとした服飾・賜物関連の歌・歓喜・慶賀・慈愛・友愛・官位昇進の祝歌・信頼・皇恩やそれに対する謙遜の辞等、雑歌上の内容は官人の理想的秩序の有り様を詠った歌であり、また、世の中を嘆く歌や流罪・謫居・解任の嘆き・詠進・述懐歌も逆境にあった官人の歌である。さらに、「老」の歌群の提示にも『礼記』に見るような養老の礼節の精神の投影を読み取ることも可能であろう（第一章第四節参照）。

その他、国史への配慮や再生復活や芸術の普遍性を希求する思想及び『古今集』が成立する当時の文化全般が、「雑歌」の構築に深く関わっていたということができよう。これらは、漢風賛美時代を経、国風を目指そうとする時代の機運に乗って、和歌を帝及び律令官人達の前に提示せんとする意図によって成り立ったものであろう。

また、雑歌上下に留まらず、『古今集』全体にはその底流に無常観が流れており、「推移の悲哀」[2]と捉えられたり、「こゝろの無常をまさしくそれと知り得た」[3]とも言われたりした。

真言・天台をはじめとした仏教の隆盛は目覚ましく、『古今集』前夜の為政者側から見れば、山踏みが盛んであった宇多天皇の仏道帰依が挙げられよう。また、宮廷官人側から見ると、彼等は氏族制度から来る深刻な失意不平を抱え、無常を感性的に把握し、仏教に帰依していく傾向にあった。[4]そうした中で、仏教の法会に参加した歌人達は、仏教語や経典の説話などを和歌表現に取り入れていったのであった。[5]

また、当時の律令官人の心境には、花鳥風月的、歓楽的雰囲気と共に仏教的、無常感的、老荘的雰囲気が顕著に見られる『白氏文集』が受け入れられ、和歌の世界にもその投影を見たのであった。

前詔で集められた歌を四季・賀・別・旅・物名・恋・哀傷・雑体・大歌所御歌等の部立に分けた後に残った歌には当然「世の中詠」の無常歌があったろうから、雑歌の中に無常感的な歌が集められるのは当然であった。律令の精神に根ざした集に、官人の嘆きを提示することは、官人にとっては帝に対する謙遜の辞となり、また、帝がそれら官人の嘆きを受容することのできる帝王であることを示すことになる。正に帝の前に総覧する勅撰集たり得たことになるのである。

このように雑歌の内容が決定されていく要因は、勅撰漢詩集に拮抗する最初の勅撰和歌集を編纂するという意識からも、また撰述の過程を想定してみても窺うことができよう。

かくして『古今集』の「雑歌」は、新たな和歌文学として生成されたのであった。

注

（1）服部喜美子「古今集読み人知らず歌についての一考察―雑歌巻における読み人知らずの役目―」（小沢正夫編『三代集の研究』明治書院　昭和56年所収）

（2）窪田空穂『古今和歌集評釈』（改訂新版）の概説（東京堂出版　昭和35年6月）

（3）森重敏『文体の論理』（風間書房　昭和42年）第三章「古今和歌集における『古』と『今』」

（4）山口博『王朝歌壇の研究　宇多・醍醐・朱雀朝篇』（桜楓社　昭和48年11月）

（5）中野方子『平安前期歌語の和漢比較文学的研究―付　貫之集歌語・類型表現事典』（笠間書院　平成17年1年）

おわりに

以上、『古今集』の和歌が撰歌され、各部立の所定の位置に置かれる要因や様相及びその意義について考察してみた。

まず、第一部「春歌・秋歌・恋歌の和歌と歌群の生成」では、これまであまり論じられることのなかった視点から『古今集』に収載された和歌や歌群を取り上げ、その意義や歌群の生成要因を探ってみた。

また、第二部「雑歌の生成」では、『古今集』の一般の短歌体の最終巻に置かれた「雑歌」上下が、どのような意義で撰歌され、配列されたのか、その様相を考察した。

第一部・第二部を通して見てきたように、『古今集』に取り込まれていく和歌や歌群の事情は多様ではあるが、それらは選ばれるべくして選ばれ、配列されたと言える。その諸事情を探ることは、『古今集』の歌を理解する上において、不可欠な作業であると考えられる。

『古今集』の成立を齎したのは、まず醍醐天皇の延喜の治世であり、漢風賛美時代を経て国風文化を樹立しようとした時代の気運であった。その気運に乗り、撰者達が、最初の勅撰和歌集を創造しようと懸命になった。彼らは、『万葉集』に採られていない古歌を選びつつ、新たな和歌を収載して勅撰漢詩集に拮抗する和歌文学を提示しようとした。その挑戦に懸けた意気込みと創造性は、和歌や歌群の生成要因を探ることによって、より鮮明に理解することができる。

『古今集』の編纂については、同じ勅撰であっても国史や格式のような重みはなかった(1)、我々は和歌の勅撰という行為を国家的事業として大きく取り上げすぎているのかもしれないという論もある(2)。だが、公的な待遇は、文学性の真価から比べれば二の次のことである。撰者達が齎した『古今集』の文芸性は、撰者達の文学的営為によって成し遂げられた。そして、それが総覧されたときにはじめて公も認める価値が生じたものと思われる(3)。

撰者らは、勅撰に適い且つ時代を反映した新たな文学の可能性を模索した。そのため当時の文化的動向や史的背景を考慮し、漢籍や仏典の言説やそれらをもとにした新たな歌ことばを展開した和歌を重視した。このような撰者達の編纂意識のもとに和歌が撰歌され、所定の位置に置かれ、歌群が構成されたのである。我々が、これまでの注釈史の上に立って、様々な研究成果の学恩を受けつつ、その和歌が撰歌された意義や歌群の生成要因を探ることは、『古今集』が文学として立ち上がっていく様相を追体験することに繋がる。そして、それは『古今集』の真価を読み解くことでもある。

注

(1) 増田繁夫「勅撰和歌集とは何か」(『和歌文学論集2　古今集とその前後』風間書房　平成6年10月)、工藤重矩「後撰和歌集の撰集―奉行文・禁制文・梨壺・撰者をめぐる諸問題」(『平安朝和歌漢詩文新考　継承と批判』風間書房　平成20年4月)

(2) 滝川幸司「宇多・醍醐朝の歌壇」(『天皇と文壇―平安前期の公的文学』和泉書院　平成平成19年2月)

(3) 鈴木宏子氏は、「『古今集』という歌集は、和歌の歴史がまさに成熟期を迎えようとしている時に企画され、撰者たちの熱意も相俟って、誰も予想しなかった達成を示した作品だったのではないだろうか。『古今集』の編纂作業の中において、和歌史の新しい頁が開かれていくのである。」と述べられた。（『王朝和歌の想像力　古今集と源氏物語』笠間書院　平成23年10月）

初出一覧

第一部　『古今集』春・秋・恋の和歌と歌群の生成

第一章　素性法師「見渡せば」考　（「日本女子大学大学院会誌」二二号　平成15年3月　修正加筆した。）

第二章　貫之の落花の歌について――「散華」との関わりの可能性――　（「中古文学」第七三号　平成16年5月）

第三章　山吹の歌群の生成をめぐって　（「瞿麦」第一四号　平成13年11月　一部修正加筆した。）

第四章　秋歌下　落葉歌群　二八五〜二八八番歌について――仏典及び漢詩文受容と歌群生成の一側面――　（「日本女子大学大学院会誌」二六号　平成19年3月　一部修正加筆した。）

第五章　『古今集』の「紅葉」を「幣」に見立てる歌をめぐって　（「瞿麦」第三〇号　平成28年3月　一部加筆した。）

第六章　藤原興風の鏡の歌　（原題「藤原興風―鏡の歌考」「並木の里」第三九号　平成5年12月　一部修正加筆した。）

第二部　『古今集』雑歌の生成

『古今集』「雑歌」の位置と先行研究　（原題「雑の特色と構造」（『一冊の講座　古今和歌集』有精堂　昭和62年3月　所収の一部を改稿した。）

第一章　雑歌上の生成

第一節　雑歌上　巻頭歌考
（「研究と資料」第二七輯　平成4年7月　一部修正加筆した。）

第二節　み山隠れの朽木と花と――兼芸法師の八七五番歌考――
（「研究と資料」第三〇輯　平成5年12月　一部修正加筆した。）

第三節　蟬の羽の夜の衣は薄けれど――雑歌上　八七六番歌の位置――
（「和歌文学研究」第七八輯　平成11年6月　一部修正加筆した。）

第四節　「老」の歌群をめぐって
（「国文目白」第一七号　昭和53年2月　一部修正加筆した。）

第五節　月・老・水の歌群配列をめぐって
（「瞿麦」創刊号　平成7年4月　一部修正加筆した。）

第六節　雑歌上巻末屏風関連歌について
（「瞿麦」第三号　平成8年4月）

第一章まとめ　雑歌上の構成と生成要因
（原題「雑の特色と構造」〈『一冊の講座　古今和歌集』有精堂　昭和62年3月　所収を基に新たに纏めの項を設定した。）

第二章　雑歌下の生成

第一節　「世の中」歌群の生成について
（「研究と資料」第四一輯　平成11年7月　一部修正加筆した。）

第二節　菅原の里・三輪の山もと・宇治山の歌――雑歌下九八一～九八三番歌をめぐって――
（「国文目白」第三九号　平成12年2月）

第三節　雑歌下「宿」の歌群と『古今集』における「宿」の歌について
（原題「『古今和歌集』の「宿」の歌について」「東洋女子短期大学紀要」第三二号　平成12年3月　大幅に改稿した。）

第四節　「魂」の歌ことば「袖に包む魂」・「夢のたましひ」――『古今集』時代の歌ことば表現の一考察――

（「国文目白」第四九号　平成22年2月　大幅に改稿した。）

第二章まとめ　雑歌下の構成と生成要因

（原題「雑の特色の構造」『一冊の講座　古今和歌集』有精堂　昭和62年3月　所収の一部を改稿した。）

『古今集』雑歌上下の生成

（原題「雑の特色と構造」『一冊の講座　古今和歌集』有精堂　昭和62年3月　所収の一部を改稿した。）

全体にわたり適宜加筆修正及び訂正をしたが、論旨に変わりはない。

あとがき

本書は、『古今集』の歌や歌群の生成に関する十七本の論考を基に、それを第一部「春・秋・恋の和歌と歌群の生成」と第二部「雑歌の生成」に分けて論旨が解りやすいように組み立てたものである。各部立の歌や歌群の生成については、今後も検討を重ね、論考を書き足していく必要があるが、一先ず纏めておくこととした。

昭和五十二年に修士論文「『古今和歌集』雑歌論」を提出した。その一部が、「『老』の歌群をめぐって」(「国文目白」第一七号　昭和53年2月)、「『雑』の特色と構造」(『一冊の講座　古今和歌集』有精堂　昭和62年3月)であった。博士課程後期に入り、さらに深く研究しなければならない課題を抱えていたが、義父母や実父母の介護と看取り、子育てや長男の病などで奔走し続けた。また、多数の掛け持ち非常勤講師としての仕事に追われた。さらに、月刊短歌雑誌「覇王樹」の発行所を夫が引き受けてからは、立場上、運営委員・編集人として月々の発行編集諸事務の一部を担当した。

もともと筆者が本格的に日本文学に興味を持ち始めたのは、十五歳の時に細々と開始した作歌と古典文学との出会いであった。研究ももちろんのこと、作歌も筆者に生きる糧を与えてくれる車の両輪であり続けた。そのためこれまでに四冊のささやかな歌集を編んだ。

筆者の『古今集』に対する研究方法も、作歌と無縁ではない。近現代歌人の歌集を読んでいても、歌集のこの部分に何故この歌が置かれているのか、初出の連作からなぜこの歌を掬い、この歌を切り捨てたのかという疑問が湧くものである。まして自作を歌集として纏めるときは、歌集の主題や各章に沿って試行錯誤を繰り返す。こうした作業とほぼ同様のことを、否、それ以上の多数の収集された歌を取捨選択して勅撰集として編纂するという作業を十世紀初頭の『古今集』の撰者達が行っていたのだと思うと胸が高鳴り、各歌や歌群における撰者達の編纂意識を知りたくなるのである。

前著『古今集の桜と紅葉』（笠間書院　平成20年12月）は、このような関心から成った書である。平成十三年の日本女子大学学術交流シンポジウム「桜楓の源流—日本の美意識を遡及する」を聴講したことをきっかけに、主に『古今集』の桜の歌群と紅葉の歌群の歌の内容と配列を考察し、「『古今和歌集』逍遥」と題して、月刊短歌雑誌「覇王樹」に八年間に亘って連載したものに加筆修正して纏めた書であった。

また、奇しくも筆者が大学院博士課程前期一年の時に感銘を受けた歌人に同世代の栗木京子がいた。栗木は現歌壇の第一線で活躍する女流歌人だが、その栗木京子の六冊の歌集に対して、各歌集の歌が、初出からどのように推敲されたり取捨選択されたりしているかということを視野に入れて評し、一書に纏めたのが『栗木京子の作品世界』（短歌新聞社　平成20年2月）であった。この時も、筆者の視点は『古今集』を研究するときと同様であった。

平成二十二年の「覇王樹九十周年記念特大号（覇王樹総目次　大正八年～昭和二十九年及び戦時中～戦後に掛けての解説）」（覇王樹社　平成22年8月）の刊行にもかなりの時間を費やした。昨年までは、「覇王樹」創刊者について紹介を兼ねた連載「橋田東聲と初期覇王樹」も七十七回まで執筆した。これらは、今まで知られていなかった大正・昭和期の歌人達に光を当てる作業であり、「覇王樹」創刊者橋田東聲の心理を分析しながら彼の歌や歌集を理解するためのものであった。

このような多方面の活動ではあっても、稿者の研究方針は、和歌や短歌が生まれたり、歌集に収められたりする背景を通して、その作品の文学性を探求することにあった。それぞれに費やした時間は私にとって至福のひと時であった。

しかし、平成二十三年の東日本大震災以降、夫が体調を崩し、入退院を繰り返した。また、平成二十五年春以降、筆者も体調不良となった。そのため自分に残された時間を意識するようになった。よって、一先ずこれまでの拙論を纏めることを決意したのだった。

稿者の『古今集』に対する研究は生涯のものである。今後も時間と体力が許す限り、研鑽を積んでいきたいと思っている。

ささやかな本書だが、『古今集』を生み出した撰者達や『古今集』を今日まで伝えてきた先人達に、二十一世紀初頭の一読者が挑んだ一解釈を捧げられれば幸甚である。

日本女子大学においては、学部と博士課程前期の指導教官であった故上村悦子名誉教授、上村教授退官後、博士課程後期の指導教官となって下さった日本女子大学元学長青木生子教授、そして筆者の学部時代から常に斬新な研究方法と情報収集の仕方を指導して下さった日本女子大学元学長後藤祥子教授、また、この度纏めるに当たってご指導下さった平舘英子日本女子大学名誉教授、高野晴代教授、その他様々な先学や学友からの学恩を忘れることは出来ない。最後に、私の細々とした研究を常に見守っている夫佐田毅に感謝したい。

本書の刊行をお引き受け下さった笠間書院社長池田圭子氏、編集長橋本孝氏をはじめとした皆様に衷心より御礼申し上げたい。

平成二十八年三月

佐田　公子

和歌初・二句索引

・本書で引用した和歌につき、原則としてその初句・第二句を歴史的仮名遣いによる五十音順で配列し、当該頁数を示した。
・本文や注に含まれているものも含めた。
・新撰万葉集は漢字と片仮名で表記されているが、平仮名表記または平仮名と漢字表記に統一した。
・私家集大成の本文を使用した場合は、濁点が省かれているが、索引には濁点を入れた。

【あ】

【い】

【を】

著者略歴

佐田　公子（さた　きみこ）

1952年　埼玉県生まれ
1971年　跡見学園高等学卒業
1975年　日本女子大学国文学科卒業
1977年　日本女子大学大学院文学研究科日本文学専攻博士課程前期修了
1981年　日本女子大学大学院文学研究科日本文学専攻博士課程後期単位取得退学
専　攻　平安文学　和歌文学
現　在　東洋学園大学・日本獣医生命科学大学・慈恵柏看護専門学校・早稲田速記医療福祉専門学校・NHK文化センターなどの非常勤講師、短歌結社「覇王樹」編集人
〔単著〕『古今集の桜と紅葉』（笠間書院　2008年）
『栗木京子の作品世界』（短歌新聞社　2008年）
〔共著〕『類聚国史索引』（笠間書院　1982年）
『一冊の講座　古今和歌集』（有精堂　1987年）
『平安和歌歌題索引』（瞿麦会　1994年）
『王朝日記の新研究』（笠間書院　1995年）
〔歌集〕『鏡の風景』（東京四季出版　1992年）・『ももか』（文芸社　2005年）・『過去世のかけら』（短歌新聞社　2007年）・『さくら逆巻く』（2011年角川学芸出版）

『古今和歌集』論——和歌と歌群の生成をめぐって

平成28（2016）年11月30日　初版第1刷発行

著　者　佐　田　公　子

装　幀　笠間書院装幀室
発行者　池　田　圭　子

発行所　有限会社 **笠間書院**

東京都千代田区猿楽町2-2-3［〒101-0064］
NDC分類：911.1351　電話 03-3295-1331　fax 03-3294-0996

ISBN978-4-305-70818-2　組版：ステラ　印刷：モリモト印刷

出版目録は上記住所または下記まで。
http://www.kasamashoin.co.jp